GOLKONDA

KIM YOUNG-TAK

KNOCHENSUPPE 1

DER MÖRDER AUS DER ZUKUNFT

Aus dem Koreanischen von
Hyuk-sook Kim und Manfred Selzer

GOLKONDA

Originalausgabe
Gomtang (Beef Bone Soup) by Youngtak Kim
© 2018 Youngtak Kim
All rights reserved.

Original Korean edition is serialized by Kakao Page Corp.
and published by Arte (Book 21 Publishing Group)
This German edition is published by arrangement with by
Kakao Page Corp. through KL Management, Seoul, Korea

Copyright der deutschen Ausgabe
© 2023 Golkonda in der Europa Verlage GmbH, München
Umschlaggestaltung: Hauptmann & Kompanie Werbeagentur, Zürich
Übersetzung: Hyuk-Sook Kim und Manfred Selzer
Redaktion: Franz Leipold
Layout & Satz: Margarita Maiseyeva
Druck und Bindung: Pustet, Regensburg
ISBN 978-3-96509-041-5
Alle Rechte vorbehalten.

Golkonda-Newsletter: Mehr zu unseren Büchern und Autoren
kostenlos per E-Mail!
www.golkonda-verlag.com

In naher Zukunft
werden Zeitreisen möglich sein.

Sie sind allerdings so gefährlich,
dass man dabei sein Leben riskiert.

1

Das Meer war weiter von der Küste enfernt, als es die Bewohner von Busan in Erinnerung hatten. Wellen, so hoch wie Berge, zogen sich bis hinter den Horizont zurück, nachdem die Stadt von ihnen verschluckt worden war. Niemand wusste, wohin die gigantische Menge Wasser verschwand, die nun den Meeresboden preisgab. Dieser Grund gehörte niemandem.

Die Reichen errichteten ihre Häuser noch weiter im Norden auf dem Festland. Die Armen bauten ihre Hütten auf dem Boden, den das Meer freigegeben hatte. Damit verstießen sie zwar gegen das Gesetz, aber sie hatten weder das Geld noch die Möglichkeit, sich an einem anderen Ort niederzulassen. Innerhalb weniger Jahre entstand ein kleines, schäbiges Viertel, das man aus Bequemlichkeit das »Untere Viertel« nannte. Das Viertel, in dem die Reichen wohnten, wurde folglich als »Oberes Viertel« bezeichnet. Die Stadt selbst bekam keinen neuen Namen, sondern hieß einfach weiterhin Busan. Zehn Jahre später suchte noch einmal ein Tsunami die Stadt heim und verschluckte das Untere Viertel. Viele Menschen starben, und diejenigen, die den Tsunami überlebten, hatten alles verloren. Die Überlebenden kehrten trotz allem wieder zurück an den Ort, an dem sie vor dem Tsunami gelebt hatten. Ein paar Jahre vergingen, und das Untere Viertel entstand neu. Keiner konnte sagen, ob das Meer diese Menschen nicht in einigen Jahrzehnten wieder verschlucken würde.

Die Bewohner des Unteren Viertels mussten – egal, auf welche Art und Weise – Geld verdienen. Denn nur so bestand die Chance, es in das Obere Viertel zu schaffen und den nächsten Tsunami zu überleben. Geldverdienen war für diese Menschen also eine Frage von Leben und Tod. Unter den Beschäftigungen, denen sie für Geld nachgingen, gab es auch solche, die dem Vergnügen der Menschen im Oberen Viertel dienten. Dazu gehörten Extremes, Illegales und nicht zuletzt Tätigkeiten, bei denen man sein Leben riskieren musste.

Wenn man am Unteren Viertel vorbei weiter nach Süden ging, von wo sich das Meer zurückgezogen hatte, fand man einen neu entstandenen Strand vor. Unweit dieses Strandes klaffte eine immense blaue Öffnung im Meer, die möglicherweise das verschwundene Meereswasser geschluckt hatte; zumindest wurde das von manchen Leuten behauptet. Diese blaue Öffnung lag unterhalb der Wasseroberfläche, reichte endlos in die Tiefe, und darin herrschte pechschwarze Dunkelheit.

Seitdem der Tsunami die Stadt heimgesucht hatte, war ständig die Vogelgrippe ausgebrochen. Danach folgte die Maul- und Klauenseuche. Die Menschen töteten ihre Nutztiere, um selbst überleben zu können, aber die Seuchen ließen sich nicht ausrotten. Infolgedessen töteten die Menschen alle Nutztiere, bis diese schließlich vollends ausgestorben waren. Danach erschufen sie ein neues Tier, das als Nahrungsmittel dienen sollte. Es sah merkwürdig aus, aber man konnte damit den Magen füllen und damit war man zufrieden.

Das neue Tier sah einer Ratte ähnlich, war aber etwas größer als dieser Nager. Es wuchs nach der Geburt innerhalb von ein paar Tagen zu seiner vollen Größe heran. Bei diesem Tier, das aus der DNA eines Rinds, damit es nach Rindfleisch schmeckte, eines Schweins und allerlei weiterer Tiere kombiniert wurde, war wohl auch die DNA von Ratten beigemischt worden. Vermutlich, weil man deren außerordentliche Fortpflanzungsfähigkeit benötigt hatte. Das Gesicht einer Ratte und die Haut eines Schweins; was an diesem Tier einem Rind ähnelte, war einzig und allein sein widerwärtiger Gestank. Das Tier hatte auch keinen Namen. Man sprach schlicht von »dem Ding« beziehungsweise von »diesen Dingern«.

2

Lee Uhwan hatte keinerlei Erinnerung an seine Kindheit. Er konnte nicht sagen, ob er seine Kindheitserinnerungen verloren hatte, weil er sich nicht an sie erinnern wollte; er ging schlichtweg davon aus, dass er von Anfang an unumstößlich ein wertloser Erwachsener gewesen war. Er hatte nichts, woran er sich erinnern und dabei zufrieden lächeln konnte, wenn er sich mal an einem Sommernachmittag eine kurze Pause im Schatten gönnte.

Uhwan arbeitete in der Küche einer Gaststätte. Nicht als Koch, sondern als Küchenhilfe. Er verbrachte den ganzen Tag in einer engen, schwülheißen, stinkenden Küche und schlief in einem engen, schwülheißen, stinkenden Zimmer, das sich neben der Vorratskammer der Gaststätte befand. Jeden Tag stand er in der Morgendämmerung auf. Noch Schlaf in den Augen, nahm er schon das Messer in die Hand. Jene Dinger zu schlachten, das war der Beginn seiner täglichen Arbeit. Es wäre besser gewesen, wenn diese Dinger bereits tot geliefert worden wären, aber die Schlachtung kostete Geld, das der Gaststättenbesitzer nicht ausgeben wollte. Deswegen wurden die Dinger immer lebendig geliefert. Und sie machten einen höllischen Lärm, solange sie am

Leben waren. Ein Geräusch, das weder von einer Ratte noch von einem Schwein und genauso wenig von einem Rind stammen konnte. Uhwan schlachtete die Dinger, indem er ihnen nacheinander in die Kehle stach. Anschließend zog er die Haut vom Hinterteil aus bis zum Hals ab. Die Schlachtung und das Hautabziehen dauerten etwa drei Stunden. Danach zerstückelte er sie. Meistens in drei Stücke, oder auch mal in vier, wenn es große Exemplare waren. Die Innereien wurden nicht aussortiert. Es hieß, dass der Geschmack der Suppe aus den Innereien gewonnen werden muss. Uhwan legte die Dinger in einen großen, hohen Topf und gab Wasser dazu. Sie wurden sehr lange gekocht, bis sie sich fast vollständig aufgelöst hatten. Je länger sie gekocht wurden, desto stärker wurde der ekelhafte Gestank. Menschen kannten diesen Gestank als den Geruch von Fleischsuppe.

Lee Uhwan selbst aß die Suppe nicht, die in den Gaststätten angeboten wurde. Ein einziges Mal hatte er sie vor Jahren probiert, aber es war ein Geschmack gewesen, der in seiner Erinnerung weder unter den guten noch unter den schlechten abgespeichert gewesen war. Als der Koch ihm angeboten hatte, ihm beizubringen, wie man die Fleischsuppe kocht, hatte er es abgelehnt. Er war Mitte 40. Er hatte vor, auch im nächsten Jahr, im Jahr 2064, Mitte 40 und als Küchenhilfe tätig zu sein.

In der Gaststätte arbeitete neben dem Besitzer, dem Koch und Uhwan noch eine Küchenhilfe. Der Besitzer war ein alter Mann Ende 80. Für sein Alter war er jedoch durchaus fit und sah gesund aus, obwohl ihm der rechte Arm fehlte. Wie er seinen Arm verloren und was er früher gemacht hatte, bevor er die Gaststätte eröffnete, wusste keiner. Für einen alten Mann Ende 80 interessierte sich schließlich niemand.

Die Lieblingsbeschäftigung des alten Mannes war es, jemanden zu sich zu zitieren und ihm eine Geschichte zu erzählen. Derjenige, der vor ihm Platz nehmen und ihm zuhören musste, war meistens der Koch. Immer wenn er ein bisschen Zeit hatte, erzählte der Gaststättenbesitzer von der Fleischsuppe, die er früher einmal gegessen hatte. Auch heute war er gerade dabei, dem Koch von dieser Suppe zu erzählen.

Für diese Suppe wurde ein bestimmter Teil eines Rindes sehr lange in Wasser gekocht, und vor dem Servieren gab man klein geschnittene Frühlingszwiebeln hinzu. Mal nannte der alte Mann diese Suppe »Knochenbrühe« und mal »Knochensuppe«. Uhwan bekam ebenfalls Lust auf jene Suppe, sobald er das verträumte Gesicht seines Chefs sah, wie er sich an den Geschmack erinnerte und dabei erklärte, welcher Genuss die Brühe für seinen Gaumen und wie schmackhaft das Fleisch in der Suppe gewesen war. Im Vergleich zu Uhwan wirkte der Koch jedes Mal hilflos, wenn sein Chef von der Knochensuppe erzählte, denn er hatte tatsächlich schon einmal die Knochensuppe gegessen. Allerdings in seiner Kindheit, weswegen er sich an ihren Geschmack nicht mehr erinnern konnte. Überdies kochte er die Suppe, die im Lokal angeboten wurde, genau nach jenem Rezept der Rindfleischsuppe, das er von seinem Chef erhalten hatte. Mehr Möglichkeiten standen ihm nicht zur Verfügung. Er kannte keine andere Methode, näher an den Geschmack heranzukommen, von dem der Gaststättenbesitzer schwärmte. Doch der alte Mann gab nicht auf. Uhwan dachte, dass ein Geschmack wohl wie eine schöne Erinnerung sein musste. Ein unvergesslicher Geschmack war wie eine unvergessliche Erinnerung. Sonst gab es keine Erklärung dafür, wie man jeden Tag von ein und demselben Geschmack reden konnte, und das auch noch mit so viel Passion und Elan.

Uhwan war im Begriff, die Gaststätte zu schließen und in sein kleines Zimmer zu gehen, um sich schlafen zu legen, aber der Koch wollte noch mal mit ihm reden. Er sah genauso hilflos aus, wie wenn er dem alten Mann zuhören musste.

»Äh … Kennst du … vielleicht … eine Beinscheibe?«

»Wie bitte? Was für eine Beinscheibe? Meinst du die Kniescheibe? Ist jemandem die Kniescheibe zertrümmert worden?«

Uhwan war zumindest bekannt, was eine Kniescheibe war. Aber die Frage des Kochs rief in ihm ein ungutes Gefühl hervor. Eine Beinscheibe? Er fühlte sich unbehaglich. Intuitiv spürte er, dass es um etwas Ernstes ging, aber worum genau, konnte er nicht einmal erahnen. Er hatte nur so ein Gefühl, dass etwas Entsetzliches geschehen war.

Der Koch sagte noch zögerlicher und mühsamer: »Machst du … vielleicht … verreist du vielleicht gerne?«

Uhwan sagte nichts.

Nun verstand er den Koch. Etwas Entsetzliches war geschehen, und dies könnte auch Auswirkungen auf ihn haben, weshalb er von hier abhauen sollte. Was jedoch war überhaupt passiert? Uhwan war dem Koch plötzlich dankbar dafür, dass er sich um ihn kümmerte. Als er jedoch so darüber nachdachte, kam ihm in den Sinn, dass der Koch kein Mensch war, der einfach so nett zu jemandem ist. Er würde sich nicht um andere kümmern, nur weil jemandem eine Kniescheibe zertrümmert worden war. Die Worte des Kochs konnten auch durchaus bedeuten, dass Uhwan gefeuert war. Er hatte länger in dieser Gaststätte gearbeitet als der Koch selbst, dennoch war er letzten Endes nichts weiter als eine Küchenhilfe. Es gab auch noch Bongsu, der ebenfalls als Küchenhilfe arbeitete, aber dieser war verheiratet. Wenn er das Ganze so betrachtete, musste er sich eingestehen, dass es nur fair war, wenn ihm und nicht Bongsu gekündigt wurde. Trotz allem war auch das eine nicht ganz überzeugende Erklärung für das Verhalten des Kochs …

Bongsu war sofort auf Hundertachtzig, als Uhwan ihm von dem Gespräch erzählte. Und das, bevor er überhaupt Genaueres wusste.

»Und? Weißt du etwas darüber? Ich meine, ob du weißt, wie eine Beinscheibe aussieht?«

»Äh … so wie das hier. Er hat mehrere Bilder gezeichnet und mir gegeben«, sagte Uhwan und zeigte Bongsu eines davon.

Bongsu schaute sich das Bild äußerst konzentriert an, weil auch er die Beinscheibe nicht kannte. Was er zu sehen bekam, war ein Kreis, der aber nicht symmetrisch, sondern seitlich etwas eingedrückt war. Als hätte jemand einen Kreis gezeichnet, während jemand anderes permanent an seiner Hand gezogen hatte, sodass nur unter großer Anstrengung so etwas wie ein Kreis zustande gekommen war. Etwas, unter dem sich auch Bongsu absolut nichts vorstellen konnte.

»Was für ein Scheiß! Wie soll man mit so einer Zeichnung diese Beinscheibe finden?«

Uhwan schwieg.

»Verdammte Scheiße! Für den lächerlichen Geschmack einer Suppe sollst du dich in Lebensgefahr begeben?«

Uhwan schwieg weiter.

»Hör mir zu. Diese Zeitreise, von der der Koch geschwatzt hat, heißt nur Zeitreise. Von dieser sogenannten Reise ist noch kein Schwein jemals zurückgekehrt. Alle beißen ins Gras. Denk mal nach. Warum sollen nur mittellose Schweine wie wir diese Reise antreten, wenn sie wirklich so fantastisch sein sollte?

Warum nur diejenigen, die Geld brauchen? Weil es gefährlich ist. Weil es verdammt gefährlich ist! Deswegen! Was hast du davon, wenn der Chef dir deine eigene Gaststätte gibt? Hast du nicht gesagt, dass du kein Interesse hast, Koch zu werden? Nehmen wir einfach mal an, auch wenn es denkbar unrealistisch ist, also nehmen wir einfach mal an, dass du richtig gelernt hast, wie man diese verdammte Knochensuppe oder was auch immer kocht, und dass du auch jede Menge von diesen Beinscheiben hier auf dem Bild eingekauft hast. Was bringt dir das denn, wenn du nicht zurückkehren kannst, sondern dabei draufgehst? Wenn man tot ist, ist alles gelaufen. Alles gelaufen, hörst du?«

Uhwan erwiderte nichts.

Für ihn ging es jedoch nicht nur ums Geld. Er hatte abgemacht, die Hälfte des Geldes vor der Reise und die andere Hälfte nach der Reise zu bekommen. Aber für die meisten Zeitreisenden spielte weder die eine noch die andere Hälfte eine wichtige Rolle. Die erste Hälfte, die sie vor dem Antritt ihrer Reise bekommen würden, konnten sie ausschließlich in ihrer eigenen Zeit ausgeben. Und es gab sehr selten jemanden, der auch die andere Hälfte kassierte. Wie beim Geld hing die Entscheidung Uhwans auch weniger mit der vom Chef versprochenen eigenen Gaststätte zusammen. Es war schlichtweg so, dass er keine nennenswerte Angst vor dem Tod hatte. Oder besser gesagt, er hatte keinen sonderlichen Spaß am Leben.

Er war von Anfang an ein Erwachsener gewesen. Er war von Anfang an unumstößlich ein wertloser Erwachsener gewesen. Das war das Einzige, was er fühlte. Es war ihm völlig egal, ob und wann er sterben würde.

»Na ja, ob ich weiter so lebe oder auf diese Weise sterbe …«

* * *

Uhwan war zum ersten Mal im Leben in einem Reisebüro. Dort gab es zahlreiche großartige Werbeslogans. Nirgendwo war vom Tod die Rede. Aber die Menschen, die dort versammelt waren, waren solche, die genauso wie Uhwan ein wertloses Leben führten, sodass es ihnen völlig gleichgültig war, ob und wann sie sterben würden. Es waren insgesamt 13 Personen. Es hieß, dass 13 die maximale Anzahl an Passagieren für das »Zeitreiseboot« sei. Einige kamen noch zusätzlich und bettelten, dass sie unbedingt mitfahren müssten, aber der Angestellte des Reisebüros schickte alle wieder weg mit der Begründung, dass er die maximale Passagierzahl nicht überschreiten dürfe. Uhwan ließ seinen Blick noch mal über die Leute schweifen und zählte nach. Es stimmte: Es waren mit ihm insgesamt genau 13 Personen, die hier nebeneinanderstanden.

Der Angestellte des Reisebüros überreichte den 13 Personen jeweils eine Armbanduhr und sagte, dass man diese Uhr nicht beliebig einschalten dürfe. Man schließe die Mission ab, die vom Klienten in Auftrag gegeben wurde, und erst dann dürfe und müsse man die Uhr einschalten. Sobald sie aktiviert wird, werde die Uhrzeit der Bootsabfahrt angezeigt, die eine Rückreise ermögliche. Dann müsse man sich rechtzeitig an den Ort begeben, an dem man zuvor mit dem Boot angekommen ist. Wenn man das erste Boot für die Rückfahrt verpasst hat, könne man zwar das nächste nehmen, aber wann dieses kommt, wisse keiner …

Es gab noch weitere Dinge, die man beachten musste. Zunächst musste man um jeden Preis geheim halten, dass man ein Zeitreisender war. Es erübrigte sich, zu erwähnen, dass diese Geheimhaltung vor allem der dortigen Polizei gegenüber galt.

Damit einhergehend, empfahl es sich dringend, möglichst schnell zurückzukehren. Und man musste zurückkommen. Es wäre einerseits ohnehin nicht möglich, sich lange an einem Ort aufzuhalten, an dem man so gut wie keine Identität besaß, andererseits bekäme das Reisebüro von den Klienten nicht den Restbetrag, wenn seine Reisenden nicht zurückkehren würden. Das Beste wäre also, lebend zurückzukommen. In diesem Fall würde auch das Reisebüro von den Klienten einen Bonus bekommen.

Uhwan war noch nie in einem Reisebüro gewesen und auch noch nie verreist, trotzdem hatte er nicht mit dieser Atmosphäre gerechnet. Hier gab es nirgendwo auch nur die Spur einer angenehmen Aufregung direkt vor der Abreise, die man sonst bei Reisenden beobachten konnte. Es wurde nicht verraten, warum man sterben könnte. Es gab lediglich eine kurze Erläuterung, dass es eine Öffnung gab, die Blue Hole hieß und diese Seite mit jener verband, aber wie Zeitreisen möglich waren, wurde nicht erklärt. Der Angestellte des Reisebüros machte auf Uhwan den Eindruck, dass er am liebsten möglichst wenig preisgeben wollte. Er konnte nicht sagen, ob dieser Angestellte von Natur aus wortkarg war oder ob er eher bewusst darauf verzichtete, mehr Zeit als nötig mit den Todgeweihten zu verbringen.

Uhwan war das alles gleichgültig. Wenn es etwas geben sollte, dem er seine Aufmerksamkeit schenken könnte, waren das die zwölf Personen, mit denen er ins Boot steigen würde. Er hatte Lust, jeden Einzelnen zu fragen, warum er diese Reise antreten wollte und welche Lebensgeschichte er mit sich trug. Aber alles an diesem Ort sprach gegen eine solche Unterhaltung. Unter den zwölf Personen gab es auch einen ziemlich jungen Mann. Wahrscheinlich nicht älter als 20.

Alle stiegen in den Minibus ein, den das Reisebüro bereitgestellt hatte. Er fuhr durch das Untere Viertel weiter in Richtung des Ortes, von dem sich das Meer zurückgezogen hatte. Irgendwann verschwand das Untere Viertel vollständig aus der Sichtweite Uhwans. Auch danach fuhr der Wagen noch lange weiter über den wasserlosen Meeresboden. Es war mittlerweile Nacht.

Plötzlich hielt der Minibus an. Als das Brummen des Motors verstummte, wurde ein anderes Geräusch hörbar: das Geräusch von Wasser, das gegen Land brandete. Der Angestellte des Reisebüros schaltete eine Taschenlampe ein. In ihrem Schein sahen sie das Meer. Es war pechschwarz. Und da war ein Boot. Die Leute stiegen schließlich langsam in das Boot. Dann fuhr es hinaus aufs Meer. Kurz danach tauchte eine Stelle im Wasser auf, die besonders schwarz wirkte. Der Angestellte des Reisebüros sagte, dass diese Stelle das besagte Blue Hole sei. Das Boot fuhr noch ein Stück über das dunkle Meer und hielt mitten in diesem noch dunkleren Kreis an. Dort wartete ein weiteres Boot. Es war rechteckig und hatte zwei äußerst langgezogene Seiten. Die Kanten waren abgerundet, als ob sie durch Abnutzung abgeschliffen worden wären. Das Boot schaukelte auf dem Wasser. Es war weiß, an manchen Stellen aber auch durchsichtig.

Jede der 13 Personen bekam eine Pille, bevor sie in das andere Boot stieg. Eine blaue Pille. Sie sei, so erklärte der Angestellte des Reisebüros, eine Art Schlaftablette. Man werde auf natürliche Weise wieder aufwachen. Den Sicherheitsgurt könne man selbst anlegen, und sobald die Luke automatisch verriegelt werde, würde sich auch dieser schließen. Die Luke sei nur im Notfall per Hand zu öffnen, aber sie öffne sich ebenfalls automatisch, sobald das Boot an seinem Zielort angekommen sei. Da die Reisenden diese nicht selbst zu öffnen hätten, gebe es für sie nur eine Sache, für die sie selbst zuständig seien, nämlich bei der

Ankunft wieder die Augen zu öffnen, scherzte der Angestellte. Aber keiner lachte. Für sie bedeutete es, noch am Leben zu sein, wenn sie ihre Augen öffnen konnten, und sie durften dann davon ausgehen, dass sie wirklich am Ziel angekommen sind, sobald sie über ihren Köpfen den Nachthimmel sehen konnten.

»Sie alle können sicher gut schwimmen?«, fragte der Angestellte. Seine erste und zugleich letzte Frage.

Alle 13 Reisenden nahmen Platz, woraufhin sich die Luke, die gen Himmel offen gestanden hatte, senkte und schloss. Anschließend wurden die Sicherheitsgurte verriegelt. Das Boot begann, in die Tiefe abzutauchen. Genau genommen, fühlte es sich für Uhwan so an, als würde das Boot hinuntergesogen. Es sank ganz langsam tiefer, als ob es jemand von unten ziehen würde. Die Passagiere schluckten hastig ihre Pillen. Uhwan aber wollte noch ein bisschen mehr mitbekommen, wie es im Inneren des Blue Hole war, wie sie es passierten und was darüber hinaus geschah. Zum ersten Mal in seinem Leben empfand er ein Gefühl der Neugier. Das Boot sank immer schneller und tiefer auf den Meeresboden hinab. Bald begannen die Kopfschmerzen. Uhwan hatte das Gefühl, als würde alles um ihn herum gegen seinen Kopf drücken. Es schien ihm gar nicht so abwegig, dass sein Kopf jeden Augenblick platzen könnte. Alle anderen waren bereits eingeschlafen. Auch Uhwan schluckte nun seine Pille.

3

Es waren die Kopfschmerzen, die Uhwan weckten. Er machte die Augen auf, sah über sich den Nachthimmel.

Sein Kopf arbeitete.

Der Sicherheitsgurt war offen und die Luke ebenso. Uhwan erhob sich. Das Boot schaukelte im Wasser. Er schaffte es gerade so, sein Gleichgewicht zu halten und ließ seinen Blick über die unmittelbare Umgebung wandern. Die Leute, mit denen er sich im Boot befand, hatten noch ihre Augen geschlossen. Uhwan war der Einzige, der sie geöffnet hatte. Alle anderen hatten statt ihrer Augen den Mund geöffnet. Aus ihren Mundwinkeln war ausnahmslos eine blaue Flüssigkeit geflossen. Und in ihrem Mundraum war das gleiche Blau zu sehen. Uhwan nahm an, dass diese Farbe auf die blaue Pille zurückzuführen war, die sie vor der Abreise geschluckt hatten. Er realisierte, dass er das Blue Hole passiert hatte. Für eine Weile starrte er seine Mitreisenden an. Immer wieder fiel er zu Boden. Ob es an dem Schock lag oder weil das Boot schaukelte, konnte er nicht mit Sicherheit sagen, aber er vermochte sich nicht auf den Beinen zu halten. Die Mitgereisten waren tot. 13 hatten zusammen die Reise angetreten. Sie waren lediglich am Bestimmungsort angekommen, aber schon zwölf von ihnen waren ums Leben gekommen. Auch solche Reisen gab es. Uhwan ging davon aus, dass diese Reise für alle die erste in ihrem Leben gewesen war.

Er bereute, dass er sie nicht gefragt hatte, warum sie die Reise unternahmen und wofür sie das Geld benötigten. Und wenn es auch nur ganz kurz gewesen wäre, er hätte mit ihnen ein paar Worte wechseln sollen. In diesem Moment hätte er sie gerne gefragt, ob sie diese Reise auch unternommen hätten, wenn sie gewusst hätten, dass sie so leicht aus dem Leben scheiden würden. Uhwan war übel. Er erbrach sich ins Meer. Überall um ihn herum herrschte Dunkelheit, so wie es auch bei der Abfahrt gewesen war. Er konnte nicht ausmachen, in welchem Meer er sich gerade befand. Er wusste nicht, ob er überhaupt am richtigen Ort angekommen war. Seine Unruhe und seine Verwirrung sorgten dafür, dass er noch mehr schwankte. Mit zitterndem Blick schaute er sich um, erst in der Nähe, dann in der Ferne. Dort entdeckte er Lichter. In weiter Ferne gab es Lichter. Sie wirkten irgendwie lebhaft. Anhand dieser Lichter erkannte Uhwan, dass er tatsächlich an einen »anderen Ort« gekommen war. Wäre er noch im Unteren Viertel, dann müssten die Lichter viel weiter entfernt sein. Sie würden wesentlich ärmlicher aussehen.

Uhwan wartete. Er wartete auf das Boot, das ihn abholen sollte. Es kam jedoch nicht. Jetzt verstand er, warum der Angestellte des Reisebüros wissen wollte, ob alle Passagiere gut schwimmen konnten. Die Wellen schoben das Boot fortlaufend vor sich her, jedoch hatte Uhwan nicht unbedingt das Gefühl, dass er den Lichtern näherkam. Er kontrollierte die Armbanduhr und stellte auch sicher, dass er die Wegbeschreibung, die der Koch gezeichnet hatte, noch besaß. Er hatte sich nur ein paarmal übergeben, dennoch fühlte er sich völlig entkräftet. Er war alles andere als zuversichtlich, dass er bis zu den Lichtern schwimmen konnte. *Auch ich werde also letzten Endes hier sterben*, dachte er für sich. Trotz dieses Gedankens zog er seine Schuhe aus und band sie an seiner Taille fest. Nun brauchte er nur noch ins Meer zu springen. Doch in diesem Augenblick hörte er ein Geräusch. Er schaute zurück. Nichts hatte sich verändert. Alle lagen unverändert tot da. Als er den Kopf wieder wegdrehen wollte, sah er es: Einer zuckte.

Er ging auf diesen Mann zu und schüttelte ihn. Doch dieser machte die Augen nicht auf. Uhwan versetzte ihm eine Ohrfeige. Mehrmals. Erst dann öffnete der Mann seine Augen. Anschließend erbrach er sich. War er vielleicht 20 Jahre alt? Um seinen Mund herum war noch blaue Flüssigkeit, und seine Augen waren eingefallen, dennoch wirkten sie klar. Dieser klare Blick traf den Uhwans. Er betrachtete den einzigen weiteren Überlebenden. Der einzige Mensch, der wusste, von wo sie beide gekommen waren. Der einzige Mensch außer ihm, dem bekannt war, dass ihre Gegenwart nicht die hiesige war. Diesem einzigen Menschen, der sich bemühte, aufzustehen, es nicht vermochte, streckte Uhwan seine Hand entgegen. Der Junge zögerte. Damit er mit der ausgestreckten Hand nicht so hilflos aussah, gab Uhwan dem Jungen durch einen Blick zu verstehen: Du und ich, wir sind die einzigen Überlebenden. Vor uns liegt noch ein Meer, das wir zu durchqueren haben. Und das sollten wir zusammen tun. Ob der Junge Uhwans Blick verstanden hatte? Auf jeden Fall ergriff er seine Hand. Er glaubte, dass er in diesem Augenblick auch die Gefühle des Jungen spürte, seine Dankbarkeit. Er legte noch mehr Kraft in seine Hand, um dem Jungen aufzuhelfen.

Wie jemand, der schon vor einer ganzen Weile hier angekommen war, sagte Uhwan dem Jungen, dass er seine Schuhe ausziehen und sie an seiner Taille festbinden solle. Dann sprangen die beiden ins Meer. Das Wasser war kalt. Darauf hoffend, dass sie nicht untergingen, bewegten sie sich mit aller Kraft auf die Lichter zu.

Ob einer den anderen mitgezogen hatte oder die Wellen die beiden getragen hatten – Uhwan wusste es nicht. Jedenfalls waren der junge Mann und er schon ganz in der Nähe der Lichter, als sie wieder bei vollem Bewusstsein waren. Eine Stadt bei Nacht, dementsprechend eine Stadt der Lichter. Sie wirkten auf Uhwan verführerisch und ließen ihn sogar kurzzeitig die Sprache verlieren. Es war bereits spät in der Nacht, am Strand waren nur wenige Menschen. Sie hatten die beiden zweifellos gesehen, aber sie schenkten ihnen keine Beachtung. Sie waren zwar aus weiter Ferne gekommen und hatten dabei ihr Leben riskiert, aber die Leute interessierten sich kein bisschen für sie. Dieses Desinteresse beruhigte Uhwan. Er schaute sich die Lichter an, während der Junge, der mit ihm soeben das Meer überwunden hatte, einen Fuß vor den anderen immer weiter vorwärts setzte. Uhwan hielt ihn an und fragte, wie er heiße.

»Mein Name ist Kim Hwayeong.«

Dann fragte Uhwan ihn, warum er hierhergekommen sei, und begann, von seinem eigenen Grund zu erzählen, da Hwayeong nicht gleich antwortete. Als er versuchte, die Gründe für seine Reise hierher zu nennen, das, wofür er sein Leben aufs Spiel setzte, geriet er immer mehr in Erklärungsnot, weil er selbst dachte, dass seine Gründe nicht wirklich nachvollziehbar und erwähnenswert waren. Uhwan war von Natur aus eigentlich niemand, der stotterte.

»Weißt du … die Beinscheibe … also eine Scheibe, nein … keine Scheibe, die Beinscheibe ist eigentlich … also die Suppe …

ich bin gekommen, um zu lernen, wie man Suppe kocht ... und hier, irgendwo in der Nähe, gibt es eine Gaststätte, in der man sehr gute Fleischsuppe bekommt. Sie heißt Knochensuppe. Ich soll mich in dieser Gaststätte um eine Stelle bewerben, als Mitarbeiter getarnt lernen, wie man diese Knochensuppe kocht, und es wäre gut, wenn ich auch diese Beinscheiben kaufen und mitnehmen könnte, wenn ich wieder zurückgehe, weißt du? Äh ... aber wahrscheinlich darf ich nicht sehr viel mitnehmen. Ach ja, und ... ich glaube, dass ich gute Chancen habe, die Beinscheibe zu finden, weil der Koch sie mir sehr genau gezeichnet hat. Aber die Menge, die ich auf das Boot mitnehmen kann, ist schon etwas ... das ist ... verstehst du ...?«

»Ich bin gekommen, um jemanden zu töten.«

»Wa... was?«

»Ich habe gesagt, dass ich gekommen bin, um jemanden zu töten«, sagte der Junge mit dem Namen Kim Hwayeong klar und deutlich. Menschen, die im Unteren Viertel wohnten, taten alles. Das war auch Uhwan durchaus bewusst. Er war ja auch nicht anders. Aber die Antwort des Jungen, dass er gekommen sei, um jemanden zu töten, brachte ihn trotzdem aus der Fassung. Seine Fassungslosigkeit ließ ihn eine weitere unnötige Frage stellen: »We... wen?«

»Das weiß ich noch nicht.«

Hwayeong verschwand in die Stadt. Wohin er wohl gehen würde, fragte sich Uhwan besorgt, denn die Straßen, in denen kein Licht mehr brannte, waren stockdunkel. Er wartete, bis die Nacht vorüber war. Er blickte auf das Meer, und wenn ihm das langweilig wurde, konzentrierte er sich auf die Wellen. Er konnte nicht sagen, wie lange er so dasaß. Irgendwann ging die rote Sonne über dem Meer auf. Uhwan löste seine Schuhe von der

Taille und zog sie an. Danach lief er in Richtung Stadt. Er zog seinen Mantel aus.

Die Hälfte des Monats Mai war bereits vergangen. Auf dem Meer schwamm einsam nur das Boot, das Kim Hwayeong und Uhwan dort zurückgelassen hatten. Das Boot war weiß, aber auch irgendwie durchsichtig. Sichtbar und doch wieder unsichtbar, so schaukelte es im Meer hin und her. Auch die Menschen, die sich auf dem Boot befanden, waren sichtbar und dann wieder unsichtbar.

4

Lee Sunhees linker Arm war länger als sein rechter. Wie bei einem Käfigkampf zwischen Hunden attackierte er wahllos seinen Gegner, aber wenn er sah, dass dessen Gesicht oder Bauchbereich ungeschützt war, schlug er mit der linken Faust zu, die er dafür die ganze Zeit bereitgehalten hatte. So etwas war für ihn mittlerweile zu einem Reflex geworden. Selbst wenn er von mehreren Personen gleichzeitig angegriffen wurde, fiel ihm unübersehbar die Lücke in der Deckung seines Gegners auf, als hätte er eine Lupe darauf gerichtet.

Ausgerechnet eine Lupe! Sunhee hasste es, dass sein Vater, der nicht einmal 50 Jahre alt war, eine Brille mit lupenartigen Gläsern trug, wenn er etwas las. Die Zeit des Lebens, die bei anderen aus einer Schicht bestand, schien bei seinem Vater aus gleich mehreren Schichten zu bestehen, Schichten des puren Unglücks. *Wieso fällt mir in diesem actiongeladenen Moment diese Lesebrille ein?*, fragte sich Sunhee. Er war wütend auf sich selbst, weil er sein angeborenes Talent mit einer Lupe zu erklären versuchte. Weil er wütend war, schlug er noch fester zu. Wie dieser Kampf überhaupt angefangen hatte, hatte er längst vergessen. Er dachte kurz nach, ob er das Klassenzimmer verlassen oder sich hier sinnlos weiterprügeln sollte. Bald wäre er fertig mit der kaufmännisch-technischen Oberschule, warum mussten diese Idioten also extra an seine Schule kommen und ihn unbedingt zu einer Schlägerei zwingen? Das ging ihm total auf den Sack. Außerdem war es heiß. In dem Moment zog jemand an seiner Schuluniform. Einige Knöpfe seines Hemds rissen ab, und eine kühle Brise streifte seine Brust. Er bekam denjenigen, der an seiner Uniform gezogen hatte, zu fassen und verpasste ihm ordentlich eine. Das gesamte Klassenzimmer war ein Schlachtfeld. Ein Schlachtfeld, das ein paar aus Sunhees Clique und mehrere Schüler aus einer anderen Schule besetzt hatten. Die meisten Schüler standen allerdings nur herum und schauten zu. Sie halfen ihren Mitschülern, Sunhee und weiteren aus seiner Clique, in keinster Weise. Sie waren bloß Zuschauer. Umgeben von untätigen Schülern in weißer Schuluniform kämpften die weißen Uniformen gegen die blauen.

Plötzlich schrie jemand auf. »Jemand spuckt dank mir Blut«, deutete Sunhee den Schrei. Doch dafür war der Schrei zu laut gewesen. Der Schrei, den jemand ausgestoßen hatte, wurde wie beim Staffellauf immer weiter an jemand anderen gegeben. Jener Schrei jagte allen Schülern im Klassenraum Angst ein, aber auf Sunhee wirkte er ein bisschen anders. Die hintereinanderfolgenden Schreie riefen bei ihm stattdessen die Kinder aus seiner Grundschulzeit beim Staffellauf ins Gedächtnis. Unter diesen rennenden Kindern lief ein Junge alleine ganz vorne. Das war Sunhee. Es war bei einem Herbstsportfest gewesen. Zumindest damals hatte sein Talent nicht im Kampf gelegen, sondern im Laufen. Er war zuversichtlich, dass er so schnell wie fünf Kinder rennen konnte. Er hätte auch ohne Probleme zehn Runden alleine und weit in Führung laufen können, wenn seine Mutter zugesehen hätte. Sie war aber schon damals nicht mehr am Leben. Nichts war so brutal sicher wie der Tod. Der Gedanke an seine Mutter machte ihn erneut wütend. Er ballte seine Fäuste noch fester.

Als er wieder bei klarem Verstand war, war Sunhee der Einzige, der noch kämpfte. Die anderen lagen entweder auf dem Boden oder waren vor Schock zur Salzsäule erstarrt. Er wischte mit seiner Faust, an der Blut klebte, über sein Gesicht und hinterließ dort einen blutigen Streifen. Die Schreie waren verstummt. *Das war alleine meine Bühne,* dachte er zufrieden, schaute sich um und stolperte dabei über etwas, sodass er zu Boden fiel. Dieses Etwas war eine Person. Sie lag bäuchlings da.

Sunhee wusste nicht, seit wann dieser Typ hier lag. Niemand wusste es. Er trug keine Schuluniform. Sunhee war sich sicher, dass er ihm während der Schlägerei kein einziges Mal gegenübergestanden hatte. Ein Erwachsener. Ein Mann. Kein Lehrer. Auch kein Hausmeister. Nichts dergleichen. Ein unbekannter Erwachsener. Einige Schülerinnen fielen in Ohnmacht. Auch Sunhee bekam es mit der Angst zu tun. Er lag unverändert auf dem Boden und rutschte hastig ein bisschen zurück. Es gab nur noch ihn und den Mann, die auf dem Boden lagen. Das Blut des Mannes durchtränkte Sunhees Hose. Je mehr er strampelte, um sich von dem Mann zu entfernen, desto hartnäckiger verfolgte ihn das Blut.

Die Seite des Mannes ähnelte derjenigen, die Sunhee einst in einem berühmten Film mit einem Hai gesehen hatte. Es sah aus, als ob etwas dem Mann die Seite herausgebissen hätte. Etwas mit einem riesigen Maul. Dinge, die im Bauch des Mannes hätten sein sollen, hatten sich über den Boden des Klassenzimmers verteilt. Eine weitere Schülerin fiel in Ohnmacht. Das Beeindruckendste dabei war eigentlich, dass der herausgebissene Bereich viel zu präzise herausgetrennt schien, so als wäre er Teil eines Kreises. Als hätte jemand einen präzisen Kreis über den Körper des Mannes gezeichnet und diesen Teil mit einem äußerst scharfen Messer der Linie entlang herausgeschnitten. Doch die anderen Schüler waren nicht imstande, dieses Detail wahrzunehmen. Niemand sonst im Klassenzimmer erkannte das. Es hatte auch niemand gesehen, wie der Mann ins Klassenzimmer gekommen war. Ebenso hatte keiner mitbekommen, wie dieser Mann gestorben war.

5

»Sie mögen das Meer wohl sehr gerne?«, fragte der Junge den Ermittler Yang Changgeun. Der Junge hatte die zweite Klasse der Oberschule besucht, als er Changgeun zum ersten Mal über den Weg gelaufen war. Es war Changgeuns erster Tag nach seiner Versetzung in ein anderes Polizeirevier gewesen. Der Junge hatte sich nicht auf der Straße wie andere Jugendliche herumgetrieben, sondern auf dem Dach eines fremden Hauses und dabei ein paar Blumentöpfe zerbrochen. Der Hausbesitzer, der ihn erwischt hatte, brachte ihn zur Polizei, um ihm einen Denkzettel zu verpassen. Dieser Fall, den keiner haben wollte, wurde Changgeun übergeben, dem Neuen aus einer anderen Stadt. Das hatte zur Folge, dass er über mehrere Jahre hinweg schließlich einen Serienmord löste, der bereits vor Jahrzehnten seinen Anfang genommen hatte. Als Changgeun diese Stadt wieder verließ, war der Junge 30 Jahre alt, also genauso alt wie der Ermittler, als sie sich zum ersten Mal getroffen hatten. Als er dem Jungen gesagt hatte, dass er von Incheon nach Busan versetzt worden sei, hatte der Junge ihm zuletzt diese Frage gestellt: Ob er das Meer sehr gerne möge.

Das war ihm noch nie in den Sinn gekommen. Ihm war selbstverständlich klar, dass das Meer die Gemeinsamkeit zwischen Incheon und Busan darstellte, aber er hatte nie darüber nachgedacht, ob er das Meer mochte. Er dachte lediglich, dass es in beiden Städten gute Plätze am Strand entlang gebe, an denen man in Ruhe eine rauchen konnte. Es hätte ihm auch nichts ausgemacht, wenn diese Plätze nicht am Wasser gelegen wären.

In Busan angekommen, sah Changgeun nun seit einer guten Weile das Meer. Er hielt den Wagen an und stieg aus. Dann zündete er sich eine Zigarette an und schaute aufs Meer. Das Meer von Busan.

Er hatte eigentlich vorgehabt, weiter in Incheon zu leben. Doch jener seltsame Fall quälte ihn. Selbst nachdem der Täter gefangen und der Fall gelöst worden war. Seine Erinnerungen an jenen Fall blieben weiter glasklar, als ob sie schon immer dagewesen wären. Sie schlugen Wurzeln und nahmen einen festen Platz in ihm ein. Sie begannen sogar, den Platz anderer Erinnerungen zu okkupieren. Genauso wie stets den guten Menschen im Leben ihr rechtmäßiger Anteil gestohlen wurde, waren es die guten Erinnerungen, die als Erste vertrieben wurden. In Changgeun gab es keinen Platz mehr, den er noch hätte frei machen können. Er lebte letzten Endes einzig und allein mit der Erinnerung an jenen Serienmord. Er hatte weitere zehn Jahre so gelebt, bis er endlich seine Versetzung beantragte. Er hatte gesagt, dass er nach Busan wolle. Dafür hatte er keinen nennenswerten Grund gehabt. Jetzt beim Rauchen fiel ihm ein, dass er auf die Frage seines Teamleiters, warum er nach Busan wolle, tatsächlich geantwortet hatte: »Ich möchte sehen, worin sich das Meer dort von dem hier unterscheidet.«

* * *

Yang Changgeun dachte, dass er im falschen Film sei. Abgesehen davon, dass die Polizeistation sehr klein war, gab es auf dem Revier zu viele Schüler in Schuluniform. Ihm wurde erzählt, dass man diese Schüler aufs Revier mitgenommen habe, weil sie in ihrem Klassenzimmer eine Schlägerei veranstaltet hätten. Es war laut. Man sagt, dass sich der Busan-Dialekt so anhöre, als ob man miteinander streiten würde, auch wenn man ein ganz normales Gespräch führte. Und hier stritten wirklich alle miteinander. Die momentane Stimmung auf dem Revier erschien Changgeun nicht angemessen, um sich seinen neuen Kollegen vorzustellen und sie zu begrüßen, daher setzte er sich kurzerhand an einen Schreibtisch, der gerade unbesetzt war, und schaute dem Treiben zu. Es waren auch einige Schülerinnen darunter, aber sie schwiegen, während die meisten Schüler laut waren und versuchten, sich irgendwie herauszureden. Die Mädchen sagten nichts, weil sie immer noch unter Schock zu stehen schienen. *Mein Gott, muss man wirklich Schüler auf ein Polizeirevier schleppen, nur weil es im Klassenzimmer eine kleine Rauferei zwischen zwei Cliquen gegeben hat?*, dachte sich Changgeun. Das fand er lächerlich. Aber zugleich fragte er sich: *Muss man als Mädchen dermaßen schockiert sein, nur weil man eine Schlägerei gesehen hat?* Das fand er seltsam. Er schaute sich etwas genauer um und stellte fest, dass er eine merkwürdige Szenerie vor sich hatte, eine Mischung aus Chaos und Angst. Auch die Ermittler wirkten auf ihn irgendwie angespannt. Einer von ihnen hatte einen der Jungen richtig in der Mangel. Er stellte Frage auf Frage, aber der Schüler antwortete nicht.

»Hey, machst du dir etwa Gedanken, wie du nach der Schule an Geld kommen kannst?«

Schweigen.

Der Ermittler trat ein paarmal gegen die Schuhe des Schülers. Große, hohe weiße Sneaker.

»Das ist eine teure Marke. Mit welchem Geld hast du die gekauft? Antworte!«

Schweigen.

»Na was? Haben sie dir gesagt, dass sie dich in ihre Gang aufnehmen, wenn du vor dem Schulabschluss einen abstichst? Haben sie dir gesagt, dass du bis an dein Lebensende ausgesorgt hast, wenn du jemanden abstichst?«

Schweigen.

»›Er ist einfach aus dem Nichts aufgetaucht, während ich gegen die anderen gekämpft habe. Wir haben wirklich nur unter uns gekämpft, ich schwöre.‹ Haben sie dir gesagt, dass du das sagen sollst und dann heil aus der Sache rauskommst?«

Schweigen.

»Hey, Lee Sunhee, hör mir mal zu, deine Noten sind ziemlich miserabel, und bald bist du fertig mit der Schule. Also hast du gedacht, dass du unbedingt irgendwie auf dich aufmerksam machen musst, egal wie. Nicht wahr?«

Schweigen.

»Womit hast du ihn erstochen?«

Schweigen.

»Ich habe dich gefragt, womit du ihn erstochen hast!«

Schweigen.

»Denkst du, dass dein Vater dich da rausboxen wird? Nur weil er verdammt viel Geld hat, glaubst du, dass er dich auch diesmal problemlos aus diesem Schlamassel ziehen kann?«

»… Ich bin das nicht gewesen.«
»Was ist dann das da für Blut?«
»… Das ist nicht mein Blut.«
»Eben! Warum klebt von diesem Blut, das nicht deins ist, so viel an dir?«

Gerade war Changgeun auch auf dieses Blut aufmerksam geworden. Nur dieser Junge war komplett blutverschmiert. Er hätte nicht dort sitzen können, wäre das Blut von ihm selbst gewesen. Obwohl es unsäglich laut war und die Mädchen unter entsetzlichem Schock zu stehen schienen, fiel Changgeun einzig dieser Junge auf, der vollständig von Rot bedeckt war. *Lee Sunhee war sein Name, wenn ich mich nicht verhört habe,* dachte er und rief sich den Schüler, den er vor 13 Jahren kennengelernt hatte, ins Gedächtnis. Dieser war ein ruhiger Junge gewesen. Lee Sunhee nicht. Jener Junge war zwar auf Dächern herumgesprungen, hatte aber schwächlich ausgesehen. Lee Sunhee nicht. Die weiße Schuluniform jenes Jungen war so rein gewesen, dass kein einziges Staubkorn darauf zu sehen gewesen war. Die von Lee Sunhee nicht. Dennoch, als er ihn so betrachtete, erinnerte Sunhee ihn an jenen Jungen.

* * *

Zwei Klassen zusammenzulegen war eine Seltenheit. Dazu handelte es sich noch um zwei Abschlussklassen. Zwei Klassen in einem Klassenzimmer, da war es vorprogrammiert, dass der Unterricht nicht gut vonstattengehen konnte. Einige Jungs machten Quatsch und wollten sich auf den Schoß der Mädchen setzen mit der Begründung, dass es keinen freien Stuhl mehr gab und sie daher dazu gezwungen waren. Die meisten Mädchen waren genervt, aber es gab auch welche, die die Jungs zu sich holten und sie auf ihren Schoß setzen ließen. Ganz unabhängig davon, dass vor Kurzem jemand gestorben war und Unsicherheit darüber herrschte, wie es um die Zukunft der Schule bestellt war, war es auf jeden Fall ein besonderer Tag für die Schüler. Sie alle befanden sich in heller Aufregung und redeten über das hübsche Mädchen oder den süßen Jungen aus der Parallelklasse. Niemals zuvor waren in dieser kaufmännisch-technischen Oberschule, die nie im Zentrum des Interesses der Bürger gestanden hatte, so viele Menschen gewesen! Ein Junge machte einen geschmacklosen Witz, ob die Mädchen alle gleichzeitig ihre Tage bekommen hätten. Der Blutgeruch aus der Nachbarklasse hatte sich in der ganzen Schule ausgebreitet.

Das gelbe Band der Polizeiabsperrung verhinderte den Zugang zum Flur des Klassenzimmers, in dem ein Mann gestorben war. Die Schüler konnten den Ausgang nicht mehr benutzen, der sich am Ende jenes Flurs befand, mussten deshalb über einen Umweg zu den Toiletten und kamen auch nicht mehr auf dem kürzesten Weg zum Schulkiosk. Ein Junge, der Radau machte, weil er unbedingt über den Flur zum Kiosk wollte, wurde von einem Ermittler geohrfeigt. Es war Ermittler Kang Doyeong, der in Busan geboren war, auf den Straßen Busans Unfug getrieben hatte und letztlich in Busan Ermittler geworden war. Der Schüler drehte sich murrend um, Doyeong packte ihn aber am Kragen, zog ihn hinter die Polizeiabsperrung und noch weiter. Eine neue Entwicklung, die die Aufmerksamkeit der anderen Schüler auf sich zog. Die anderen Polizisten versuchten, Doyeong aufzuhalten. Er brachte jedoch den Schüler bis ins Klassenzimmer, in dem sich der Vorfall ereignet hatte. In dem Zimmer hielten sich Polizisten, Ermittler und ein Untersuchungsteam der Forensik in

Polizei- und Beamtenuniform auf anstatt wie sonst Schüler in Schuluniform. Die Forensiker hatten sich um eine bestimmte Stelle versammelt. Sie knieten dort und schauten sich etwas genauer an. Doyeong drückte den Kopf des Jungen zwischen diesen Leuten hindurch. Unmittelbar vor den Augen des Jungen befanden sich die Augen des Toten. Der Schüler hatte das entsetzliche Gefühl, dass ihn jene Augen direkt anschauten. Aber die Augen der Leiche sahen nirgendwohin. Sie blieben lediglich fest auf den Punkt gerichtet, auf den der Blick des Toten bis kurz vor seinem Ableben gerichtet gewesen war. Der Schüler erblickte flüchtig das Blut und die Eingeweide, die aus dem Bauch des Toten herausgequollen waren. Um nichts mehr davon zu sehen, starrte er lediglich die Augen der Leiche an.

Schließlich rannte er aus dem Klassenzimmer hinaus und übergab sich. Der Kriminalkommissar, Leiter des Ermittlerteam 1, betrat das Klassenzimmer und machte seiner Unzufriedenheit und seinem Ärger Luft: »Verdammte Scheiße, Kang, dieser blöde Hund!«

Yang Changgeun blickte in das blasse Gesicht des Schülers, der gerade aus dem Klassenzimmer herausstürzte, und folgte dem Kriminalkommissar ins Klassenzimmer. Um den Toten herum, der auf dem Boden lag, war eine große Menge Blut zu sehen. Das Blut war einzig um ihn herum. Changgeun dachte nach. Er hatte den Wagen auf dem Schulhof geparkt, war durch den Eingang am linken Ende des Flurs ins Gebäude gelangt und über den Flur gegangen. Und bis in dieses Klassenzimmer. Auf dem Weg bis hierher hatte er keinen einzigen Tropfen Blut gesehen.

In Gedanken lief er diesen Weg mehrmals ab, aber er konnte sich nicht erinnern, dass er irgendwo Blut gesehen hatte. Alles

Blut, was der Mann besaß, war ausschließlich hier, in diesem Klassenzimmer vergossen worden. Und zusammen mit dem Blut auch seine Eingeweide. Die meisten von ihnen konnte man in einen separaten Behälter einpacken, aber es gab auch Teile, die noch am Körper des Mannes hingen. Um die Leiche auf die Bahre zu legen und darauf zu achten, dass jene Teile nicht herausquollen, waren die Anstrengungen mehrerer Personen erforderlich. Die Eingeweide ergossen sich wieder aus dem Körper, als dieser angehoben wurde. Am liebsten hätte man sie selbstverständlich einfach in den Bauch hineingeschoben, aber um sie dort zu halten, dafür fehlte es an Fleisch und Gewebe. Man wollte eilig den Flur hinter sich lassen, damit die Schüler möglichst wenig davon mitbekamen; allerdings führte das haargenau dazu, dass die Eingeweide noch einmal herausfielen und sich auf dem Boden verteilten. Die Forensiker sammelten die Eingeweide wieder auf, und die Ermittler nahmen alle Videos von den Überwachungskameras der Schule mit aufs Revier.

6

»Ich hatte wirklich nicht vor, auch das noch zu erzählen. Aber ich habe einen Sohn. Das ist sicher nicht etwas, mit dem man prahlen muss ... Äh, der Kleine, er ist nicht einmal mit der Schule fertig, aber er fährt niemandem an den Karren, lässt den Karren auch nie im Dreck stehen und will mir, egal, was ist, immer unbedingt helfen. Er kommt schwuppdiwupp hierher, sobald er mit dem Unterricht fertig ist, jeden Tag, und wischt und schneidet und auch die Suppe ... ja, er kann schon jetzt super mit der Herdflamme umgehen. Hier oben, im Kopf, ist er nämlich so was von schlau ...«

Wie lange muss ich mir das noch anhören?, fragte sich Uhwan. Er hatte noch nie jemanden kennengelernt, der solchen Spaß daran hatte, mit dem Finger gegen den eigenen Kopf zu tippen. Uhwan hatte mithilfe der Zeichnung des Kochs problemlos den Weg hierher gefunden. Die Gaststätte war alt, aber sauber. Auch ihr Schild sah gepflegt aus: »Busan Knochensuppe«. Der Name war schlicht, daher konnte man ihn sich gut merken, und diese Schlichtheit des Namens strahlte die Selbstsicherheit des Lokals aus. Die Mittagszeit war schon vorüber, dementsprechend gab es keine Kunden. Die Gaststätte war zu groß, um sie alleine zu betreiben. Aber auch wenn sie winzig klein gewesen wäre, musste Uhwan hier einfach eine Arbeit finden. Er hatte dem Gaststättenbesitzer Honig um den Bart geschmiert. Er sei zu allem bereit, und man brauche ihm auch keinen Lohn zu zahlen, er benötige nur einen Platz zum Schlafen. Doch der Gaststättenbesitzer, der vor ihm saß, sprach nur um den heißen Brei herum, ohne ein definitives Ja oder Nein zu geben. Überdies hatte Uhwan keinen Schimmer, wovon der Mann redete. Dass er einen Sohn hatte, das hatte er verstanden. Aber nicht, warum dieser Sohn, der noch die Oberschule besuchte, einen Karren hatte, und ob die Leute hier wirklich noch einen Karren schoben. *Wie soll das aussehen, wenn man »schwuppdiwupp« hierherkommt? Was wird gewischt und geschnitten? Was erwartet er von mir? Warum erzählt er mir das alles? Wieso benimmt er sich mir gegenüber so eigenartig?* Uhwan war ratlos und frustriert. Am liebsten hätte er geschrien, dass er aus der Zukunft gekommen sei und dafür sein Leben aufs Spiel gesetzt habe, nur um zu lernen, wie man die Knochensuppe dieser Gaststätte kocht, und weil er die verdammte Beinscheibe brauche. Aber das durfte er nicht. Er spielte mit dem Gedanken, einfach nur die Knochensuppe zu probieren. Er könnte den Lokalbesitzer fragen, wo man diese Beinscheibe herbekommt, und dann wieder zurückkehren. Er meinte, dass es ihm doch gelingen müsste, den Geschmack der Brühe einigermaßen nachzuahmen, wenn er sie probiert hätte.

»Okay, alles klar. Dann möchte ich jetzt eine Knochensuppe bestellen.«

Ihm wurde eine Schüssel Knochensuppe serviert, dazu eine Schüssel Reis und eine Portion Rettich-Kimchi, in Würfel geschnitten. Mehr gab es nicht. Dennoch sah das Menü vollständig aus. Uhwan nahm den Löffel in die Hand. In wie viele Münder war dieser Löffel bereits gewandert! Denn der vordere Teil des runden Metalllöffels war dünner als der hintere. Es war definitiv ein Lokal, das bei vielen Menschen seit langer Zeit sehr beliebt war. Uhwan nahm einen Löffel von der Suppe.

Ihm fielen sofort die Worte ein, die sein Chef in jeder freien Minute dem Koch, den er dafür extra hatte kommen lassen, ununterbrochen zu erzählen pflegte. Die Suppe schmeckte Uhwan. Sie war nicht würzig, hatte aber einen Geschmack, der sich im gesamten Mund ausbreitete. Sie wies keine unterschiedlichen Aromen auf, war jedoch vollmundig. Ein einziger Geschmack mit Tiefe. Das Fleisch in der Suppe schmeckte unglaublich nussig. Diese Suppe wurde zweifelsohne mit der Beinscheibe zubereitet. Sie war die pure Freude für Uhwans Gaumen. Er aß einen Löffel und dann noch einen. Er probierte sie einmal und dann noch mal und noch mal. Er gab den Reis in die Suppe dazu und schaufelte sie vollständig in sich hinein.

Diese Knochensuppe war nicht nachzuahmen. Nichts, was man einigermaßen ähnlich hervorzaubern konnte. Wenn es um diese Suppe ging, wollte Uhwan tatsächlich lernen, wie man sie zubereitete. Er wollte es wirklich lernen und dann Koch werden. Er wollte um jeden Preis in der Lage sein, diese Suppe zu kochen, und mit dieser Fähigkeit in seine Zeit zurückkehren. Wenn ihm das gelingen würde, so hatte er das Gefühl, würde ein neues Leben auf ihn warten. Er dachte zum ersten Mal in seinem Leben als ein Mann Mitte 40 an die Möglichkeit, sein Leben zu ändern. Er ließ die Worte des Gaststättenbesitzers in der Zukunft wieder und wieder Revue passieren. Während sein Kopf fieberhaft arbeitete, aß er das in Würfel geschnittene Rettich-Kimchi. Es schmeckte ihm allein für sich genommen ebenfalls sehr gut. Er merkte nicht einmal, dass das scharfe Rettich-Kimchi auch salzig war, und ließ sich weiterhin Verschiedenes durch den Kopf gehen. Auf jeden Fall musste er, ganz gleich wie, das Herz dieses Mannes, der vor ihm saß und lauter unverständliche Dinge faselte, für sich gewinnen. Er spielte wiederholt dessen Worte, die er nicht verstanden hatte, in Gedanken ab. Was waren die Gegenstände, die gewischt und geschnitten werden mussten? Er hatte gesagt, dass sein Sohn zuerst diese beiden Sachen in Angriff nehme, wenn er schwuppdiwupp oder so hierherkomme. Uhwan sah die Möglichkeit, hier zu arbeiten, wenn er diese beiden Sachen hervorragend meistern würde. Wischen und schneiden. Aber was? Was damit gemeint sein könnte, wusste er leider nicht.

In diesem Augenblick nahm er wieder die Stimme des Gaststättenbesitzers wahr.

»Einige schneiden das Rettiki nicht sauber und gleichmäßig in acht Ecken, sondern lässig in drei, und andere machen das völlig planlos in egal wie viele Ecken, einfach so, nach Bauchgefühl …«

Was redete er da eigentlich gerade wieder? Uhwan verstand kein Wort. Okay, er musste ja nicht unbedingt verstehen, was er hörte. Er könnte einfach zusehen, wie die Knochensuppe gekocht wurde, das dann mit den eigenen Händen nachahmen und auf diese Weise lernen. Man sagte doch, dass der Geschmack des Essens wesentlich davon abhing, wie liebevoll man mit den Zutaten umging. Er konnte problemlos Rettiki schneiden, was auch immer das sein mochte, dachte Uhwan, der seinen Blick in Richtung Küche richtete. Schneiden und Hacken, das war das, was er seinen Lebtag lang getan hatte, sobald er morgens die Augen öffnete. Wenn jemand das schaffen sollte, dann war er es. Er war absolut zuversichtlich. Er ging unbeirrt in die Küche, suchte mit den Augen etwas zum Zerschneiden, sah eine große

Frühlingszwiebel und griff nach ihr. Anschließend legte er los. Er schnitt sie ganz laut, als ob er sie zerhämmern würde. Seine Handhabung des Messers war grandios. Er hackte die große Frühlingszwiebel klein, und zwar so klein wie möglich.

Der Lokalbesitzer betrat die Küche und schaute Uhwan zu. Dann öffnete er den Mund: »Schade, Sie haben die gute Frühlingszwiebel komplett pulverisiert.«

* * *

Seit 15 Jahren Geschäftspartner. Als die Tochter seines Geschäftspartners ihre Hochzeit gefeiert hatte, hatte Lee Jongin für die Hochzeitsgäste sogar eine Party in seiner Gaststätte veranstaltet und dafür auf den kompletten Tagesumsatz verzichtet. Auf Umsatz zu verzichten war für Jongin vorher nie infrage gekommen. Es war das einzige Mal seit der Eröffnung seiner Gaststätte. Selbst als seine Frau gestorben war, hatte er sein Lokal geöffnet. Er konnte nicht nachvollziehen, warum immer nur er Pech bei solchen Dingen hatte. Betrug beim Fleisch! Ein Mann, der Fleisch verkaufte, betrog den Mann, der Fleischsuppe verkaufte. Beim Fleisch! Unfassbar! Es gab immer wieder Metzgereien, die mit einem besseren Angebot zu Jongin kamen. Aber er war stets bei seinem Metzger geblieben. Es gab schließlich so etwas wie Stammkunden! Und Jongin wusste, welche Bedeutung es hatte, zusammen Zeit verbracht zu haben. Er hatte zumindest gedacht, dass er das wusste. Seit dem Tod seiner Frau klammerte er sich noch fester an die Zeit, die er mit jemandem verbracht hatte. Er hatte früh genug das Gerücht mitbekommen, dass sein Metzger Fleisch verkaufe, das aus dem Ausland importiert sei. Doch er vertraute seinem Metzger. *Mich würde er niemals betrügen. Wir kennen uns nicht gerade erst seit gestern!* Er dachte nicht daran, dass sich die Zeiten ändern konnten, sondern verließ sich nur auf die Bedeutung der Jahre, die er seinen Metzger schon kannte. Aber jetzt konnte er auf nichts mehr vertrauen. Seine Wut war nicht mehr unter Kontrolle zu bringen. Es gab genug Metzgereien, die ihm Fleisch liefern konnten. Seine Gaststätte war immer noch die beste Adresse in Busan. Nein, die beste im gesamten Land, so dachte er.

Als er zurück in seinen Laden kam, nachdem er erfahren hatte, dass seine Stammmetzgerei, der er sein vollstes Vertrauen geschenkt hatte, ihn betrogen hatte, rief er auf der Stelle viele potenzielle Kandidaten an und schloss mit der Metzgerei, die ihm das beste Angebot vorlegte, ein Geschäft ab. So einfach brach er die Beziehung mit dem Stammlieferanten ab, mit dem er seit 15 Jahren im Geschäft gewesen war. Das war, womit er sich heute Vormittag beschäftigt hatte. Bis zum Nachmittag konnte er sich dann nicht richtig auf die Arbeit konzentrieren. Er hatte genug Jahre auf dem Buckel, dass er es besser wissen müsste, dennoch tat er sich selbst leid, weil er von jemandem verraten worden war, dem er vertraut hatte. Er dachte an seine Frau, die immer sehr klug gewesen war. Wäre sie da gewesen, wäre er von seinem Metzger nicht verraten worden und hätte auch nicht dem Menschen, den er seit so langer Zeit gekannt hatte, innerhalb nicht einmal eines halben Tages den Rücken gekehrt. Es fühlte sich für ihn so an, als wäre es weniger sein Metzger, der ihn betrogen hatte, als vielmehr er selbst, der sich hatte betrügen lassen, den man als einen schlechten Menschen bezeichnen musste. Hätte er früh genug erkannt, dass er betrogen wurde, anstatt sich so lange betrügen zu lassen, wäre er immer noch langjähriger Stammkunde des Metzgers. Die beiden hätten weiter eine Beziehung, bei der sie einander ihr Herz ausschütten und sich die albernsten Witze erzählen könnten. Seine Brust fühlte sich beengt an, daher ließ er die Eingangstür seines Lokals offen stehen. Ein ziemlich kühler Wind wehte herein. Da entdeckte er einen Mann, der vor der Gaststätte stand und hereinschaute. Das war seine erste Begegnung mit Uhwan gewesen.

Jongin wurde aus diesem Mann nicht schlau. Weil er aus ihm nicht schlau werden konnte, hatte er ihm viele Lügen erzählt. Seine Gaststätte benötige keine Aushilfskraft. Sein Sohn sei so lieb und helfe ihm bei der Arbeit. Warum er so viel geredet hatte, wusste er selbst auch nicht genau, denn er war von Natur aus niemand, der viel redete, wenn der Tag lang war. Seinem Lokal mangelte es immer an Hilfe. Das war nur verständlich, weil er die Arbeit, die er früher mit seiner Frau zu zweit erledigt hatte, nun allein bewerkstelligen musste. Er hatte keine Aushilfskraft eingestellt, weil er damit gerechnet hatte, dass sein Sohn ihm helfen würde, wenn er groß war. Seine Stammkunden wurden dagegen immer mehr, und sie räumten mittlerweile nach dem Essen sogar von sich aus nicht nur das leere Geschirr ab, sondern legten auch das Geld selbst an die Kasse. Und trotzdem benötigte Jongin Hilfe. Sein Sohn half ihm nicht. Seine Stammkunden benahmen sich viel freundlicher als sein eigener Sohn. Dennoch zählte er die Tage und wartete auf den Tag, an dem sein Sohn die Küche betreten und seinen Platz neben seinem Vater einnehmen würde.

Wer würde sich heute noch mit solch einer Arbeit befassen? Jongin dachte zwar, dass seine Knochensuppe die beste im gesamten Land sei, aber sie war nicht landesweit bekannt. Es gab niemanden, der zu ihm kam, um seine Kochkunst zu erlernen. Es gab aber einen Menschen auf der Welt, an den er gerne seine

Kunst weitergeben wollte, nämlich seinen Sohn. Doch dieser hatte gar kein Interesse daran. Jongin musste sich nun fragen, warum um Himmels willen dieser Mann vor ihm um jeden Preis in seiner Küche arbeiten wollte. Was für ein Mensch war er und was hatte er bisher gemacht, wenn er nicht einmal für seine Arbeit bezahlt werden wollte und sich lediglich wünschte, hier zu arbeiten? Wo gab es heute noch so jemanden! Jongin konnte dem Mann, aus dem er nicht schlau wurde, nicht vertrauen. Heute war schließlich der Tag gewesen, an dem er den Entschluss gefasst hatte, so gut wie niemandem mehr zu vertrauen. Er schickte den Mann weg.

Mein Sohn kommt also auch heute wieder spät nach Hause, dachte er, und fast gleichzeitig klingelte das Telefon. Die Polizei. Es war wahrlich nicht das erste Mal, dass er wegen seines Sohnes einen Anruf von der Polizei bekam, dennoch zitterte er diesmal. Es hieß, dass sein Kind auf frischer Tat ertappt worden sei und sein Fall gerade untersucht werde. Jemand soll ums Leben gekommen sein. Sein Sohn könne für mehrere Tage, möglicherweise nie wieder nach Hause kommen, hatte der Polizist noch gesagt. Genaueres könne er erst nach der Untersuchung sagen. Nach dem Telefonat hielt Jongin noch lange den Hörer in der Hand. Es war keine Überraschung, dass sein Sohn in eine Schlägerei verwickelt war oder anderen Ärger gemacht hatte. Aber einen Vorfall, bei dem jemand gestorben war, hatte es bisher nicht gegeben. Die Worte, dass sein Sohn möglicherweise nie wieder nach Hause könne, hörte er immer noch wie in der Endlosschleife.

Jongin ging von der Küche nach vorne in den Gästebereich und nahm an einem Tisch Platz. Auf einmal wollte er nicht alleine sein. Er fürchtete, dass es eine zu lange Nacht würde, um sie allein überstehen zu können. So ein Abend war es. Er öffnete die Tür seines Lokals und schaute hinaus. Der Mann, den er weggeschickt hatte, war noch da. Es war schon spät am Abend, aber der Mann saß immer noch vor der Gaststätte. Er saß dort zusammengekrümmt und eingerollt und wirkte dementsprechend sehr klein. Er sah wie jemand aus, der sein Leben lang nie seinen eigenen Raum gehabt hatte. Jongin schaute diesen Mann lange an, der den so winzig kleinen Raum eines vermeintlich anderen für sich eingenommen hatte und der sich anscheinend irgendwie dafür entschuldigen wollte.

Er ließ den Mann in die Gaststätte kommen und zeigte ihm, wo er schlafen konnte. Der Mann wollte ihm gleich behilflich sein, aber Jongin hielt ihn davon ab. Er sagte ihm, dass er sich ausruhen solle.

Uhwan legte sich hin. Es roch nach Lebensmitteln. Es sah danach aus, dass er hier nicht nur wie zu Hause neben der Vorratskammer, sondern direkt darin leben würde. Einen weiten Weg hatte er zurückgelegt. Etwa 40 Jahre war er zurückgereist. Ins Jahr 2019 etwa, so schien es. Uhwan war erschöpft. Als er einschlief, meinte er, ein Seufzen des Gaststättenbesitzers zu hören.

7

Der Körper, aus dem alles Blut verschwunden war, sah bleich aus. Dr. Tak Seongjin, Pathologe und Rechtsmediziner, stand über die Leiche gebeugt.

»Das ist ... das ist wirklich sehr sonderbar. Ihnen allen ist auch klar, dass das sehr sonderbar ist, oder? Hey, Herr Kang, was sagen Sie dazu?!«

»Mein Gott, jetzt fangen Sie schon an!«

»Die Todesursache ist, na ja, ein hämorrhagischer Schock. Aber wenn man so viel Gewebe wie hier verliert, stirbt man eben. Von direkt unter den Rippen bis zum Hüftbein, zwischen diesen beiden Punkten gibt es kein Gewebe mehr, weder vorne noch hinten. Aber das Gewebe ist nicht das Einzige, was hier fehlt. Auch die inneren Organe, die sich genau hier befinden sollten, fehlen komplett. Da ist nichts. Sind Sie sicher, dass Sie am Unfallort alles eingesammelt und mitgenommen haben? Herr Kang?«

»Ja, es wurde alles mitgenommen. Was glauben Sie denn? Herrgott noch mal!«

»Was noch sonderbarer ist, ist dieses Schnittbild. Überaus sauber. Der Schnitt dieses Halbkreises ist äußerst sauber, keine einzige Stelle ist fehlerhaft. Auf diese Weise ist alles herausgenommen worden, einschließlich der inneren Organe, einfach alles. So viel dazu. Das meine ich mit dem Sonderbaren an diesem Fall. Wenn man aus einer Torte etwas mit dem Löffel nimmt, hat man den mittleren Teil der Torte auf dem Löffel, sehr sauber, nicht wahr?«

Doch die Ermittler schienen nicht zu verstehen, was der Pathologe damit meinte. Er blickte sie kurz an.

»Alles Idioten miteinander … Sie verstehen mich nicht, weil Sie anscheinend noch nie im Leben eine Torte gegessen haben. Gehen Sie später alle mal in eine Bäckerei und probieren Sie eine Torte. Was ich sagen will, ist: Nehmen wir an, dass dieser Körper eine Torte ist. Und man stellt diese Torte hin und hält sie fest, damit sie nicht wegrutscht, und mit einem riesigen Löffel, etwa zwanzig Zentimeter im Durchmesser, löffelt man hier etwas schön aus der Seite heraus. Dann würde das so wie das hier aussehen. Kapiert? Vom Gewebe bis zu den inneren Organen, alles komplett weg. Weder Gewebe noch Innereien, die in diesen Bereich gehören, sind vorhanden. Das meine ich!«

»Und mit was? Womit macht man sowas? Mit einem extrem scharfen Messer?«

»Herr Kang, wie wollen Sie mit einem Messer einen Halbkreis schneiden? Einen vollkommenen Halbkreis, der aussieht, als hätte man ihn mit einem Zirkel gezeichnet? Außerdem gibt es keine Hämatome. Das ist auch sehr erstaunlich. Er hat nicht geblutet, während das Fleisch herausgeschnitten wurde. Nein, das Gewebe, das herausgeschnitten wurde, hat kein bisschen geblutet, sondern dieser Teil seines Körpers ist einfach verschwunden. Und das Blut, das in dem Körper vorhanden gewesen war, ist dann dementsprechend herausgeflossen. Als die Wunde jedoch entstand, ist kein Tropfen Blut geflossen.«

Yang Changgeun, der bisher still zugehört hatte, meldete sich zum ersten Mal zu Wort: »Was wäre mit einem Schweißgerät oder etwas Ähnlichem?«

Dr. Tak und die restlichen im Raum anwesenden Ermittler richteten ihre Blicke auf Changgeun.

»Meinen Sie, dass man mit einem Schweißgerät hier einen Halbkreis geschnitten hat, so wie ein Schweißer eine Metallplatte durchschneidet?«, fragte Dr. Tak, schaute Changgeun an, dachte kurz nach und fuhr fort: »… mit einem Schweißgerät, mit solch einer hohen Temperatur einmal durchgehen … Ja, es ist denkbar, dass dann so eine Form zustande kommt. Das eine Stück wird vom anderen getrennt und dabei ausgebrannt, daher auch keine Blutung. Das Stück Gewebe wird dann schlichtweg aus dem Körper herausgeschnitten.«

Kang Doyeong mischte sich plötzlich ein: »In welcher Klasse ist dieser verdammte Lee Sunhee? In einer Schweißer-Klasse? Bestimmt!«

Sobald Doyeong aufs Revier zurückgekommen war, steuerte er seine Schritte auf Sunhee zu, der in Untersuchungshaft saß. Lee Sunhee hatte immer noch seine Schuluniform an, die vollkommen von Blut durchtränkt war.

»Hey, Lee Sunhee. In welcher Klasse bist du? In der Schweißer-Klasse, oder? Habe ich recht?«, sprach Doyeong ihn grinsend an.

»Fach Elektronik.«

»Elek… Im Fach Elektronik lernt man Schweißen, stimmt's?«

»Nein, wir löten.«

Auf die Antwort von Sunhee hin versank Doyeong in Schweigen. Mit seinen Gedanken war er in der Schule Sunhees. Die Schüler saßen dort ganz brav und löteten ruhig. Vielleicht stellten sie ein Radio oder etwas Ähnliches her.

»Du bleibst hier, beweg dich keinen Millimeter. Dieser verdammte Bengel noch mal!«

Die Ermittler, die aufs Revier zurückgekehrt waren, hatten viel zu diskutieren. Ihnen gingen viele Gedanken im Kopf herum, und sie begannen, ihre Ideen miteinander zu teilen. Sie waren Spezialisten, äußerst erfahren auf ihrem Gebiet, und stellten einander Fragen nach dem, was ihnen wirklich unter den Fingernägeln brannte, und nach Dingen, die sie absolut nicht nachvollziehen konnten. Auf diese Weise tauschten sie sich untereinander aus und suchten nach Erklärungsmöglichkeiten.

Zunächst diskutierten sie darüber, ob die Clique von Lee Sunhee den Mann getötet hatte, und zwar im Auftrag einer Gang. Wenn man nämlich berücksichtigte, welches Verhalten Sunhee bisher an den Tag gelegt hatte, war es durchaus denkbar, dass er zu allem fähig war. Weil es in seiner Natur lag, andauernd irgendetwas anzustellen, egal was. Sie diskutierten auch darüber, ob irgendein anderer übler Kerl den Mann getötet und heimlich in die Schule hineingeschmuggelt haben könnte. Wenn ja, hatte er das dann wegen eines Alibis getan? Wie war der tote Mann ins Klassenzimmer gekommen? Ob er in verletztem Zustand dorthin gekommen war? Allein? Wann hatte er sich zwischen die um sich schlagenden Schüler gedrängt? Und warum? Wollte er unbedingt von Sunhee getötet werden und hatte sich dafür heimlich in die Schule geschlichen und sich nach Sunhees Klassenzimmer erkundigt? Nein, er hatte sicher gewusst, in welchem Klassenzimmer Sunhee war. Hatte er sich wirklich zwischen die Schüler gedrängt, die voll damit beschäftigt waren, sich zu prügeln, und extra nach Sunhee gesucht? Er wusste doch, wie Sunhee aussah, oder? Oder hatte der Schüler ihn heimlich in das Klassenzimmer mitgenommen? Wenn man davon ausging, dass

Sunhee den Moment ausgenutzt hatte, in dem die anderen Schüler ihn eingekreist hatten, war es durchaus möglich, dass er den Mann dann getötet hatte. Von wo aber hatte Sunhee ein Schweißgerät hervorgeholt, wenn er doch das Fach Elektronik hatte? Passte so ein Gerät in eine Schublade? War eine Schublade dafür groß genug? Ach ja, in der Schule stand ja jedem Schüler ein Schließfach zur Verfügung! Genau, diese befanden sich im hinteren Bereich des Klassenzimmers. Warum hatte ihn dann aber niemand gesehen, während er mit einem Schweißgerät in der Hand quer durch das Klassenzimmer gelaufen war? Man konnte annehmen, dass sich die Schüler hinter Sunhee stellen würden, aber was war mit den Schülerinnen? Ob auch sie ihn mochten? Ob es einen Fanclub für ihn gab, da er so süß aussah? Was hatten die Schülerinnen noch mal gesagt? Ob es tatsächlich stimmte, was sie ausgesagt hatten, und der Mann urplötzlich einfach so vom Himmel gefallen war? Eine solche absurde Geschichte glaubte kein Ermittler. Kein Experte würde auf eine solche Lüge anspringen.

Aber warum unbedingt dieser Halbkreis? Warum dieser exakte halbe Kreis, wo man doch so beschäftigt gewesen sein musste? Ging es um ein Symbol für etwas? Gab es Gangsterbanden, die auf Halbkreise standen? Gangs benannten sich meistens nach dem Namen des jeweiligen Viertels, wie Strand-Clique, Dongrae-Clique und so weiter. Natürlich musste man überprüfen, ob es auch solche Gangs gab, die sich vielleicht nach geometrischen Figuren benennen wie Dreieck, Rechteck, Kreis, Halbkreis oder so etwas. Oder war das zu abwegig? Ob wirklich gar keine Gangsterbanden zu finden waren, die sich nach solchen Figuren benannten? Wirklich nicht? Keine? Zumindest eine Gruppe, die sich so nannte, musste es doch geben, oder?

Selbstverständlich gab es Ermittler, die an diesem Meinungsaustausch nicht teilnahmen. Yang Changgeun beispielsweise. Er notierte für sich nur ein paar Fakten. Zunächst hatte der Mann gar keine Verletzung gehabt, als er die Schule betrat. Bis er ins Klassenzimmer kam. Wäre er verletzt gewesen, wären bereits im Flur Blutspuren zu finden gewesen. Außerdem hätten seine inneren Organe vom Flur bis ins Klassenzimmer eine lange Linie gebildet, wäre er so verwundet dorthin gelaufen, wie er jetzt aussah. Er wies keine anderen Verletzungen auf. Er war im Klassenzimmer zwischen den Schülern ums Leben gekommen. Er hatte das Klassenzimmer betreten, während die Schüler dort wie verrückt aufeinander einschlugen, wurde in die Schlägerei verwickelt und in einem Moment, in dem die Schüler ihn außer Acht gelassen hatten, von jemandem ermordet. Aber von wem? Ein potenzieller Kandidat war selbstverständlich Lee Sunhee, denn er war bei den Ermittlern längst aktenkundig. Und man wurde nicht ohne Grund aktenkundig. Allerdings hatte er nicht einmal ein Messer bei sich gehabt. Die Wunde des Mannes war keine, die man mit bloßen Händen zufügen konnte. Und die Sache mit dem Schweißgerät … So etwas hatte sich auch nicht in der Nähe Sunhees befunden. Davon abgesehen war es auszuschließen, dass niemand bemerkte, wenn jemand mit einem Schweißgerät einem anderen eine solche Wunde zufügte. Eine Massenhypnose? Warum musste Sunhee den Mann töten, indem er auch auf sowas Kompliziertes wie eine Massenhypnose zurückgriff? Außerdem hatte niemand gesehen, wie der Mann das Klassenzimmer betreten hatte. Bei der Schlägerei hatte es sich eigentlich um eine gehandelt, die sich zwischen der Clique von Lee Sunhee, die aus fünf Schülern bestand, und den 13 Schülern, die aus einer anderen Schule gekommen waren, abgespielt hatte. Die anderen

Klassenkameraden von Sunhee hatten dem Kampf nur zugeschaut. Sie wären in der Lage gewesen, zu sehen, wenn jemand ins Klassenzimmer gekommen wäre. Umso deutlicher hätten sie ihn wahrgenommen, wenn dieser jemand kein Schüler, sondern ein erwachsener Mann war. Dann hätte jemand warnend geschrien, dass ein Lehrer gekommen sei oder etwas Ähnliches. Dennoch hatte niemand den Mann gesehen. Vielleicht stimmte es, was eine der Schülerinnen ausgesagt hatte. Auch wenn es sehr lächerlich klang: »Er war ein… einfach, ur… urplötzlich aufgetaucht. Einfach so.«

Zum Glück waren in den heutigen Schulen an verschiedenen Stellen Überwachungskameras installiert. Angefangen vom Eingangstor der Schule bis in alle Klassenzimmer. Die Überprüfung aller Videos der Überwachungskameras würde ans Licht bringen, ob der tote Mann allein ins Klassenzimmer gekommen war, ob Sunhee ihn mitgebracht hatte oder ob er tatsächlich einfach urplötzlich aufgetaucht war. Es würde ziemlich lange dauern, bis die Aufnahmen der Überwachungskameras vollständig gesichtet waren, aber Yang Changgeun war an das Warten gewöhnt.

Die Ermittler nahmen die Untersuchung sofort in Angriff. Kang Doyeong stattete den üblichen Gangmitgliedern, die er sich in solchen Fällen immer vorknöpfte, einen Besuch ab. Einige andere Ermittler kehrten ins Klassenzimmer zurück, um das vermeintlich versteckte Schweißgerät zu finden. Es gab welche, die ihnen bekannte Schweißer aufsuchten, wieder andere, die Mehrzahl, gingen in eine Bäckerei und bestellten einheitlich ein Stück Torte. Einige von ihnen baten eindringlich um einen großen Löffel, nahmen damit einen Teil aus der Torte und schauten sich die Schnittstelle an. Sie bekamen dabei zwar Hunger, aber sie blieben sehr ernsthaft bei der Sache. Die Situation mochte für

Außenstehende lächerlich wirken, die Ermittler waren aber tatsächlich akribisch dabei, irgendeinen Anhaltspunkt zu finden, egal welchen.

* * *

Der Gaststättenbesitzer weckte Uhwan um vier Uhr morgens. Als Uhwan aus der Vorratskammer kam und die Küche betrat, war sein neuer Chef gerade dabei, Reis zu waschen. Die Brühe köchelte bereits. Sie füllte einen großen gusseisernen Kessel und hatte auch gestern schon geköchelt. Der Chef hatte seinen neuen Mitarbeiter zwar geweckt, gab aber keinerlei Anweisung. Er war in der Küche sehr beschäftigt. Er wusch den Reis fertig und setzte ihn zum Kochen auf. Uhwan fühlte sich irgendwie nutzlos, deswegen öffnete er einfach die Tür des Lokals und begann mit dem Aufräumen. Er fegte den Boden und warf immer wieder einen verstohlenen Blick in die Küche. Er hatte keine Ahnung, wozu man das Weizenmehl benötigte. Sein Chef knetete jedenfalls ein großes Stück Fleisch, das auf einer Seite hell und auf der anderen dunkel war und wie Innereien aussah, auf dem Weizenmehl. Das Fleisch wurde ziemlich lange geknetet und anschließend in Wasser gelegt. Danach schnitt der Chef einen großen Rettich lässig in Würfel und Frühlingszwiebeln in lange Stücke. Aber es sah nicht so aus, als ob er etwas Großartiges kochen würde. Er goss das Wasser weg, in dem das Fleisch gelegen hatte, und füllte frisches ein. Uhwan konnte sich nicht vorstellen, wie die Suppe, wenn sie so gekocht würde, wie er es soeben beobachtete, den Geschmack bekommen konnte, den er gestern genossen hatte. Er nahm übrigens an, dass das rote Fleisch, das er an dem Morgen häufig zu sehen bekam, die Kniescheibe war.

Uhwan schaute genauer hin und war der Meinung, dass der Gaststättenbesitzer nicht unbedingt neue Knochensuppe kochte, sondern Vorbereitungen für irgendein anderes Gericht traf. Er füllte eine Schüssel mit dem Reis, der gerade gar gekocht war. Von der Suppe wurde dann etwas in eine Schüssel gefüllt. Danach gab er Salz und Frühlingszwiebeln jeweils in ein kleines separates Gefäß. *Für wen bereitet er so liebevoll etwas zu essen zu? Wie schön wäre es, wenn ich das bekäme,* dachte Uhwan. Er schluckte trocken. Als der Gaststättenbesitzer aus der Küche trat, tat Uhwan so, als ob er reichlich Ahnung von der Knochensuppe hätte.

»Sie verwenden wohl die Kniescheibe, Chef?«

»Nein, die Beinscheibe zusammen mit der Querrippe.«

»Ach so«, sagte er und dachte für sich: *Stimmt ja, es hieß gar nicht Kniescheibe. Was ist aber eine Kehrrippe?*

Der Chef verließ das Lokal, ohne Genaueres gesagt zu haben. Auch nicht, wohin er ging. Er redete generell nicht viel, und wenn er etwas sagte, war mehr als die Hälfte davon für Uhwan unverständlich. Außerdem war der Sohn, der in der Gaststätte helfen sollte, gestern nicht einmal nach Hause gekommen; deshalb war der Chef vermutlich noch wortkarger geworden als zuvor. Uhwan fragte sich, wann er endlich lernen würde, wie man die Knochensuppe kocht, und wann er mit Beinscheibe und Kehrrippe zurückkehren könnte beziehungsweise ob er das überhaupt irgendwann könnte.

Er realisierte, dass jener Sohn im Lokal nicht half. Er realisierte auch, dass der Sohn unmöglich ein guter Junge sein konnte. Aber er dachte, dass er diesem Sohn womöglich dankbar sein musste, denn im Endeffekt hatte er ihm zu seiner Arbeitsstelle verholfen. Der Junge hatte seinem Vater noch nie geholfen und ihn gestern Nacht erkennen lassen, dass er auch in Zukunft niemals im Lokal helfen würde. Er war der Grund, warum sein Vater in der Nacht aus großer Sorge aufseufzte, und nur dank dieses sorgenvollen Seufzens war es Uhwan möglich, jetzt hier zu sein. Das realisierte er. Jemand, der noch nie für jemanden die kostbarste Person auf der Welt gewesen war, weiß, dass man für jemanden zur kostbarsten Person wird, nicht weil man kostbar geworden ist, sondern weil die Person, die bisher die kostbarste gewesen war, gerade verhindert ist.

* * *

Es spuckte Feuer und gab Geräusche wie etwas Lebendiges von sich. Aus dem Ende eines schmalen, langen Rohrs züngelte eine bläuliche und zugleich gelbliche Flamme entlang einer Linie, die auf einen Körper gezeichnet worden war. »Genau! Das ist es!«, sagten selbst die Augen von Kang Doyeong, die ebenso Funken sprühten. Die Arbeit, der die erfahrenen Männer zusammen nachgingen, war anspruchsvoll. Der Schweißer schnitt gerade aus einer Schaufensterpuppe einen Teil heraus und zeichnete dabei exakt einen Halbkreis. An einem Ende der Schweißfabrik standen Doyeong und einige seiner Kollegen und beobachteten genauso mit Funken sprühenden Augen, was der Schweißer mit der Schaufensterpuppe anstellte. Vor dessen Schweißhelm sprangen die Funken auf und ab. Nachdem er endlich seine Arbeit beendet hatte, fiel die Hälfte eines Zylinders aus der Schaufensterpuppe heraus. Doyeong begutachtete die Seite der Puppe. Ein Kollege tat dasselbe wie er und sagte, dass das identisch aussehe, identisch mit der Torte. Es stimmte. Es sah wirklich genauso wie bei der Torte aus. Die Schnittstelle war sauber. Alle waren der

Meinung, dass sie den Fall so gut wie gelöst hätten, bis ein Ermittler den halben Zylinder vom Boden aufhob, ihn in der Hand hielt, den Kopf wog und schließlich sagte: »Gab es am Tatort auch so etwas wie das hier? Ich denke nicht.«

Doyeong blickte den halben Zylinder an, den er von jenem Kollegen überreicht bekam. Nein. Am Tatort gab es keinen abgetrennten Teil, nicht einmal eine Spur davon.

»Ist das vielleicht geschmolzen? Das Feuer war ja unglaublich heiß.«

»Das Feuer, das wir hatten, war genauso heiß, aber wir haben diesen Teil hier.«

Auch das stimmte. Man hatte keine Ahnung, was für eine Waffe zum Einsatz gekommen war, aber mit dieser hatte man nicht nur einen Körperteil in der Form eines Halbkreises aus dem Toten herausgeschnitten, sondern auch den herausgeschnittenen Teil verschwinden lassen. In diesem Moment kam ein Ermittler in die Schweißfabrik gerannt und berichtete, dass man das Klassenzimmer von Lee Sunhee auf den Kopf gestellt, aber kein Schweißgerät gefunden habe. Dafür gebe es in jedem Schließfach einen Lötkolben. Ergänzend fügte der Ermittler hinzu: »Es heißt, dass das Schweißen nur das Fach Maschinenbau lernt und das Fach Elektronik nur das Löten.«

Kang Doyeong schleuderte den Teil, den er in der Hand hielt, zu Boden. Dann konnte er sich nicht anders helfen, als laut zu fluchen.

* * *

Kein Augenkontakt. Den Augenkontakt bis zum letzten Moment vermeiden. Das war Sunhees Plan. Wenn er keinen Augenkontakt mit seinem Vater hätte, dann hätte er das Ganze so gut wie hinter sich gebracht. In jenem Moment brachte ein Ermittler einen Stuhl mit und stellte ihn neben Sunhees Vater. Der Ermittler, der von irgendwoher hierher nach Busan versetzt worden war und daraus folgend ein Außenseiter war. Sunhees Vater, der bis eben gestanden hatte, setzte sich auf den Stuhl. *So ein verdammter Scheiß,* dachte Sunhee und wurde richtig sauer.

Jongin wusste nicht, was er sagen sollte. Er saß wie ein Häufchen Elend da und schimpfte mit sich selbst, dass er etwas zu essen mitgebracht hatte. Er ging mit sich selbst ins Gericht, dass er längst über 40 Jahre alt und trotzdem nicht in der Lage war, vernünftig zu denken und wenigstens in so einer Situation richtig zu handeln. Was sein Sohn in diesem Moment benötigte, war kein Essen. Er hatte nur den Sohn im Kopf gehabt, der in seiner weißen Schuluniform aus dem Haus gegangen war. Die aufgeplatzten Lippen, die von Blutergüssen geschwollenen Wangen, das aus diesem Grund deformierte Gesicht, komplett mit Schmutz und Erde beschmiert, all das hatte er bei seinem Sohn oft genug gesehen. Doch in diesem Zustand hatte er ihn noch nie erlebt. Er konnte nichts darüber in Erfahrung bringen, was um Himmels willen mit seinem Sohn geschehen war und in welche Angelegenheit man ihn verwickelt hatte, sodass seine Kleidung dermaßen blutdurchtränkt war. Er stellte lediglich fest, dass sein Junge diese Kleidung die ganze Zeit angehabt haben musste, an der das rote Blut mittlerweile schwarz getrocknet war. Dieses Schwarz sah auch nicht so aus, als hätte man es irgendwie abklopfen können. Trotzdem hätte Jongin die Hand ausgestreckt und versucht, genau das zu tun, wenn sein Sohn in Reichweite gewesen wäre. Aber sein Junge befand sich in einer Zelle. Er saß in U-Haft, und Gitter befanden sich nun zwischen ihm und seinem Vater. Wie viel Blut musste er überhaupt abbekommen haben, wenn sogar auf dem Boden, auf dem er gelegen hatte, Blutflecken zu sehen waren? Was sein Sohn brauchte, war Kleidung zum Wechseln.

Sunhee mochte den Menschen nicht, der gerade vor der Zelle saß. Er mochte ihn noch weniger, wenn dieser schweigsam war. Er mochte den Geruch der Knochensuppe nicht. Er mochte die Knochensuppe nicht, die in den Händen jenes Menschen hierhergebracht worden war. Er mochte auch die Hände nicht, die diese Knochensuppe hielten.

Jongin verließ das Polizeirevier und ging in ein Kleidergeschäft in der Nähe. Um nach Hause zurückzugehen und die Kleidung seines Sohnes zu holen, fehlte ihm die Ruhe. Er hatte auch absolut keinen Schimmer, welche Kleidung er ihm mitbringen sollte. Er kaufte einfach alles, von der Hose bis zum T-Shirt, was der Verkäufer des Ladens ihm empfahl. Danach kehrte er zu seinem Sohn zurück, gab ihm, was er besorgt hatte, und bekam dafür von Sunhee, nachdem dieser sich wortlos umgezogen hatte, die schwarz gewordene Schuluniform zurück. Er hätte diese Kleidung gerne weggeworfen, aber es war die Schuluniform!

Er wandte sich zum Ausgang. Da sagte sein Sohn kurz und knapp: »Ich will das nicht essen. Nimm das wieder mit.«

Er schaute dorthin, wohin der Blick seines Sohnes wies. Dort stand die Knochensuppe. Er dachte kurz an die Zeit, die er am Morgen in der Küche verbracht hatte, als er so beschäftigt gewesen war.

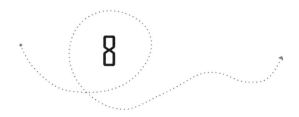

8

Der Rechtsmediziner Dr. Tak betrachtete in aller Ruhe die Röntgenaufnahme. Ob es stimmte, dass dieses Ding tatsächlich in dem Schädel drin war, wollte er sichergestellt wissen, bevor der Kopf geöffnet wurde. Wiederholt schaute er sich mehrere Bilder an, auf denen der Kopf geröntgt war. In diesem Schädel war definitiv etwas drin.

9

Uhwan begann seine Reinigungsarbeit in der Gaststätte. Er war schnell fertig mit dem Putzen, nachdem der Gaststättenbesitzer gegangen war. Er wollte nicht weiter sauber machen, aber der Chef kam nicht zurück und er wusste nicht, was er noch tun könnte. Daher putzte er die Fenster. Es war gegen zehn Uhr vormittags. Er fragte sich, wieso sein Chef ihn um vier Uhr geweckt hatte. Er war gegen neun Uhr ausgegangen, und das bedeutete, dass seitdem gerade mal eine Stunde verstrichen war. Nachdem er die Fenster fertig geputzt hatte, nahm sich Uhwan die Küche vor, obwohl sie eigentlich schon sauber war. Putzen war für ihn ein Kinderspiel, weil er bereits seit Ewigkeiten Reinigungsarbeiten verrichten musste.

Er säuberte die Küche bis in alle Ecken und schaute sich alle Küchenutensilien noch mal an. Viele von ihnen waren alt und abgenutzt. Es war keine moderne Küche, in der alles glänzte, sondern sie machte auf Uhwan den Eindruck, dass jemand seit Langem alles darin ständig in die Hände nahm. Hände, die sehr emsig und sorgfältig arbeiteten. In dem großen gusseisernen Kessel köchelte bei schwacher Hitze die Brühe. Uhwan roch an ihr. Es duftete durchaus nach Fleisch, aber irgendwie auch nussig.

Zwischen diesem Fleischgeruch und dem in 44 Jahren lagen Welten. Der Fleischgeruch in 44 Jahren war einfach nur ekelerregend. Der Geruch der Brühe, den Uhwan jetzt wahrnahm, war ganz anders. Er setzte den Deckel des Kessels ab. Die Brühe sah milchig-weiß aus. In der Nähe des Kessels stand ein Gefäß, in dem das Fleisch separat aufbewahrt wurde. Neben dem Fleisch war dort auch etwas anderes drin, wie helle Innereien. Uhwan dachte, dass das Gericht sicherlich in einer Schüssel serviert wurde, in die etwas von dem klein geschnittenen Fleisch, ein bisschen von den Innereien und die heiße Brühe zugegeben wurde, so wie er es gestern gegessen hatte. Er schaute in den großen Kühlschrank. Rettiche, anderes Gemüse, nochmals Fleisch und auch Knochen waren zu sehen. In der Vorratskammer gab es auch Gemüse. *Wie lange all dieses Gemüse wohl reicht?*, fragte sich Uhwan. Er verließ die Küche, ging ins Badezimmer und stellte die Waschmaschine an. Der Chef war immer noch nicht zurückgekommen. Also ging er in den Gästebereich zurück und setzte sich an einen Tisch. Da interessierte er sich plötzlich für die Konstruktion der Gaststätte und betrachtete sie. An den Gästebereich waren noch zwei Zimmer angegliedert. Die Vorratskammer, in die er einquartiert war, musste eigentlich auch mal ein eigenes Zimmer gewesen sein, dachte er. Er öffnete die Tür des Zimmers, das dem Chef gehörte, und wollte dort aufräumen.

Bei diesem Zimmer verhielt es sich völlig anders als bei der Küche. Verglichen mit diesem Zimmer stellte die Küche einen Marktplatz dar, auf dem trotz einer großen Menschenmenge eine unverkennbare Ordnung herrschte. In allen Küchenutensilien, von denen es wirklich nicht wenige gab, hatte sich Liebe eingenistet. In diesem Zimmer jedoch nicht. Die Gegenstände hier waren an einer Hand abzuzählen und lagen völlig verlassen da. Sie standen total vernachlässigt und unordentlich irgendwo im Zimmer herum. Das Zimmer war relativ klein, wirkte aber unglaublich groß, denn es war so gut wie leer. Uhwan bildete sich ein, dass es hallen würde und einem schließlich sogar die Ohren wehtäten, wenn jemand in diesem Zimmer etwas sagen würde. Wo waren die Hände geblieben, die sich so liebevoll um die Küche sorgten? Uhwan konnte nicht glauben, dass das Zimmer und die Küche von ein und derselben Person genutzt wurden. Auf einmal kam ihm der Gedanke, dass dieser Raum vielleicht einer anderen Person gehören könnte. Dass der Mensch, der sich in diesem Raum aufgehalten hatte, ein anderer war als der, der sich um die Küche kümmerte. In der Mitte des Zimmers lag eine Decke. Eine dicke Decke. Für diese Jahreszeit war sie bestimmt zu warm. Die Decke, die aussah, als wäre jemand gerade aus ihr herausgeschlüpft, ähnelte einer tiefen und dunklen Höhle. In einer Ecke entdeckte er einen Fotorahmen mit dem Gesicht auf dem Boden. Uhwan näherte sich dem Fotorahmen und stellte ihn auf. Er schaute sich das Foto an. Es war ein Familienfoto. Eine Frau, ein Mann und ein Kind waren zu sehen. Dieses Kind musste der Sohn sein, von dem der Gaststättenbesitzer gesprochen hatte. Es hatte ein Gesicht, als würde es gerne lustige Streiche spielen, aber seine Augen sahen gutmütig aus. Uhwan betrachtete das Gesicht des Kindes für eine Weile. Es hatte sich so ergeben, ohne dass er dies beabsichtigt hatte. Neben dem Kind stand die Frau, die wohl die Mutter des Kindes und die Ehefrau des Chefs sein musste; sie lächelte. Alle auf dem Foto lächelten; möglicherweise weil die Frau lächelte. Nun konnte Uhwan den Zustand dieses Zimmers vage nachvollziehen. Er dachte, dass die Person, der dieses Zimmer ursprünglich gehört hatte, wahrscheinlich nicht mehr hier war.

Uhwan räumte das Zimmer nicht auf, sondern verließ es wieder und setzte sich zurück in den Gästebereich. Das kleine Zimmer musste das des Sohnes sein. Er zögerte, ob er in dieses Zimmer hineingehen sollte. Ihm fiel das Gesicht des Kindes auf dem Foto ein, das ihm unbegründet vertraut vorkam. Das Gesicht, dem nicht einmal ein Hauch von Sorge anzuhaften schien.

Wann hätte er noch mal eine solche Chance? Mit diesem Gedanken schickte er sich an, sich vom Stuhl zu erheben, um sich möglichst vieles von dem anzuschauen, was es in dem Zimmer gab. Da ging die Eingangstür des Lokals auf. Der Chef war zurück. Er sah aus, als ob er soeben vom Bergwerk nach Hause kommen würde. Er war völlig entkräftet, und in seinem Gesicht waren schwarze Flecken zu sehen. So wirkte er jedenfalls auf Uhwan. Er stellte das, was er mitgebracht hatte, auf einen Tisch und verschwand in seinem Zimmer. Er sagte nichts, so wie zuvor, als er weggegangen war. Auf dem Tisch standen nun eine Portion Knochensuppe, die in ein Tuch gewickelt war, und eine Einkaufstasche aus Papier. Uhwan überlegte sich kurz, ob er die Suppe, die jetzt kalt geworden war, wegschütten sollte. Und was war in der Einkaufstasche? Solche Fragen stellte er sich. Ihm fiel erneut das Gesicht des Kindes mit den gutmütigen Augen auf dem Foto ein.

* * *

Es musste da etwas geben, egal was. Alles, was man ihm sagte, hörte sich wie eine Ausrede an. So hatte Yang Changgeun schon immer gedacht. Er hörte anderen ungern zu und schenkte auch nur alle Jubeljahre dem Glauben, was andere ihm erzählten.

Nicht selten behaupteten Leute händeringend, ihnen sei Unrecht widerfahren, und je intensiver diese Behauptung hervorgebracht wurde, desto sicherer war sich Changgeun, dass man ihm genau in diesem Moment eine Lüge auftischte. Anfangs war er vor allem Tatverdächtigen gegenüber so eingestellt, aber mit der Zeit hörten sich auch die Worte seiner Kollegen für ihn so an. Es wurde schwieriger, mit Kollegen eine freundschaftliche Beziehung zu pflegen, weil er ihnen nicht vertrauen konnte. Und sie mochten wiederum ihn nicht. Das erleichterte ihm allerdings, sich versetzen zu lassen. Er nahm sich immer wieder vor, an einem Ort sesshaft zu werden, aber irgendwann verließ er diesen Ort wieder, und wenn er von einer Stadt, in der er ziemlich lange gearbeitet hatte, in eine andere versetzt wurde, gab es nie jemanden, der ihm definitiv gefehlt hätte. Was der junge Ermittler gerade sagte, war auch wieder so ein Fall für Changgeun. Er konnte dem jungen Kollegen einfach nicht glauben. Kein einziges Mal sei das Opfer auf den Aufnahmen der Überwachungskameras zu sehen. Das konnte einfach nicht wahr sein.

»Nein, nein, ich meine es ganz ernst. Ich habe mir zwei Tage lang alle Aufnahmen von den Überwachungskameras angeschaut, die in der Schule angebracht sind. Vor und nach einer Stunde des Vorfalls. Wirklich alle Aufnahmen habe ich mir angesehen, und es gibt nichts. Rein gar nichts.«

Er musste etwas übersehen haben. Er hatte bestimmt etwas übersehen. Denn da musste es etwas geben. Irgendetwas. Wenn man so wollte, musste wenigstens die Ferse bei einem Schritt des Opfers zu sehen sein. Changgeun drängte den jungen Ermittler von seinem Platz und setzte sich dorthin.

»Da gibt es nichts. Hören Sie mir überhaupt zu?«, beteuerte der junge Kollege noch einmal.

Changgeun begann, die Aufnahmen durchzusehen. Jede einzelne Aufnahme der Überwachungskameras, von denen es über dreißig gab. Jeweils zwei Stunden lang. Jede einzelne Aufnahme.

10

Dr. Seo Yuheon war perplex. Was sollte er tun, wenn Dr. Tak Seongjin aus heiterem Himmel einfach jemanden mitbrachte und von ihm verlangte, dessen Kopf zu öffnen? Die beiden hatten zusammen Medizin studiert. Während der Studienzeit war Dr. Tak unter allen Kommilitonen besonders herausgestochen, aber sein Interessenbereich war sehr breit gefächert. Allein für das Medizinstudium gab es Unmengen an Stoff, den die Studenten zu lernen hatten. Selbstverständlich standen auch Dr. Tak wie allen anderen nur 24 Stunden pro Tag zur Verfügung. Er distanzierte sich aber unauffällig immer weiter von seinem Studium. Dafür kam er den Menschen zunehmend näher. Er hatte stets viele Bekannte um sich herum. Als er Assistenzarzt wurde, entschied er sich für die Pathologie, und somit trennten sich Dr. Seos und sein Weg. Die Pathologie war keine beliebte Fachrichtung. Dr. Seo konnte nicht sagen, ob Dr. Tak die Pathologie gewählt hatte, weil er das wirklich gewollt hatte oder weil seine Noten für eine andere Fachrichtung nicht ausreichend gewesen waren. Ihm war nur bekannt, dass Dr. Tak immer mehr wusste als alle anderen. Daran hatte sich auch heute nichts geändert. In der Tat wäre es Dr. Tak selbst problemlos möglich gewesen, den Schädel zu öffnen und reinzuschauen, wenn es nur darum gegangen wäre. Auch wenn eine solche Tat nicht im Einklang mit dem Gesetz stünde, hätte das für ihn nichts dargestellt, auf das er Rücksicht genommen hätte. Seine Arbeit führte er ausnahmslos auf einem hohen Niveau durch, und falls es eine Aufgabe gab, die er zum ersten Mal in Angriff nahm, meisterte er diese ebenso, während er dabei lernte. Auf jeden Fall hätte er es alleine geschafft, wenn er es gewollt hätte. Dennoch war er nun hier bei Dr. Seo. Das bedeutete, dass er sich in einer Situation wiedergefunden hatte, in der er sich nicht auf sein eigenes Können verlassen konnte.

»Wie ist der Zustand des Patienten?«, fragte Dr. Seo seinen ehemaligen Kommilitonen zunächst, bevor er seinen vollgestopften Terminplan erwähnte.

»Also, äh, er …«

Während die beiden über den Flur liefen, musste Dr. Seo einige Ärzte, ziemlich viele Krankenschwestern und noch wesentlich mehr Patienten grüßen. Dr. Tak, das Bett für den Patiententransport vor sich herschiebend, folgte ihm. Die beiden gingen in einen OP-Saal, der mit einem Gamma Knife ausgerüstet war. Dr. Seo verspürte eine starke innere Unruhe.

»Warum sind wir hierhergekommen?«, fragte Dr. Tak konsterniert.

»Hast du nicht gemeint, dass wir eine Gehirn-OP durchführen müssen? Hier kann man auch Tumoren entfernen, ohne den Kopf öffnen zu müssen …«

»Ja, ja, ich weiß auch, was ein Gamma Knife ist. Aber der Kopf muss geöffnet werden. Hörst du?«

Dr. Seo verstand gar nichts mehr.

Die beiden fuhren das Bett wieder aus dem OP-Saal heraus und schoben es erneut über den Flur. Bis sie in einem anderen

OP-Saal ankamen, der seit geraumer Zeit nicht mehr genutzt wurde, musste Dr. Seo selbstverständlich wieder einige Ärzte, ziemlich viele Krankenschwestern und noch wesentlich mehr Patienten grüßen.

Dr. Tak deckte das weiße Tuch auf, mit dem der Körper zugedeckt gewesen war. Es war eindeutig ein Toter. Der Mann, der im Klassenzimmer der Oberschule gefunden worden war.

»Ging es nicht um einen dringenden Notfall?«, fragte Dr. Seo völlig fassungslos seinen Freund.

»Glaubst du etwa, dass ein Rechtsmediziner einen lebendigen Menschen mitbringt? Hier drin, da ist etwas«, erwiderte Dr. Tak und tippte dabei mit dem Finger gegen den Kopf der Leiche. Dr. Seo verschlug es die Sprache.

Er öffnete letzten Endes den Kopf des Toten und entnahm aus ihm einen Mikrochip. Einen Chip, der etwa vier Millimeter im Durchmesser maß. Die beiden Mediziner betrachteten ihn angespannt.

Dr. Tak sagte als Erster etwas: »Unter welchen Umständen würde man darauf zurückgreifen, einen solchen Chip ins Gehirn zu implantieren? Was meinst du?«

»Neulich gab es einen Fall in Amerika, bei dem man einem Patienten einen Chip ins Gehirn implantiert hat. Der Patient war Mitte zwanzig und vom Brustbereich abwärts gelähmt. Jener Chip erkennt die Befehle des Gehirns, die die Bewegungen des Körpers steuern, verwandelt diese Befehle in digitale Signale und sendet diese Signale an die Elektroden des Apparats, der am Arm des Patienten befestigt ist, wodurch es zur Kontraktion der Armmuskulatur kommt …«

»Heißt das, dass dieser Mann vollständig gelähmt war, als er am Leben war?«

»Das glaube ich nicht.«

»Warum nicht?«

»Weil die Stelle, an der wir den Chip gefunden haben, der Okzipitallappen in der Großhirnrinde war.«

»Er war blind?«

»Nein, ich habe noch nie gehört, dass man einen solchen Chip verwendet, um Augen zu therapieren.«

»Also?«

»Ich will sagen, dass der Chip keinem therapeutischen Zweck gedient hat. Anhand der optischen Informationen wurde etwas anderes ermöglicht.«

»Mit diesem Chip?«

»Ja, mit diesem kleinen Chip.«

* * *

Es gab absolut nichts. Es konnte eigentlich nicht wahr sein, aber es gab tatsächlich absolut nichts. Was der junge Ermittler gesagt hatte, stimmte. Es gab keine Spur davon, wie der Mann in die Schule gekommen war. Keine Spur davon, wie er über den Flur lief. Auch keine Spur davon, wie er das Klassenzimmer betrat. Yang Changgeun konnte nichts dergleichen finden. Er schaute sich die stumme Szene mehrmals an, in der Lee Sunhee sich prügelte.

Die beiden Türen des Klassenzimmers gingen auf, und ein Dutzend Schüler, die die Schuluniform einer anderen Schule trugen, traten ein. Eine Schülerin versuchte, schnell aus dem Klassenzimmer zu verschwinden, aber die neu hinzugekommenen Schüler schlossen die Türen. Ein Schüler der Klasse näherte sich den Fremdlingen. Aber zwei, drei von diesen überwältigten ihn. Das fungierte als Signal für die anderen. Die Schüler, die zur Clique Sunhees gehörten, wie Changgeun mittlerweile in Erfahrung gebracht hatte, und die an einer Hand abzuzählen waren, fingen gleichzeitig an, sich mit den fremden Schülern zu prügeln. Die anderen Klassenkameraden flohen an den Rand, weil sie nicht in die Schlägerei verwickelt werden wollten, und somit ergab sich auf natürliche Weise das perfekte Schlachtfeld für eine ordentliche Rauferei. Die Leute teilten sich in Schläger und Zuschauer ein. Vor den beiden Türen stellte sich jeweils ein Schüler auf und versperrte den Weg nach draußen. Die Gruppe, die aus weniger als fünf Personen bestand, geriet schnell in die Position der Unterlegenen. Sie konnten sich kaum wehren und wurden nur noch verprügelt. In diesem Moment öffnete sich ein Fenster, das auf den Flur führte, und ein Schüler sprang ins Klassenzimmer herein. Der Bildschirm fror plötzlich ein.

Changgeun hatte den Film der Überwachungskamera kurz gestoppt. Auf dem Standbild befand sich der Schüler, der gerade lässig durch das Fenster in den Raum hineinsprang: Lee Sunhee. Changgeun zoomte ins Bild und betrachtete das Gesicht des Jungen. Seine Augen waren längst mitten in der Schlägerei.

Sunhee, der durch das Fenster ins Klassenzimmer gekommen war, eilte unverzüglich ins Zentrum der Rauferei. Während er sich dorthin bewegte, schleuderte er bereits mit ein paar Tritten und äußerst leichtfüßig einige Gegner zu Boden. So setzte er einen nach dem anderen außer Gefecht. Sie fassten sich an die Seite oder ans Knie und wälzten sich auf dem Boden. Sunhee drängte sich in die Mitte des Tumults. Mehrere Gegner griffen ihn gleichzeitig an. Er blockte mit dem rechten Arm, ließ den linken nach vorne schnellen und verpasste so seinen Gegnern mit genialer Präzision einige Schläge. Manchmal von der Gruppe verdeckt, war er einmal sichtbar und dann wieder unsichtbar für die Kamera. Und in diesem Moment fror der Bildschirm wieder ein. Dann ein Zoom auf die Zuschauer. Ein Zoom auf eine Schülerin unter den Zuschauern.

Ihr Mund stand offen. In ihren Augen stand der Schrecken geschrieben. Ihre beiden Hände fuhren gleichzeitig zum Gesicht hoch. Ein Schrei. Sie fing an zu schreien. Der Film lief wieder. Die Schülerin, die geschrien hatte, brach zusammen. Bald traten auch andere Schüler, die um jene Schülerin herum standen, mit offenen Mündern zurück. Mit den Fingern zeigten sie auf etwas. Augenblicklich löste sich die Schlägerei auf. Die Leute, die sich geprügelt hatten, verstreuten sich in alle Winde. In der Mitte stand einzig nur noch Lee Sunhee. Anscheinend war er der Einzige, der noch nicht aus seinem Kampfesrausch erwacht war; jedenfalls stand er da und behielt seine Umgebung im Auge. Direkt neben ihm lag der tote Mann. Das Blut, das aus dessen Körper floss, näherte sich Sunhee. Der Kreis aus Blut wurde immer größer, und die rote Flüssigkeit kroch immer näher an den Jungen heran. Dieser trat zwei, drei Schritte zurück und stolperte über den Mann auf dem Boden. Er fiel. Er fiel auf den Mann. Das Blut des Mannes sickerte in seine weiße Schuluniform. Sunhee strampelte wild umher. Auch das Blut, das sich in der Form eines Kreises ausbreitete, erreichte ihn nun. Er strampelte im Blut eines Fremden umher.

11

Sowohl mittags als auch abends gab es viele Kunden im Lokal »Busan Knochensuppe«. Der Großteil von ihnen bestand aus Stammkunden. Der Chef stellte die Suppe aus der Küche wortlos auf die Essensausgabetheke, und Uhwan servierte sie den Gästen. Wenn der Chef mal keine Zeit hatte, die Rechnung zu kassieren, übernahm Uhwan diese Aufgabe. Die beiden stellten ein verhältnismäßig gut funktionierendes Team dar. Der Chef sah höchstens ein paar Jahre älter aus als Uhwan. Daher konnte sich Uhwan sehr gut vorstellen, dass sie schnell miteinander über alles reden könnten, wenn er sich ihm gegenüber nicht gleich wie bei seinem besten Freund benehmen würde, sondern mit einer gewissen Höflichkeit wie bei einem älteren Kollegen, dessen Protegé er war. Zumindest in Uhwans Augen machte der Chef diesen Eindruck.

In der Gaststätte war viel los, dennoch beschäftigte Uhwan weiter die Einkaufstasche aus Papier, die der Chef auf einem Tisch abgestellt hatte. Er hatte sie vom Tisch geräumt und hinter der Kasse verstaut, weswegen er sie jedes Mal beim Kassieren sah. Es war Kleidung darin, aber keine neue. Es sah wie eine Schuluniform aus, jedoch mit vielen dunklen Flecken. Nach Feierabend verschwand der Chef in seinem Zimmer, ohne groß etwas gesagt zu haben. Uhwan nahm die Einkaufstasche hinter der Kasse in die Hand und holte aus ihr die Kleidung hervor. Es war tatsächlich eine Schuluniform. Sie war schmutzig. Uhwan steckte sie zurück und nahm die Einkaufstasche ins Badezimmer mit. Da es eine Schuluniform war, war sie wohl nicht zur Entsorgung vorgesehen, was bedeutete, dass sie gewaschen werden musste. Er fragte sich, ob man sie mit der Hand waschen müsse, weil sie so viele Flecken hatte. Sich diese Frage stellend, leerte er die Tasche aus. Ein Hemd und eine Hose. Unter der hellen Beleuchtung offenbarte sich unverkennbar, dass es sich höchstwahrscheinlich um Blutflecken handelte. Uhwan legte die Kleidung zunächst zum Einweichen in Wasser und wusch sie dann mit Seife. Je länger er sie mit den Händen wusch, desto sicherer war er sich, dass die dunklen Flecken Blut waren. Das Blut an dem weißen Hemd war nicht leicht herauszubekommen. Es bedurfte nicht wenig Zeit und Mühe, bis es Uhwan schaffte, dass das Hemd seine ursprüngliche weiße Farbe zurückbekam. Dafür hatte er verschiedene Waschmittel angewandt, in die er das Hemd eingeweicht hatte; anschließend hatte er gewartet und es wieder und wieder gewaschen. Langsam wurde er wütend. Wütend, weil ihm die gutmütigen Augen des Kindes auf dem Foto einfielen und weil er sich an das Zimmer des Chefs erinnerte. Er war zornig über den Chef, der auch genau in diesem Moment unter seiner dicken Decke liegen musste, die einer Höhle gleichkam, und gleichzeitig über sich selbst, weil er diese Drecksarbeit verrichtete, um das Blut, von dem er nicht einmal wusste, wem es gehörte, aus dieser Kleidung zu entfernen. Während er immer wütender wurde, wurde die dunkle Farbe langsam zu einem Rot, und als dieses Rot vollständig verschwand, offenbarte sich die ursprüngliche weiße Farbe. Auch das Namensschild, das im linken Brustbereich des Hemdes angebracht war, trat langsam in Erscheinung und ließ Uhwan, der das Hemd wie verrückt mit den Händen rieb und scheuerte, abrupt erstarren. Sein Blick fokussierte sich. Er war auf das Namensschild gerichtet. Ein Name, der ihm bekannt war. Nein, ein Name, der mit dem von jemandem, den er kannte, identisch war. Identisch mit dem Namen von jemandem, den er gekannt haben sollte, jedoch nie kennengelernt hatte: Lee Sunhee. Der Name seines Vaters lautete so. Uhwan wusch das Hemd weiter. Menschen konnten den gleichen Namen tragen. Dennoch hielt er das Hemd noch einmal vor sich und schaute sich den Namen an. Im linken Brustbereich der weißen Schuluniform stand eindeutig »Lee Sunhee«.

12

Zur späten Abendstunde waren die Menschen, die Dr. Seo auf dem Krankenhausflur zu grüßen hatte, weniger geworden. Erst jetzt konnte er Feierabend machen. Allerdings war er sich bei einer Sache nicht ganz sicher. Um sich zu vergewissern, ging er erneut zum OP-Saal und öffnete die Tür. Es roch nach Schnaps. Dr. Tak war noch da. Auch die Leiche, die er auf dem Krankentransportbett mitgebracht hatte, war noch da. Der Oberkörper war wie zuvor entblößt, aber der Kopf war wieder einigermaßen geschlossen. Nur ein paar Schnapsflaschen, die auf dem OP-Tisch lagen, boten Dr. Seo ein neues Bild. Dr. Tak war betrunken, tief in Gedanken versunken und machte ein ernsthaftes Gesicht. Dr. Seo dachte, dass auch dieses Bild seines Freundes etwas war, das man nicht alle Tage zu sehen bekam.

»Geht es um einen Fall, der dir richtiges Kopfzerbrechen bereitet?«, fragte Dr. Seo, aber er bekam keine Antwort. Der Rechtsmediziner machte auch eine ziemlich gute Figur als Ermittler. »Erkundige dich mal bei einigen Medizinern in deinem Bekanntenkreis wegen dieses Falls. Zeig ihnen mal den Chip. Dann weißt du, zu welchem Zweck er eingesetzt wird. Es ist schon eine schwierige Angelegenheit, einen Mikrochip ins Gehirn zu implantieren. Es ist jedoch durchaus möglich, dass dieser Mann keine so wichtige Person war, wie du denkst. Na ja, das ist sogar gut möglich«, sagte Dr. Seo und versuchte so, seinen Freund zu trösten. Er nahm einen Schluck vom Schnaps.

»Gamma Knife … Kann man sterben, wenn man von einem Gamma Knife beschossen wird?«, fragte Dr. Tak aus heiterem Himmel.

Auf die plötzliche Frage lachte Dr. Seo auf: »Keine Ahnung, ich habe damit bisher nur Tumoren beschossen.«

»Ein Laser … Wie lange würde es dauern, bis ein Laser als Waffe verwendet werden kann? Was denkst du?«

»Hey, was ist denn los? Du bist doch derjenige, der immer alles weiß. Laser sind schon längst als Waffe entwickelt worden.«

»Ich meine nicht die, sondern eine Waffe, die ein Normalsterblicher einfach so mit sich führen kann.«

»Wer kann schon wissen, ob das in einigen Jahrzehnten möglich sein wird?«

»Wenn wir in einer Zeit leben würden, in der ein normaler Bürger in einen Laden gehen, eine Laserpistole kaufen und damit herumlaufen könnte … Wenn wir in einer solchen Zeit leben würden, … wäre auch das möglich?«

»Was wäre möglich?«

»Ach, vergiss es. Das ist wirklich absurd«, murmelte Dr. Tak für sich, stand auf und ging auf die Leiche zu. Er entfernte vollständig das weiße Tuch, mit dem sie halb zugedeckt gewesen war, sodass der gesamte Körper sichtbar wurde.

»Wenn ein Laser zum Einsatz gekommen wäre, wäre das hier durchaus möglich, nicht wahr?«

Dr. Seo stand auf und trat an die Leiche heran. Ein Teil an

ihrer Seite war entfernt worden. In der Form eines Halbkreises, absolut sauber.

»Es gibt einen Ermittler, der neu hierher versetzt wurde. Der ist ziemlich schlau. Das ist mir gleich aufgefallen. Dieser Ermittler hat gefragt, ob man bei dieser Wunde ein Schweißgerät verwendet haben könnte. Ja, ein Schweißgerät. Zumindest so etwas muss es gewesen sein, wenn es das hier zustande gebracht haben soll. Allerdings ... Allerdings ... Schau dir mal das hier an. Was meinst du dazu? Es müsste ohne Ende nach verbranntem Fleisch gestunken haben, wenn man mit einem Schweißgerät gearbeitet hätte. Es handelte sich also um einen ... Laser. Richtig?«

Dr. Seo antwortete nicht und ließ seine Finger entlang der Schnittstelle an der Leiche laufen.

»Was für ein Arschloch hat das hier angestellt? Was meinst du? Wo kann man dieses Arschloch finden, das mit einer Laserpistole in der Tasche durch Busan spaziert?«, war die nächste Frage, die Dr. Tak stellte.

* * *

Er öffnete die Augen. Dann blieb er für eine Weile so sitzen, als ob er nicht eingenickt gewesen wäre. Wenn es irgendwie möglich war, wollte er vermeiden, dass jemand sah, wie er im Büro eingenickt war – schließlich war er gerade erst in dieses Revier versetzt worden. Er tat also so, als ob er sich die Aufnahme der Überwachungskamera anschauen würde; er murmelte sogar etwas vor sich hin und gab sich so die allergrößte Mühe, damit keiner mitbekam, dass er eingedöst war. Als er eine gute Weile später den Kopf hob, weil er das Gefühl hatte, der Schlaf habe sich aus seinem Gesicht verflüchtigt, stellte er fest, dass er alleine im Büro war. Das bedeutete, dass er nicht nur kurz eingenickt gewesen war, sondern für mehrere Stunden durchgeschlafen hatte. Es dämmerte bereits der Morgen. Niemand hatte ihn geweckt. Er war wenigstens jemand, der andere aufweckte.

Auch Yang Changgeun hatte die Schulbank einer Oberschule gedrückt, in die sowohl Mädchen als auch Jungen gingen. Jedoch betrug das Verhältnis zwischen Mädchen und Jungen eins zu drei, weswegen es äußerst selten vorkam, dass ein Junge neben einem Mädchen Platz nehmen konnte. Außerdem war Changgeun bei den Mädchen nicht beliebt gewesen. Schon damals war es ihm schwergefallen, mit Leuten in Kontakt zu kommen, und er hatte sich einfach in der ersten Reihe nach links außen gesetzt. Ursprünglich war sein Platz in der letzten Reihe gewesen, jedoch waren dort mehr Schüler, mit denen er rumhängen musste. So verhält sich die Ökonomie des Klassenzimmers. Je weiter hinten in der Reihe, desto stärker das Gefühl der Solidarität. Je weiter vorne in der Reihe, desto mehr Schüler gibt es, die Einzelgänger sind. Man geht richtig in der Annahme, dass die Schüler, die in der hintersten Reihe sitzen, über kurz oder lang eine Clique bilden. Die Aufnahmen der Überwachungskamera aus dem Klassenzimmer Sunhees bestätigten auch diese These. Die meisten aus der Clique von Lee Sunhee traten aus der hintersten Reihe hervor.

Changgeun erhob sich und schaltete einige Lichter aus. Er war allein im Büro, und alle Lichter brennen zu lassen war reine Energieverschwendung. Er kehrte an seinen Platz zurück und ließ das Video erneut laufen. Während er mit den Augen der Aufnahme folgte, ließ er seine Gedanken weiter in die irrelevante Vergangenheit schweifen.

Er war immer sehr früh zur Schule gegangen, damit er sich

seinen Platz frei aussuchen konnte. Der Platz neben ihm gehörte jedoch demjenigen, der als Letzter in die Klasse kam. Das bedeutete, dass der Schüler, der als Erster das Klassenzimmer betrat, und derjenige, der als Letzter in die Klasse kam, nebeneinandersaßen. Die Schüler, die dazwischen in die Schule kamen, bestanden nicht unbedingt auf dem Platz neben Changgeun. Eines Tages blieb der Stuhl neben ihm bis kurz vor Beginn des Unterrichts unbesetzt. Mit dem Gong, der den Unterrichtsbeginn verkündete, betrat eine Schülerin das Klassenzimmer. Alle wussten, dass nur noch diese eine Schülerin fehlte.

Sie nickte gleich ein, sobald der Unterricht begonnen hatte. Sie nahm eine sehr stabile Haltung mit gesenktem Kopf ein und regulierte auch den Speichelfluss sehr gut. Sie sabberte zwar, aber die Länge des herunterhängenden Speichels überschritt nicht die 15 Zentimeter. Wie sie das instinktiv regulierte, fand Changgeun beeindruckend. Er hatte mehr Spaß daran, diese Schülerin zu beobachten, als dem Unterricht zu folgen. Er konnte nicht sagen, ob sie wirklich müde war, aber mit der Zeit wurde ihre Lage immer prekärer. Zunächst geriet die Regulierung des Speichelflusses außer Kontrolle.

Wenn ein Mädchen durchschnittlicher Körpergröße an einem Tisch in der Schule sitzt und den Kopf gesenkt hält, beträgt die Entfernung zwischen Tisch und Mund etwa 25 Zentimeter. Überschritt die Länge des aus dem Mund hängenden Speichels 15 Zentimeter, wurde dieser rasend schnell länger. Von daher ist es wichtig, maximal 15 Zentimeter beizubehalten. Beim ersten und zweiten Mal holte die Schülerin ihren Speichel zurück, als er direkt davor war, 20 Zentimeter zu überschreiten. Doch schließlich trat der Moment ein, in dem die Länge ihres Speichelfadens die 20-Zentimeter-Marke geknackt hatte und dieser Kontakt mit dem Schreibtisch aufnahm. Normalerweise wacht man auf, wenn es so weit gekommen ist. Der Instinkt, dass der Speichel seine Spannkraft verloren hat und irgendwo gelandet ist, versetzt den Besitzer des Speichels in plötzliche Anspannung. Das Mädchen aber wachte nicht auf. Stattdessen kam ihre Hand zum Einsatz. Damit brachte sie die Lage wieder einigermaßen in Ordnung. Anschließend geriet aber alles aus den Fugen. Die Schülerin sabberte wie ein Neugeborenes, dessen Kinngelenk noch nicht vollständig ausgebildet war. Floss ihr der Speichel einmal aus dem Mund, landete er auf direktem Weg auf dem Tisch. Mehr noch, ihr Kopf, der anfangs erstaunlich stabil nach unten gesenkt gewesen war, fiel urplötzlich nach hinten oder drehte sich innerhalb eines Augenblicks einmal entlang der Längsachse. Das war eindeutig viel zu riskant. Changgeun hatte das Verlangen, sie zu wecken, bevor der Lehrer sie erwischte und die Mitschüler sie auslachten. Aus diesem Grund tat er genau das. Sie machte zuerst ganz ruhig die Augen auf. Dann blieb sie für ein paar Sekunden vollkommen bewegungslos. Sie behielt diese Haltung bei, als ob sie ihren Kopf absichtlich nach hinten gesenkt oder ihn einmal gedreht hätte, weil sich ihr Hals steif angefühlt hatte – und nicht weil sie eingeschlafen war. Changgeun erlebte so etwas wirklich zum ersten Mal. Nach einer Weile drehte sie den Kopf noch einmal entlang der Längsachse und schaute ihn an. Sie stellte ihm daraufhin sogar eine Frage: »Was denn?«

»Der Lehrer hätte dich fast beim Dösen erwischt.«

»Obwohl ich gar nicht gedöst habe?«

Das machte sie immer so. Weckte er sie bei ihrem Headbanging auf, hielt sie den Kopf weiter in den Nacken gelegt, wo er eben gerade war, machte die Augen auf, blieb still, nickte mit dem Kopf noch einmal nach vorne und hinten und schaute dann Changgeun an. Anschließend wiederholte sie: »Was denn? Obwohl ich gar nicht gedöst habe?«

Wenn Changgeun sie weckte, weil sie eingeschlafen war und sich mit den Händen an beiden Tischkanten festhielt, um den hin und her schaukelnden Oberkörper in den Griff zu bekommen, im Schlaf redete und dabei sogar den Tisch zum Beben brachte, machte sie als Erstes stets nur die Augen auf. Unverzüglich. Es folgte das Stillhalten. Danach rüttelte sie noch einmal am Tisch, als wäre er nicht in Ordnung, und schaute anschließend Changgeun an. Sie fragte: »Was denn?« Bei dieser Frage schaute sie ihn direkt an. Die Augen dieser Schülerin, die diese Frage stellte, konnte Changgeun bis heute nicht vergessen. Ihr musste es bestimmt peinlich gewesen sein, sie hatte sicherlich vor Scham im Boden versinken wollen, aber ohne zu zögern schaute sie ihn direkt an. Sie warf ihm keinen bösen Blick zu, sondern einen ganz gelassenen, als ob nichts gewesen wäre; mit einer solchen Ruhe, ja mit einem solchen Selbstbewusstsein schaute sie ihn an. Ihre Augen fand Changgeun in diesem Moment einfach verblüffend und faszinierend. Jene Augen waren nicht die einer Person, die bis gerade eben geschlafen hatte. Sie teilten ihm auch nicht mit, dass die Person in fünf Minuten wieder einnicken würde. Die frechen Augen dieses Mädchens; vielleicht mochte er diese Augen einfach.

Seitdem verhielt er sich in einer solchen Situation genauso wie jene Schülerin. Es kam zwar selten vor, dass sein Nachbar ihn aufweckte, aber wenn er geweckt wurde, öffnete er zuerst die Augen. Dann das Stillhalten, die Handlung wiederholen. Danach den Schüler, der ihn geweckt hatte, anschauen. »Was denn?«, fragte er ihn, und mit dieser Frage schaute er seinen

Nachbarn einfach weiter an. Er schaute ihn direkt an und hoffte dabei, dass seine Augen der jener Schülerin ähnlich sahen.

Changgeun fing an zu kichern. Er kicherte, und ab irgendeinem Moment lachte er schließlich laut, sodass sein Lachen sogar im Büro widerhallte. Eine Angewohnheit ist etwas Schreckliches. Er hätte nicht im Leben damit gerechnet, dass er als Mann über vierzig in einem Büro genau das wiederholen würde, was er als Teenager in einem Klassenzimmer getan hatte.

Auf der Aufnahme der Überwachungskamera war auch eine Schülerin zu sehen. Gerade stand ihr Mund offen, und ihre Hände hielt sie vor das Gesicht. Ein Schrei. Changgeun bildete sich ein, dass er ihren Schrei hören konnte. Deswegen verstummte sein Lachen. Danach hielt er das Video an.

Er vergrößerte das Gesicht der Schülerin. Anschließend betrachtete er ihre Augen. Er spulte den Film zurück und schaute sie wiederholt an. Die Augen, die sich innerhalb eines Atemzuges weiteten. Diese Augen gehörten zweifellos jemandem, der etwas sah und sich erschrak. Sie fixierten definitiv etwas Bestimmtes. Das waren nicht die Augen von jemandem, der der Schlägerei folgte und sich dabei urplötzlich erschrak. Diese Augen sahen etwas anderes, und in ihnen zeichnete sich deshalb der Schrecken ab. Anfangs dachte Changgeun, dass die Schülerin mitansah, wie jemand erbarmungslos zusammengeschlagen wurde, und diese Szene ihr einen Schrecken versetzte. Aber vorher hatte es mehr als genug andere Szenen gegeben, in denen sich Schüler schlugen und geschlagen wurden. Changgeun zog das Blut des Mannes in Betracht, das die Schülerin dermaßen in Schock versetzt haben könnte. Jedoch hätte sie das Blut nicht gut sehen können, weil es von den kämpfenden Schülern verdeckt wurde. Was also hatte sie gesehen? Was hatte sie nur gesehen? Changgeun folgte ihrem Blick. Es war nicht einfach, anhand des Videos herauszufinden, was sie gesehen haben könnte. Ihr Blick war stets auf den Tumult gerichtet. Changgeun zoomte einen Ausschnitt aus dem Tumult nach dem anderen heran und schaute immer wieder auf die Stelle, wohin die Schülerin geschaut haben könnte.

Dann sah er es.

Den Fuß des Mannes. Den Fuß eines erwachsenen Mannes, der einen Herrenschuh trug. Changgeun spulte das Video langsam zurück. Der Fuß verschwand. Das Video wurde langsam wieder abgespielt. Dann erschien der Fuß. Changgeun ließ das Video auf dem Bildschirm in Normalgröße laufen und schaute es zusammen mit der Reaktion der Schülerin an. In dem Moment, in dem der Fuß erschien, ging der Mund der Schülerin auf. Ihre Hände stiegen vor das Gesicht. Sie war nicht wegen der kämpfenden Schüler und auch nicht wegen des Blutes, sondern wegen des Fußes erschrocken.

Changgeun überprüfte die Uhrzeit. Die Szene hatte nicht einmal eine Sekunde gedauert. Keine volle Sekunde dauerte es, bis der Mann, der nicht durch das Schultor, nicht über den Flur, nicht durch die Tür des Klassenzimmers, nirgendwo in der Schule gelaufen war, liegend zwischen den Schülern auftauchte. Woher und wie war dieser Mann dorthin transportiert worden?

»Oh, Sie sind wieder wach. Ich habe Sie nicht geweckt, weil Sie so erschöpft ausgesehen haben«, sagte der junge Ermittler, der inzwischen gekommen war. »Jetzt wissen Sie, dass ich recht hatte. Es gibt nichts. Richtig?«

Changgeun zeigte seinem jungen Kollegen die Szene, die er soeben entdeckt hatte. Dem jungen Ermittler fiel die Kinnlade herunter. Die beiden blieben für eine gute Weile stumm.

»Wie viele Überwachungskameras gibt es in der Stadt Busan?«, fragte Changgeun.

Sein Kollege hatte den Schock noch nicht überwunden, deshalb konnte er nicht antworten.

Changgeun erteilte ihm die Anweisung: »Sammeln Sie alle Aufnahmen um diese Zeit und überprüfen Sie alle.«

»Was? Alle?«, fragte der junge Ermittler.

»Wenn er hier einfach so erschienen ist, muss es auch eine Aufnahme geben, auf der er irgendwo anders einfach so verschwunden ist«, sagte Changgeun und fragte den Kollegen, der immer noch ziemlich benommen war, nach seinem Namen.

»Choi Seongwon«, bekam er als Antwort.

13

Lee Sunhee. Ein Name, der sicher nur zufällig mit dem Namen seines Vaters übereinstimmte. Dennoch raubte dieser Zufall Uhwan den Schlaf.

Niemand ist von Anfang an ein Erwachsener. Auch Uhwan hatte eine Kindheit gehabt. Aber er hatte nicht viele Erinnerungen an jene Zeit, und selbst die wenigen, die er hatte, bezogen sich auf Situationen, an die er meistens ungern erinnert werden wollte. Es war keine Lüge, wenn er meinte, dass er von Anfang an unumstößlich ein wertloser Erwachsener gewesen sei.

Es war ein Fehler gewesen, das Gespräch zwischen den Erwachsenen heimlich mitanzuhören. Die Worte waren zu entsetzlich für Uhwans Ohren gewesen; dafür war er zu klein gewesen. Einem Waisenhaus überlassen, verkauft, gestorben, aus dem Staub gemacht, verschwunden. Ein solches Vokabular waren die ersten Worte, die er in Bezug auf seine Eltern gehört hatte. Er war in einem Krankenhaus zur Welt gekommen und als Neugeborener direkt in ein Waisenhaus gesteckt worden. Ja, er war definitiv ein Waisenkind.

Menschen, die nichts erlebt haben, sehnen sich entweder nach allem oder hegen überhaupt keine Erwartungen. Uhwan wuchs zu einem Kind heran, das nichts vom Leben erwartete. Es waren zu viele Dinge, deren schlechter Ausgang für ihn schon als Kleinkind offensichtlich feststand. Aus dem Waisenhaus zu fliehen oder von anderen Eltern adoptiert zu werden – bei all dem stand für ihn einfach längst fest, dass es schlecht ausgehen würde. Er hatte nichts Gutes erlebt, von daher ging er schlichtweg davon aus, dass offensichtlich feststand, alles würde einen schlechten Ausgang nehmen. Die anderen Kinder, mit denen er zusammenwohnte, wünschten sich permanent irgendetwas. Essen, das besser schmeckte als das, was sie bekamen; schönere Kleidung als die, die sie anhatten; ein weicheres Bett als das, in dem sie schliefen; einen freundlicheren Betreuer oder bessere Stiefeltern. Sie sehnten sich nach etwas und litten darunter. Ihnen wurde die Gegenwart unerträglich. Und sie verließen dementsprechend irgendwann das Waisenhaus. Aber Uhwan nicht. Ihm fiel es gar nicht schwer, sich nichts im Leben zu wünschen. Deswegen hatte er keinen Grund, das Waisenhaus zu verlassen. Er bekam schließlich eine warme Mahlzeit, auch wenn es keine Leckerbissen waren; ihm stand ein Bett zur Verfügung, auch wenn sich dort Ungeziefer eingenistet hatte; man spielte mit ihm, auch wenn er ebenso geschlagen wurde. Er blieb so lange im Waisenhaus, bis er dort nicht mehr wohnen durfte.

Als er 17 Jahre alt war und somit das Waisenhaus verlassen musste, stellte der Direktor des Waisenhauses ihn bei einer Gaststätte vor. Einer Gaststätte überlassen, verkauft; solches Vokabular wurde definitiv zwischen dem Waisenhausdirektor und dem Gaststättenbesitzer ausgetauscht, aber das kümmerte Uhwan kaum. Er fragte nicht, warum es ausgerechnet diese Gaststätte sein müsse. Der Besitzer der Gaststätte, dem ein Arm fehlte, nahm ihn auch ohne große Worte bei sich auf. Uhwan erledigte die Aufgaben, die ihm erteilt wurden, und auch die, die ihm nicht erteilt wurden. Er arbeitete sehr fleißig. Er wechselte seine Arbeitsstelle kein einziges Mal. Als er über 40 war, hatte er immer noch dieselbe Stelle und ging derselben Beschäftigung nach. Er war zwar dort längere Zeit tätig gewesen, als er im Waisenhaus verbracht hatte, aber er war nach wie vor nur die Küchenhilfe. Die Welt außerhalb des Waisenhauses war eine andere als die seiner Kindheit. Man erntete keine Anerkennung, indem man die Zeit ertrug. Man musste mehr tun als das. Man musste in erster Linie gierig sein. Man musste sich mehr wünschen. Nur dann bekam man schnell Anerkennung und verdiente mehr Geld.

Uhwan wusste allerdings nicht, wie man so etwas anstellte, und mit einem solchen Leben hatte er auch einfach nichts am Hut. Er war die kompetenteste Küchenhilfe auf der Welt, bevor er 19 war, blieb aber weiter lediglich als Küchenhilfe beschäftigt, auch nachdem er die 40 überschritten hatte. Das Waisenhaus und die Küche der Gaststätte, diese beiden Orte bildeten die gesamte Welt ab, in die er bisher einen Fuß gesetzt hatte. Für ihn gab es nichts, das ihm aus dieser Welt einfach so mal einfiel oder an das er sich gerne erinnerte.

Allerdings gab es etwas, was sich in seine Erinnerung eingebrannt hatte: die Namen zweier Menschen. Lee Sunhee und Yu Kanghee. Diese Namen waren die Antwort auf die einzige Frage gewesen, die Uhwan jemals dem Waisenhausdirektor gestellt hatte. Als der Direktor ihn einer Gaststätte in Busan übergab und sich gerade auf den Weg zurück zum Waisenhaus machen wollte, hielt Uhwan ihn auf und stellte eine Frage. Zum ersten Mal in seinen 17 Jahren fragte er ihn, wie die Namen seiner leiblichen Eltern seien. Die Namen, die damals dem Waisenhausdirektor über die Lippen kamen, waren die von diesen beiden Menschen. Uhwan fragte ein zweites Mal, um sich zu vergewissern. Beide Male wurden dieselben Namen genannt. Für einen kurzen Moment war Uhwan neugierig, warum ein Mann wie eine Frau hieß: Lee Sunhee. Aber er fragte das nicht. Es war viel zu offensichtlich für ihn, dass er schließlich noch etwas anderes hätte wissen wollen, wenn er diese Frage gestellt hätte. Letzten Endes war alles allzu offensichtlich für ihn. Auch der Direktor sagte nicht das Offensichtliche, etwa dass Uhwan nach seinen Eltern suchen solle oder dass er seine Eltern irgendwann im Leben finden werde. Stattdessen sagte er etwas, wonach Uhwan ihn nicht gefragt hatte. »Ich habe gehört, dass es an dem Tag, an dem du geboren wurdest, sehr stark geschneit hat.« Danach ließ er seine Lippen geschlossen.

Erst nachdem er hierhergekommen war, rechnete Uhwan zum ersten Mal ernsthaft sein Alter und die Zeit nach, die er hinter sich gebracht hatte. Hier schrieb man das Jahr 2019, und die Gegenwart, in der er lebte, war das Jahr 2063. Er war im Winter zur Welt gekommen, also 43 Jahre alt. Anhand seiner Berechnung wusste er nun, dass er Anfang nächsten Jahres zur Welt kommen würde. Kein Zweifel, seine Berechnung musste stimmen. Lee Sunhee, der hier lebte, besuchte die Oberschule, auch wenn Uhwan das aus dem Gespräch mit dessen Vater und anhand der Schuluniform vermutete. Folglich konnte einfach nicht wahr sein – und es durfte auch nicht wahr sein –, dass Sunhee sein Vater war! Dieser Lee Sunhee war noch ein Schüler, saß außerdem anscheinend irgendwo fest, weswegen er seit mehreren Tagen nicht einmal nach Hause konnte, und trug eine Schuluniform voller Blut. Das durfte nicht wahr sein, dass so ein Junge von irgendjemandem Vater wurde. Für Uhwan war es eine völlig ausgeschlossene Sache, dass dieser Junge und sein Vater ein und dieselbe Person waren.

Nein, die beiden sind nicht ein und dieselbe Person, völlig ausgeschlossen, dachte Uhwan zwar, aber im selben Moment erhob er sich, ging aus der Vorratskammer, stellte fest, dass sein Chef eingeschlafen war, und öffnete Lee Sunhees Zimmertür. Er suchte den Schalter und machte das Licht an. Es gab nichts Bestimmtes, was er sich unbedingt ansehen oder finden wollte. Es handelte sich auch nicht um einen Raum, der auf ihn einen besonderen Eindruck machte. Kleidungsstücke waren lieblos nach Lust und Laune hingeworfen, Comichefte lagen herum. Eine Spur von einer Freundin, also vielleicht etwas, das beispielsweise auf Yu Kanghee hindeutete, gab es nicht. Selbstverständlich gab es so etwas nicht. Denn es waren nur zwei Personen, die gleich hießen. Mehr nicht!

Uhwan fand ein Fotoalbum. Er schlug es auf und schaute sich die Fotos an. Die Familie sah ziemlich glücklich aus, als Sunhee klein war. Eines der Fotos fiel aus dem Album heraus. Es zeigte Sunhee wahrscheinlich in seiner Kindergartenzeit. Dieses großformatige Foto war in einem professionellen Fotogeschäft aufgenommen worden, und man hatte sich dafür durchaus Mühe gegeben, sozusagen um Sunhees Kindheit in Form eines Porträtfotos festzuhalten. Das Gesicht des Kindes war verzogen. Vielleicht wollte es nicht fotografiert werden. Uhwan nahm das Foto in die Hand und schaute es sich genauer an. Dann führte er das Foto an sein Gesicht. Es hatte ein Format, das mit der echten Größe eines Gesichts ziemlich übereinstimmte. Mit verzogenem Gesicht, dennoch brav, saß der kleine Lee Sunhee auf einer Bank und sah in die Kamera. Da er das Foto bereits an sein Gesicht geführt hatte, schaute Uhwan in den Spiegel. Er hielt Sunhees Gesicht neben seines und betrachtete beides im Spiegel. Er verzog das Gesicht so wie der kleine Sunhee. Die beiden Gesichter im Spiegel waren gleich verzogen. Aber sie sahen einander nicht ähnlich.

* * *

Sunhee sah auch nach mehr als zehn Jahren Uhwan nicht ähnlich. Yang Changgeun betrachtete dieses Gesicht. Sunhees Augen waren geschlossen, er schlief jedoch nicht. Der Stuhl, den Changgeun für den Vater Sunhees vor die Zelle gestellt hatte, war grob in eine Ecke geschoben worden. Er zog den Stuhl vor die Zelle und setzte sich darauf. Er blickte Sunhee an. Dieser nahm wahr, dass jemand gekommen war, und öffnete die Augen.

Als seine Augen offen standen, fand er den Außenseiter-Ermittler vor, der ihn wortlos anstarrte. Dieser überlegte sich, wie er am besten anfangen sollte; schließlich begann er einfach planlos zu reden: »Was magst du außer Schlägereien noch? Ähm, das Lernen wohl nicht … vielleicht essen?«

Sunhee antwortete nicht.

»Was isst du gerne? Pizza? Hamburger? Ach, kleine Gerichte aus einer Imbissbude, so etwas ist doch beliebt unter Schülern. Ach ja, letztes Mal habe ich Schüler gesehen, die so alt wie du waren und in einem Restaurant gesessen haben, das für scharfen Kartoffel-Schweinefleisch-Eintopf bekannt war. Magst du auch so etwas?«

Sunhee antwortete weiterhin nicht. Changgeun fühlte sich beklommen.

»Oh, Motorräder! Du und deine Freunde fahren Motorrad. Dann magst du wohl Motorradfahren? Ja genau, das magst du bestimmt am liebsten!«

»Das Meer.«

»Was?«

»Ich habe gesagt, dass ich das Meer mag.«

Das war Lee Sunhees Antwort. »Ein Schüler, der auf einem Polizeirevier in einer Zelle sitzt, mag also das Meer«, dachte Yang Changgeun.

Die beiden blieben für eine Weile still. Dann fragte Changgeun kurz und bündig: »Du hast ihn nicht getötet, stimmt's?«

Sunhee schloss wieder die Augen, als ob er die Worte des Außenseiter-Ermittlers ignorieren wolle. Dafür bekam Changgeun jedoch eine Antwort von hinten, die von einem Lachen begleitet wurde: »Ach, und waaas genau soll das jetzt werden?«

Changgeun drehte sich um und sah Kang Doyeong, der grinsend hinter ihm stand. Die Ermittler kamen wohl einer nach dem anderen langsam zur Arbeit.

»Heutzutage schaut man einfach zu viele Filme. Sowohl Schüler als auch Ermittler, alle miteinander. Der Konsum von Popkultur kann auch Gift für die Menschen sein, die noch grün hinter den Ohren sind. Kommen Sie mit, der Rechtsmediziner scheint etwas gefunden zu haben. Er sagt, dass im Schädel des Toten etwas drin war. Kein Schimmer, wovon er redet«, sagte Doyeong mehr zu sich als zu Changgeun, ging vor und hielt auf einmal inne, als ob ihm etwas eingefallen wäre. »Du hast ihn nicht getötet, stimmt's?«, ahmte er Changgeun nach und nahm ihn somit weiter auf den Arm: »Wow! Grandios. Sie sind einfach grandios, das muss man Ihnen schon lassen!«

* * *

Changgeun hielt Dr. Tak für jemanden, der immer so war wie gerade in diesem Moment, aber für Doyeong war es irritierend, den Rechtsmediziner nach so langer Zeit mal wieder, hm, wie sollte er das am besten formulieren … ziemlich ahnungslos bei einem Fall zu erleben.

»Äh, im Gehirn, in der Großhirnrinde, äh, Sie kennen den Okzipitallappen? Im Okzipitallappen wurde er entdeckt. Etwa so groß. Vier Millimeter lang. Sehr klein. Neulich soll so etwas in Amerika angewendet worden sein. Aber er war, na ja, bei einem Patienten mit Panplegie eingesetzt worden. Aber der Okzipitallappen ist für visuelle Informationen zuständig. Was macht dieser Mann also, äh, jetzt ist er ja tot, also was hat er mit diesem Chip nur gemacht? Nein, was hat der Chip nur diesem Mann ermöglicht?«

»Wo ist dieser Chip?«, fragte Doyeong.

»Ach, ich kenne einen Gehirnspezialisten, Dr. Seo Yuheon heißt er, ein Freund von mir. Ich habe einen Bekannten von ihm, also einen Spezialisten meines Freundes, beauftragt, den Chip zu analysieren. Ja, hätte ich fast vergessen. Er braucht ein paar Tage dafür. In ein paar Tagen erfahren wir, was es mit diesem Chip auf sich hat. Auf jeden Fall ist auch für ihn dieses Teil etwas, das er zum ersten Mal gesehen hat. Zum ersten Mal! Sagt ein Spezialist für Mikrochips! Sein Name ist Dr. Song, Song Sang … Moment mal, oder war es Song Seongshik?«

»Hey, haben Sie etwa was getrunken?«, fragte Doyeong.

»… Waren Sie nun eigentlich in einer Schweißfabrik?«, fragte Dr. Tak, anstatt auf die Frage einzugehen.

»Ja, da waren wir, und ein Schweißgerät scheint es nicht gewesen zu sein.«

»Nein, kein Schweißgerät, natürlich nicht«, redete Dr. Tak vor sich her. Dann sagte er sehr vorsichtig, als ob er ein Geständnis ablegen würde: »Es war Licht.«

Keiner der anwesenden Ermittler verstand ihn.

»Das war eine Art Licht. Man labert von gebündeltem Licht und so einem Quatsch, aber es ist letztlich einfach Licht. Allerdings ist es tatsächlich auch Licht, das gebündelt wird, deswegen entsteht Lichtenergie und zugleich Wärmeenergie hoher Intensität, verstehen Sie? Daher ist es sehr gefährlich.«

»Wovon reden Sie denn überhaupt?«

»Das war ein Laser! Ein Laser ist das Einzige, was einem Körper eine solche Wunde zufügen kann«, sagte Dr. Tak entschieden.

Auf diese Worte hin, die völlig unerwartet aus dem Mund des Rechtsmediziners gekommen waren, wurden die Ermittler still.

»Was für einen völligen Unsinn reden Sie denn da? Schreiben Sie gerade einen Science-Fiction-Roman? Ist das hier Krieg der Welten? Irgendein Krieg in der Zukunft?«, fragte Kang Doyeong und durchbrach somit die Grabesstille.

»Es geht nicht um andere Welten, genau deswegen mache ich mir ja Sorgen. Es geht auch nicht um die Zukunft, daher kann das Ganze hier eigentlich auch nicht wahr sein. Verstehen Sie? Ein Kerl, der in seinem Gehirn einen Chip hat. Und dieser Kerl mit einem Chip im Schädel ist dazu fähig, für uns unvorstellbare Dinge zu tun. Nicht wahr? So ein Kerl existiert hier in dieser Welt tatsächlich. Allein das ist schon unglaublich. Stimmt's? Es ist verrückt, ja, aber genau diesen Kerl hat jemand anderes mit einem Laser umgebracht. Was sagt man dazu? Was wir hier vor uns haben, das ist kein normaler Fall, meine werten Herren. Das hier, das sind keine normalen Menschen!«

Die Ermittler waren erneut sprachlos.

»Dann ist Lee Sunhee definitiv nicht der Täter«, mischte sich Changgeun ein.

Niemand ging auf ihn ein. Doyeong warf seinem Kollegen einen flüchtigen Blick zu und fuhr fort: »Ach, dann hat also eine total abgedrehte Gangsterbande das hier angestellt. Kommen Sie mal bitte wieder runter, okay?«

»Wenn das das Werk einer kriminellen Bande sein sollte, dann ist die für uns alle völlig neu. Eine, von der wir alle zum ersten Mal etwas sehen. Die wir noch nie zu Gesicht bekommen haben …«, redete Dr. Tak unbefangen und völlig durcheinander daher.

Doyeong unterbrach ihn und fragte: »Herr Dr. Tak, hängen Sie etwa wieder an der Flasche?«

Dr. Tak blieb still. Mit den Gedanken war er woanders.

»Wir reden weiter, wenn Sie wieder nüchtern geworden sind«, sagte Doyeong und verließ als Erster den Obduktionssaal. Weitere Ermittler folgten ihm.

Yang Changgeun war in Gedanken versunken. Er hatte soeben von Dingen gehört, die er schwer akzeptieren konnte. Er hatte viele Fragen. Jedoch hatte Kang Doyeong recht. Es wäre ratsam, das Gespräch mit dem Rechtsmediziner fortzuführen, wenn er wieder nüchtern war. Changgeun spürte, dass es auch für ihn keinen Grund mehr gab, weiter hierzubleiben, und verließ den Obduktionssaal. Es handelte sich ohnehin um einen Raum, in dem er sich, aus welchem Grund auch immer, nicht länger als nötig aufhalten wollte. Für einen Moment war er neugierig, wie Dr. Tak in diesem Raum Schnaps trinken konnte – und das neben einem Leichnam – und seit wann und wie häufig er trank. Wie viel musste er früher getrunken haben, wenn

Doyeong auf ihn so reagierte und alle anderen Ermittler verstehend nickten? Welchem dieser absurden Sätze von Dr. Tak sollte er Glauben schenken? So viele Dinge begannen, Yang Changgeun wüst im Kopf herumzugehen.

Kang Doyeong, der vor ihm den Obduktionssaal verlassen hatte, leitete gleich die Entlassung von Lee Sunhee in die Wege. Er selbst schloss die Zelle auf. Nun brauchte Sunhee nur noch die Tür der Abteilung zu öffnen, um in die Freiheit zu gelangen. Der Ermittler hielt den Jungen noch einmal zurück, indem er ihn rief. Yang Changgeun beobachtete die beiden.

»Hey, Sunhee! Woran hast du da drin gedacht? Den ganzen Tag warst du so gedankenverloren.«

Sunhee antwortete nicht und drückte die Tür auf, die ihn aus der Abteilung der Kriminalpolizei führen würde. Gleichzeitig wurde die Tür auf der anderen Seite von einer alten Frau aufgezogen. Sunhee war noch nicht ganz hindurch, da zog die Frau die Tür weiter auf, drängte den Jungen zur Seite und trat in den Raum. Wie sie es direkten Weges in die Abteilung geschafft hatte, war niemandem klar, aber sie schien es äußerst eilig zu haben.

Sie schaute wiederholt hinter sich, als ob sie von jemandem verfolgt würde. Den Blick halbwegs noch nach hinten gerichtet, fing sie hastig an zu reden: »Mein, mein Sohn, mein Sohn, ja, mein Sohn ist nicht mein Sohn. Herr Kommissar, bitte, hören Sie mir zu, alle, können Sie meinen Sohn … Sorgen Sie bitte dafür … Er, mein Sohn hat eine Narbe auf seinem Arm … Auf seinem Arm, wie gesagt, er ist nicht mein Sohn, nicht mein Sohn. Er ist nicht mein Sohn!«

Hinter der alten Frau betrat ein Mann den Raum. So wie sich die Frau erschrak, schien der Mann der Sohn zu sein, von dem sie erzählt hatte. Eine Mutter, die aus ihrer Rolle fiel und sich vor ihrem eigenen Sohn erschrak, müsste einem eigenartig erscheinen, aber keiner im Büro empfand das so. Während die Identität des Sohnes überprüft wurde, musterte die Mutter ihren Sohn, der neben ihr saß, und schien herausfinden zu wollen, was er von ihr denken könnte. Auch dieses Bild von einer Mutter war für die Ermittler nicht ungewohnt. Der Sohn war der, der im Personalausweis stand. Er blickte kurz seine Mutter an, woraufhin sich ein Ermittler erhob und die Mutter aus dem Raum hinausbegleitete.

Anschließend begann der Sohn zu reden: »Sie hat Demenz. Meine Familie ist dafür, sie in eine Klinik einzuweisen, aber ich bin noch nicht so weit. Es tut mir sehr leid für diese Unannehmlichkeit.«

Der Sohn schüttete sein Herz aus und kratzte sich mehrmals hinter den Ohren und am Nacken, während er von seiner Mutter erzählte.

»Wie hieß die noch mal, diese große Klinik meine ich … Dort bekommt man eine gute Demenz-Behandlung, und auch die Einrichtung des Altenheims soll gut sein«, sagte ein Ermittler, um dem Sohn Trost zu spenden.

Der Sohn entschuldigte sich wiederholt und verließ dann das Polizeirevier. Nachdem er gegangen war, sprachen die Ermittler über jene psychiatrische Klinik, die einer von ihnen bereits angesprochen hatte. Sie war sehr groß und genoss einen guten Ruf.

»Die Klinik Hoffnung meinst du etwa? Diese Klinik macht enorme Umsätze.«

»Genau das meine ich ja! Es gibt schließlich unglaublich viele Verrückte.«

»Nein, nicht weil es unglaublich viele Verrückte gibt, sondern weil es unglaublich viele Reiche gibt.«

»Was?«

»Hat man früher auch schon jemanden in eine Klinik oder ein Altenheim gesteckt, weil er verrückt geworden ist? Nein. Man hat ihn einfach auf der Straße liegen gelassen.«

»Habt ihr gewusst, dass es im Viertel Yeongdo den Yeongjin Apartmentkomplex gibt? Der besteht aber anders als normal aus nur einem Gebäude, deswegen dürfte er eigentlich nicht Apartmentkomplex heißen; es handelt sich eher um ein Mehrfamilienhaus. Egal, offiziell heißt das Gebäude nun mal so. Ich habe gehört, dass besonders viele Menschen, die in diesem Apartmentkomplex wohnen, in die Klinik Hoffnung eingeliefert worden sind.«

»Wow! Gab es dort etwa eine Massenhysterie?«

»Nein, ich mache keine Witze, das ist mein Ernst. Wie viele waren es noch mal, die bereits aus diesem Wohngebäude in diese Klinik eingeliefert worden sind?«

»Das passt ja alles großartig zusammen. Die ganze Atmosphäre in Yeongdo ist ohnehin depressiv, und die Leute, die in dem Yeongjin Apartmentkomplex wohnen, sind solche, die schon relativ lange in dem Viertel wohnen und nicht gerade arm sind. Kein Wunder also, dass die ihre alten Eltern alle in diese Klinik stecken. Es geht nur ums Geld, ja, nur ums Geld!«

»Ich war neulich in diesem Apartmentkomplex, die Stimmung dort ist an sich schon depressiv. Das Gebäude steht auch ziemlich abgelegen.«

»Aber wieso weißt du so gut über dieses Gebäude und diese Klinik Bescheid?«

»Weil eine Frau, mit der ich mich mal für eine Weile getroffen habe, dort als Krankenschwester arbeitet. Wir haben aber schon Schluss gemacht.«

»Was für ein Typ! Erst hat Dr. Tak wieder angefangen zu trinken, was für uns alle zu einem nicht gerade kleinen Problem werden könnte, und dann amüsierst du dich auch noch mit irgendeiner Frau.«

»Ich habe doch gesagt, dass wir Schluss gemacht haben!«

Yang Changgeun konnte sich nicht auf die Gespräche seiner Kollegen konzentrieren. Betrunken oder nicht, Dr. Tak war schließlich Rechtsmediziner. Der Klügste unter den Leuten, die hier in diesem Revier arbeiteten. Er hatte viel Erfahrung in seinem Bereich gesammelt, wie Changgeun inzwischen mitbekommen hatte. Obwohl der Ermittler selbst von einem Schweißgerät gesprochen hatte, war er ebenfalls der Meinung gewesen, dass es sich bei der Tatwaffe nicht um ein solches Gerät handeln konnte. Das hatte er erkannt, ohne dafür extra einen Schweißer aufsuchen zu müssen und sich von ihm die Arbeit einmal vorführen zu lassen, wie es Doyeong getan hatte. Es war leicht ersichtlich, wie absurd das war, wenn man sich die Szenerie vorstellte, wie jemand in der Mitte eines Klassenzimmers, in dem mehrere Dutzend Zuschauer anwesend waren, mit einem Schweißgerät einem erwachsenen Mann einen Teil des Körpers herausschnitt. Zunächst einmal konnte er Dr. Tak durchaus zustimmen, dass es sich bei der Tatwaffe um einen Laser handeln musste. Aber in welcher Form und von wo aus war der Laser abgefeuert worden? Denn es konnte doch keine tragbare Laserpistole geben! Und was hatte es mit dem Chip im Gehirn auf sich? Auf jeden Fall musste zunächst auf das Analyseergebnis des Chips gewartet werden.

Changgeun, der seine Gedanken einen nach dem anderen sortierte, schaute auf einmal zu Doyeong rüber. Auch dieser beteiligte sich nicht an der Plauderei unter den Kollegen. Er war ebenfalls mit ernsthaftem Gesicht tief in Gedanken versunken. *Der kann also auch ab und zu mal nachdenken,* schoss es Changgeun durch den Kopf.

Genau in diesem Augenblick machte Doyeong den Mund auf, als hätte er Changgeuns Gedanken gelesen: »Diese verdammten Bengel von heute antworten einem einfach nicht, wenn man sie etwas fragt!«

Auf diese plötzlich geäußerten, völlig zusammenhanglosen Worte Doyeongs schauten alle ihn an.

»Mein Gott, es sind nicht nur ein oder zwei Jahre, die ich bisher mit Lee Sunhee zu tun hatte. Aber diesmal hatte er wirklich ganz ernsthaft nachgedacht. Das habe ich bei ihm noch nie erlebt! Es hat so ausgesehen, als ob er wirklich riesengroße Scheiße gebaut hätte und sich deswegen Gedanken machte. Ja Mann, so hat der Bengel ausgesehen! Er saß kerzengerade und total ernsthaft da. Woran hat er wohl gedacht? Er ist nicht der Täter. Hat er etwa über seine Zukunft oder so nachgedacht? Welcher Gang er beitreten will, jetzt, da er die Abschlussklasse besucht? Über seine Wünsche für die Zukunft? Solche unschuldigen Dinge? … Dieser Bengel hat bestimmt irgendetwas vor. Er führt ganz klar etwas im Schilde.«

14

Es war nicht so eindeutig, ob man das wirklich »unschuldige Dinge« nennen konnte, wie Ermittler Kang es formulierte. Sunhee hatte nämlich an Mädchen gedacht. Nicht nur im Sitzen, sondern auch während er auf dem Rücken oder der Seite lag, dachte er an sie. Er musste an Mädchen denken, weil er nur so irgendwie die Zeit in der Zelle ertragen konnte. Er hatte ganz und gar kein Interesse daran, wer in die Zelle kam oder wieder aus ihr herausging. Er hatte einzig an Mädchen gedacht.

Er war erst 18 Jahre alt, hatte sich aber bisher mit nicht wenigen Mädchen getroffen. Viele waren jünger als er gewesen, aber noch mehr älter. Er rief sich seine konkreten Erfahrungen mit Mädchen ins Gedächtnis, hauptsächlich mit denen, an deren Gesicht er sich genau erinnern konnte. Was er zusammen mit ihnen unternommen hatte, wie das Wetter gewesen war und was die Mädchen, die er getroffen hatte, angehabt hatten, und ob sie es getan hatten oder nicht, wo er sie getroffen hatte, wo er es mit ihnen getrieben, was er zusammen mit ihnen gegessen hatte, und wo er es mit ihnen getrieben hatte, nachdem er was mit ihnen gegessen hatte, wie das Essen gewesen war, warum sie es nicht miteinander getrieben hatten, ob sie gestritten hatten, weil sie es nicht miteinander getrieben hatten, ob sie es schließlich miteinander getrieben hatten, weil sie sich gestritten hatten, ob sie es wild miteinander getrieben hatten, ob sie sich nicht mehr getroffen hatten, weil sie sich zerstritten hatten, ob sie es dennoch beim nächsten Mal wieder miteinander getrieben hatten und so weiter.

Hmm, ich bin doch kein Tier … Da stimmt doch irgendwas nicht mit mir, dachte er sich. Daher ordnete er die Mädchen wie ein normaler, gebildeter Mensch, so gut er es eben konnte, nach einem System. Er ordnete die Mädchen nach der Dauer ein, die er mit ihnen zusammen gewesen war, und dann auch mal danach, wie oft sie es miteinander getrieben hatten. Dabei machte er eine erstaunliche Entdeckung. Zunächst war da das erste Mädchen. Mit ihr war er am kürzesten zusammen gewesen, hatte es aber ziemlich oft mit ihr getrieben. Das war jedoch keine große Überraschung. Um genau zu sein, war das wirklich nur allzu verständlich. Es war sein erstes Mädchen, deswegen ging es gar nicht anders, als dass er nur das eine im Kopf gehabt hatte. Ab dem zweiten Mädchen hielt sich der Zeitraum, den er mit ihr zusammen war, mit der Häufigkeit des Miteinander-Treibens ziemlich die Waage. Allerdings stellte das letzte Mädchen einen Sonderfall dar. Mit ihr war er am längsten zusammen gewesen, aber wenn es um die Häufigkeit ging, gab es da nur … ein Mal. Es kam ihm beinahe so vor, als hätte er mit ihr so gut wie gar nichts gehabt. *Aber warum? Ich? Wie war das möglich? Hatte ich nebenher andere Mädchen am Start?* Nein, so war es nicht. Drei Monate; während dieser langen Zeit hatte er nur sie gehabt. Weil er es mittlerweile genug getrieben hatte? Weil er es nicht mehr unbedingt brauchte? Nein. So ein Charakter war er sicher nicht. Er wollte immer und andauernd. Das war definitiv Sunhee. Dennoch hatte er es nicht weiter mit ihr getrieben. Das war für ihn im wahrsten Sinne des Wortes eine erstaunliche Entdeckung. In ihm steckte eine Seite, die er selbst nicht verstehen konnte. In ihm wohnte noch ein anderer Sunhee.

So kam es also dazu, dass Sunhee im Alter von 18 Jahren, viel zu früh, über »die wahre Liebe« nachdachte. In einer Situation, in der einem die Umstände völlig unverständlich sind, kann es vorkommen, dass man zu einer absurden Antwort gelangt. »Liebe«, ein Wort, das hauptsächlich in Frageform bei Mädchen auftauchte. Diese Liebe, wegen der er sich immer mit den Mädchen streiten musste, weil in dem äußerst wichtigen Moment, in dem sich entschied, ob es zur Sache ging oder nicht, die Frage gestellt wurde, ob er sie liebe oder nicht. Sunhee sprach dieses L-Wort zwar in Gedanken nicht aus, geschweige denn, dass er es verbal formulierte, aber er war es, der dieses Wort jetzt im Endeffekt selbst hervorkramte. Dazu auch noch dieses belastende Attribut »wahre«. An den Gedanken an diese eine schöne Sache und an heiße Mädchen generell schloss sich überraschenderweise die Grübelei über so etwas Befremdliches und Kompliziertes wie Liebe an. Als er an diesem Punkt anlangte, konnte er nicht mehr an andere Mädchen denken. Um über diese nachzudenken, von denen es nicht wenige an der Zahl gegeben hatte, hatte er nur ein paar Stunden gebraucht. Es war überwiegend der Bereich unterhalb der Gürtellinie, der während dieser Zeit auf seine Gedanken reagierte. Aber beim Nachdenken über das letzte Mädchen kam sonderbarerweise sein Gehirn zum Einsatz, und sein Herz wurde ihm dabei oft warm. Es war der Moment, in dem es zum ersten Mal in seinem Leben möglich war, beim Denken an ein Mädchen den Bereich oberhalb der Gürtellinie einzusetzen. Schließlich dachte Sunhee die ganze restliche Zeit, die er noch in der Zelle des Polizeireviers verbrachte, ausschließlich an dieses eine Mädchen.

Er war in Gedanken vollständig bei jenem Mädchen gewesen, als Ermittler Kang Doyeong ihn zunächst voller Zuversicht fragte: »Hey, Lee Sunhee. In welcher Klasse bist du? In der Schweißer-Klasse? Habe ich recht?«, und dann sagte: »Du bleibst hier, beweg dich keinen Millimeter. Dieser verdammte Bengel noch mal!« Auf diese letzten Worte hätte Sunhee gerne geantwortet: »Wohin soll ich denn schon gehen!« Als der Außenseiter-Ermittler mit dem verträumten Gesicht zu ihm kam, nachdem die Sonne längst am höchsten Punkt gestanden hatte, und den Satz sagte, »Du hast ihn nicht getötet, stimmt's?«, der direkt aus einem Film hätte stammen können, drehte Sunhee in Gedanken selbst bereits einen Film mit jenem Mädchen. Einen Film, der nicht erotischer Natur war, sondern ein Melodrama. Sunhee war erneut begeistert von sich, dass in sein Gehirn ein Film aus einem anderen Genre als dem der Erotik eindringen konnte. Voller Begeisterung und tief beeindruckt von sich selbst, gingen seine Augen wie von alleine zu. Kang Doyeongs Worte, mit denen er seinen Kollegen auf den Arm nahm, erreichten seine Ohren, aber er dachte dabei: *Idioten. Ja, so kann man auch seine Zeit totschlagen. Was für arme Typen, die nicht wissen, was die wahre Liebe bedeutet!* Er wollte die Augen nicht öffnen. Weil er nicht aufwachen wollte. Weil er ein einfaches Wesen war. Er dachte mal über die wahre Liebe und dann mal wieder über das letzte Mädchen nach, ging allmählich dazu über, sowohl über die wahre Liebe als auch das letzte Mädchen gleichzeitig nachzusinnen, und gelangte zu dem Schluss, dass die wahre Liebe sein letztes Mädchen beziehungsweise das letzte Mädchen seine wahre Liebe war. Damit waren seine Gedanken zusammengefasst. Er war sehr zufrieden mit sich, weil er in der Lage war, einen solchen Schluss zu ziehen, und weil er einen Kopf besaß, der solche Gedankengänge führen und sortieren konnte. Er war stolz auf sich.

Vor allem war die Beziehung mit diesem Mädchen immer noch äußerst aktuell. Darauf reagierte Sunhees Bereich oberhalb der Gürtellinie noch einmal heftig. Sein Herz wurde unheimlich warm. Vielleicht, bestimmt, zweifellos war für ihn jetzt die wahre Liebe äußerst aktuell. Das war die Schlussfolgerung, zu der er gelangte, nachdem er sich für mehrere Tage in der Zelle des Polizeireviers ernsthaft und gründlich mit seiner Beziehung zu diesem Mädchen auseinandergesetzt hatte. Es war das Fazit, das am Ende seiner systematischen und analytischen Grübelei stand, bei der sein Körper sowohl unterhalb als auch oberhalb der Gürtellinie eingesetzt wurde. Aus diesen Gründen musste diese Schlussfolgerung bestimmt, auf jeden Fall, bedingungslos der Wahrheit entsprechen. Mit anderen Worten begegnete Sunhee gerade seiner wahren Liebe. Er war glücklich. Er war dankbar für die Tage, die er in der Polizeizelle verbracht hatte. Ohne diese Zeit hätte er diese erstaunliche Wahrheit nicht erkannt. Wie hätte er sie sonst auch erkennen können! Er hätte bis ans Ende seines Lebens nachdenken und grübeln können, dennoch hätte er diese Wahrheit nicht realisiert. Sunhee war in diesem Moment verliebt. Und das auch noch gleich in seine wahre Liebe!

Die Gedanken an jenes Mädchen, die in der Zelle des Polizeireviers ins Rollen gekommen waren, führte Sunhee sogar noch weiter, während er nach Hause fuhr. Er stieg in einen Bus ein, dann irgendwann wieder aus und ging den restlichen Weg zu Fuß. Dabei dachte er einzig an das Mädchen. So kam er zu Hause an. Dort fand er einen fremden Mann vor.

»Und wo ist Vater?«

Vater? Eine weitere Überraschung. Aus Sunhees Mund kam das Wort »Vater«! In den letzten Jahren war ihm dieses Wort nie über die Lippen gekommen. Dass er jetzt nach ihm fragte, lag allerdings nicht daran, dass er erst nach einigen Tagen wieder nach Hause kam und sich deswegen erkundigen wollte, wie es jenem Menschen ging. Es war – viel einfacher – vorher anscheinend nie nötig gewesen, dieses Wort zu benutzen, weil er immer nur zu zweit mit diesem Menschen gewesen war, wenn er zu Hause war. Mindestens drei Menschen müssen in einem Raum sein, um eine Anrede erforderlich zu machen. Wenn nur zwei im Raum sind, läuft es nach dem Prinzip, dass einer etwas sagt und der andere ihn automatisch hört. Von daher ist es nicht unbedingt nötig, den anderen anzureden oder namentlich zu rufen. Wenn der andere etwas sagt, ist man von ihm schlichtweg angesprochen, deshalb hat man es selbst auch nicht nötig, den anderen zu rufen. Aber wenn es drei Personen gibt, sieht die Situation schon anders aus. Sunhee musste diesem fremden Mann deutlich mitteilen, wen er suchte. Er wunderte sich kurz, dass die eindeutige Bezeichnung dieses Menschen nach wie vor »Vater« war.

Uhwan war völlig baff, dass er gedacht hatte, wenn auch nur kurz, dieser Mensch könne sein Vater sein. Deswegen lachte er unbeabsichtigt kurz auf. Er hatte wirklich mit dem Gedanken gespielt, dass dieser Mensch sein Vater sein könnte, doch jetzt konnte er nur mit dem Kopf schütteln. Die Person vor ihm war noch ein Kind. Klar, er war längst älter als zehn Jahre, trotzdem war er noch ein Kind. Er war so groß wie Uhwan, und trotzdem war er noch ein Kind. Es war wirklich lächerlich für Uhwan, dass er wegen dieses Kindes nachgerechnet hatte, welches Jahr hier war und wie alt er selbst war, dass er das Jahr seiner Geburt bestimmt und seine eigene Vergangenheit Revue passieren lassen hatte.

Tatsächlich war er sogar etwas länger in Sunhees Zimmer geblieben, um sich noch weitere Fotos anzuschauen. Einige davon nahm er aus dem Album, hielt sie wie beim ersten Foto neben sein Gesicht und schaute in den Spiegel. Er ahmte Sunhees Mimik nach. Warum er das tat, wusste er selbst nicht. Während er das machte, verflog die Zeit, und er fühlte sich wohl. Es ergab sich einfach so. Er beabsichtigte nicht, weiter nach Spuren von Yu Kanghee zu suchen. Er hatte die Suche schnell aufgegeben, denn von ihr war nichts zu finden. Vielleicht konnte er genau deswegen gelassen und mit einem wohligen Gefühl mit den Fotos spielen. *Dieser Junge kann nicht mein Vater sein,* hatte er zwar gedacht, aber dafür war er wiederum ziemlich lange in Sunhees Zimmer geblieben. Und jetzt hatte er diesen Jungen vor sich und stellte fest, dass er sich von dem Kleinkind auf den Fotos nicht großartig unterschied. An ihm war nichts zu finden, was an einen Erwachsenen erinnerte. Er mochte wahrscheinlich denken, dass er ein Erwachsener war, und erwartete auch als solcher behandelt zu werden, aber er war eindeutig ein Kind. Ein Kind, das unmöglich sein Vater sein konnte. Als Uhwan davon überzeugt war, dass Sunhee ein Kind war, fiel es ihm auch ganz leicht, ihn anzusprechen.

»Schon gegessen?«, fragte er ihn kurz und knapp.

Sunhee schüttelte den Kopf. Uhwan ging in die Küche und schnitt Fleisch klein. Auch den weißen und wabbligen Pansen, den ersten Magen eines Rindes, schnitt er klein. Alles Geschnittene legte er daraufhin in eine Suppenschüssel und gab die Brühe dazu, die in einem Eisenkessel vor sich hin köchelte. Er war im

Begriff, die Suppe hinauszutragen, als ihm die Schuluniform einfiel, die in Blut getränkt gewesen war. Er stellte das Tablett mit der Suppe wieder ab, schnitt noch etwas Fleisch klein und gab es in die Suppe. Er machte sich auf den Weg zum Tisch, kehrte auf halber Strecke wieder um, und gab diesmal mehr Brühe in die Schüssel. Er servierte nicht zum ersten Mal in seinem Leben Essen, aber er war ziemlich durcheinander. Letzten Endes brachte er eine Portion Knochensuppe, die besonders reichhaltig war, hinaus und stellte sie vor das Kind auf den Tisch. Es gab eine ganze Schüssel Reis in die Suppe und begann, alles zusammen schweigend zu essen.

Das Kind hatte einen gesunden Appetit. Uhwan hatte nichts anderes zu tun, daher schaute er sich an, wie das Kind die Suppe aß. Es hob nicht einmal den Kopf an. Dementsprechend war Uhwan der Meinung, es sei ausgeschlossen, dass sein Blick den des Kindes treffen könnte. Also schaute er ungeniert dem Kind beim Essen zu. Es herrschte für eine Weile Stille. Weder auf den Lippen noch in Gedanken wurde irgendeine Frage formuliert und darauf geantwortet. Es war friedlich.

Lee Jongin nahm einen anderen Weg nach Hause als sein Sohn. Ihm war mitgeteilt worden, dass es keine Beweise gegen Sunhee gebe. Daher dachte er, dass sein Sohn heute freigelassen würde. Mit diesem Gedanken war er zum Polizeirevier gegangen, um seinen Sohn abzuholen, und hatte dort erfahren, dass der Junge bereits nach Hause geschickt worden war. Es gibt Menschen, die denselben Weg nehmen und sich dennoch nie begegnen. Unglücklicherweise hatten Jongin und sein Sohn eine solche Beziehung. Er nahm seit mehreren Jahrzehnten diesen Weg. Würde er alle Tage zusammenzählen, in denen er zusammen mit seinem

Sohn diesen Weg entlanggelaufen war, würden sie nicht einmal einen Monat ergeben. Jongins Herz fühlte sich eingeengt an. Diesmal hatte er die Knochensuppe, die sein Sohn nicht mochte, nicht mitgenommen. Er würde sowieso freigelassen, deswegen wollte er sich zu Hause um die Mahlzeit seines Kindes kümmern. Tja, und nun störte es ihn aus unerfindlichen Gründen, dass er mit leeren Händen nach Hause ging. Was würde sein Sohn von ihm denken, wenn er ihm beim Betreten der Gaststätte begegnete. Es gefiel ihm nicht, dass seine Hände leer waren. Sein Sohn würde ihn sicher nicht fragen, wo er gewesen sei, aber seine leeren Hände würden ihn verraten. Er wollte auch nicht, dass sein Kind erfuhr, dass sein Vater mit leeren Händen zu ihm aufs Polizeirevier gefahren war. Er brauchte etwas, das er als Ausrede auftischen konnte, dass er etwas besorgen musste und nur deswegen unterwegs gewesen sei. Zum ersten Mal in seinem Leben betrat er einen 24-Stunden-Laden. Er kaufte eine Packung Toilettenpapier, die entsetzlich überteuert war.

Als Jongin die Tür seiner Gaststätte öffnete, sah er seinen Sohn von hinten. Er freute sich sehr. Sein Kind aß die Knochensuppe, die er gekocht hatte. Er konnte zwar die Suppe selbst nicht sehen, aber er wusste es einfach. Seinem Sohn schmeckte die Suppe gut, sehr gut sogar. Von dieser großen Freude beflügelt, drückte er die Tür kräftig ganz weit auf und sah den Mann, der mit baumelnden Beinen auf dem Tisch gegenüber seinem Sohn saß. Auch er sah seinem Sohn zu. Er sah ihn aber von vorne. Er sah den Mund, die Hand, mit der sein Junge den Rettich-Kimchi nahm, die Augen, die glänzten, wenn sein Sohn in der Suppe ein Stück Fleisch fand – das alles konnte der Mann genauestens sehen. Was Jongin von seinem Sohn nicht sehen konnte, sah dieser Mann ganz deutlich. Er schämte sich, dass er

Toilettenpapier in der Hand hielt. Er bereute, dass er die Einsamkeit eines einzigen Tages nicht ausgehalten und daher diesen Mann bei sich aufgenommen hatte. Der Mann erhob sich und grüßte ihn. Sein Sohn schaute nicht zu seinem Vater, sondern aß einfach weiter. Jongin war dem Mann dennoch dankbar. Schließlich war er hier gewesen, sodass sein Sohn bei seiner Rückkehr kein leeres Haus angetroffen hatte, und er hatte seinem Sohn sogar die Knochensuppe serviert. Er war ihm dankbar. Er unterdrückte die Emotion in seinem Herzen, das bereute, den Mann aufgenommen zu haben, und war ihm nur noch dankbar. Der Mann kam zu Jongin und nahm ihm das Toilettenpapier ab. Auch dafür war Jongin ihm dankbar. Dank ihm konnte er an seinem Sohn vorbei und in sein Zimmer gehen, ohne lange herumstehen zu müssen. Er war niemand mit einem komplizierten Gemüt. Aber jetzt empfand er zum ersten Mal zwei entgegengesetzte Gefühle einer Person gegenüber, dem Mann gegenüber, der eines Tages urplötzlich in seinem Leben aufgetaucht war. Jongin war ihm unendlich dankbar. Und er wollte ihn keinen einzigen Tag weiter in seiner Nähe haben.

Der Gaststättenbesitzer grüßte Uhwan wortlos mit einem Blick und ging in sein Zimmer. Gleich danach war Sunhee fertig mit dem Essen, erhob sich und steuerte seine Schritte ebenfalls direkten Weges auf sein Zimmer zu. Frech, wie er war, ohne ein Dankeschön für das Essen zu verlieren.

»Hey, äh, klar … Du bist noch Schüler, und es sieht so aus, dass du, obwohl du noch die Schule besuchst, neben der Schule noch sehr viele andere Sachen zu erledigen hast. Na ja, logisch, dass du total beschäftigt bist, diese Schlägereien jeden Tag … ein Schlag hier, ein Schlag da und äh, du hast nicht zufällig … eine

Freundin, oder?«, fragte Uhwan und hielt mit diesen Worten den Jungen auf, der gerade vor seinem Zimmer stand.

Hat dieser Typ, der mir gerade zum ersten Mal begegnet ist und mich völlig respektlos und vor allem viel zu schnell duzt, mich gerade eben nach meinem Mädchen gefragt? Hat dieser Typ mich gerade echt nach meiner wahren Liebe gefragt, die ich selbst erst in den letzten Tagen realisiert habe?, fragte sich Sunhee. Er hatte gegessen, aber alleine. Deswegen hatten er und dieser Typ nicht einmal die Stufe erreicht, auf der man zusammen etwas am gleichen Tisch aß. Trotzdem fragte der Typ, der Sunhee immer noch reichlich fremd war und vom dem er keine Ahnung hatte, wer er war, nach seiner wahren Liebe, die gerade äußerst aktuell war. Dennoch bejahte Sunhee diese Frage sogleich. Weil es sich um die wahre Liebe handelte, war zumindest Wahrhaftigkeit notwendig: »Na und ob! 120 Prozent habe ich eine!«

15

Yang Changgeun konnte nicht verstehen, was er gerade erlebte. Ihm war definitiv gesagt worden, dass diese Person ein Informant sei. Aber jener Informant nahm die Beine in die Hand. Und das auch noch mit aller Kraft. Kang Doyeong verfolgte diesen Informanten, der angeblich wie ein alter Freund, ja wie ein Teil seiner Familie war, und stieß dabei alle Schimpfwörter aus, die ihm bekannt waren. Auch Changgeun schloss sich der Verfolgungsjagd nach dem Informanten an.

Üble Menschen, die in üble Geschäfte verwickelt sind, wissen besser über üble Geschäfte Bescheid als irgendwer sonst. Ist das Milieu ein anderes, sind auch die Informationen andere. Wer auf dieser Seite des Gesetzes lebt, darf nicht versuchen, restlos über die andere Seite informiert zu sein. Er darf auch nicht glauben, dass er über die andere Seite Bescheid weiß. Aus diesem Grund brauchen Ermittler stets Personen, die ihnen Informationen über die andere Seite liefern. Diese Personen wissen sehr gut über die Menschen Bescheid, die für die Leute auf dieser Seite des Gesetzes Wildfremde, aber für sie Nachbarn sind. Changgeun hatte es für ratsam gehalten, sich bei dieser Gelegenheit ein bisschen mit den kriminellen Gangs in Busan vertraut zu machen, deshalb war er mitgekommen. Kang Doyeong und er passten zwar nicht ganz zusammen, doch dieser Mann war auf jeden Fall der Ermittler, der sich am besten in Busan auskannte. Aber meine Güte, dass Doyeong ein Ermittler war, der seinen Informanten unter solchen Mühen hinterherrennen musste! Während der Verfolgung fragte sich Changgeun daher: *Wie lange muss ich hier noch wie ein Verrückter rennen?* Diese Frage wäre wohl mit »ewig« zu beantworten gewesen, wenn der junge Informant nicht den Fehler begangen hätte, sich umzublicken, und dadurch mit einem Mann, der aus einer Gasse heraustrat, zusammengestoßen wäre.

Doyeong führte den Informanten zuerst in eine nahe gelegene Gaststätte und ließ ihn dort etwas essen. Auch Changgeun verspürte Hunger, weil er so viel gerannt war. Er hatte den Eindruck, dass Doyeong in diesem Lokal Stammkunde war. Die Gaststätte war definitiv alt, aber sehr sauber. Drei Portionen Knochensuppe wurden serviert. Doyeong und der Informant gaben den Reis sofort in die Suppe und schaufelten sie in einem wahnwitzigen Tempo in den Mund. Changgeun fragte sich, warum sie mit solcher Hast essen mussten. Er war davon überzeugt, dass die beiden überhaupt nicht mitbekamen, was sie da zu sich nahmen, wenn sie so hastig aßen. Sie taten ihm leid. Doch als er selbst den ersten Löffel der Knochensuppe genommen hatte, schaufelte er sie genauso schnell wie die beiden in sich hinein. Doyeong aß etwa die Hälfte seiner Suppe, und erst dann fing er an, dem Informanten Fragen zu stellen. Dabei kam häufig der Name Lee Sunhee vor. Beim ersten und zweiten Mal hatte Changgeun das nicht interessiert, aber irgendwann wurde er hellhörig und erkannte, dass sein Kollege bewusst und möglichst häufig den Namen erwähnte.

Bei jeder Erwähnung dieses Namens wurde der Mann, der das Essen serviert hatte, geschäftiger. Er brachte eine Fleischplatte und stellte auch eine Flasche Schnaps auf den Tisch. Erst jetzt erkannte Changgeun diesen Mann. Das war doch der Vater von Lee Sunhee, dem er beim Besuch seines Sohnes einen Stuhl vor die Zelle gestellt hatte! Diese Gaststätte gehörte ihm! Das hier war Sunhees Zuhause. Doyeong verließ nach dem Essen die Gaststätte, ohne die Rechnung für die Fleischplatte, zwei Flaschen Schnaps und drei Portionen Suppe zu bezahlen. Changgeun holte etwas spät seine Geldbörse hervor, aber Sunhees Vater nahm das Geld nicht an.

Die Informationen, die Changgeun und Doyeong von dem Informanten während des Essens erhalten hatten, lauteten etwa folgendermaßen: Kriminelle Gangs änderten sich nie. Völlig unabhängig davon, welche Mechanismen am Werk waren, Gangs waren Gangs. Sie machten nach wie vor üble Geschäfte, führten ihre Revierkämpfe weiter und tasteten sich an weitere Geschäftsmöglichkeiten heran. Ein Junge wie Lee Sunhee war überall willkommen, und es war anzunehmen, dass es tatsächlich viele Gangsterbanden gab, die ein Auge auf ihn geworfen hatten. Allerdings war heute nichts so, wie es mal gewesen war. Als Yang Changgeun den Ausführungen des Informanten lauschte, dachte er kurz, dass die Leute aus dieser Branche jene Formulierung sehr gerne verwendeten. »Nichts ist heute so, wie es mal war.« Auch von seinen Informanten während seiner Zeit in Incheon hatte er diesen Satz häufig gehört. Wenn er sie traf, ihnen eine Zigarette anbot und Feuer gab, lautete der erste Satz, der zusammen mit dem Zigarettenrauch ausgestoßen wurde, dass heute nichts mehr so sei, wie es einmal gewesen war. Was aber war genau nicht mehr so, wie es mal gewesen war? Es ging ums Geld. Es gab sehr vieles, das nicht mehr so wie früher war, aber letzten Endes stellte das Geld das dar, auf das dies am meisten zutraf. Es hieß, dass nicht jeder Sunhee aufnehmen könne, auch wenn man ihn sehr gerne in seiner Gang hätte. Weder durch Erpressung noch einen Appell an Loyalität könne man ihn gewinnen. Nur der Organisation, die genug Geld habe, würde es gelingen, ihn ins Boot zu holen. Allerdings gebe es zurzeit wahrscheinlich keine, die einen schönen Batzen Geld lockermachen könne, um gute neue Mitglieder zu werben. Momentan gebe es kaum Geschäfte, die Geld einbrächten.

Gangs funktionierten genauso wie normale Großunternehmen. Die Verwaltungskosten seien schlichtweg zu hoch, um sie tragen zu können. In China und Südostasien arbeite man ungemein billig, daher blieben kaum noch Geschäfte übrig, die man in Angriff nehmen könne. Dementsprechend würden diejenigen Geschäfte, die tatsächlich noch Geld einbringen, immer gefährlicher und schwieriger, und man überlege sich sehr kritisch, ob man trotzdem in sie einsteigen solle. Es verhalte sich genauso wie beim Scouten im Sport. Jedes Jahr um diese Zeit finde ein Krieg um die Anwerbung neuer Bandenmitglieder unter den Absolventen der Berufsschulen statt. Sehr wahrscheinlich hätten einige Gangsterbanden jetzt Koffer mit Geld gepackt, um Lee Sunhee anzuwerben. Allerdings seien die, die diese Koffer mit einer ordentlichen Summe Geld füllen können, an nur einer Hand abzuzählen.

Kang Doyeong, der dem Ganzen mit ernstem Gesicht zugehört hatte, stellte dem Informanten noch weitere Fragen. Dabei gab er dem Informanten ein paar anspornende Kopfnüsse. Und dieses Wechselspiel bekam langsam einen Rhythmus. Nachdem der Informant wieder und wieder geschlagen worden war, sagte er, dass er ein Gerücht über eine Gang gehört habe, die sich neu herausbilde und in die viel Geld hineinfließe. Er betonte jedoch mehrmals, dass es sich nur um ein Gerücht handele.

Das Gerücht lautete folgendermaßen: Jene neue Gang betrieb hauptsächlich Organhandel, der in Gangsterkreisen als Handel mit Hardware bezeichnet werde. In der Tat war das Risiko beim Handel mit Hardware sehr hoch. Darüber hinaus hatte man Schwierigkeiten bei der Lieferung der Ware, daher lag man momentan von China eingestampft am Boden. Das war auch verständlich, denn nicht selten kamen Geschäfte zustande, indem der Käufer selbst nach China flog und dort die Ware kaufte. Allerdings gab es eine Gangsterorganisation in Busan, die schon seit längerer Zeit in der Lage war, kontinuierlich und zuverlässig Ware zu liefern.

»Wie kann das sein, dass mir eine solche Bande vollkommen unbekannt ist?«, fragte Doyeong, der bis dahin dem jungen Informanten still zugehört hatte.

»… Tja, eine gute Frage«, antwortete der junge Mann.

Als Doyeong wieder die Hand über den Kopf des Informanten heben wollte, fragte diesmal Changgeun: »Die Ware wird kontinuierlich und zuverlässig geliefert? Wie hat man das angestellt, dass das nicht auffällt?«

Der Informant starrte Changgeun an. Er tat zumindest kurz so, als ob er nachdenken würde. Aber schließlich kam von ihm nur: »… keine Ahnung.«

16

Für dieses Ding, für diesen Zustand eines Motorrads, das völlig in Ordnung gewesen war und das man absichtlich verunstaltete, gibt es einige Bezeichnungen von Fachleuten, sozusagen einen Fachjargon. Einer der Fachausdrücke lautete »heißer Ofen« und bedeutete, dass es ein Motorrad war, in dessen gutes Aussehen man sich auf den ersten Blick sofort verliebt hatte. Ein weiterer Fachausdruck wäre »Flitzbike«. Das war eine sehr wissenschaftliche Bezeichnung, mit der man beschrieb, wie das Motorrad an einem vorbeiflitzte. Ein Motorrad, das wegen seiner übertrieben hohen Geschwindigkeit innerhalb des Bruchteils einer Sekunde an einem vorbeiraste. Die Dinger, mit denen diese Clique jetzt angefahren kam, schienen weniger zu den Flitzbikes als vielmehr zu den heißen Öfen zu gehören; allerdings konnte niemand sagen, ob diese Motorräder nicht vielleicht tatsächlich so schnell waren, dass sie innerhalb kürzester Zeit von 0 auf 200 beschleunigen und damit richtiggehend an einem vorbeiflitzen konnten. Zumindest ließ sich erahnen, dass diese Cliquenmitglieder ihre Motorräder ihrer Meinung nach so gepimpt hatten, dass man sofort im siebten Himmel schwebte, wenn man sie zu sehen bekam. Na ja, bei den Kriterien, was man unter

»heiß« verstand, konnte man unterschiedlicher Auffassung sein; von daher wäre »verunstalten« eine passendere Beschreibung als »pimpen« gewesen. Und wie sollte man das am besten nennen, was diese Clique durch ihr Pimpen zustande gebracht hatte und miteinander teilte? Kultur? Genau, einfachheitshalber soll es mal Kultur genannt werden. Die Kultur, die diese Leute genossen, konnte einem außergewöhnlich erscheinen. Diese Kultur war – wie beschrieb man das am besten – etwas ungehemmt Einzigartiges; würde man diese Kultur auf der Straße erleben, würden sieben von zehn Menschen ihr aus dem Weg gehen, und die restlichen drei würden sich nicht zurückhalten, sie zu verhöhnen, und zwar laut genug, dass die Personen, die diese sogenannte Kultur genossen, es deutlich zu hören bekamen.

Es waren insgesamt sieben heiße Öfen. Auf dem Motorrad, das am meisten aufgebrezelt war und somit den Betrachter am heftigsten im siebten Himmel schweben lassen sollte, saß Lee Sunhee. Einzig auf seinem heißen Ofen saß noch eine Schülerin. Sie musste seine wahre Liebe sein, die für ihn gerade äußerst aktuell war und die in der Zelle des Polizeireviers in einem langen, umfangreichen Verfahren als solche verifiziert worden war. Die sieben Motorräder, die die alles andere als breite Gasse ausfüllten, erzeugten ihrem Aussehen entsprechend einen ohrenbetäubenden Lärm.

Trotz dieses unsäglichen Lärms um Mitternacht ließ sich der Gaststättenbesitzer nicht blicken. Doch im Gegensatz zu ihm ging Uhwan vor die Tür und schaute sich das Treiben an. Es war großartig. »Großartig«, sagte er daher schlichtweg, weil ihm das half, sein inneres Gleichgewicht nicht zu verlieren. Diese Leute waren Jugendliche, von denen man bereits genervt war, wenn man sie nur ansah. Acht solcher Nervtöter waren in der Gasse.

Diese acht Nervtöter hätten zu zweit jeweils mit einem Feuerstuhl fahren können, dann wären sie mit vier unterwegs gewesen, aber nein, sie mussten unbedingt mit sieben Krach machenden Öfen unterwegs sein. Uhwan war vollständig davon überzeugt, dass diese jungen Menschen, die nicht einmal eine solch einfache Rechenaufgabe lösen konnten, faktisch ungebildet waren. Sie hatten bestimmt einen großen Schaden an ihrem Trommelfell abbekommen, wenn sie mit diesen einen Heidenlärm veranstaltenden Teilen auch im Alltag herumfuhren. Uhwan hätte sich sehr gerne den Jugendlichen genähert und sie ernsthaft gefragt, wie es wäre, wenn sie, da sie zu acht sind, jeweils zu zweit auf einem Motorrad, also nur mit vier, fahren und die drei übrigen Maschinen, auch wenn sie gebraucht waren, zu einem guten Preis verkaufen und mit dem Geld ein Sparkonto bei einer Bank eröffnen würden. Weil Uhwan es damit ernst meinte, denn es handelte sich um Jugendliche, die ihm einige Sorgen bereiteten, machten seine Füße sich selbstständig und taten bereits den ersten Schritt; sein rechter Fuß schob den linken Fuß an, der linke zog den rechten weiter, und so ging er, der besorgte Erwachsene, zügig und ungehindert auf die Jugendlichen zu. Da fiel ihm plötzlich sein eigenes Leben ein. Ihm fiel ein, dass er nur im Waisenhaus gelebt hatte, bis er 17 Jahre alt gewesen war, und dass er danach lediglich als Küchenhilfe tätig gewesen war, bis er Mitte 40 war. Gleichzeitig hielt sein linker Fuß den rechten fest. Hätte sein linker Fuß Augen, hätte er dem rechten Fuß mit einem heimlichen Zwinkern dazu geraten, sich nicht weiter zu bewegen. Ein Zögern. *Ach, mein verdammtes Leben!* Er dachte an sein bisheriges Leben und stellte fest, dass er alles andere als ein Vorbild für diese acht Jugendlichen war und dass er ihnen gegenüber eigentlich den Mund halten sollte.

Uhwan konnte jedoch nichts dafür. Wie hätte er auch wissen können, dass einmal so ein Tag eintreten würde, an dem ihm solche Jugendlichen begegneten und ihn mit seinem eigenen Leben konfrontieren würden. Die meisten Menschen führen ein Leben, in dem sie hoffen, dass ein solcher Tag wenn irgend möglich niemals eintritt. Außerdem könnten solche Jugendlichen hemmungslos aggressiv reagieren, wenn man ihnen tief in der Nacht auf der Straße begegnet und dazu noch ungebetene Ratschläge gibt. Aus diesem Grund kehrt man nicht zu spät nach Hause zurück. Deswegen werden auch die Laternen auf der Straße eingeschaltet, deshalb machen Polizisten immer und immer wieder ihre Runden. Damit man genau solchen Jugendlichen nicht auf der Straße über den Weg läuft.

Uhwan überlegte, ob er lieber ins Lokal zurückkehren sollte. Aber dafür war er bereits zu tief in den kulturellen Raum dieser Jugendlichen eingedrungen. Außerdem sandte Sunhee ihm schon länger und wiederholt ein Zeichen. Er gab ihm das Zeichen, dass seine Freundin, die er »120 Prozent!« hatte, jetzt hinter ihm sitze. Na gut, Uhwan ging also zügig zu ihm, um dieses Mädchen in Augenschein zu nehmen, und dachte dabei: *Wen kümmert's, ob ihr mit vier Feuerstühlen fahrt oder mit sieben.* Er machte noch ein paar Schritte auf Sunhee zu und stand direkt vor dessen Motorrad. Dann schaute er das Mädchen an, das hinter Sunhee saß.

Bei diesem Mädchen war Schüchternheit, die Mädchen meistens hatten beziehungsweise von der Uhwan bisher ausgegangen war, dass die meisten Mädchen sie besaßen, absolute Mangelware. Das Mädchen schaute Uhwan unverblümt an. Mit fragenden Augen, die wissen wollten: »Wer bist du eigentlich? Und wieso kommst du immer näher?« Sollte man so jemanden »frech und respektlos« nennen? Oder »unbekümmert und mutig«, wenn man wohlwollend sein mochte? Noch milder formuliert: »lebenslustig«? Auf jeden Fall hatte das Mädchen Augen, die andere durchaus irritieren konnten. Sie trug eine Schuluniform. Unter dem kurzen Rock hatte sie eine Trainingshose an. Sie schien zumindest darauf aufgepasst zu haben, ihre Beine nicht zu entblößen. Sollte man das für »sittsam« erachten? War ihr Blick einfach dadurch zu erklären, dass sie sich in Acht nahm, weil sich ihr ein fremder Mann näherte? Uhwan versuchte, möglichst positiv von der Schülerin zu denken, aber er konnte sie schlichtweg nicht leiden! Ohne einen Grund. Eine seltsame Schülerin, bei der er schon die Lust verloren hatte, sie kennenzulernen, bevor er überhaupt ein Wort mit ihr gewechselt hatte. Es war sehr dunkel. Ihr Gesicht war stark geschminkt, weswegen es nicht wirklich zu erkennen war. Etwas Positives konnte Uhwan an ihr nicht finden. Dennoch trat er näher an sie heran mit dem Gedanken, dass sie wenigstens ein Namensschild an ihrer Schuluniform haben musste. Ihren Namen, nur ihren Namen brauchte er festzustellen. Sie hieß bestimmt so was wie »Kim Fuckyou«, dachte er. Dennoch schlug sein Herz grundlos schneller, je näher er dieser Kim Fuckyou kam. Aber warum?

»Ist er das? Der neue Knecht bei dir zu Hause?«, machte die Schülerin den Mund auf, noch bevor Uhwan etwas sagen konnte.

Scheiße noch mal!, fluchte Uhwan auf die ersten Worte der Schülerin hin, ohne zu wissen, was er tat. Gleichzeitig überprüfte er ihr Namensschild, das an ihre Schuluniform genäht war. Er konnte ihren Namen deutlich lesen: »Yu Kanghee«.

So eine verdammte Scheiße!, fluchte Uhwan in Gedanken noch einmal. *Ihr wart also die verdammten Arschlöcher, die mich in einem Waisenhaus abgegeben haben!* Er fluchte und fluchte, zum Glück aber nur in Gedanken. Trotzdem handelte es sich anscheinend nicht um Emotionen, die er unter Kontrolle bringen konnte. Denn seine beiden Hände lagen bereits auf den Köpfen der beiden Schüler, Lee Sunhee und Yu Kanghee. Er zerrte das Liebespaar erbarmungslos an den Haaren. Er war wütend auf die beiden. Er konnte es nicht begründen, aber er war schlichtweg wütend. Genau genommen, konnten zwei Menschen auch einfach denselben Namen haben, das war ihm klar. Dennoch war er unbeschreiblich wütend auf die beiden Personen, die wie seine Eltern hießen, die ja eigentlich nur den gleichen Namen wie seine Eltern tragen konnten und mehr nicht, ja, auf die beiden, die mit großer Wahrscheinlichkeit bloß wie seine Eltern hießen. Er hatte soeben an sein eigenes Leben gedacht und dabei eine Sache erkannt, nämlich dass er diesen wesentlich jüngeren Menschen nicht einmal einen guten Ratschlag geben konnte. Und diese Erkenntnis verlieh jetzt seinen beiden Händen noch mehr Kraft und ließ seine Wut gen Himmel wachsen. Er war außerdem wütend, weil ihre gemeinsame Kultur verflucht noch mal ausgerechnet diese beschissenen Motorräder beinhaltete.

Vielleicht hatte auch Uhwan einmal seine Eltern kennenlernen wollen. Wahrscheinlich hatte auch er in seiner Kindheit einmal erwartungsvoll zu den Erwachsenen hinübergesehen, die die Kinder im Waisenhaus besucht oder mit zu sich nach Hause genommen hatten, und sich gewünscht, dass unter jenen Menschen auch seine Eltern waren. Aber sicher nicht solche wie diese jugendlichen Arschlöcher hier. Die sich in einer Gasse, die nicht einmal breit genug für Motorräder war, noch auf dem Motorrad sitzend, sich mühsam auf ein Bein stützten, das keineswegs lang genug war, bis auf den Boden zu kommen. Die den Motor nicht ausschalteten, obwohl sie keineswegs bald abfahren würden. Die im gesamten Wohnviertel einen höllischen Krach verursachten und dazu noch dieses rote, sich unentwegt drehende Licht am Motorrad benötigten. Dieses junge Scheißpaar, dessen Identität ihm absolut nebulös war – sie konnten und durften nicht seine Eltern sein! Nein, er konnte nicht einmal akzeptieren, dass sie denselben Namen wie seine Eltern trugen! *Ihr beiden werdet, egal, ob Namensvetter oder wessen Eltern ihr auch werden mögt, heute zusammen mit mir ins Gras beißen.* Das war Uhwans momentane Stimmung. Er fühlte sich grundlos völlig ungerecht behandelt.

Wenn es wirklich darum ging, ungerecht behandelt zu werden, traf es Kanghee und Sunhee selbstverständlich schlimmer als Uhwan.

Die linke Faust von Sunhee war die ganze Zeit bereit gewesen. Er wurde zwar an den Haaren gezerrt, aber so etwas war für ihn nicht der Rede wert. Er hätte Uhwan genauso gut mit dem Fuß wegtreten können. Er hätte ihn nicht einmal als einen guten Bekannten bezeichnet. Außerdem hatte er ihn nicht selbst bei sich aufgenommen. Er hätte ihn schlagen oder treten können, das wäre kein Problem gewesen. Aber weder seine Faust noch sein Fuß flog auf Uhwan zu. Es ging einfach nicht. Der Mann, der an seinen Haaren zerrte, weinte. Aus Sunhees linker Faust entwich alle Kraft.

17

Es war das erste Mal, dass er gelobt wurde. Das Lob hatte ein bestimmtes Aroma und war sehr nachhaltig. Auch Kanghee wurde wie Sunhee von dem Knecht an den Haaren gezerrt. Von daher hatte er sich noch mehr Gedanken gemacht, ob er doch seine linke Faust ins Gesicht des Knechts schicken sollte, auch wenn dieser weinte. Auch wenn dieser schluchzte und damit Sunhee fassungslos machte. Er grübelte, ob er etwas unternehmen sollte, anstatt tatenlos alles geschehen zu lassen, da der Knecht auch die Haare Kanghees, seiner wahren Liebe, festhielt. Daraufhin brach der Knecht plötzlich zusammen. Auch das war unverständlich für Sunhee. Ob ihn das Weinen erschöpft hatte oder ob er durch das Zerren an den Haaren der beiden mittlerweile entkräftet war? Sunhee brachte den kraftlosen Knecht in die Vorratskammer, in der dieser übernachtete. Dabei wechselte er gezwungenermaßen mit dem Vater ein paar Worte, weil er ja nicht wusste, wo der Knecht untergebracht war.

Sunhee rechnete damit, dass Kanghee wütend auf ihn sein würde. Für eine Frau waren die Haare doch ein kostbarer Schatz. Sogar der Glanz der Haare war wahnsinnig kostbar. Sunhee schaute in gesundem Maße fern und wusste durch die TV-Werbung, dass Frauen auf sich selbst und vor allem auf ihr Haar großen Wert legten. Kanghee war aber nicht wütend, sondern lobte ihren Freund, nachdem er den Knecht ins Haus gebracht hatte und zu ihr zurückgekommen war. Das habe er gut gemacht. Es sei gut, dass er ihn hineingebracht habe. Es sei auch sehr gut von ihm gewesen, dass er den Knecht nicht verprügelt habe. Wie sehr sie sich freuen würde, wenn es in Zukunft nicht mehr vorkommen würde, dass er jemanden zusammenschlage. Für Sunhee war nicht nachvollziehbar, wie Kanghee dem Mann gegenüber, der sie an den Haaren gezerrt hatte, so gutmütig sein konnte. Denn sie war schließlich ein Mädchen und ihr mussten ihre Haare doch ungemein kostbar sein! Sie war kein normales Mädchen. Sie war wirklich, hm, wie sollte er sie am besten beschreiben … Sie war wirklich ein Hammermädchen! Einmal mehr merkte er, dass Kanghee seine wahre Liebe war.

Es wäre besser gewesen, wenn Sunhee nur gelobt worden wäre. Die Worte, die Kanghee anschließend an ihn richtete, ließen ihn jedoch ins Grübeln geraten. »Was hältst du davon, wenn du etwas lernen würdest?«, fragte sie ihn plötzlich wie aus dem Nichts, nachdem sie ihn mit ihrem unerwarteten Lob in fröhliche Aufregung versetzt hatte. Das »Etwas«, von dem Kanghee gesprochen hatte, unterschied sich bestimmt nicht von dem »Handwerk« in den Worten »Lerne doch zumindest ein Handwerk!«, was die Erwachsenen ziemlich genervt zu sagen pflegten. Das wusste Sunhee sehr gut. Trotzdem hörte es sich anders an, als diese Worte von Kanghee ausgesprochen wurden. Weil sie nicht ganz konkret »Handwerk«, sondern relativ vage von »etwas« gesprochen hatte? Sunhee hörte Kanghee zu. Er hörte nur ihr zu. Weil er die Liebe bereits gekostet hatte, weil er längst begonnen hatte zu glauben, dass sie seine wahre Liebe war. *Aber was heißt, etwas lernen? Wie soll das für mich aussehen? Und vor allem: Was soll ich lernen?* Er bekam Kopfschmerzen.

Als er zu erkennen begann, dass Kanghee seine wahre Liebe war, entstanden Probleme. Das ist die Natur der Erkenntnis. Das Leben ist bequem, bevor man Erkenntnis erlangt hat. Nach der Erkenntnis offenbart sich jedoch vieles im Leben als Hindernis. Als jemand, der Erkenntnis erlangt hat, hat man auch das Gefühl, dass man das Leben nicht weiter so führen sollte wie zuvor. Will man in die Zeit davor zurück, dann stellt man sich selbst wiederholt die Frage, die man früher von anderen, hauptsächlich von den Erwachsenen gestellt bekommen hatte: »Bist du wirklich ein Mensch, wenn du so ein Leben wie früher führst?« Man denkt ganz naiv, dass nach der Erkenntnis der innere Friede einkehren würde, in Wirklichkeit aber ist das nicht der Fall. *So ein Mist!*, dachte sich Sunhee.

Alles, was Kanghee ihm sagte, blieb in seinem Gedächtnis haften. Völlig unabhängig davon, ob er sie verstand oder ob es ihm Kopfschmerzen verursachte, ihre Worte blieben ihm ein für alle Mal im Gedächtnis. Weil das sich mit Kanghees Worten eben so verhielt, ging ihm das Gesagte noch einmal durch den Kopf. Nachdem er sie nach Hause gebracht hatte und zur Gaststätte zurückgekommen war, wartete ausgerechnet er aus unerfindlichen Gründen im Gästebereich des Lokals auf ihn. Die Morgendämmerung war bereits angebrochen. Er redete. Sehr viele Worte gingen ihm über die Lippen. Sunhee konnte sich nicht erinnern, dass er ihm jemals so lange zugehört hatte. Aber er saß da und hörte ihm zu, weil es sich schlicht so ergeben hatte. Nicht weil die Person, die redete, sein Vater war, sondern weil das, was er sagte, den Worten von Kanghee ähnelte.

»Was hältst du davon, wenn du lernen würdest, wie man die Knochensuppe zubereitet?«, fragte sein Vater.

Anscheinend waren heute Ermittler hier gewesen. Sunhee wusste nicht, was sie seinem Vater erzählt hatten, aber wenn sie tagsüber da gewesen waren, reagierte sein Vater immer genauso wie jetzt. Nach dem Motto: So geht es einfach nicht mehr weiter.

»Ich habe gewartet und dir Zeit gelassen, weil ich dachte, dass du deine eigenen Pläne hast. Was hältst du davon, wenn du lernen würdest, wie man die Knochensuppe zubereitet, ich meine, wenn du nichts Konkretes vorhast?«, hielt er erneut seine Ansprache. Diesmal eine längere Version von dem, was er bereits gesagt hatte. Für Sunhee stand nun fest, dass die Ermittler heute hier gewesen waren. Auch seine Reaktion war immer gleich geblieben, und er hatte seinem Vater stets die kalte Schulter gezeigt. Aber jetzt entschied er sich, seinen Worten ohne Weiteres Folge zu leisten. Diesmal entschied er sich tatsächlich, ohne Weiteres auf seinen Vater zu hören. Denn das bedeutete, dass er auf Kanghee hörte.

* * *

Uhwan lag gedankenverloren in seinem Zimmer. Er hatte nicht einmal die Kraft, sich aufzusetzen. Er konnte sich auch nicht erinnern, ob er in Ohnmacht gefallen war. Als er seine Hände anschaute, stellte er fest, dass er Unmengen an Haaren zwischen den Fingern hatte. Ihm fiel ein, wem diese Haare gehörten. In der Tat war es um keine Angelegenheit gegangen, bei der er dermaßen wütend hätte werden müssen, meinte er. Es waren ihm doch letztlich unbekannte Jugendliche. Die anderen sechs Anwesenden waren ihm ebenfalls unbekannt gewesen. Und in ihrer

Gegenwart hatte er an den Haaren zweier anderer Unbekannter gezerrt. Warum er so etwas hatte tun müssen, fragte er sich selbst und bereute es. Die Wahrscheinlichkeit war doch sehr hoch, dass die beiden nur dieselben Namen hatten wie seine Eltern. Das stand sogar fast fest. Was hätte er außerdem tun können, wenn dieses Scheißpaar wirklich seine Eltern waren? Gab es irgendetwas, was er dann hätte unternehmen können? Nein, rein gar nichts! Mein Gott, wie wollte er eigentlich genau in Erfahrung bringen, ob die beiden nun seine Eltern waren oder nicht? Ja, wie?

Uhwan lag im Zimmer, den Blick an die Decke gerichtet, stellte seine Fragen ins Leere und antwortete sich selbst. Da hörte er von draußen eine Stimme.

»Kann ich Sie mal kurz sprechen?«

Vor dem Chef standen nun nebeneinander Uhwan, der rausgekommen war, weil der Chef ihn kurz sprechen wollte, und Sunhee, mit dem Jongin schon seit einer halben Ewigkeit sprach. Sunhee fragte sich, warum sein Vater den Knecht dazugerufen hatte. Und Uhwan wurde erneut wütend, als er den Jungen sah, und fragte sich, warum der Chef diesen Scheißbengel und ihn vor sich stehen ließ. Jongin wiederum dachte in jenem Moment, als er die beiden nebeneinander vor sich stehen sah, dass in diesem Haus also nun drei Personen wohnten. Es wohnten hier jetzt wieder drei Personen zusammen.

Jongin ging vor. Er schritt vorwärts und schaute unentwegt zurück. Jedes Mal schmunzelte er. Immer wenn er nach hinten schaute, stellte er fest, dass ihm sein Sohn weiter folgte. Er hatte nicht damit gerechnet, dass sich sein Sohn so schnell bereit erklären würde, ihn zu begleiten. Vielleicht war er zu voreilig mit seiner Meinung gewesen, dass sein Sohn immer noch ein Kind sei und keine Ahnung davon habe, wie hart das Leben war. Möglicherweise hatte ein Tag wie dieser bereits sogar auf Sunhees Plan gestanden. Es war auch nicht auszuschließen, dass er von sich aus irgendwann gesagt hätte, er wolle lernen, wie man die Knochensuppe zubereitet, wenn Jongin ein bisschen länger gewartet hätte. Für einen Moment bereute er, dass er seinem Sohn nicht mehr Zeit gelassen hatte, obwohl er wahrlich lange genug gewartet hatte. Auf jeden Fall war er glücklich. Sein Sohn folgte ihm, als er über die breite Straße und in eine Gasse ging, dann nach links und wieder nach rechts abbog. Dass sein Sohn ihm überallhin folgte, verblüffte ihn; er war so stolz auf ihn, dass er extra einen größeren Umweg nahm. Schließlich befand sich der Markt direkt ihm gegenüber.

Der Weg zum Markt war eine Überraschung gewesen, weil er festgestellt hatte, dass es in Busan noch so viele Straßen gab, die ihm unbekannt waren. Er ging immer alleine und nahm die erstbeste Abkürzung, wenn er einkaufen ging. Schnellen Schrittes schlug er immer den kürzesten Weg ein. Es gab viele Tage, an denen er den Kopf erst hob, wenn ihn jemand grüßte. Er hatte im Leben übrigens noch nie eine Reise gemacht. Wenn seine Stammkunden ihm sagten, dass er mal einen schönen Urlaub machen solle, wofür verdiene man sonst Geld, erwiderte er zwar, dass er kein Interesse am Verreisen habe, aber er fragte sich dabei auch, was eine Reise so Tolles an sich hatte, wenn ihm das so viele empfahlen. Dieser Gedanke blieb allerdings nur ein Gedanke, und tatsächlich verreist war er noch nie. Nun meinte er, dass eine Reise wahrscheinlich dieses Gefühl auslösen konnte, das er gerade empfand. Der Zielort stand fest, aber man erreichte dieses Ziel nicht über die Wege, die man normalerweise nahm, sondern über andere, neue. Das Gefühl, das man bei jemandem hat, dem man oft begegnet, aber mit dem man auf eine neue Weise Zeit verbringt. Schlichtweg so definierte Jongin das Reisen. Nun hatte er ausgesprochen gute Laune, die ihm niemand verderben konnte, egal, was man auch tun mochte. Und mit diesem Gefühl kam er schließlich auf dem Markt an.

Der Markt wirkte auf ihn unbeschreiblich lebhaft. Vielleicht weil er diesmal den Kopf aufrecht hielt, als er ihn betrat? Er grüßte die anderen als Erster. Die Händler waren nicht wenig überrascht. Zuerst davon, dass Jongin sie als Erster grüßte, und dann von der Tatsache, dass sein Sohn hinter ihm lief.

Auf dem Markt angekommen, erwartete Jongin noch eine andere freudige Erfahrung. Jeder Händler, dem er begegnete, grüßte ihn mit den Worten: »Ach, heute sind Sie ja mit Ihrem Sohn gekommen!« Jeder hatte ein paar Worte für ihn: »War Ihr Sohn schon immer so groß?« »Ihr Sohn sieht aber sehr gut aus.« »Ihr Sohn sieht Ihnen überhaupt nicht ähnlich.« Es gab auch Leute, die zwar Lobesworte an ihn richteten, die jedoch als stichelnde Kritik getarnt waren: »Willst du dein Geschäft jetzt schon an deinen Sohn abgeben? Schlag dir das mal schön aus dem Kopf!« Natürlich sagten alle nur etwas Positives, was seine gute Laune noch steigerte.

»So sieht mein Leben aus!«, dachte er zufrieden mit sich. Sein ehrlicher Charakter offenbarte sich auch beim Abschluss von Geschäften den Händlern auf dem Markt. Er entschied seine Geschäfte nach der Ware und den Menschen. Die Ware musste selbstverständlich gut sein und der Händler ihm vertrauenswürdig erscheinen. Mehr brauchte er nicht. Den Preis der Ware verhandelte er zwar, aber er feilschte nie übertrieben. Seiner Meinung nach hatte alles seinen Preis. Er bemühte sich, den ihm angebotenen Preis möglichst zu akzeptieren. Er glaubte, dass jemand seine Gründe haben musste, wenn er einen leicht überhöhten Preis verlangte. Vielleicht war ein weiteres Kind zur Welt gekommen, die alte Mutter war krank geworden, die älteste Tochter heiratete und so weiter. Es gab zahlreiche Gründe, die Jongin sich nicht einmal ausmalen konnte. Er vertraute den Menschen und hielt die Zeit, die man mit Misstrauen verbrachte, für Vergeudung. Ging man in der Zeit, die man mit Misstrauen und Zweifel verbringen konnte, lieber fleißig seiner Arbeit nach, bekam man die Gelassenheit und die innere Ruhe, die schließlich dazu führten, dass man Vertrauen entwickelte. Die Geschäfte, die er mit den Menschen abschloss, denen er vertraute, hielten auch sehr lange. Solange die Qualität der Ware sich nicht enorm verschlechterte und der Preis nicht unverhältnismäßig anstieg, blieb Jongin immer unverändert bei seinem Händler. Ihm fiel die Metzgerei ein, mit der er neulich seine geschäftliche Beziehung beendet hatte, und das tat ihm kurz weh. Kein Händler auf diesem Markt war abgeneigt, Geschäfte mit Jongin zu machen, denn in den Augen aller Händler war Jongin ein vertrauenswürdiger Gaststättenbesitzer und ein fähiger Koch. Allerdings fanden sie es schade, dass er zu ihren Lebzeiten nur für seine Frau gelebt hatte und nach ihrem Tod nur noch für seinen Sohn lebte und kein eigenes Leben hatte. Er nahm deutlich wahr, dass er heute die Früchte für die Zeit erntete, in der er nur für seine Frau und seinen Sohn gelebt hatte, wie es die Händler ausdrückten. Es gab nichts, wofür er sich schämen musste. Die Händler auf dem Markt waren Menschen, die sich auch in zehn Jahren nicht nennenswert verändern würden. Jongin war dankbar dafür, dass er mit solchen Menschen eine solche Zeit verbracht hatte. All das würde vollständig an seinen Sohn übergehen, der ihm in diesem Moment folgte, und speziell dieser Gedanke beruhigte ihn sehr.

Sunhee, der zunächst unbeholfen mitgegangen war, grüßte inzwischen die Händler ebenso. Und das entging Jongin nicht, während er beispielsweise die Waren bezahlte. Er lächelte und strahlte über das ganze Gesicht.

Was für eine Prahlerei! Wie kann man nur dermaßen unverschämt prahlen! Bin ich etwa unsichtbar? Na ja, ein Unsichtbarer wird wenigstens als Mensch behandelt. Bin ich dann nicht einmal ein Mensch? Hey, ich bin auch noch da! Mit diesen Gedanken folgte Uhwan ebenso die ganze Zeit dem Chef, mal hinter dem beschissenen Sunhee, mal direkt neben ihm. Uhwan hoffte, dass er heute etwas Wichtiges für das Zubereiten der Knochensuppe lernen würde. Er wollte sich dafür Notizen machen, aber der beschissene Chef kümmerte sich nur um seinen Sohn. »Ist es ein Grund, zu prahlen, wenn man einen Sohn hat? War die Welt damals, zu jener Zeit, die für mich gerade mal vierzig Jahre zurücklag, echt so lächerlich? Liegt so eine Welt nicht schon ewig lange zurück?« Was Uhwan hier erlebte, erinnerte ihn daran, wie ein Politiker einen Markt besuchte, weil im nächsten Monat die Abgeordnetenwahl stattfand. Ein hoher Politiker, beispielsweise ein Parteivorsitzender, ging mit dem Kandidaten aus seiner Partei von einem zum anderen Laden und stellte den Händlern seinen Schützling vor. So ein Bild gab der Chef mit seinem Sohn gerade für Uhwan ab. Der Chef konnte tun und sagen, was er wollte, aber Sunhee war lediglich der Sohn des Inhabers der Gaststätte »Busan Knochensuppe«, oder nicht? Uhwan konnte dieses Bild nicht länger ertragen.

Er musste dennoch genau hinschauen. Wo der Chef das Gemüse kaufte, von welchem Laden er Reis liefern ließ, warum er den Metzger eines Ladens keines Blickes würdigte und kühl an ihm vorbeilief, warum dieser Metzger schluckend seinem Chef nachschaute. Das alles musste Uhwan wissen. Man wusste nie, ob der Chef von heute auf morgen seine Meinung ändern und ihm sagen würde, er könne das Zubereiten der Knochensuppe ohne ihn aus eigener Kraft erlernen. Viel wahrscheinlicher als alles andere war, dass dieser beschissene Sunhee heute wegen irgendeiner Schnapsidee mitgekommen war und zugleich auch zum letzten Mal dabei war. In Zukunft würde der Chef dann Uhwan auch nicht mehr zum Einkaufen mitnehmen. Das würde bedeuten, dass heute für ihn die einzige Chance bestand, mit seinem Chef zusammen zum Einkaufen zu gehen. So ein wichtiger Tag war das also heute für ihn, aber der Chef dachte nicht daran, ihm irgendetwas beizubringen.

Der Chef war nicht der Einzige, der Uhwan wie Luft behandelte. Sunhee stand seinem Vater in nichts nach. Überdies war Uhwan nun felsenfest davon überzeugt, dass Sunhee ein Scheißbengel war. Denn er grüßte zwar die Händler, aber nie mit einem Händeschütteln. Sein Vater hatte auch keine Schwierigkeiten beim Gehen, daher benötigte er auch keine Hand von ihm, die ihn stützte. Keineswegs. Die beiden Hände von Sunhee waren also vollkommen frei. Und trotzdem übergab er alles, was gekauft wurde, restlos an Uhwan. »Verdammte Scheiße, ich will das nicht tragen!«, war etwas, dass Uhwan nicht einfach so sagen konnte, wenn er die Stimmung nicht kaputtmachen wollte, denn der Chef prahlte immer noch unbeschreiblich viel mit seinem Sohn und hatte nach wie vor die Mimik eines Parteivorsitzenden. Sunhee lächelte immer wieder zwischendurch und grüßte Händler, obwohl es nur wenige Tage zurücklag, dass er praktisch Kleidung aus Blut getragen hatte. Diese Stimmung zu verderben, dafür war Uhwan nicht herzlos genug. Er war lediglich zu hundert Prozent davon überzeugt, dass Lee Sunhee ein Scheißbengel war. Das war alles. Er wollte die Stimmung nicht zunichtemachen. Na ja, dafür war er auch in keiner geeigneten Position.

Vielleicht, nein, möglicherweise gefiel Uhwan das Bild von den beiden sogar so gut, dass er ihnen schweigsam und gerne mit den ganzen Sachen folgte. *So sieht also ein Sohn von hinten aus, der seinem Vater folgt; so sieht also ein Vater von hinten aus, der weiß, dass sein Sohn ihm folgt,* dachte er. Ja, möglicherweise war das so.

Schenkte man der Szene ein bisschen Aufmerksamkeit und schaute etwas genauer hin, dann sah man es. Man sah, dass es nicht zwei, sondern drei Personen waren, die dort liefen. Hinter Jongin ging Sunhee und hinter Sunhee Uhwan. Kein einziges Mal liefen die drei nebeneinander, aber auch kein einziges Mal waren sie zu zweit oder allein. Sie waren immer zu dritt. Und ab und zu schaute sich Sunhee nach Uhwan um.

Als die drei auf eine Menschenmenge stießen, die tatsächlich wegen eines Wahlkampfs auf dem Markt zusammengekommen war, passten sie gut auf, sich nicht aus den Augen zu verlieren. Dabei realisierten Sunhee und Jongin, dass sie den Namen von Uhwan überhaupt nicht kannten, und Uhwan, dass er nicht den Namen seines Chefs wusste. Wie auch immer, die Kampagne für die Abgeordnetenwahl war in vollem Gange. Uhwan schaute lange zu, wie die Politiker für sich warben. Die Wahl des Landkreises stand vor der Tür.

18

Die Ermittler meinten, sich gut durch die Autoschlange einer Wahlkampfkundgebung gekämpft zu haben, fanden sich aber schließlich hinter der nächsten Wahlkampfkundgebung wieder und standen erneut im Stau. Trotzdem kam es nicht infrage, mit eingeschalteter Sirene zu fahren.

Yang Changgeun und Kang Doyeong gingen dem Gerücht nach, dass eine kriminelle Gang mit Hardware handelte. Diese Gang hinterließ jedoch keine einzige Spur. Es mochte sein, dass es sich bei dieser Organisation in der Tat nur um ein Gerücht handelte, wie der Informant gemeint hatte. Doch aus Sicht der Ermittler war die Wahrscheinlichkeit dafür sehr gering. Wenn man einem solchen Gerücht auf den Grund ging, musste man immer große Vorsicht walten lassen, damit kein weiteres Gerücht in die Welt gesetzt wurde. Busan war groß. Es gab viele kriminelle Organisationen, denen die Ermittler keinen Einzelbesuch abstatten konnten. Es sei denn, sie wollten unbedingt das Gerücht verbreiten, die Polizei rede äußerst angespannt irgendeinen Unsinn über Laserpistolen daher und sei auf der Suche nach einer bestimmten Gang. In dem Moment, in dem ein solches Gerücht einmal in Umlauf gebracht war, hätten die

Ermittler dafür gesorgt, dass die Gang, von der der Informant gesprochen hatte, wirklich für immer nur ein Gerücht bleiben würde.

Changgeun und Doyeong hatten sich noch einmal mit Dr. Tak Seongjin getroffen. Nachdem sie sich mehrmals vergewissert hatten, dass er nicht betrunken war, fragten sie ihn erneut wegen des Falls aus. Er wiederholte dasselbe, was er schon betrunken gesagt hatte. Er habe keine Ahnung, ob es sich um eine Pistole oder sonst etwas handelte. Aber es sei definitiv ein Laser gewesen. Er habe immer noch nicht herausgefunden, wozu man den Chip benutzte, aber in ein paar Tagen werde er mehr wissen. Sollte man jedoch in Erfahrung bringen, wozu dieser Chip benutzt werden könnte, könnte das wirklich ernsthafte Probleme ans Licht bringen. Changgeun dachte, dass Dr. Tak damit recht haben könnte. Die Wahrscheinlichkeit dafür war sogar recht hoch.

Eine kriminelle Gang in Busan, die Hardware, also Leichen, zuverlässig liefern konnte. Changgeun dachte, dass er die Zahl der Vermissten und die ungelösten Fälle in der gesamten Stadt Busan überprüfen sollte, sobald er ins Büro zurückkam. Er musste in Erfahrung bringen, ob man die Leichen irgendwoher bekam oder selbst produzierte. Selbstverständlich wusste er, dass seine Überprüfung der Vermisstenzahl und der ungelösten Fälle nur die Spitze des Eisberges der nötigen Ermittlungen war. Es musste viele Fälle geben, die von der Polizei gar nicht erst als solche aufgenommen worden waren. Und es gab sicherlich auch nicht wenige Vermisste, die überhaupt nicht gemeldet worden waren. Busan war eine große Stadt. Außerdem lag sie am Meer. Damit war diese Stadt gut geeignet für Leute, die sich heimlich hineinschleichen wollten. Jedenfalls handelte es sich um einen Fall, bei dem Changgeun keinerlei Anhaltspunkte hatte.

Doyeong hatte in der Zwischenzeit einen zweiten Informanten getroffen, der zur Abwechslung mal nicht versucht hatte, zu fliehen, und seitdem schwieg er. Changgeun ging davon aus, dass sein Kollege wohl mittlerweile ähnlich dachte wie er. Er würde sich fragen, wie so etwas passieren konnte, und dann auch noch ausgerechnet in seinem Bezirk. Überdies würde er sich für seine absurde Aktion, Lee Sunhee verdächtigt und gequält zu haben, enorm schämen und seine Handlung zutiefst bereuen. Wieso hatte er überhaupt den Schüler, der in der Elektronik-Klasse war und nicht einmal schweißen konnte, als Tatverdächtigen ins Auge gefasst?

Changgeun lag mit seiner Vermutung über Doyeongs Gedankengänge jedoch nicht richtig. Kang Doyeong vertrat einen etwas anderen Standpunkt. Er war nicht völlig aus der Bahn geworfen, nur weil die gesuchte Gang sich nicht so leicht finden ließ. Irgendwann, ja irgendwann würde sie sich schon zeigen. Er hatte auch keine sonderlich große Angst vor dem Gerede von einem Laser und vom Krieg der Welten. In der Tat waren alle Fälle, die er bisher behandelt hatte, immer unvorstellbar und absurd gewesen. Absurde Fälle ereigneten sich ständig und überall, das war die Realität. Kinder, die ihre Eltern töteten, stellten heute keine Besonderheit mehr dar. Aber als Doyeong zum ersten Mal einen solchen Fall bekommen hatte, war es für ihn eine absurde Sache gewesen. Und als er zum ersten Mal an einem Tatort war, an dem die Eltern von ihrem eigenen Kind umgebracht worden waren, konnte er nicht glauben, was er mit seinen eigenen Augen sah. Eine Laserpistole? Selbstverständlich eine absurde Idee. Der Körper eines Mannes, aus dem ein Teil herausgeschnitten worden war, als hätte man die Stelle mit einem Zirkel vorgezeichnet? Auch das war etwas Unvorstellbares, obwohl er die Leiche mit eigenen Augen gesehen hatte. Dennoch würde man sich zum Glück – beziehungsweise leider – auch daran irgendwann gewöhnen. Unglaubliche Fälle ereigneten sich immer wieder, und oft wollte er nicht einmal glauben, dass sie real waren, selbst während er den Täter jagte. Doch letztendlich fasst er den Täter und musste sich damit dieser Realität beugen. Er wollte sich weigern zu glauben, dass der Fall real war, aber er musste es glauben, da er keine andere Wahl hatte. Kerle, die eine solche Tat begangen hatten, sahen immer völlig gesund und harmlos aus. Das war der Alltag, den er während der Ermittlertätigkeit zu akzeptieren gelernt hatte. Deswegen würde sich die gesuchte Gang bestimmt irgendwann zeigen. Ein merkwürdiges Arschloch mit einer Laserpistole also. Auch der würde sich bestimmt irgendwann zeigen.

Woran Kang Doyeong mehr dachte als an die Laserpistole, war Lee Sunhee. Eigentlich fing er nicht an, an ihn zu denken, vielmehr gingen ihm die Gedanken an ihn einfach nicht aus dem Kopf. Dabei ging es weder darum, dass er bereute, was er getan hatte, noch darum, dass er sich dafür schämte, wie Changgeun annahm. Irgendwann würde die neue Gang gefasst, die furchtlos in Busan mit Hardware handeln sollte, und das Geheimnis würde gelüftet, wie sie frische Leichen besorgen konnte, aus denen sie Organe entnahm. Im Zuge dieses Vorgangs könnte sich auch herausstellen, dass Sunhee mit dieser Bande in keinerlei Verbindung stand. Das war denkbar und Doyeong durchaus bewusst. Dennoch konnte er nicht umhin, sich über den Jungen Gedanken zu machen. Gedanken, dass Sunhee in irgendeiner Art und Weise doch in den jetzigen Fall verwickelt war.

Jeder für sich in seine Überlegungen versunken, saßen die zwei Ermittler im Wagen. Es sah überhaupt nicht danach aus, dass sie auch nur einen Millimeter vorankommen würden. Doyeong war gereizt, zündete sich eine Zigarette an und schaute aus dem Fenster. Er interessierte sich nicht für Politik, aber die Autos der Wahlkampfkundgebung erweckten bei ihm großes Interesse. Und das materialisierte sich hauptsächlich in Form von Flüchen. Er plauderte außerdem pausenlos und rätselte über den Mann, der neben dem Politiker stand: »Ein Schauspieler, oder was? Komiker? Ach, ein Sänger vielleicht?« Bei den Autos war es dasselbe: »Bestimmt ein Gebrauchtwagen. Auch damit macht man Geld, klar! Aber wird wohl eine einmalige Sache sein. So ein Wahlkampf findet ja nicht jeden Tag statt.«

Währenddessen blieb Changgeun still. Wortlos betrachtete er einen Mann, der zufällig in seinen Blickwinkel gerückt war. Bei Wahlkampagnen versammelten sich immer viele Zuschauer. Aus diesem Grund wäre es nachvollziehbar gewesen, wenn er ihm nicht aufgefallen wäre. Trotzdem sah er ihn. Zuerst kam es ihm eigenartig vor, warum er auf diesen Mann aufmerksam wurde. Es war ein Zuschauer, der mit den Autos der Wahlkampagnen, die sich sehr gemächlich vorwärtsbewegten, Schritt hielt. Die Autos stauten sich, und deswegen konnte Changgeun den Mann weiter beobachten. Der Gesichtsausdruck des Mannes änderte sich nicht nennenswert, und darin unterschied er sich ein bisschen von den anderen Menschen. Wobei die Änderung des Gesichtsausdrucks in diesem Fall kein bedeutsames Kriterium sein konnte, aufzufallen oder nicht aufzufallen, denn selbstverständlich hörten die Zuschauer bei einem Wahlkampf den Politikern nicht die ganze Zeit richtig zu. Trotzdem zeigten die anderen mehr oder weniger das typische Gesicht eines

Zuhörers mit den dazugehörigen Änderungen in der Mimik, was Changgeun über jenen Mann nicht sagen konnte. Er schaute nur zu. Er schien sich etwas anzuschauen, zu analysieren und sich Gedanken zu machen wie jemand, der sich einmal eine Ware in einem Geschäft angeschaut hatte, sich nicht entscheiden konnte, ob er sie kaufen sollte oder lieber nicht, und deshalb wiedergekommen war, um sich die Ware noch einmal anzuschauen. Na ja, im Grunde genommen verhielt es sich bei einer Abgeordnetenwahl auch nicht wesentlich anders als beim Kauf eines Produkts, von daher war es nicht unbedingt eine auffällige Angelegenheit, dass der Mann so eine Mimik hatte. *Wieso fällt er mir dann auf? Wieso nur? Kenne ich ihn? Nein. Habe ich ihn irgendwo schon mal gesehen?*, fragte sich Changgeun, der eigentlich ein gutes Gedächtnis hatte. Er erinnerte sich in der Regel an jedes Gesicht, das er einmal gesehen hatte. Doch an diesen Mann konnte er sich nicht erinnern. Er war sich sicher, dass er ihn noch nie gesehen hatte. Er selbst hatte also keine Erklärung, warum er ihn immer wieder anblickte. Der Wagen der Ermittler fing langsam an, schneller voranzukommen, und so würde der Mann bald hinter ihrem Auto verschwinden. Dann wäre er bestimmt für immer aus dem Leben Changgeuns verschwunden.

In dem Augenblick, in dem er sicher war, dass er sich auf keinen Fall an den Mann erinnern konnte, in dem Moment, in dem er den Kopf vollends verdrehen musste, um den Mann gerade noch so erspähen zu können, erkannte Changgeun, dass es nicht mit dem Gesicht des Mannes zusammenhing, warum er auf ihn aufmerksam geworden war. Nein, es hing nicht mit seinem Gesichtsausdruck zusammen. Sondern damit, was er tat. Er schaute sich den Politiker bei der Wahlkampfkampagne an und kratzte sich dabei hinter den Ohren. Er kratzte sich auch am Nacken. Genau wie der Sohn, der letztens mit seiner alten, an Demenz leidenden Mutter aufs Polizeirevier gekommen war, kratzte sich jener Mann mehrmals hinter den Ohren und am Nacken.

19

Uhwan, Jongin und Sunhee standen in der Küche und kümmerten sich um das Gemüse, nachdem sie vom Markt zurückgekommen waren. Uhwan war hauptsächlich für den Rettich zuständig. Er schnitt ihn für das Rettich-Kimchi in Würfel. Während seine Hände und Augen mit dem Rettich beschäftigt waren, führte er mit dem Kopf in Ruhe eine rationale und logische Analyse Sunhees durch.

Zunächst war da sein Aussehen. Sunhee war nicht sehr groß, aber doch als groß zu bezeichnen. Man konnte nicht sagen, dass er sehr gut aussah, aber er war doch ein relativ hübscher Junge. Über sein Gesicht waren viele kleine Muttermale verstreut, weswegen es ziemlich unrein hätte aussehen müssen, aber es wirkte eher wie das Gesicht eines Kindes, das viel Unsinn anstellte und vielleicht etwas naiv war. Seine Nase war sehr groß, und das hätte wirklich hässlich rüberkommen müssen. Weil er jedoch insgesamt relativ groß war, konnte man meinen, dass bei ihm schlicht alles so groß sein musste. Dafür waren seine Ohren aber definitiv zu klein. Sie schienen bei ihm wirklich ein ernsthaftes Problem darzustellen. Vielleicht konnte man dies aber auch aus einem anderen Blickwinkel betrachten und wegen der kleinen

Ohren den Eindruck gewinnen, dass er nicht leichtgläubig war und einen seriösen und vornehmen Charakter hatte. Was auch immer der Fall war, er sah eben so aus, wie er aussah. Bei seinem Aussehen konnte man also viele Mängel finden, aber da diese Mängel nicht gravierend waren und sich trotzdem gut zu einem kohärenten Ganzen zusammenfügten, sah er nicht schlecht aus.

Aber Uhwan hatte Sunhee auch live erlebt. Daher wusste er, dass das Problem bei dem Jungen seine Charaktereigenschaften waren. Zunächst einmal war er frech und respektlos. Wer hatte schließlich die in Blut getränkte Schuluniform gewaschen? Wer? Natürlich wusste Sunhee davon nichts. Das konnte Uhwan ihm also durchgehen lassen. Aber wer hatte ihm das Essen serviert, als er nach mehreren Tagen aus dem Polizeirevier entlassen worden und nach Hause gekommen war? Auch das war Uhwan gewesen. Hatte er ihm gegenüber ein einziges Wort des Dankes verloren? Nein, keine Silbe. Und das laute und gepimpte Motorrad. Mit so etwas zu fahren, das allein sagte schon aus, dass er einen üblen Charakter hatte. Überdies befand er sich in einem Alter, in dem er fleißig zu lernen hatte, stattdessen raste er mit dem Motorrad durch die Gegend und setzte sich auch noch ein Mädchen auf den Hintersitz. Das veranschaulichte nur allzu gut, dass ihm sein Verstand abhandengekommen war. Man musste sich nur mal anschauen, wie er sich heute beim Einkaufen benommen hatte. Seine beiden Hände waren vollkommen frei gewesen, dennoch hatte er all die schweren Plastiktüten mit den Einkäufen einem erwachsenen Mann gegeben, der ähnlich alt wie sein Vater war. Das offenbarte, dass er nicht würdig war, ein Mensch genannt zu werden. Während der Erwachsene die sehr eigenartige Erfahrung machte, dass seine Arme immer länger wurden, weil die Tüten, die er trug, unbeschreiblich schwer waren, fragte der

Junge ihn kein einziges Mal, ob er ihm ein paar davon abnehmen solle. Stattdessen lernte er die Leute auf dem Markt kennen. Über so etwas konnte Uhwan nur lachen. Es war unvorstellbar, dass so jemand Vater werden könnte. Er meinte das nicht, weil Sunhee nur mit weniger als dem Bruchteil einer geringen Wahrscheinlichkeit sein Vater sein konnte, sondern ganz allgemein. Dass so jemand nicht Vater werden durfte, das war seine Überzeugung. Und das galt auch für Yu Kanghee, die Uhwan merkwürdig fand und einfach nicht leiden konnte. Die beiden waren Personen, die keine Eltern werden durften. Um die Zukunft der Menschheit zu schützen. Uhwan kam ja aus jener Zukunft, deswegen wusste er ein bisschen Bescheid und konnte sagen, dass es auf solche Jugendlichen zurückzuführen war, die irgendwann erwachsen und dann auch Eltern wurden, warum die Zukunft der Menschheit so war, wie sie es eben war. Ja, kein Zweifel. Aus diesem Grund war die Zukunft, aus der Uhwan kam, die Gegenwart, in der er gelebt hatte, so hoffnungslos und düster, wie sie es war. Es ging nun nicht mehr um ein Problem, das sich nur auf ihn beschränkte. Das Unglück in der Zukunft hatte seinen Anfang vollständig mit den zwei Menschen Yu Kanghee und Lee Sunhee genommen!

Das war das Ergebnis, zu dem Uhwan über seine rationale Vernunft gelangte, während er fünf Rettiche in Würfel schnitt. Er war froh darüber. Sehr froh. Wie als Beifall seiner Freude ertönte ein heller, munterer Klingelton. Allerdings war es das Handy von Sunhee, das klingelte und daher schlussendlich Uhwans Laune verdarb. Sunhee ging aus der Küche, um zu telefonieren. Bestimmt rief Kanghee ihn an. *Solche Jugendlichen dürfen auf keinen Fall Eltern werden,* war Uhwan einmal mehr überzeugt. Er musste die beiden unbedingt auseinanderbringen. Ihre Liebe durfte nicht in Erfüllung gehen. Es mochte sein, dass er das nicht alleine zustande bringen konnte. Er brauchte einen Komplizen. Wo könnte er aber einen Komplizen finden? Na klar! Er stand doch genau hier! Direkt vor ihm stand Lee Jongin, ein Mann ungefähr gleichen Alters wie er.

Lee Jongin fühlte sich ein bisschen unbeholfen, als er auf einmal mit diesem Mann allein in der Küche stand. Außerdem starrte dieser ihn in genau diesem Augenblick durchbohrend an. Was, wenn er auch noch den Mund aufmachen und anfangen würde, etwas zu sagen? Jongin hoffte, dass es zu so etwas um Gottes willen nicht kam. Doch bei seinem Glück öffnete sich jener Mund natürlich, und Jongin hörte für ihn völlig unerwartete, wirklich absolut unerwartete Worte.

»Hey, großer Bruder!«

»Ja?«, erwiderte Jongin, hätte aber beinahe »Ja, Chef« gesagt und dabei den Rettich ausgespuckt, den er probierte, um den Geschmack zu prüfen.

»Äh, so wie ich festgestellt habe, sind Sie ähnlich alt wie ich, aber dann doch ein bisschen älter, und es sieht so aus, dass wir für eine Weile unter einem Dach leben werden ... Dabei weiß ich noch nicht mal, wie Sie mit Vornamen heißen.«

»Jongin, ich heiße Lee Jongin.«

»Ach, großer Bruder Jongin, also. Wie würden Sie, falls Sie, wirklich nur falls ... falls Sie ein Enkelkind hätten, welchen Namen würden Sie ihm geben?«

Wovon redet der überhaupt?, fragte sich Jongin. Er hatte keine Ahnung, was der Mann wollte. Diese Frage kam viel zu plötzlich. Dabei hatte er sich gerade überlegt, diesem Mann vielleicht seine Aufmerksamkeit zu schenken, als er mit Zufriedenheit gesehen hatte, dass dieser den Rettich sehr präzise in Würfel schneiden konnte. Immer genau gleich große Würfel. Jongin wollte etwas sagen, aber er war ein höflicher Mensch und »großer Bruder« war letztlich keine abfällige Anrede, vor allem nicht in Korea. Überdies war von einem Enkelkind die Rede. Oh, ein Enkelkind, das wäre etwas!

»Ich habe mir noch nie darüber Gedanken gemacht.«

»Ach, aber, vielleicht falls, ja, falls Sie eins hätten, wie würde sein Name lauten? Zum Beispiel U…, U…, U…?«

»U…, hm, Ujin? Was halten Sie davon?«

Gott sei Dank, ich bin also nicht sein Enkelkind, dachte Uhwan ganz schnell für sich. Da kam Sunhee wieder zurück in die Küche und nahm einen Rettich in die Hand. *Und vor allem Gott sei Dank, dass ich nicht dein Sohn bin, du Scheißbengel*, dachte Uhwan, den Blick auf Sunhee gerichtet. Das Gespräch zwischen Jongin und Uhwan wurde nicht fortgeführt. In Wirklichkeit hatte Uhwan eigentlich nicht vorgehabt, Jongin jene Frage zu stellen. Denn er war ja nur auf der Suche nach einem Komplizen für sein Unternehmen gewesen, Kanghee und Sunhee für die Zukunft der Menschheit auseinanderzubringen. Jedenfalls klingelte da das Handy von Sunhee wieder, und dieser ging zum zweiten Mal aus der Küche. Diesmal ergriff Jongin das Wort. Er konnte durchaus aktiv werden, auch wenn man es ihm nicht gleich ansah.

»Lee Ujin, hört sich das nicht gut an?«

»Ach, ich nehme da in der Regel kein Blatt vor den Mund, daher: Nein, das hört sich nicht gut an.«

Jongin dachte nach.

»Was ist dann mit einer Schwiegertochter? Was für eine Schwiegertochter wünschen Sie sich?«

»Schwiegertochter?«

Auf diese zweite unerwartete Frage Uhwans weiteten sich Jongins Augen. Jetzt legte er den Rettich hin, den er in der einen Hand festgehalten hatte, dann das Messer, mit dem er den Rettich geschnitten hatte, und führte die nun freien Hände sinnlos zusammen. Er schien von dem Wort Schwiegertochter auf jeden Fall sehr angetan zu sein.

»Oh, eine Schwiegertochter, da bin ich nicht so wählerisch, ja, mal sehen … Eine Schwiegertochter, hm, wie soll ich das sagen … Das ist, ha, das ist wirklich … Aber jetzt schon? Hat mein Sohn schon das Alter erreicht? Nein, er ist noch nicht alt genug dafür …«

»Was halten Sie von einer Schwiegertochter, die mit einem Flitzbike fährt?«

Jongin konnte ihm nicht folgen und war entgeistert, wobei Uhwan nicht sagen konnte, ob Jongin nicht gleich antworten konnte, weil er den Fachausdruck Flitzbike nicht kannte, oder eher weil er sich nicht auf Anhieb eine Schwiegertochter ausmalen konnte, die mit jenem Fahrzeug durch die Gegend raste. Um ihm zu helfen, führte Uhwan seine Erklärung über die Schwiegertochter, die mit einem Flitzbike fuhr, etwas weiter aus: »Ihr Sohn, der noch nicht alt genug für eine Liebesbeziehung ist, ist aber bereits in genau so einer Beziehung. Seine Freundin, die in Zukunft Ihre Schwiegertochter und zugleich die Mutter von Ujin sein wird, ja, nennen wir Ihr Enkelkind einfach mal Ujin, trägt unter dem Rock ihrer Schuluniform, den hat sie übrigens kürzen lassen, eine Trainingshose. Keine Ahnung, ob sie damit vermeiden will, zu viel Haut zu zeigen, aber auch wenn man diese Schülerin aus großer Entfernung betrachtet und das mit der Hose ignoriert, ist an ihr etwas merkwürdig Unangenehmes, sodass man sich ihr nicht nähern möchte; geht man dennoch näher ran, kann man sich lediglich dieses Unangenehmen noch mal aus der Nähe vergewissern; auf dem Hintersitz des Flitzbikes nimmt sie Platz, wenn sie mit Sunhee mitfährt, aber wie sie da sitzt, sieht unglaublich vertraut und geübt aus, sodass man den Verdacht schöpfen muss, dass sie gewöhnlich alleine mit diesem Fahrzeug durch die Gegend rast; weil sie nicht einmal sauer wurde, als sie an den Haaren gezerrt wurde, kann man außerdem mit Sicherheit sagen, dass sie in einem entsetzlich harten Milieu lebt, das für einen gewöhnlichen Menschen einfach unvorstellbar ist; die Kultur, die sie auslebt, na ja, über diese sogenannte Kultur muss ich Ihnen nicht unbedingt etwas erzählen. Also, damit Sie es wissen, eine Schwiegertochter mit einem Flitzbike steht für Sie schon in den Startlöchern. Und was sagen Sie dazu? Was halten Sie von einer Schwiegertochter, die Ihren einzigen kostbaren Sohn für sich vereinnahmt, den Nachfolger Ihres Geschäfts, der heute angefangen hat, zu lernen, wie man Knochensuppe zubereitet, der Erbe Ihres Lebenswerkes – wobei man nicht genau sagen kann, was aus diesem Erben werden könnte, da Sie jetzt solch eine unpassende Schwiegertochter haben. Was halten Sie von der Schwiegertochter, mit der Ihr Erbe genau in diesem Moment telefoniert und damit heute schon zum zweiten Mal die netten Stunden stört, die er mit Ihnen, also mit seinem Vater verbringt? Was halten Sie ganz ehrlich von einer solchen Schwiegertochter? Ich möchte Sie fragen, wenn ich darf, ob Sie wirklich absolut ernsthaft zufrieden mit solch einer Schwiegertochter sind.« Und auf diese Art fragte Uhwan seinen großen Bruder Jongin nach seiner Meinung zu diesem Thema. In aller Höflichkeit.

Jongin schwieg zunächst. Seine Reaktion war nicht die, die

Uhwan von ihm erwartet hatte. Obwohl Sunhee wieder in die Küche gekommen war, sprach Jongin ihn letzten Endes nicht auf das Thema an. Er nahm einfach das Messer, das er abgelegt hatte, wieder in die Hand. Uhwan, der auf einen kompetenten Komplizen gehofft hatte, blieb nichts anderes übrig, außer ebenfalls das Messer wieder in die Hand zu nehmen.

* * *

Zum ersten Mal sah Uhwan die Beinscheibe, von der ihm der Koch erzählt hatte. Die Beinscheibe, die bereits klein geschnitten in der Suppe war, hatte er schon mehrmals gesehen, aber wie er sie jetzt als Ganzes vor sich hatte, sah es ähnlich aus wie auf dem Bild, das der Koch gezeichnet hatte. Ein Kreis, der aber nicht symmetrisch, sondern seitlich etwas eingedrückt war. Als hätte jemand einen Kreis gezeichnet, während jemand anderes permanent an seiner Hand gezogen hatte, sodass nur unter großer Anstrengung so etwas wie ein Kreis zustande gekommen war. In Form eines solchen Kreises sah die Beinscheibe – in Ermangelung eines anderen Wortes – irgendwie niedlich aus.

»Wow, das sieht genauso aus wie auf dem Bild. Das ist irgendwie nicht ganz vollkommen rund, aber niedlich sieht es aus«, würde auch Bongsu mit einem etwas unentschlossenen Gesichtsausdruck sagen. Uhwan fragte sich kurz, ob es Bongsu gut ging. Er war froh, weil er dachte, dass er nun endlich anfangen würde, etwas Ordentliches zu lernen. Denn der Tag, den er bei Morgendämmerung begonnen hatte, war noch nicht einmal zur Hälfte vorüber und Jongin fing sogleich mit dem Kochen der Knochensuppe an, sobald die Vorbereitung der Zutaten abgeschlossen war. Uhwan und Sunhee beobachteten jede einzelne

Handlung von Jongin und nahmen alles in sich auf, was dieser wie nebenbei sagte.

Der Pansen wurde vor dem Kochen mehrmals mit Weizenmehl eingerieben, um den unerwünschten Geruch zu entfernen. Alle Innereien wurden sorgfältig gewaschen und anschließend für etwa zwei Stunden in Wasser gelegt. Es hieß auch nicht »Kehrrippe«, wie Uhwan gedacht hatte, sondern »Querrippe«. Wie die Beinscheibe war die Querrippe ebenfalls Teil eines Rindes, erstreckte sich aber vom Hals bis zu den Rippen. Die Querrippe musste man lange kochen, um daraus den nussigen Geschmack zu gewinnen. Vorher wurden die Beinscheibe, die Querrippe und weiteres Fleisch noch in Wasser gelegt, damit das Blut aus dem Fleisch herausgewaschen wurde; dabei musste man das Wasser häufig durch frisches ersetzen. Allein das dauerte den halben Tag.

Die Suppe wurde »gekocht«. Das hatte Uhwan schon verstanden, aber was er nicht wusste, war, dass sie so lange gekocht werden musste. In den großen Eisenkessel ging sehr viel Wasser hinein. Und allein zuzusehen, wie dieses Wasser zu kochen begann, wurde Uhwan schnell langweilig. Wenn es ihm schon so ging, erübrigte es sich, zu erwähnen, wie es dem jungen Mann Sunhee ging. Zuerst wurden nur die Knochen im Wasser gekocht. Als es zu köcheln begann, wurde das Wasser wegen der Fremdkörper in den Knochen dunkelrot. Uhwan dachte, dass die Suppe fertig wäre, wenn sie einmal durchgekocht war. Aber nein. Die erste Brühe wurde restlos weggeschüttet. Das bedeutete, dass die kochend heiße Brühe herausgeschöpft werden musste, denn der Eisenkessel war zu schwer, als dass man ihn hätte anheben können. Dann gab man neues Wasser und neue Knochen hinein, und alles wurde erneut zusammen gekocht.

Uhwan hätte gerne gefragt, warum die kostbare Brühe nicht verwendet wurde, aber um diese Frage stellen zu können, sah Jongin bei der Arbeit viel zu ernsthaft aus. Der Kessel wurde neu mit Wasser gefüllt. Das war auch nicht im Handumdrehen zu erledigen, weil der Kessel enorm groß war. Beim zweiten Kochen wurden auch andere vorbereitete Zutaten zusammen mit den Knochen gekocht. Die Brühe bekam jetzt eine milchige Farbe, und sie wurde nicht weggeschüttet. Die gekochten Innereien und das Fleisch wurden aus der Brühe herausgenommen, und die Brühe wurde separat abgefüllt. Der Kessel wurde wieder mit Wasser gefüllt, und dieses wurde erneut gekocht, aber diesmal nur mit den Knochen. Dieser Vorgang wurde mehrmals wiederholt. Gelegentlich trafen sich die Blicke von Uhwan und Sunhee wie selbstverständlich, und jedes Mal stellten sie sich verzweifelt die stumme Frage: »Was machen wir hier überhaupt?«

In der Küche war es heiß. Uhwan hätte die Brühe sehr gerne schnell gekocht, aber es durfte keine große Hitze verwendet werden. Immer wurde bei mittlerer oder schwacher Hitze gekocht. Die Fremdkörper und das Fett, die an der Oberfläche der Brühe schwammen, mussten aus dem Kessel gefischt werden. Es entstand Schaum, der ebenfalls aus der Brühe zu entfernen war. Das sagte sich so leicht. Der Kessel war riesig, und das bedeutete, dass sein Durchmesser ebenfalls riesig war. Also wurde quasi auch der eigene Arm gar, wenn Uhwan ihn über den Kessel hielt und das Fett, die Fremdkörper oder den Schaum abschöpfte, die in der Mitte des Kessels schwammen. Irgendwann konnte er nicht mehr genau sagen, ob der Fleischgeruch, den er roch, von den Knochen und dem Fleisch aus der Brühe oder von seinem eigenen Fleisch herrührte. Die Hitze stieg bis zu seinem Gesicht hoch. In solch einem Moment war er doch dankbar, dass keine große Hitze beim Kochen verwendet wurde, wobei bei Dampf völlig gleichgültig war, ob er mittlerer oder kleiner Hitze entsprang. Mit dieser Beschäftigung verbrachte er abermals einen halben Tag. Als er daran dachte, dass Jongin all diese Arbeit bisher alleine erledigt hatte, überkam ihn ein gewisser Respekt dem Koch gegenüber. Gleichzeitig stellte er einmal mehr empört fest, dass Sunhee ein Scheißbengel war, weil das bedeutete, dass der bislang die ganze Arbeit seinem Vater alleine überlassen hatte. Jongin verbot ganz streng, Wasser zuzugeben, wenn die Brühe bereits angefangen hatte zu kochen. Es gab viele Verbote, und vieles musste gemacht werden, aber die Gründe dafür erklärte er nie. Dennoch wirkten seine Handlungen auf Uhwan so, dass man ihn einfach bei seiner Arbeit beobachten und ihm vertrauen sollte. Er dachte, dass er irgendwann von selbst alle Vorgänge verstehen würde, wenn er einfach machte, was Jongin ihm zeigte und wozu er ihn anwies.

In der Zeit des Wartens, also während das Wasser kochte, nachdem die Knochen und das Fleisch zugegeben sowie die gekochte Brühe separat abgefüllt worden waren, und solange das Fleisch weiter kochte, tat Jongin nichts. Diese Wartezeit war lang. Die meisten Köche waren sehr beschäftigt mit irgendetwas, nachdem sie einen Kessel mit Wasser und diversen Zutaten auf den Herd gestellt hatten, bis die Brühe kochte. Jongin aber nicht. Er saß lediglich vor dem Herd. Er wartete, dass das Wasser kochte, wartete, dass die Knochen gründlich und ausreichend durchgekocht waren, wartete während des Kochens des Fleisches, wartete, dass das Fleisch abkühlte, wartete, dass die zweite Ladung Wasser mit dem Köcheln begann, nachdem die erste Ladung weggeschüttet worden war, und wartete erneut, dass die Knochen gründlich und ausreichend durchgekocht waren.

Die gesamte Zeit verbrachte er mit dem Warten vor dem Herd. Er war ein fauler Mensch. Er war ein fleißiger Mensch, da er den Tag bereits um vier Uhr morgens begann, wurde aber faul, wenn er vor dem Herd saß. *Ein fauler Mensch, denn er könnte doch zwischendurch zum Beispiel das gekochte Fleisch klein schneiden*, dachte Uhwan. *Ich kann vielleicht jetzt mal mit Kanghee telefonieren*, dachte sich Sunhee.

Währenddessen betrachtete Jongin nur die Flamme des Gasherds. Ob es ihm Spaß machte, die Flamme zu betrachten, ob er es mochte, dem Köcheln der Brühe zu lauschen, ob ihm der Geruch der köchelnden Brühe gefiel – all das konnten Uhwan und Sunhee absolut nicht erkennen. Versuchte Uhwan, die Stimmung aufzulockern, und sagte daher »Hey, großer Bruder«, weil er sich zu Tode langweilte und ein Gespräch beginnen wollte, erwiderte Jongin nichts. Sunhee öffnete ebenfalls seinen Mund, und er sagte »Hey, Vater«, weil er das Gefühl hatte, die Zeit des Wartens bringe ihn noch um, aber Jongin gab auch dann keinen Ton von sich. Selbst nachdem alles erhitzt war und begonnen hatte zu köcheln, brauchte die Suppe noch viel Zeit. In dieser Zeit musste man nicht ununterbrochen etwas anderes machen. Man brauchte nur zu warten. Doch das Warten stellte keine leichte Aufgabe dar. Einzig und allein von der Entscheidung darüber, wie lange man warten sollte, war der Geschmack der Knochensuppe abhängig. Diese Entscheidung hatte Jongin zu treffen. Er war nicht nur der Besitzer eines Lokals, der lediglich das Geld einnahm, sondern auch der Chef in der Küche. Darauf war es zurückzuführen, dass er diese Gaststätte bis heute betreiben konnte. Hätte seine Knochensuppe ein Geheimnis, wäre es wohl, sich während des Wartens nicht anderweitig zu beschäftigen. Der Koch konzentrierte sich auf das Warten, wenn er zu warten hatte. Das Voranschreiten dieser langweiligen Zeit, die sich weder beschleunigen noch verlangsamen ließ, war eine ehrliche Angelegenheit. Jongin war ein ehrlicher Mensch, wenn es ums Warten ging. Und ein fauler Mensch zwischen den vergehenden Minuten und Sekunden.

Als der große Eisenkessel mit der milchfarbenen Brühe vollgefüllt war, war es Mitternacht. Vielleicht war auch schon die Morgendämmerung angebrochen. Die drei Personen verbrachten die Zeit einheitlich vor dem Kessel, also eigentlich vor dem Herd. Nicht einmal ein paar Worte wurden gewechselt. In Uhwan und Sunhee nistete sich eine neue Zuneigung gegenüber Jongin ein, der einen solchen Tag bisher alle paar Tage verbracht haben musste. Diese Zuneigung fühlte sich wie Respekt an. Ehrfurcht wäre vielleicht etwas übertrieben. Jedenfalls handelte es sich um eine Art von Unnahbarkeit.

Vor dem Herd verkörperte sein Vater die Gelassenheit. Sunhee erlebte bei ihm zum ersten Mal diese Art von Gelassenheit. Während er aufgewachsen war, hatte es immer wieder Momente gegeben, in denen er die Knochensuppe nicht essen wollte, weil er die Nase voll davon hatte, aber wenn er sie aß, schmeckte sie ihm stets erstaunlich gut. Das lag vielleicht daran, dass die Suppe durch solch einen unverhältnismäßig müßigen Vorgang hergestellt wurde. Sunhee erschien sein Vater immer, als würde er ein Leben führen, das aus mehreren Schichten des Unglücks bestand, während es bei anderen aus nur einer bestand. Vielleicht hatten sich jene Schichten bei seinem Vater aus der Wiederholung jener langen Tage wie heute herausgebildet. Jedoch fühlten sich diese Schichten für Sunhee heute zum ersten Mal nicht ausschließlich als solche des Unglücks an.

Er war sich jedoch nicht sicher, ob auch er ein Leben wie das seines Vaters führen könnte. Ohne gründlich darüber nachgedacht zu haben, gelangte er zur Antwort, dass er das nicht könnte. *Es kann sein, dass er nicht unglücklich ist, vielleicht führt er sogar ein großartiges Leben, aber das hier ist letzten Endes sein Leben. Es ist nicht schlecht, einen Tag mal eine solche Erfahrung zu machen, aber eine Erfahrung bleibt eine Erfahrung, mehr nicht*, dachte Sunhee.

Uhwan ging in die Vorratskammer zurück und legte sich hin. Er konnte aber nicht einschlafen, obwohl er einen derartig anstrengenden Tag hinter sich hatte. Daher fing er an, sich Sorgen um seine Zukunft zu machen. Zugleich fielen ihm die Hauptschuldigen für seine zerstörte Zukunft ein, und er erinnerte sich daran, dass er noch unbedingt eine Sache zu erledigen hatte. Er musste verhindern, dass diejenigen, die keine Eltern werden durften, doch Eltern wurden.

Was konnte er unternehmen, damit Lee Sunhee und Yu Kanghee sich trennten? Diese beiden auseinanderzubringen verwandelte sich nun in seine zweite Mission auf seiner Reise in die Vergangenheit und an diesen Ort. Seine erste Mission war zu lernen, wie man die Knochensuppe kochte, und diese verlief bisher relativ reibungslos. Doch die zweite Mission hatte er noch nicht einmal gestartet. Er musste sie möglichst schnell in Angriff nehmen. Er überlegte sich, welche Möglichkeiten ihm zur Verfügung standen und womit er anfangen konnte, und bei diesen Gedanken schlief er ein. Kurz danach hörte er im Schlaf ein lautes Geräusch. Es stammte von einem Motorrad. Er stand auf und ging nach draußen. Barfuß. Er kannte das Geräusch von Sunhees Motorrad. Aber nicht nur er. Es handelte sich schlichtweg um ein Geräusch, das niemand vergaß, wenn man es einmal gehört hatte. Ein Geräusch, das man sofort hasste. Sunhee und Kanghee schienen sich in eben jenem Moment voneinander zu verabschieden. Mit seiner ursprünglichen Vermutung lag Uhwan daneben. Kanghee saß nicht auf dem Hintersitz des Flitzbikes, wenn Sunhee nach Hause kam, und fuhr dann alleine auf dem Teil nach Hause zurück. Nein, sie fuhr, wie Uhwan jetzt sah, auf dem Hintersitz eines anderen Flitzbikes zurück. Das bestätigte, dass die beiden weder die reine Liebe noch hingebungsvolle Treue kannten und schlicht ein Arschloch-Paar waren. Völlig außer sich spuckte Uhwan in Gedanken alle möglichen Schimpfwörter aus, während Sunhee und Kanghee zu ihm blickten.

Vor allem Kanghee schaute ihn konzentriert an. *Schläft ein Knecht nicht eigentlich um diese Zeit? Darf er nicht schlafen, weil er nur ein Knecht ist? Weil er auf seinen Herrn warten muss? Und auch noch ohne Strümpfe?* Solche Gedanken gingen ihr durch den Kopf. Wegen dieses Lebens tat ihr der Barfüßige irgendwie leid. Dieser Knecht im mittleren Alter, der bei jeder Begegnung auf sehr merkwürdige Weise eine mitleiderregende Gestalt ablieferte, nervte sie auf der anderen Seite aber auch total. *Beim letzten Mal hat er doch geheult. Er hat uns an den Haaren gezerrt und geflennt, als ob jemand an seinen Haaren zerren würde. Hat er jetzt etwa wieder vor zu flennen? Will er das diesmal auch noch barfuß machen?*

Zu ihrer Überraschung fragte der Knecht jedoch: »Lust auf eine Portion Knochensuppe, falls ihr noch nichts zu Abend gegessen habt?«

Sunhee hatte keine Lust und dachte, dass es Kanghee genauso gehen würde wie ihm. Aber sie überlegte kurz, ganz kurz und steuerte dann ihre Schritte auf die Gaststätte zu, bevor Sunhee etwas sagen konnte.

Für Sunhee war es befremdlich, dass Kanghee die Gaststätte betrat und jetzt hier saß. Er war mit ihr schon ganz allein an schlimmeren Orten gewesen, aber mit ihr in der Gaststätte seines Vaters zu sitzen kam ihm als das Gewöhnungsbedürftigste auf der Welt vor. Kanghee sagte schlicht, dass sie immer schon Lust gehabt hatte, die Knochensuppe mal zu kosten, die sein Vater zubereitete und die in Busan ziemlich berühmt war. Ein guter Zeitpunkt, da Sunhee insgeheim auch stolz auf diese Suppe war. An einem anderen Tag hätte er wohl eine andere Meinung über diese Suppe gehabt, aber zumindest heute, wo er den ganzen Tag seinen Vater in der Küche erlebt und gesehen hatte, wie er die Brühe herstellte, war er stolz auf die Suppe. Er dachte, dass er ebenso zukünftig, auch nachdem die Sonne mehrere Male auf- und untergegangen war, bei dieser Meinung bleiben würde. Vor allem hatte auch er ein wenig zu dem Geschmack der heutigen Brühe beigetragen, wenn man es so wollte. Jetzt wollte er die Suppe aber nicht essen. Merkwürdigerweise hatte er keinen Hunger; und eigenartigerweise war er sogar angespannt, sodass er keine Lust hatte, irgendetwas zu essen.

Uhwan bereitete eine Spezialknochensuppe exklusiv für Kanghee zu. Ein Rezept oder Ähnliches gab es nicht. Er tat einfach Salz, Fischsauce, wahllos Dinge in die Suppe, die er gerade in der Küche fand. Es war denkbar, dass Kanghee die Suppe wegkippte, wenn er ihr eine solche Mahlzeit servieren würde. Es konnte auch sein, dass sie einen unerwartet pedantischen Charakter hatte und von daher die Schüssel nicht unbedingt wegkippte, sondern schrie, sobald sie den ersten Löffel mit der Suppe in ihren Mund befördert hatte: »Was für ein Dreck ist das denn! Dein Alter und du bieten also so einen Fraß gegen Geld an? Ich will nie wieder etwas mit euch zu tun haben!« Dann würde Sunhee sich seinem Charakter entsprechend zuerst aufregen und sie anschreien: »Was laberst du da?« Und anschließend könnte er, entgegen dem Bild, das man von ihm hatte, vielleicht unglaublich knausrig reagieren: »Dann bezahl die Suppe, die du gerade bekommen hast, und gib mir auch Geld dafür, dass du auf meinem Motorrad mitfahren durftest. Und auch für das Benzin!« Kanghee würde völlig perplex sein und keine Sekunde mehr zögern, von hier abzuhauen. Oder Sunhee ginge hinaus, die Tür hinter sich zuknallend, bevor seine Freundin etwas sagen konnte, und würde mit dem Flitzbike wie der Wind verschwinden. Kanghee würde dann alleine zurückgelassen anfangen, zu heulen. So oder so wäre das aus Uhwans Sicht eine großartige Sache, die ihn dem Erfolg seiner zweiten Mission ein Stück näherbringen würde.

Wie ein Knecht trat Uhwan mit der Knochensuppe aus der Küche. Er stellte sie vor Kanghee. Sie betrachtete die Suppe. Sie hatte ohnehin eine Art an sich, alles mit einem komischen Blick zu betrachten. Das wusste Uhwan, und Sunhee würde das auch nicht entgangen sein. Dennoch waren sie jeder aus einem anderen Grund gespannt. Kanghee nahm einen Löffel von der Suppe. Sofort machte sie ein Gesicht, das undefinierbar war. Sie hatte generell einen undefinierbaren Gesichtsausdruck. Aber er wurde irgendwie auf noch merkwürdigere Weise undefinierbar. Das nahm Sunhee zum ersten Mal wahr. Uhwan dagegen hatte nichts anderes erwartet.

»Was ist los mit dieser Suppe? Diese Knochensuppe von deinem Vater …, die schmeckt … ein bisschen komisch …«

Diese gefasste Reaktion von Kanghee verblüffte Uhwan, wenn er ehrlich war, denn die Suppe war in Wirklichkeit einfach ungenießbar. Die Suppe sofort auszuspucken, das wäre eine normale Reaktion gewesen. Aber was noch verblüffender als Kanghees Reaktion war, war die von Sunhee. Er erhob sich, noch bevor Kanghee den letzten Satz beendet hatte. Uhwan hatte gar keine Ahnung, dass Sunhees Liebe zur Knochensuppe seines Vaters dermaßen innig war. Oder er regte sich nur auf, weil er sich heute ein bisschen an der Zubereitung der Suppe beteiligt hatte. Jedenfalls erhob er sich auf die kurzen Worte von Kanghee hin. Dann regte er sich entsetzlich auf. »Hast du eine Ahnung, was für eine Suppe du gerade vor dir hast? Wie kannst du es überhaupt wagen, über diese Suppe so die Schnauze aufzumachen? Du hast sie gar nicht verdient! Seit meiner Geburt habe ich diese Knochensuppe gegessen. Sie hat für mich kein einziges Mal komisch geschmeckt. Du bist komisch! Du bist immer komisch! Du weißt selbst, dass du komisch bist, oder? Die Suppe hat einen komischen Geschmack, weil so eine komische Tussi wie du sie isst!«

Sunhee hatte gesagt, was er sagen durfte und nicht sagen durfte, wofür er geradestehen konnte und auch wofür er nicht geradestehen konnte. Erst jetzt, nachdem er seiner Freundin alles Mögliche an den Kopf geworfen hatte, schien er wieder zu sich zu kommen. Als er bei Sinnen war, stand er bereits und da er bereits stand, hatte er keine andere Wahl, als den Raum zu verlassen.

»Wo gehst du hin? Ich hab noch nicht fertig gegessen«, sagte Kanghee und hielt somit Sunhee auf, der schon bis zur Tür gegangen war. Sie aß wortlos weiter.

Der Junge kehrte zurück zu seinem Stuhl und setzte sich hin.

Er saß und beobachtete, wie seine Freundin die Suppe aufaß. Kein Tropfen Suppe blieb übrig.

Uhwan konnte nicht glauben, was er sah. Sein Mund machte sich selbstständig und sagte ganz leise: »… Was für eine abgebrühte Tussi.«

Nachdem sie die Knochensuppe aufgegessen hatte, war sie fast schon durch die Tür gegangen, ohne ein Dankeswort für die Suppe an Uhwan gerichtet zu haben. Selbstverständlich war sie für diese nicht dankbar, aber dennoch hatte sie sie gegessen, und dann wäre auch ein formelhaftes Dankeschön angemessen gewesen. Mit ihr war auch Sunhee dabei, aus dem Lokal zu gehen. Na ja, Uhwan hatte sie schon mal getroffen, und da hatte sie ihn auch nicht gegrüßt, aber heute war es anders. Heute rührte sich in ihm eine völlig andere Emotion. Er wollte diese abgebrühte Tussi mit allen Mitteln verletzen. Er fasste Mut und begann zu meckern: »Hey, Moment mal, wieso sagst du zu einem Erwachsenen nicht mal Hallo oder etwas Ähnliches? Ist es zu viel verlangt, dass du einfach mal wenigstens ›Wiedersehen‹ sagst, wenn du gehst?«

»Und was ist, wenn ich meinen Kopf gegenüber einem Fremden zum Gruß nach vorne beuge und dabei gekillt werde?«, sagte Kanghee und stand genau auf der Türschwelle, was ein normaler Mensch nie tun würde, weil das Unglück brachte.

Uhwan verstand sie nicht.

»Ja, wieso nicht? Das wäre doch wirklich perfekt. Ich beuge den Kopf schön tief nach unten. Dann kann man mir mit einer Machete ganz einfach den Kopf abhacken.«

Uhwan war ohne Worte.

»Warum sollte ich einen Fremden grüßen, wenn ich in einer Welt wie dieser lebe?«

Dann ging sie in aller Ruhe durch die Tür und verschwand. Das war tatsächlich eine äußerst originelle Deutung des Grüßens. Für Uhwan war es unmöglich nachzuvollziehen, wie eine Schülerin mit solchen Gedanken auf der Welt existieren konnte! Er machte sich erneut Sorgen um die Zukunft. Er durfte nicht zulassen, dass solche Menschen hier weiterlebten; er musste etwas gegen sie unternehmen. Warum sollte man Angst vor der Welt haben? Uhwan hatte eher Angst vor dieser Schülerin, die das Grüßen auf diese Art und Weise deutete.

20

Herr Kim hatte in einer anderen Stadt etwas zu erledigen. Deshalb war er zu später Stunde auf dem Weg nach Busan. An einer kleinen Raststätte hielt er an und holte sich eine Tasse Kaffee aus einem Kaffeeautomaten, weil er schläfrig wurde. Als er wieder in seinen Wagen stieg, näherte sich ihm ein Mann mittleren Alters. Dieser war klein und sah unschuldig aus. Er erzählte Kim, dass er Lastwagenfahrer sei. Dummerweise habe er die Ware nicht richtig aufgeladen, und nun seien etwa dreißig Kartons übrig geblieben, die er loswerden müsse. Er fragte Kim, ob er ihm diese Ware abnehmen wolle. Es handele sich um roten Ginseng, und er würde nur Ärger bekommen, wenn er den Ginseng zurückbringen würde. Daher könnte Kim ihn einfach kostenlos haben, wenn er wolle. Wenn dreißig Kartons zu viel für ihn wären, dann eben nur ein paar. Da er ohnehin mit dem Auto unterwegs sei, könne er doch die Kartons mitnehmen. Der Ginseng sei echt und von keiner schlechten Qualität; er könne sich gleich selbst davon überzeugen, wenn er ihn sich ansehen würde. Kim zögerte kurz, aber es war gratis und vor allem sah der Mann vertrauenswürdig aus. Daher dachte er, dass er sich zumindest den Ginseng einmal anschauen könne. Also folgte er dem Mann.

Der Lastwagen war an einem etwas abseits gelegenen Platz innerhalb des kleinen Raststättengeländes geparkt. Kim wurde auf direktem Weg entführt. Ein paar Tage später wurde seine Leiche gefunden.

Herr Park, ein einsamer Mann, bekam von einer Frau einen Anruf, der sein Herz höherschlagen ließ. Die Frau machte ihm nämlich den Vorschlag, zusammen auf einen Berg zu steigen. Sie habe eigentlich vorgehabt, das alleine zu tun, jedoch erscheine ihr das für eine Frau zu gefährlich. Deswegen würde sie sich sehr freuen, wenn er mitkommen würde. Sie habe schon alle Vorbereitungen getroffen, daher gebe es nichts, was er mitbringen müsse. Park hatte diese Frau neulich über das Internet kennengelernt. Als sie sich das erste Mal getroffen hatten, hatte sie viele Fragen über verschiedene Dinge gestellt. Ob er rauche; dass er gesunde Augen zu haben scheine, da er keine Brille trage, und ob das stimme; ob er alleine lebe; dann ob er etwa keine Freunde habe, mit denen er häufig Kontakt halte. Park deutete all diese Fragen als ihr Interesse an ihm, und in der Folge fand er die Frau sympathisch. Er hatte keinen Grund, warum er ihren Vorschlag einer Bergtour ablehnen sollte. Am nächsten Tag stieg er in den Wagen der Frau, und ein paar Tage später wurde seine Leiche gefunden.

Die beiden Leichen hatten eine Gemeinsamkeit: Die Hornhaut der Augen, Nieren, Herz, Leber, Knorpel, Knochenmark, Hautgewebe und so weiter – das heißt alles, womit Geld gemacht werden konnte – waren entnommen worden. Im Grunde genommen verhielten sich alle Handelsgeschäfte immer gleich. In allen Bereichen ist die Ware das A und O für einen guten Handel. Unter den Kerlen, die ein Hardwaregeschäft führten, war selten einer, der für sein Geschäft Leichen über einen langen Zulieferweg in die Hände bekam. Eine frische Leiche war verständlicherweise noch schwieriger aufzutreiben, aber frische Menschen gab es sehr viele. Man schaute einfach auf die Straße. Sie war voll mit Menschen. Lebendige Menschen mussten es sein. Die Bevölkerungszahl in der Stadt Busan betrug über dreieinhalb Millionen. Die Vermisstenzahl in den letzten vier Jahren betrug fast 20 000. Das bedeutete, dass jeden Tag mehr als zehn Menschen neu vermisst wurden, von denen man nicht sagen konnte, ob sie noch am Leben waren. Unter diesen Menschen befanden sich auch welche, die entführt worden waren und nie wieder zurückkehrten. Der Körper eines jungen, gesunden erwachsenen Mannes konnte mehrere hundert Millionen Won einbringen, so viel wie ein Mittelklassewagen. Ein Geschäft, das einen großen Gewinn versprach. Aus diesem Grund waren es nicht wenige Kerle, die es gerne betreiben wollten. Hin und wieder beteiligten sich auch Ärzte, denen die Approbation entzogen worden war, an diesem Geschäft. Heutzutage war man schließlich zu allem bereit, wenn es ums Geld ging.

Wenn es aber eine kriminelle Gang geben sollte, die den Ruf genoss, sie entführe für ihr Geschäft dermaßen zuverlässig Menschen, konnte diese nur auffällig werden. Daher war es für Yang Changgeun nicht nachvollziehbar, dass immer noch kein einziges Mitglied dieser Gangsterbande von der Polizei gefasst worden war, obwohl er und seine Kollegen Tag und Nacht auf der Suche nach ihr waren. Wenigstens einen Zeugen musste es doch geben! Warum konnte die Polizei niemanden finden, der von dieser Gang wusste, obwohl diese ihr skrupelloses Geschäft schon seit so langer Zeit führte und bereits Gerüchte unter den anderen Gangs über sie kursieren mussten? Wieso wusste man nichts von diesen Kerlen, die in Busan lebten und die man nicht als

Menschen bezeichnen konnte? Eine Entführung war keine leichte Sache. Sie war mit enormen Risiken verbunden. Dabei konnte es auch zu Fehlern kommen. Außerdem war es mit der Entführung selbst noch nicht getan. Trotzdem hinterließ diese Gang absolut keine Spuren. Das war nicht nachvollziehbar für Changgeun. Vielleicht wurden keine lebendigen Menschen entführt, sondern Tote gesucht, die unter bestimmten Umständen gestorben waren? Changgeun ließ sich verschiedene Möglichkeiten durch den Kopf gehen, aber eine Lösung konnte er nicht so einfach finden. Er musste ein Mitglied dieser Gang aufspüren. Das stand ganz oben auf seiner Liste der zu erledigenden Aufgaben.

* * *

»Ich habe genug zu tun und kann mich nicht auch noch mit euren illegal aufgemotzten Motorrädern befassen«, sagte Kang Doyeong und beruhigte damit zunächst die Jungs aus Sunhees Clique. Ausgerechnet Sunhee fehlte, nur die anderen sechs waren gekommen, obwohl sie sonst stets zu siebt unterwegs waren, unabhängig davon, ob sie auf dem Weg zu jemandem waren, um ihn zu verprügeln oder von ihm verprügelt zu werden. Diese Tatsache bekräftigte Doyeong in seiner Vermutung, dass Sunhee etwas im Schilde führte. Er fragte die Schüler, ob eine Gang mit ihnen Kontakt aufgenommen und ihnen Arbeit angeboten habe. Die Schüler schauten einander an, und zwar nicht weil sie nicht wussten, was sie sagen sollten, sondern um eine Entscheidung zu treffen, wer die Aufgabe des Antwortens übernehmen sollte. Da Sunhee nicht dabei war, fiel ihnen diese Entscheidung nicht ganz leicht. Schließlich übernahm Park Jeonggyu die Aufgabe, worauf Doyeong bereits getippt hatte.

»Da gab es zwei, die mit uns Kontakt aufgenommen haben«, sagte Jeonggyu mürrisch und ganz schön arrogant. Na ja, für sie war das eine Sache zum Prahlen.

»Kontakt aufgenommen? Wow, wie vornehm! Willst du wirklich so reden?«

»Angerufen, wir wurden angerufen.«

»Na sicher habt ihr einen Anruf bekommen. Daher habt ihr euch dann natürlich in einem chinesischen Restaurant getroffen«, führte Doyeong aus. Anschließend empfahl er den Schülern, weder der einen noch der anderen Gang beizutreten. Die beiden waren ihm bekannt. Die konnte man nicht einmal als Gang bezeichnen, und sie hatten auf keinen Fall vor und waren auch nicht in der Lage, den Schülern das Geld zu zahlen, das sie angeblich als Beitrittsgeschenk versprochen hatten. Sie waren mehr oder weniger schon damit überfordert, sich selbst über Wasser zu halten. Doyeong fragte, ob es noch weitere Verbrecherbanden gegeben habe, die sich bei ihnen gemeldet hätten. Die Schüler verneinten. Ob das wirklich die Wahrheit sei, fragte er sie noch einmal, und sie erwiderten, dass sich sonst wirklich keiner mehr bei ihnen gemeldet habe.

»Sunhee spielt in einer anderen Liga als ihr. Kann es also sein, dass eine andere kriminelle Organisation mit ihm Kontakt aufgenommen hat?«, formulierte Doyeong seine Frage um.

Aber die Antwort blieb gleich. So etwas sei definitiv nicht vorgekommen. Sunhee handele immer mit ihnen gemeinsam und teile alle Informationen mit ihnen. Doyeong musste den Jungs darin zustimmen, denn auch auf ihn machte Sunhee den Eindruck, dass er zumindest loyal war.

»Und heute? Warum ist er nicht hier?«

Die Schüler gerieten in Erklärungsnot. Sie erzählten nicht

gleich, wo Sunhee sich aufhielt. Doyeong drängte die Jungs mehrmals, ob er vielleicht allein bereits zu einer anderen Gang übergelaufen sei und warum sie nicht einmal davon wüssten und so weiter. Erst dann machten sie den Mund auf mit der Anmerkung, dass Sunhee ihnen gesagt habe, niemandem davon zu erzählen. Auch diesmal sprach Park Jeonggyu. Er sagte, dass Sunhee zu Hause lerne, wie man Knochensuppe zubereitet. Von seinem Vater. In Doyeongs Augen konnte das nicht wahr sein. Lee Sunhee, der Lee Sunhee, den er kannte, soll zu Hause das Kochen lernen! Von seinem Vater! Stellte das Ergattern einer Arbeitsstelle in der heutigen Zeit wirklich eine so dringliche Angelegenheit dar, dass man zu allem Ja sagte? Dass Sunhee die Zubereitung der Knochensuppe lernen wollte, die er doch am meisten hasste? Doyeong war wirklich erstaunt.

»Aber warum wollte er, dass ihr das niemandem erzählt? Das ist doch keine schlechte Sache.«

Ihm sei es peinlich, hieß es. Doyeong überlegte sich, ob er die Schüler weiter in die Enge drängen sollte, indem er sie fragte, warum es ihm peinlich sein solle, dass er ein großer Junge geworden sei und die Arbeit seines Vaters übernehmen wolle. Doch dann ließ er es, denn er konnte durchaus verstehen, was Sunhee damit gemeint haben könnte. Er fragte die Schüler, ob sie noch etwas zu berichten hätten, und vergaß nicht, sie einzuschüchtern, dass ihnen viel Ärger erspart bleiben würde, wenn sie jetzt gleich mit allem herausrücken würden anstatt später, wenn er bereits selbst alles herausgefunden habe. Danach erfuhr er, dass Sunhee eine Freundin hatte. Sie sei ein bisschen anders als die Mädchen, mit denen er vorher zusammen gewesen war. Sie heiße Yu Kanghee. In Bezug auf das neue Mädchen sagte Doyeong, dass sie mit der Zeit wie die anderen werden würde und daher uninteressant sei. Und was noch?

»Oh, bei sich zu Hause hat er jetzt einen Knecht!«, sagte ein anderer Junge.

Sobald das Wort »Knecht« ausgesprochen worden war, krümmten sich die anderen vor Lachen. Jener Knecht habe Sunhee einmal an den Haaren gezerrt. Er arbeite in der Gaststätte von Sunhees Vater. Sein Name sei ihnen nicht bekannt, und er sei etwa in den Vierzigern. Das sei alles, was sie über den Mann wüssten. Doyeong ging durch den Kopf, dass Lee Jongin nun plötzlich zwei Menschen hatte, die ihm in seinem Lokal zur Hand gingen. Das war längst überfällig. Zum Schluss sagte Doyeong den Schülern sogar, dass sie vorsichtig fahren sollen, als jeder von ihnen auf sein Motorrad stieg und sich entfernte. Dann dachte er kurz, ob es nicht besser wäre, wenn sie nicht jeder allein mit einem, sondern mit nur drei Motorrädern fahren würden und die übrig gebliebenen drei gebraucht verkauften und mit dem Geld etwas anderes anfingen. Anschließend realisierte er, dass neuerdings um Sunhee neue Menschen aufgetreten waren. Er sollte bald mal wieder etwas Knochensuppe zu Abend essen.

21

Unter den Kindern war es längst eine Sehenswürdigkeit. Es übernahm die Rolle eines Kinderspielplatzes, den es in diesem Wohnviertel nicht gab. Auch Erwachsene fanden es erstaunlich. Nicht die Form der Löcher, sondern dass jemand überhaupt in dieser heruntergekommenen und steil aufsteigenden Gegend, die sich direkt am Fuße eines Hügels befand, mit großer Sorgfalt solch eine Attraktion eingerichtet hatte – das fanden die Erwachsenen einfach erstaunlich. Es war eine Wohngegend, um die sich niemand kümmerte, obwohl eine komplette Sanierung notwendig war. Es änderte daher auch nichts, dass dort ein paar Löcher entstanden waren. Es waren ohnehin nur einige Häuser übrig geblieben, die bewohnbar waren, und die Leute, die dort tatsächlich wohnten, waren über die Jahre immer weniger geworden.

Die Kinder spielten hauptsächlich mit den Hauslöchern, indem sie durch sie miteinander redeten, und meinten, dass die Worte, die sie durch die Löcher sprachen, nicht nur ihre Spielkameraden erreichten, sondern auch weit in die Ferne und überallhin fortgetragen würden. Damit einhergehend, sprachen die Kinder durch die Löcher meistens von Wünschen und Träumen, die in der Realität nicht in Erfüllung gehen würden. Die Löcher waren so groß, dass etwa die Hälfte eines Kindergesichts hineinpasste; sie hatten die Form eines exakten Kreises, als hätte man ihn mit einem Zirkel gezeichnet, und gingen endlos weiter. Das Loch in der Mauer eines Hauses fand den Anschluss in der Mauer des Hauses, das sich hinter dem ersten Haus befand, und schien dann für eine gute Weile nicht mehr weiterzugehen. Aber die Kinder fanden schließlich wieder ein Loch in der Hausmauer eines Freundes. Wenn die Kinder jeweils vor einem Loch standen und ihre Gesichter hineindrückten, konnten sie einander sehen, unabhängig davon, ob sie sich auf der anderen Seite des Lochs befanden oder weiter entfernt. Die Löcher waren in einer direkten Linie endlos miteinander verbunden und verloren sich am Himmel.

22

Heute war Dienstag. Dienstag ist Ruhetag in der »Busan Knochensuppe«. Nicht jede Woche, sondern nur am letzten Dienstag im Monat. Es gab also einen einzigen Ruhetag im Monat. Jongin hatte sich entschieden, auf diesen kostbaren Dienstag diese Sache zu legen, und das konnte aus der Sicht Uhwans nur bedeuten, dass auch Jongin das Mädchen absolut nicht mochte. Ihm gefiel demnach überhaupt nicht, dass sein kostbarer Sohn Sunhee mit so einem dahergelaufenen Mädchen wie Kanghee eine Beziehung führte. Aber musste es deshalb unbedingt dieser Ort hier sein? Übertrieb er nicht ein wenig? Auf jeden Fall aber hatte Jongin sich nun für diesen Ort entschieden. Wenn hier ein Gespräch geführt würde, würden keine Missverständnisse aufkommen und man würde seinen Standpunkt widerstandslos akzeptieren. Das war zumindest seine Meinung und Überzeugung.

Es war das öffentliche Badehaus. Genauer gesagt, stand er vor dem Schalter des öffentlichen Badehauses. Ein Ort, an dem sich Jongins Auffassung nach ein Mann und eine Frau ohne jegliche Missverständnisse treffen konnten. Jongin, der jemanden hierher zitierte, war schon ein komischer Vogel, aber Yu Kanghee, die hierher zitiert wurde und auch tatsächlich kam, stellte in den Augen Uhwans einen noch komischeren Vogel dar. Sie erschien in dem gleichen Outfit, in dem sie mit dem Flitzbike gefahren wäre, obwohl keins zu hören gewesen war. Es war also vor dem Schalter für die Eintrittskarte in ein öffentliches Badehaus, in das gelegentlich eine Frau oder ein Mann mittleren Alters entweder allein oder mit einem beziehungsweise zwei Kleinkindern hineinging, wo sich zwei Menschen trafen, die später irgendwann Schwiegertochter und Schwiegervater werden könnten, falls Uhwans Mission missglücken sollte. An diesem Ort konnte man weder lange verharren, weil es einem sonst außerordentlich peinlich zumute wäre, noch ein Gespräch über Gott und die Welt führen. Als Kanghee ankam, irgendein dahergelaufenes Mädchen und vor allem eine richtig abgebrühte Tussi, sagte Jongin zunächst nichts. Uhwan erkannte, dass er sehr angespannt war.

»Geh dich waschen und komm wieder hierher«, sagte Jongin schließlich. Im Anschluss daran überreichte er ihr eine Eintrittskarte für eine Erwachsene, die er vorher gekauft hatte, zusammen mit Haarshampoo und Haarspülung für eine Anwendung, die von seiner Feinfühligkeit zeugten. Danach drehte er sich sehr cool um, so cool, wie sich niemand jemals zuvor umgedreht hatte, der sich mit jemandem vor dem Kartenschalter eines öffentlichen Badehauses traf, und stieg die Treppen in den zweiten Stock des Gebäudes hoch, in dem sich der Baderaum für Männer befand. Was für eine Szene! Aus welchem Film oder welcher TV-Serie hatte Jongin diese Szene abgekupfert? Wie konnte er in so einer Situation eine solche Szene nachstellen? Und was sollte man von diesem Mädchen halten? Was stimmte mit dieser Yu Kanghee nicht, die um 14.00 Uhr, eine Zeit, zu der sie natürlich noch in der Schule sein müsste, zu einem öffentlichen Badehaus kam, nur weil der Vater ihres Freundes sie herbestellt hatte? Sie warf einen kurzen Blick auf Uhwan, so wie man einen Knecht anblickte, machte die Tür neben dem Schalter auf und verschwand daraufhin in den Baderaum für Frauen. Uhwan hatte das Gefühl, dass sie sich tatsächlich waschen und wieder zurückkommen würde, so wie es Jongin ihr aufgetragen hatte. Diese beiden würden als Schwiegertochter und Schwiegervater eigentlich eine ganz gute Figur abgeben, meinte Uhwan für sich.

Als Uhwan den Baderaum betrat, stand Jongin unter einer Dusche. Der Wasserstrahl war sehr stark, sodass man auch hätte glauben können, es sei ein Wasserfall. Sich gegen diesen Wasserstrahl stemmend, stand Jongin etwas wacklig auf den Beinen und gab ein komisches Geräusch von sich: »Ah, ahh, ah-ih, aha-hah-iih.« Das war nicht das Bild von jemandem, der etwas im Schilde führte. Sondern einfach von einem arglosen Mann, der am Ruhetag seines Lokals in ein öffentliches Badehaus kam und etwas älter wirkte als ein Mann Ende vierzig. *Oh ja, er ist eindeutig zu alt für sein Alter*, dachte Uhwan da zum ersten Mal. Aller Kummer, den Jongin niemals zeigte und stattdessen über die Jahre hinweg in sich hineingefressen hatte, offenbarte sich bei ihm restlos in der Form schlaff herunterhängender Haut.

Jongin rieb mit einem groben Waschlappen Arme und Oberschenkel. Als er sein Hinterteil wusch, drehte er den Kopf andauernd nach hinten. Dabei traf sein Blick wiederholt den von Uhwan, der neben ihm saß und sich ebenfalls wusch. Jedes Mal, wenn das passierte, waren die Augen Uhwans auf den schmalen Rücken seines Gegenübers gerichtet. Es war absurd, aber dieser Mann wäre sein Großvater, wenn Lee Sunhee nicht nur den gleichen Namen wie sein Vater trug, sondern, wenn auch nur mit 0,0000001-prozentiger Wahrscheinlichkeit, wirklich sein Vater und Yu Kanghee seine Mutter sein sollte. Dieser Gedanke schoss Uhwan kurz durch den Kopf.

Er kannte den Namen seines Großvaters nicht. Aber er musste nicht unbedingt herausfinden, ob sein Großvater auch Lee Jongin hieß. Wie dieser Mann, der neben ihm saß, auch heißen mochte, er war der Vater von Lee Sunhee. Deswegen würde er automatisch zu seinem Großvater, wenn Sunhee sein Vater sein sollte. Es spielte gar keine Rolle, ob er diesen Mann mochte oder nicht. Er würde automatisch zu seinem Großvater, weil er eben der Vater seines Vaters war. So verhielt sich das mit der Familie. Es gab zu viele Dinge, die grundlos genau so und nicht anders waren.

Schließlich half er Jongin und rieb ihm den Rücken mit einem Waschlappen. Er wollte nicht weiter hinterfragen, warum er ausgerechnet im Jahr 2019 in ein öffentliches Badehaus für Männer kommen und den Rücken eines Mannes waschen musste, der ähnlich alt war wie er. Ihm ging aber dennoch vieles durch den Kopf.

Nachdem er Jongins Rücken gewaschen hatte, war er ihm gegenüber noch verlegener als zuvor. Das war die natürliche Atmosphäre eines öffentlichen Badehauses. Diese Stimmung herrschte auch, wenn ein Mann, der aus dem Baderaum für Männer herauskam, auf eine Frau traf, die aus dem für Frauen heraustrat. Und das galt auch unter Gleichgeschlechtlichen, die zum ersten Mal zusammen in ein öffentliches Badehaus gingen und sich dann draußen wieder gegenüberstanden. In diesem Zustand der puren Verlegenheit warteten Jongin und Uhwan länger als dreißig Minuten auf Kanghee. Uhwan hätte nie gedacht, dass er auf diese Schülerin, die er für ein echt beschissenes Mädchen und zugleich eine abgebrühte Tussi hielt, auf dieses dahergelaufene Mädchen, das damit liebäugelte, den kostbaren Sohn Jongins für sich zu vereinnahmen, dermaßen sehnsüchtig warten würde. Endlich tauchte Yu Kanghee auf.

Es war sehr eigenartig. Nach dem Bad war auch das Mädchen Jongin und Uhwan gegenüber verlegen. Alle waren vorher selbstbewusst und kühl aufgetreten, aber jetzt hatte sich auch bei Kanghee etwas verändert. Weil sie ein Bad genommen hatte? Sie sah wie eine harmlose, ganz gewöhnliche Schülerin aus. Uhwan konnte ihr Gesicht, das etwas durchscheinender geworden war, nicht direkt anschauen. Die drei standen zunächst wortlos da.

Erst nach einer guten Weile machte Jongin endlich den Mund auf: »Als Sunhee klein war, habe ich ihn immer ins Badehaus mitgenommen und ihn gewaschen. Mittlerweile kommt er nicht mehr mit mir hierher. Das bedeutet aber nicht, dass sich meine Aufgaben ihm gegenüber geändert haben. Wenn am Körper meines Sohnes Schmutz haftet, muss ich ihn wegmachen ... Mach Schluss mit meinem Sohn. Ohne irgendein Theater. Ich werde auch sein Flitzbike, oder wie auch immer das bei euch heißen mag, loswerden.«

Wer hätte das ahnen können! Auch für Uhwan, der die Sache ursprünglich eingefädelt hatte, war es ein Moment, den er absolut nicht hatte vorhersehen können. Nicht der Besitzer der Gaststätte »Busan Knochensuppe«, sondern der Vater Lee Jongin war abgebrüht. Er ging und ließ die Schülerin hinter sich zurück, die er heute zum ersten Mal gesehen hatte, wie Schmutz, den man im Badehaus abgerieben hatte. Auch Uhwan, der sich daraufhin in einer peinlichen Lage wiederfand, machte sich rasch davon. Er konnte nicht einmal genau sehen, was für ein Gesicht Kanghee machte, die zurückgelassen wurde. Uhwan kam körperlich sehr entspannt in die Gaststätte »Busan Knochensuppe« zurück, aber mental fühlte er sich äußerst unbehaglich.

Ihm war nicht bewusst gewesen, dass auch Kanghee ein ungeschminktes Gesicht hatte. Permanent fiel ihm dieses Gesicht ein. Die Schülerin beschäftigte ihn. Er wusste nicht, warum er so war, warum er Kanghee und Sunhee belästigte, warum er versuchte, sich aus völlig abwegigen Gründen ins Leben anderer einzumischen. Er wusste es nicht, weil ihm nicht klar war, dass es sich um das Quengeln eines alt gewordenen Sohnes handelte, der möglicherweise seine Eltern, die ihn verlassen hatten, sehr spät kennenlernte. Oh nein, das war ihm nur allzu deutlich klar. Er dachte, dass ihn das Leben von Kanghee und Sunhee sehr wohl etwas anging. Tief im Herzen glaubte er, dass die beiden seine Eltern waren. Ihm war nur nicht ganz klar, ob er bereits angefangen hatte, daran zu glauben, oder ob er daran glauben wollte oder eben nicht daran glauben wollte. Jedenfalls konnte er besser damit leben, wenn er die beiden erst einmal hasste. Um sie zu mögen, um ihnen gegenüber sein Herz zu öffnen, dafür trug er zu viel in sich, das er verschlossen hielt.

Noch tiefer in seinem Herzen sah er das Ganze als eine Chance. Die Chance, dass er sein Leben auslöschen könnte, das aus siebzehn Jahren im Waisenhaus und der Zeit danach, die er in der engen Küche einer Gaststätte verbrachte, bestanden hatte. Würde es ihm gelingen, die beiden jetzt auseinanderzubringen, dann würde der Mensch nicht geboren werden, der aufgrund der momentanen Emotionen zweier unvernünftiger Jugendlicher über vierzig Jahre lang hatte leiden müssen. Dieser Mensch müsste nicht tagein tagaus ein leidliches Leben führen, nicht einmal realisierend, dass er litt. Wenn diese beiden Personen sich trennen würden – wobei sie sich ein paar Jahre später an diese

Trennung nicht einmal mehr erinnern würden –, nur wenn das klappen sollte, müsste Uhwan nicht unbedingt zur Welt kommen und über vierzig Jahre lang durchhalten. Es war definitiv eine gute Chance.

»Ist es aber wirklich nötig, so extrem zu denken?«, hätte Bongsu ihn gefragt, wäre er hier gewesen. Aber er hatte gut reden, denn er hatte diese Reise, für die man sein Leben riskieren musste, nicht einmal angetreten, während Uhwan schon seit einer Weile auf dieser Reise war. Bongsu und Uhwan gingen derselben Arbeit nach und führten scheinbar ein ähnliches Leben. In Wirklichkeit hatte Bongsu aber jemanden, den er liebte, und träumte von einer Zukunft zusammen mit diesem Menschen. Daran lag es, dass der Koch nicht Bongsu, sondern Uhwan diese Reise empfohlen hatte, obwohl Bongsu nach ihm als Küchenhilfe angefangen hatte. Nicht nur Hoffnung, sondern auch Verzweiflung, die jemand in sich trägt, fällt auf. Jeder, der Uhwan gesehen hätte, hätte ihm diese Reise empfohlen. Eine Empfehlung, die gleichbedeutend mit der Frage war: »Dir macht es doch eh nichts aus, wenn du sterben würdest, oder? Du willst nicht unbedingt am Leben bleiben. Oder?«

Aber es war möglich, dass Sunhee nicht sein Vater war, Kanghee nicht seine Mutter und daraus folgend Jongin nicht sein Großvater. Es war durchaus denkbar, dass das Ganze auf einem Irrtum Uhwans beruhte. Wenn das stimmen sollte, hätte Uhwan gar keinen Grund, sich ins Leben von Kanghee und Sunhee einzumischen. Den beiden Steine in den Weg zu legen, dafür hätte er dann noch weniger einen Grund. Er durfte das auch nicht wollen. Aber wenn sie seine Eltern waren? Er wollte sie unbedingt auseinanderbringen. Diese einmalige Chance wollte er sich auf keinen Fall entgehen lassen. »Die Vergangenheit, an die du ungern zurückdenken möchtest, hast du schon hinter dir, also führe in Zukunft ein schönes Leben.« Solche aufmunternden Sprüche interessierten Uhwan nicht. Seiner Erfahrung nach häufte sich desto mehr Vergangenheit an, an die man sich nicht erinnern wollte, je länger man lebte. Uhwan war nicht gewillt, ein Leben zu führen, in dem er ab einem bestimmten Punkt denken musste, dass er von Anfang an ein alter Mann gewesen war. Ein alter Mann, der keine schönen Erinnerungen hatte, war vergleichbar mit jemandem, der seine Sprache verloren hatte. Er hatte eine lange Zeit hinter sich, von der er nichts zu erzählen hatte. Er wollte dieses Leben schnellstmöglich abhaken.

So oder so, er musste als Erstes die Wahrheit darüber in Erfahrung bringen, ob die beiden seine Eltern waren oder nicht.

23

Dr. Seo Yuheon schaffte es erst am Nachmittag aus dem Krankenhaus. Am Vormittag hatte er den Anruf von Dr. Song erhalten. Dennoch arbeitete er zunächst seine Behandlungstermine vollständig ab. Im Allgemeinen war er die Ruhe selbst, wenn er einen Patienten vor sich hatte; heute aber hatte er es schwer gehabt, seine Ruhe zu bewahren. Man denkt, dass ein Arzt seinen Patienten gut kennt, aber in Wirklichkeit kennen Patienten ihren Arzt wesentlich besser. Sie sind sogar in der Lage, bei ihm Änderungen der Atmung wahrzunehmen, und zwar ohne Stethoskop. Wenn der Arzt geringfügig, also wirklich nur ein klein wenig emotional instabil ist, fühlen sich Patienten bei diesem Arzt unruhig und misstrauen ihm. Dr. Seo zog in Erwägung, Dr. Tak anzurufen und sich mit ihm zusammen auf den Weg zu Dr. Song zu machen. Dann entschied er sich dagegen. Er war der Meinung, dass er sich zunächst alleine anhören sollte, worum es ging. Er brannte vor Neugier, was er zu hören bekommen würde. Am Telefon hatte Dr. Song Seongshik, der ein Freund und Physiker war, ihm mitgeteilt, dass die Analyse des Chips, zumindest alle Analysen, die er und sein Team durchführen konnten, abgeschlossen sei. Es sei nicht wenig, was er herausgefunden habe.

Wenn aber definiert werden müsse, was sie genau herausgefunden hätten, sei wohl ein bisschen Fantasie erforderlich.

Der Chip, der sich im Kopf des toten Mannes befunden hatte, bestand eigentlich aus mehreren winzigen Chips, und diese Chips hatten jeweils eine andere Funktion. Der Hauptchip war in drei Sektionen gegliedert. Eine dieser Sektionen hatte die Aufgabe, mittels der gesamten Informationen –, angefangen mit der Erinnerung im Gehirn des Chipträgers bis zu dem, was anhand des World Wide Webs zusammengetragen werden konnte – den Ort zu finden, der am ehesten identisch mit dem räumlichen Bild war, das sich der Chipträger ins Gedächtnis rief. Das bedeutete, dass der Chip den Ort aus der Erinnerung des Chipträgers leicht auffand, wenn sich die Person einen Ort ins Gedächtnis rufen würde, der ihr bereits bekannt war; ging es aber um einen Ort, der dem Chipträger unbekannt war, definierte der Träger möglichst genau die Dinge, die in welcher Hinsicht auch immer als Informationen dienen könnten; danach führte der Chip alle vorhandenen Daten zusammen und fand den Ort, der dem am ähnlichsten war, an den der Chipträger dachte.

»Was für eine Hilfe kann der Chip in der Praxis leisten, wenn er auf diese Weise einen Ort finden und diesen dem Chipträger zeigen kann? Ich meine also, wie wäre das hilfreich für den Chipträger?«, fragte Dr. Seo, der Gehirnspezialist.

Nach einem kurzen Zögern antwortete Dr. Song, der Physiker, er glaube, dass eine von den beiden restlichen Sektionen durch diese Hilfe etwas anderes ermögliche. Bei den vielen Chips habe er nicht alle Funktionen herausfinden können; jedoch gebe es einen, dessen Funktion er ganz genau kenne, und diese sei das LBL, Layer-by-Layer-Scannen, also das Schicht-für-Schicht-Scannen.

»Neulich, ja, es ist gerade einmal ein paar Monate her, da ist es gelungen, ein Objekt mit einem 3-D-Drucker an einen anderen Ort, hm, wie soll ich das nennen, zu ›teleportieren‹. Selbstverständlich war die Entfernung sehr gering, ein paar Meter«, sagte Dr. Song.

Diese Worte waren keine geringe Überraschung für Dr. Seo. Aber zwischen seinen Augenbrauen begannen sich bereits Falten zu bilden, weil er ahnte, warum der Physiker das erwähnt hatte.

»Ein 3-D-Scanner scannt zunächst das Objekt mit Kameras, Layer-by-Layer, jede einzelne Schicht, und zerstört es dabei. Wenn das Gescannte kodiert und an einen anderen 3-D-Drucker gesendet wird, wird es möglich, dasselbe Objekt in Realzeit zu rekonstruieren. Natürlich ist das erst vor Kurzem geschehen und nicht bei einem Menschen, sondern es ist auf Objekte beschränkt. Damit will ich sagen, dass ich nicht genau weiß, was die Chips, die mein Team untersucht hat, mit dem machen, was sie gescannt haben. Außerdem gibt es noch einige Chips, bei denen wir völlig ahnungslos sind. Weißt du, wer diese Chips in Anbetracht der jetzigen technischen Möglichkeiten hergestellt hat und ob diese Herstellung überhaupt möglich ist, da tappe ich auch weiter im Dunkeln.«

»Was redest du da überhaupt?«

»Na ja, dass ein Mensch denkt, das an sich ist für das Gehirn schon eine Information. Diese Information …«

»Was ermöglichen sie denn jetzt? Sag schon.«

»Wenn man sich da ein bisschen Fantasie erlauben darf … Du weißt, dass ich so etwas liebe«, sagte Dr. Song und schmunzelte auch noch, als ob er vorhätte, einen Witz zu erzählen.

Zum Spaßen war Dr. Seo im Moment jedoch nicht zumute.

»Reine Fantasie. Die Teleportation in der Einheit von Atomen ist längst realisiert, so gesehen ist die Realisierung der Teleportation in der Einheit von Molekülen, die aus zwei oder mehr Atomen bestehen, nur eine Frage der Zeit. Wenn es sich um ein Gehirn handelt, bei dem durch einen Chip die Funktion integriert ist, dass der Ort, an den sich das Gehirn genau erinnert, gefunden werden kann …«

Dr. Seo hob die Hand und unterbrach damit seinen Freund. Er hatte genug gehört, um zu wissen, worum es ging. Er benötigte Zeit, um seine Gedanken zu sortieren. Schließlich stellte er eine Frage: »Aber … Auch wenn ein Mensch gescannt wird, was hätte man davon, wenn die Daten niemand irgendwo empfangen würde? Das muss ja nicht unbedingt ein Mensch sein.«

Dr. Song schmunzelte erneut und erwiderte: »Kommt dir da kein Gedanke? Glaubst du, dass diejenigen, die in der Lage sind, in das Gehirn von jemandem einen Chip zu implantieren, der einen lebenden Menschen komplett einscannen kann, nicht den einen oder anderen Satelliten hochgeschickt haben? Heute kann jede Privatperson einen Satelliten konstruieren. Was glaubst du, wie viele Satelliten jetzt da oben herumschwirren? Mehrere Tausende, auch wenn man diejenigen abzieht, deren Lebensdauer schon abgelaufen ist! Wer weiß, ob nicht einer von denen die Daten empfängt, die diese Chips senden?« Dr. Song zeigte mit dem Finger nach oben.

Warum er so begeistert war, konnte Dr. Seo nicht nachvollziehen, obwohl er mit ihm schon länger als dreißig Jahre befreundet war. Und auf einmal kam ihm in den Sinn, dass das alles, was sein Freund gerade erzählt hatte, Dr. Tak bereits bekannt sein könnte. Es war eigentlich absolut nicht möglich, dennoch dachte er, dass Seongjin das bereits geahnt haben könnte. Es ging schließlich um Dr. Tak Seongjin! Dr. Seo war deswegen gereizt, ohne es selbst zu merken, und stellte als letzte Frage: »Was ist dann mit der letzten, der dritten Sektion des Chips? Wofür ist die zuständig?«

»Die dritte Sektion hat eine separate Funktion und die ist unabhängig von den anderen beiden Sektionen. Das ist leider alles, was ich im Moment von ihr weiß. Sie hat ganz klar eine unabhängige Funktion, aber die Frage ist, welche? Ich weiß es beim besten Willen nicht. Das ist alles, was ich bis jetzt herausgefunden habe.«

* * *

Die Mittagszeit war längst vorüber, dennoch läutete das Glöckchen an der Tür. Uhwan erhob sich. Er öffnete die Zimmertür und betrat den Gästebereich. Jongin schaute nicht einmal nach, wer gekommen war. Uhwan empfing den Kunden. Er brachte ihm ein Glas Wasser und nahm die Bestellung entgegen. Es war ein Mann, der Anfang vierzig zu sein schien oder vielleicht etwas jünger. Uhwan schnitt ein bisschen von der Beinscheibe, der Querrippe und dem Pansen klein und gab es in eine Schüssel. Er machte den gusseisernen Kessel auf, schöpfte ein wenig von der Brühe und füllte damit die Schüssel. Kein weiterer Kunde kam, aber zumindest einer war da, von daher konnte er nicht einfach zurück in sein Zimmer. Er setzte sich an die Kasse und überlegte kurz, ob er den Fernseher einschalten sollte; dann entschied er sich dagegen und faltete stattdessen eine Zeitung auseinander. Während er die Zeitung las, beobachtete er den Kunden. Nicht weil dieser auf ihn einen besonders auffälligen Eindruck machte, sondern schlichtweg weil er der einzige Kunde war; und während dieser die Knochensuppe hatte, auf die er sich konzentrieren konnte, hatte Uhwan nichts, worauf er seine Aufmerksamkeit lenken konnte. Allein aus diesem Grund blickte er den Mann ab und zu an. Ein langweiliger Typ. Na ja, es wäre eigentlich auch eine Kunst gewesen, beim Verzehr der Knochensuppe interessant auszusehen. Dennoch wanderte Uhwans Blick immer wieder zu dem Mann. Obwohl er ein langweiliger Typ war, hatte er etwas an sich, das Uhwans Aufmerksamkeit auf sich zog. Aber was? Uhwan dachte kurz nach und erkannte es schließlich. Es lag an seinen Bewegungen. Während er die Suppe und den Reis aß oder den Reis in die Suppe gab und beides zusammen zum Mund führte, kratzte er sich hinter den Ohren. Oder am Nacken.

Er kratzte sich mehrmals hinter den Ohren und am Nacken.

Nachdem er fertig gegessen hatte, kam der Kunde zur Kasse, an der Uhwan saß. Er wusste schon, wie viel es kostete, denn bevor Uhwan ihm den Preis genannt hatte, überreichte der Kunde ihm passend das Geld, sodass es nicht einmal nötig war, Wechselgeld rauszugeben. Aber direkt danach blieb er noch vor Uhwan stehen, starrte ihn für eine Weile an, schaute sich dann in der Gaststätte um und wendete sich wieder Uhwan zu.

»Gefällt es Ihnen hier?«, sprach der Mann ihn an.

Uhwan verstand die Frage nicht ganz.

»Kommen Sie jederzeit zu mir, wenn Sie Ihre Meinung ändern.«

Der Mann verschwand, und an seiner Stelle lag eine Visitenkarte auf dem Tresen. Uhwan nahm sie in die Hand. Er sah sich den Namen an.

* * *

Es klingelte. Die Stimme klang so, als würde es sich um eine dringliche Angelegenheit handeln, aber Yang Changgeun konnte den Anrufer nicht gleich einordnen. Als er schließlich verstand, dass es Ermittler Choi Seongwon war, der den Anruf aus der Informationsabteilung tätigte, legte Changgeun fast gleichzeitig auf und erhob sich. Er fluchte auch nicht, was für eine Frechheit es von diesem halbwüchsigen Kerl sei, ihn telefonisch zu sich zu zitieren, zumal sie alle auch noch in demselben Gebäude waren. Changgeun fehlte im Gegensatz zu Doyeong nicht vollkommen der gesunde Menschenverstand. Er hatte eine Ahnung, warum der junge Kollege angerufen hatte. Zusammen mit Doyeong ging er also zur Informationsabteilung. Genauso wie vor ein paar Tagen, als Changgeun aus diesem Raum gegangen war, saß Seongwon vor dem Bildschirm, auf dem die Aufnahmen der Überwachungskameras liefen. Um seinen Platz herum lagen Pappbecher von Instantnudeln und Plastikverpackungen von Gebäck und Snacks durcheinander. Dennoch hatte er innerhalb einiger Tage sichtlich an Gewicht verloren. Mit eingefallenen Augen spielte er wiederholt eine Szene ab. Changgeun nahm neben ihm Platz.

»Ich habe ihn gefunden«, sagte Seongwon und ließ gleichzeitig ein Video laufen. Da war der Mann, der im Klassenzimmer gestorben war. Das Fleisch an seiner Seite war auch noch da. Er lebte. Der Ort war definitiv nicht das Stadtzentrum, sondern irgendein Wohnviertel. Es waren auch einige Geschäfte auszumachen. Er rannte und schaute dabei immer wieder hinter sich. Wahrscheinlich wurde er verfolgt. Irgendwann blitzte etwas auf wie bei Licht, das von einem Spiegel reflektiert wurde, und der

Mann verschwand plötzlich aus dem Bild. Changgeun und Doyeong waren sehr verblüfft.

»Nicht vom Winde, sondern vom Lichte verweht, oder was ist hier los? Was soll denn das jetzt?«, warf Doyeong mit einem apathischen Ausdruck im Gesicht in den Raum.

»Und die Verletzung?«, fragte Changgeun.

»Das war das Licht. Schauen Sie mal genau hin«, sagte Seongwon.

Er spielte die Szene in Zeitlupe ab und hielt in dem Moment an, in dem es blitzte. Das Licht entstammte der Seite des Mannes. Genauer, das Licht nahm nicht seinen Ursprung in der Seite des Mannes, sondern schien an seiner Seite vorbeizugehen. Das Licht zerstreute sich nicht. Es bildete eine gerade Linie. Und diese gerade Linie aus Licht fuhr dem Mann durch die Seite, wobei diese gleichzeitig schmolz und sich verflüchtigte. Ebenso fast gleichzeitig verschwand der Mann, zwar etwas langsamer als das Licht, aber immer noch innerhalb eines Wimpernschlages. Das Licht, in dem sich Hitze angesammelt hatte. Es war wirklich ein Laser. Es wäre eine Lüge, wenn Changgeun sagen würde, dass er Dr. Taks Worten nicht geglaubt hatte. Dennoch war es etwas ganz anderes, das mit eigenen Augen zu sehen. Sowohl Changgeun als auch Doyeong waren sprachlos.

»Das ist wohl … Na ja, ein Laser kann es ja nicht sein. Was kann das also sein? Hat da jemand mit einer riesigen Lupe vom Dach eines Hochhauses das Sonnenlicht fokussiert?«, kam es unbedacht aus Seongwons Mund. Er hatte zu lange nicht mehr geschlafen, um richtig denken zu können.

»Und die Dauer?«, fragte Changgeun.

Seongwon spielte wieder die Aufnahme vom Klassenzimmer ab. Die Szene, in der der Fuß des Mannes auftauchte, während die Schüler miteinander kämpften. Diese Uhrzeit verglich der junge Ermittler mit derjenigen, als der Mann von der Straße verschwand.

»Zwei Sekunden, ja zwei.«

»Zwei? Zwei Sekunden? Wa-wa-was soll das bedeuten? Da-da-das ist doch nicht et-et-etwa Te-Teleportation?«, fragte Doyeong völlig außer sich.

Alle drei schauten sich zusammen nacheinander das Bild an, in dem der Mann verschwand, und das, in dem er erschien. Mehrmals. Und sie kontrollierten es nochmals und nochmals. Es dauerte exakt anderthalb Sekunden. Der Mann wurde kurz vor seinem Verschwinden durch eine Waffe, die Licht abstrahlte, tödlich an der Seite verletzt, und in diesem Zustand tauchte er im Klassenzimmer auf. Eine Teleportation. Auch Yang Changgeun fiel kein anderes Wort dafür ein, um das Gesehene erklären zu können. Er hatte zwar keine Ahnung, wie der Chip im Gehirn des Mannes hergestellt worden war, aber zumindest konnte er ahnen, was der Chip ermöglichte. Eine Laserpistole und eine Teleportation! Er kam der Lösung des Falles ein Stückchen näher. Je näher er allerdings der Lösung kam, desto ahnungsloser war er, gegen wen er da eigentlich in den Ring trat.

Vor den Augen der drei Ermittler spielte sich eine Szene immer wieder ab. Ein Mann schaute wiederholt hinter sich. Anscheinend wurde er verfolgt. Er floh. Und dann ... vom Lichte verweht.

24

Eine achtspurige Fahrbahn etwa zwei, drei Stunden vor Feierabend. Die Autos fuhren in beiden Richtungen mit hoher Geschwindigkeit. Da tauchte mitten auf der Fahrbahn plötzlich ein Mann auf. Eines der Autos versuchte, abrupt zu bremsen. Es schien, als orientiere sich der Mann kurz, wo er gelandet war. Er sah irgendwie verwirrt aus.

Plötzliches Bremsen ist auch kein Wundermittel. Der Wagen überfuhr den Mann. Genau im Moment des Aufpralls verflüchtigte sich der Mann jedoch. Der Wagen rollte ein gutes Stück weiter, bis er komplett zum Stehen kam. Der Fahrer hob den Kopf an, der aufs Lenkrad gepresst worden war. Er schaute sich um. Hatte er eine Halluzination gehabt? Was hatte er gerade eben gesehen? Wer war der Mann gewesen? War das ein Mensch gewesen? Angefangen mit dem Fahrer hatte niemand das Gesicht des Mannes erkennen, geschweige denn sich danach an das Aussehen des Mannes erinnern können, der kurz aufgetaucht und dann wieder spurlos verschwunden war.

Wäre aber Lee Uhwan an diesem Ort gewesen, hätte er den Mann erkannt.

Es war Kim Hwayeong gewesen.

25

In einer abgelegenen Gasse tauchte aus dem Nichts eine Person auf. Der plötzlich Erschienene verschwand diesmal nicht wieder. Sein Gesicht offenbarte sich. Es war Kim Hwayeong. Genauer gesagt bauten sich seine Füße, Knöchel, Waden und weitere Schichten nacheinander auf, und als Letztes materialisierte sich sein Kopf. Doch das alles geschah innerhalb einer Sekunde. Deswegen wäre es kaum zu erkennen gewesen, auch wenn man ganz genau hingeschaut hätte. Zumal auch niemand in dieser Gasse war, der das Ganze hätte beobachten können. Das war der eigentliche Grund, warum Hwayeong diesen Ort gewählt hatte.

In Wirklichkeit handelte es sich auch nicht um eine richtige Gasse. Es war ein enger Raum zwischen zwei Häusern beziehungsweise zwischen zwei Hausmauern. In diesen Raum passte gerade so eine Person hinein, und das auch nur, wenn man sich seitlich hinstellte. Daher musste Hwayeong hier stets ziemlich eingequetscht auftauchen. Er stand dort eine kleine Weile und trat erst dann aus der Gasse heraus. Niemand war da, der ihn hätte beobachten können.

Man hatte ihm gesagt, dass für ihn Teleportation möglich sein werde. Genau so hatten sie es ihm gesagt. Und Hwayeong konnte sich in der Tat an einen Ort teleportieren, an den er gerade dachte. Je konkreter sein Gedanke war, desto wahrscheinlicher war es, dass er genau an den Ort teleportiert wurde, an den er dachte. Einfacher gesagt, konnte er sich frei teleportieren, wenn es um einen Ort ging, an dem er schon mal gewesen war. Aber ansonsten gab es keine Gewähr, dass er auch dort ankommen würde, wo er hinwollte. Vor ein paar Tagen war er auf dem Außengeländer eines Hochhauses erschienen und wäre beinahe runtergefallen. Soeben war er auf einer stark frequentierten, achtspurigen Fahrbahn aufgetaucht und wäre fast überfahren worden. Das ging damit einher, dass er lediglich an eine breite Straße gedacht hatte und nicht an den Verkehr. Er war nun der Meinung, dass Teleportation nicht ausschließlich hilfreich war, zumindest nicht, wenn man nicht exakt an den Ort gelangen konnte, an den man wollte.

Die Stadt Busan war ihm fremd, und sie war riesig. Umso riesiger erschien sie ihm, weil er sie einmal komplett gesehen haben wollte. Er lief. Er lief und lief. Er lief, sobald er aufstand, er ging in irgendein Lokal, wenn es Essenszeit war, aß irgendetwas und lief dann wieder weiter. Das Einzige, was er tat, war zu laufen. Er brauchte gar nicht zu versuchen, sich etwas einzuprägen, denn sein Gehirn erinnerte sich an alles, was seine Augen sahen, und führte ihn an den Ort, an den er dachte. Wenn er erschöpft war und nicht mehr laufen konnte, suchte er einen abgelegenen Ort auf, vergewisserte sich, dass er von niemandem gesehen werden konnte, und dachte dann an jenen Ort zwischen den Hausmauern, den abgelegenen Raum, der seiner Wohnung am nächsten lag. Am folgenden Tag dachte er an den abgelegensten Ort, der dem Ort am nächsten lag, an dem er am Tag zuvor zuletzt gewesen war. Von dort aus begann er wieder zu laufen. Er lief und lief und auf diese Weise hatte er angefangen, den Aufbau der Stadt Busan zu verstehen. Während er lief, begegneten ihm unzählige Menschen, aber sein Interesse galt weniger ihnen als vielmehr den Straßen. Er hatte etwas zu erledigen. Er hatte etwas, das er unbedingt durchführen musste.

Menschen zu töten, das war nicht sein Beruf gewesen. Aber er hatte im Unteren Viertel gewohnt. Er musste alles machen, was ihm Geld einbrachte. Eine dieser Sachen war ebendiese Arbeit.

Ein Mann, der sich als Angestellter eines Reisebüros vorgestellt hatte, hatte Hwayeong mit in ein Büro genommen, das sich zwar im Unteren Viertel befand, aber relativ weit entfernt vom Meer lag. Der Mann, der ihn mitgenommen hatte, löste sich einfach in Luft auf, und an seiner Stelle tauchte aus dem Nichts ein anderer auf. Dieser Mann sagte Hwayeong, dass das hier kein normales Reisebüro sei. Hier würden Zeitreisen angeboten.

Auch Hwayeong hatte schon von jener Art von Reise gehört. Jeder, der ein Leben wie er führte, musste schon einmal davon gehört haben. Menschen, die nichts Besonderes gelernt haben und kein Geld hatten, dennoch immer wieder Geld brauchten, um das nackte Überleben sicherzustellen, nahmen jede Art von Arbeit an, die ihnen etwas einbrachte. Der Mann im Reisebüro hatte ihm gesagt, dass weit mehr als die Hälfte der Reisenden bei der Abreise sterben und noch mal die Hälfte der Überlebenden auf der Rückreise ums Leben kommen. Hwayeong hatte nicht vor, jetzt schon sein Leben aufs Spiel zu setzen. Der Mann holte einen winzigen viereckigen Chip hervor und schob ihn Hwayeong zu, als ob er seine Gedanken durchschaut hätte. Dieser sei ins Gehirn zu implantieren. Wenn man ihn habe, falle die

Wahrscheinlichkeit wesentlich geringer aus, dass man während der Reise sterbe. Zumindest während des Orts- und Zeitwechsels von hier nach dort und umgekehrt werde man nicht sterben. Denn dieser Chip senke den Gehirndruck, der bei den meisten Menschen die Todesursache während des Zeitsprungs darstelle. Außerdem ermögliche dieser Chip Teleportation. Man hoffe, dass es nicht nötig sein werde, aber es sei leider nicht auszuschließen, dass Hwayeong sich eilig zwischen vielen Orten hin und her bewegen müsse, wenn er den Auftrag annehmen würde.

Bei dem Auftrag ging es um eine ganz einfache Arbeit. Er müsste lediglich die Reisenden beschützen. Konkreter, er müsste die Reisenden im Auge behalten und dafür sorgen, dass alle, wirklich alle, die die Bootsfahrt überlebten, wieder zurückkehren. Für diese einfache Arbeit wollte das Reisebüro Hwayeong einstellen und ihm dafür eine große Summe Geld bezahlen. Er hörte das Wort »einstellen« zum ersten Mal im Leben. Das Wort »beschützen« war ihm ebenfalls fremd.

Hwayeong wurden jedoch jegliche Informationen über die Zeitreisenden vorenthalten, um die er sich kümmern und die er beschützen sollte, damit sie zurückkehren konnten. Der Mann vom Reisebüro sagte ihm, dass er die Gründe, warum die Leute die Zeitreise antreten und dafür ihr Leben riskieren, nicht preisgeben könne. Das sei ein absolutes Geheimnis. Es könne sein, dass Zeitreisen zukünftig nicht mehr möglich seien, wenn dieses Geheimnis nicht gewahrt würde. Was würde passieren, wenn einer zum Beispiel erfahren würde, dass der Mann, der auf der Reise neben ihm sitzt, unterwegs sei, um ihn zu töten, als er noch ein Kind gewesen war? Es sei offensichtlich, dass es zu einem Blutbad kommen würde, bevor die Reise überhaupt begonnen habe. Aus diesem Grund habe sich Hwayeong lediglich die Gesichter zu merken, mit denen er ins Boot steigen würde, und das sei alles, was er zu wissen brauche.

Der Mann hatte auch etwas Tröstendes gesagt, und zwar wiederholte er, dass bei der Abfahrt das Boot mit dreizehn Personen vollbesetzt sein werde, aber beim Vom-Bord-Gehen werde er sehen, dass es sich bei denjenigen, die noch am Leben seien, nur um ein paar handelte. Lediglich ein paar werden wieder lebend das Boot verlassen. Und diese Gesichter solle er sich genauestens einprägen. Danach solle er jedes Mal, wenn ein Boot zurückfahre, überprüfen, ob eines dieser Gesichter aufs Boot steige. Sind alle, die er bei der Ankunft gesehen hatte, wieder auf einem Boot gewesen, das zurückfahre, könne auch er ein Boot für seine eigene Rückfahrt nehmen. Das sei alles.

Ob das wirklich alles sei, fragte Hwayeong noch mal, weil es ihn wunderte, dass eine Firma jemanden für die Aufgabe einstellen wollte, andere Menschen zu beschützen, aber diese Arbeit so heimlich ausübte und vor allem an jemanden wie ihn vergab. Der Mann vom Reisebüro schaute Hwayeong noch freundlicher an und antwortete ihm, was er in bestimmten Situationen zu tun hätte. Und das auf eine Art, als ob es nichts Besonderes wäre und dass es sich um Situationen handele, die sich nur möglicherweise ereignen würden, ja sich gelegentlich ereignen könnten.

Alle Aufgaben, die ihm genannt wurden, hatte Hwayeong unbedingt auszuführen. Zu jenen Aufgaben, die möglicherweise und gelegentlich anfielen und die er unbedingt auszuführen hatte, gehörte auch das Töten. Der Mann vom Reisebüro zeigte Hwayeong das Geld, das er für ihn zurechtgelegt hatte. Nicht gerade wenig. Er sagte, dass er ihm nochmals die gleiche Summe übergeben werde, wenn er von der Reise zurückkäme. Die meisten Zeitreisenden würden diese Summe Geld bekommen.

Hwayeong ging nach Hause zurück und dachte nach. Es war nicht wenig Geld, aber es ging trotzdem um einen Betrag, der ihn grübeln ließ. Einerseits musste er sein Leben aufs Spiel setzen und vielleicht mehrere Menschen töten. Andererseits war er verantwortlich für seine kranke Mutter und seine Schwester, die zwei Jahre jünger als er und ihm wie aus dem Gesicht geschnitten war. Wenn er dieses Geld hätte und darüber hinaus lebendig zurückkehren würde und auch noch den Restbetrag in die Hand bekäme, dann hätte seine dreiköpfige Familie einige sorgenfreie Jahre vor sich. Jahre, in denen er sich bequem zurücklehnen könnte; Jahre, die ausgefüllt von Tagen wären, an denen er sich nicht wegen des Morgens Sorgen machen müsste. Trotzdem zögerte er. Er war jetzt erst 18 Jahre alt.

Er betrachtete seine schlafende Mutter und Schwester. Er brauchte das Geld. Er holte aus der Hosentasche den Chip hervor und hielt ihn vor sich. Dieser Chip sollte ihn zumindest davor bewahren, den Orts- und Zeitwechsel nicht zu überleben. Dennoch zögerte er.

In diesem Moment klopfte jemand an der Tür. Er öffnete die einzige Tür der engen, kleinen Wohnung.

Vor der Tür stand ein alter Mann.

Der alte Mann hatte ein Gesicht voller Falten und Runzeln. Auch wenn man berücksichtigte, dass er eben schon alt war, waren es extrem viele Falten. Wenn das alles die Zeit bei ihm hinterlassen haben sollte, war sie wahrlich sehr grausam zu ihm gewesen. Wegen der Falten sah sein Gesicht insgesamt irgendwie verzerrt aus. Er fragte Hwayeong, ob er mit ihm sprechen könne und ob es ihm etwas ausmachen würde, wenn er dafür mit zu ihm kommen würde. Hwayeong war sich unschlüssig, doch da überreichte ihm der alte Mann Geld. Viel Geld, was Hwayeongs

Zweifel fast komplett verpuffen ließ. Er nahm das Geld an, legte es ins Zimmer und machte die Wohnungstür hinter sich zu.

Der alte Mann ging vor. Hwayeong folgte ihm. Er stellte dabei auch fest, dass der Alte eine grobe Narbe am Hinterkopf hatte. Bis zu seinem Haus war es zu Fuß ein ziemlich langer Weg. Hwayeong ging einfach immer hinter dem Alten her; schließlich hatte er vorher nicht gewusst, dass der Weg so lang war.

Der alte Mann öffnete die Wohnungstür. Neben dieser wies seine Wohnung noch viele weitere Türen auf. In Anbetracht dessen, dass sich hinter jeder Tür jeweils ein Raum befand, war die Wohnung sehr groß. Es gab mehrere Flure, und am Ende jedes Flurs war eine Tür, aber Hwayeong konnte in dieser Wohnung keine Struktur erkennen. Der Alte musste noch weitere Türen öffnen, bis er seinem Gast in einem Raum hinter einer der Türen Platz anbot. Sie saßen an einem kleinen Tisch, wechselten ein paar Worte und erst dann dachte Hwayeong, dass die Struktur dieses Hauses wie ein Abbild des Gehirns des alten Mannes vor ihm war. Dessen Erinnerungen waren nämlich nicht vollständig, wie er herausfand, und außerdem noch ausnahmslos verzerrt. An jenem Tag erzählte er sehr viel. Anscheinend hatte er sich vorgenommen, alles zu erzählen, was ihm noch in Erinnerung geblieben war. Hwayeong nahm zwei Mahlzeiten zu sich, die aus Gerichten bestanden, die er zuvor noch nie gegessen hatte. Er saß dort sehr lange. Allerdings konnte er sich später, als ob auch sein Gehirn einen Schaden abbekommen hätte, an vieles nicht mehr erinnern.

Der alte Mann sagte, dass er in einer Wohnung hätte wohnen können, die noch mehr Türen hatte als diese, wenn da nur eine bestimmte Person nicht gewesen wäre. Er habe Wohnungen mit vielen Türen schon immer gemocht. Wenn er Türen sehe, denke er an die Möglichkeiten, die sich vor ihm präsentierten. Die einzelnen Räume, die sich hinter diesen Türen verbargen, bescherten ihm viel Freude. Die Räume beziehungsweise jemand oder etwas, die jene Räume ausfüllten, versetzten ihn in helle Aufregung. Er erzählte, dass es einen Menschen gebe, der ihm auftrug, alle Türen zu schließen; er habe die Räume und alle Menschen darin verschwinden lassen und ihn somit auch der Möglichkeiten und der Freude beraubt.

Er würde selbst dorthin zurückkehren, wenn es ihm nur irgendwie möglich wäre, sagte er. Er hätte das auch in die Tat umgesetzt, wäre er nur einige Jahre jünger. Seitdem er jedoch diese Verletzung am Kopf habe, habe er keine Erinnerung mehr an jenen Tag, an dem man sie ihm zugefügt habe. Auch die Erinnerungen, die vor jenem Tag lagen, seien ihm nur als Bruchstücke erhalten geblieben. Er wäre auf jeden Fall selbst in die Vergangenheit zurückgekehrt, wenn diese eine Erinnerung an einen Menschen nicht vor ein paar Tagen, sondern vor einigen Jahren bei ihm wachgerufen worden wäre. Er wäre in die Vergangenheit zurückgereist und hätte diesen Menschen umgebracht. Den Menschen, der ihm diese Wunde am Hinterkopf zugefügt hatte. Den Menschen, der sein Leben ruiniert hatte. Wobei er sich das Gesicht jenes Menschen nicht ins Gedächtnis rufen könne. Weder Alter noch Geschlecht, nichts von diesem Menschen wusste der alte Mann.

Er legte eine Pistole auf den kleinen Tisch. Dann sagte er, dass Hwayeong mit dieser Pistole jenen Menschen töten solle.

Die Pistole war klein. So eine Waffe sah Hwayeong zum ersten Mal. Sie sah genau genommen nicht wie eine Pistole aus, sondern wie ein Instrument, das Ärzte benutzten. Wie eine Spritze, an der ein Abzug angebracht war. Sie glänzte silbern.

Hwayeong nahm sie in die Hand und schaute sie sich an. Sie reflektierte auch, je nachdem, wie das Licht drauffiel. Während er sich in diesem Gegenstand verlor, den er zum ersten Mal sah, konnte der alte Mann nicht weiter warten und fuhr fort. Wenn Hwayeong lebend zurückkehren würde, und die Wahrscheinlichkeit dafür steige einerseits, wenn er den Chip in sein Gehirn einpflanzen ließe, und dieser Chip würde ihm andererseits auch die Verfolgung einer Person erleichtern, das bedeutete, wenn Hwayeong die Person finden, töten und selbst lebendig zurückkehren würde, wollte der alte Mann ihm noch einmal so viel Geld geben, wie er jetzt bekommen hatte. Hwayeong fragte ihn augenblicklich, woher er von diesem Chip wisse. Der Alte antwortete nicht. Er sagte nur, wen Hwayeong zu töten hatte.

»Töte für mich bitte die Person, die zwölf Menschen umgebracht hat.«

Das sei alles, was er von jener Person wisse, sagte der Alte. Dennoch stehe zweifellos fest, dass jene Person ihm alle Türen zerstört und sein Leben ruiniert habe. Als Hwayeong überzeugt war, dass es nichts mehr gab, was der Alte ihm noch zu erzählen hatte, stand er auf. Er musste mehrere Türen öffnen, bis er aus der Wohnung des alten Mannes treten konnte.

Er hatte bereits so viel Geld bekommen, dass er damit mehrere Dutzend Jahre leben konnte. Wenn er die eine Person finden und töten würde, von der der Alte gesprochen hatte, und selbst lebend zurückkehren würde, bekäme er noch einmal so viel Geld. Das sollte für den Rest seines Lebens reichen. Das Geld, das ihm das Reisebüro angeboten hatte, könnte mehrere Menschenleben fordern. Denn er müsste möglicherweise mehrere Menschen umbringen, um sich jenes Geld zu verdienen. Aber was der alte Mann wollte, war nur der Tod eines einzigen Menschen, und dafür bot er ihm sogar mehr Geld an als das Reisebüro. Auf dem Heimweg dachte er über den Preis eines Menschenlebens nach. Er wusste nicht, ob dieser Preis unterschiedlich hoch sein durfte. Er sah keinen Grund, warum er diesen Auftrag nicht annehmen sollte. Kehrte er lebend zurück, würde ihn ein neues Leben erwarten. Es war eine schwierige Entscheidung. Zum ersten Mal spürte er die schwere Last seines Lebens.

Hwayeong kannte das Gesicht der Person nicht, von der der alte Mann gesprochen hatte. Der Alte genauso wenig. Dennoch stand für Hwayeong fest, dass er sich nun neben den Gesichtern der Reisenden an ein Gesicht mehr zu erinnern hatte. Er griff nach der Pistole in seiner Hosentasche.

26

Die Überwachungskamera nahm gerade die Gasse auf, aus welcher der im Klassenzimmer gestorbene Mann zuletzt verschwunden war. Ein Mann tauchte im Aufnahmebereich auf und schaute zur Überwachungskamera hinauf. Ein vertrautes Gesicht. Ermittler Yang Changgeun. Auch er war hierhergekommen, aber nicht durch Teleportation. Er war zum Kontrollzentrum der Überwachungskameras in Busan gefahren, hatte dort den Ort, an dem sich der Mann aus dem Klassenzimmer in Luft aufgelöst hatte, ausfindig gemacht und mehrmals überprüft, ob es auch die richtige Adresse war. Anschließend hatte er sich auf den Weg hierher gemacht. Für die Fahrt vom Kontrollzentrum bis an diesen Ort war er länger als eine Stunde unterwegs gewesen. Er wäre etwas früher eingetroffen, wenn es keinen Stau gegeben hätte. Oder wenn er mit der U-Bahn gefahren wäre. Jedenfalls war er nun im Stadtteil »Yeongdo« und schaute zur Kamera hinauf, um sich Gewissheit darüber zu verschaffen, dass er am richtigen Ort war. Auch danach schaute er noch weiter hinauf, weil die Kamera ihn unerwartet leicht eingefangen hatte, wie er in dem Spiegel, an dem die Kamera angebracht war, selbst sehen konnte. »Wie schrecklich du aussiehst! Wie lange lebst du schon so?«, redete er mit sich selbst und bekam irgendwie Mitleid mit sich. Er blickte ohne einen besonderen Grund lange und unverwandt in den Spiegel. Innerlich wurde er unruhig.

Schließlich hörte er auf, weiter dort hinaufzustarren, und schaute sich in der Gegend um. Es war in der Tat ein Wohnviertel und zugleich auch eine Straße für Geschäfte, wie Changgeun bereits vermutet hatte. Er stellte sich exakt an die Stelle, an der der Mann aus dem Klassenzimmer von der mysteriösen Waffe getroffen worden und absurderweise verschwunden war. Dann schaute er sich erneut aufmerksam um und sah weiter vorne, unweit des Orts, von dem der Mann geflohen war, ein Mehrfamilienhaus, auf dem Yeongjin Apartmentkomplex geschrieben stand. Ein äußerst heruntergekommener Apartmentkomplex, der entgegen seinem Namen nur aus einem einzigen Gebäude bestand, hockte dort auf einem aufsteigenden Weg.

Changgeun steuerte seine Schritte auf jenes Gebäude zu. Unterwegs dorthin sollte er Zeuge von zwei Streitsituationen werden.

Den ersten Streit bekam er gleich mit, als er im Begriff war, sich auf den Weg zum Yeongjin Apartmentkomplex zu begeben. Er hörte schreiende Personen. Als er sich umdrehte, entdeckte er ein paar Leute, die sich versammelt hatten. Es war in der Richtung, in die der Mann aus dem Klassenzimmer geflohen war, und ein Wohnviertel, in dem einige Häuser dicht nebeneinanderstanden. Changgeuns Einschätzung nach waren die Leute aufgeregt und schienen einen Mann in massive Bedrängnis gebracht zu haben. Nun bekam der Ermittler mit, dass der Grund für die Aufregung der Leute Löcher waren, die in den Hausmauern entstanden waren. Die Leute konnten und wollten nicht akzeptieren, dass es diese Löcher gab. Es waren also die Bewohner jener Häuser. Durch die Mauer eines Hauses war ein Loch gebohrt worden, dann genauso durch die des Nachbarhauses und der des Hauses, das sich hinter dem zweiten Haus befand, und erst dann hatte diese Fortführung an Löchern aufgehört. Die Bewohner beschwerten sich bei dem Mann, wie es die Stadt verantworten wolle, wenn durch diese Löcher streunende Katzen oder dreckiges Getier in ihre Häuser gelangen würden, warum die Stadt sich bis heute nicht um dieses Problem gekümmert habe, obwohl sie deswegen vor einer halben Ewigkeit einen Antrag gestellt hätten. Man solle doch endlich den Übeltäter finden. Yang Changgeun erkannte das Loch wieder. Das Loch, das er gesehen hatte, war allerdings nicht in einer Hausmauer gewesen, sondern im Körper eines Menschen. Er hätte gerne den Mann, der bestimmt ein Beamter vom Bürgeramt war, darum gebeten, er möge auch ihm mitteilen, wenn er den Übeltäter gefunden habe. Er sei selbst auf der Suche nach der Person, die offenbar auch der Beamte stellen musste.

Es schien, als habe das komprimierte Licht seinen Ursprung im Bereich des Yeongjin Apartmentkomplexes gehabt. Das Licht hatte den Halbkreis im Körper des Mannes aus dem Klassenzimmer hinterlassen, als es durch ihn hindurchgefahren war, wohl seinen Anschluss in den Häusern gefunden, dort weitere drei Löcher gebohrt und sich erst danach zerstreut. Der Ermittler wurde sich bewusst, dass er nun jene Waffe, die Existenz dieses grausamen Lichts, akzeptieren musste.

Changgeun ließ die Blicke der Bewohner, die ihn misstrauisch anschauten, hinter sich, ignorierte den Einwand des Beamten vom Bürgeramt, was er da mache, und näherte sich einem der Löcher. Es war ein exakter Kreis. Changgeun setzte sich vor das Loch und schaute hindurch. In einer geraden Linie war das gegenüberliegende Loch zu sehen. Er ging daher zu diesem Loch. Er setzte sich ebenfalls vor dieses und schaute hindurch. Erneut war das gegenüberliegende Loch sichtbar. Als er das letzte Loch erreichte, schaute er in umgekehrter Richtung hindurch. Die drei Löcher bildeten eine gerade Linie, und durch diese Löcher konnte er ein komplettes Gebäude sehen: jenen Yeongjin Apartmentkomplex.

Einen zweiten Streit erlebte Changgeun mit, als er den Apartmentkomplex fast erreicht hatte. Vor einem kleinen Immobilienmaklerbüro. Zwischen einer Frau im mittleren Alter, die eine Kundin zu sein schien, und einem Mann, der wohl der Makler war. Die Kundin stellte den Mann zur Rede, warum er sie diskriminiere und bei den Kunden wählerisch sei. Sie schrie ihn wütend an, warum er sie so ungerecht behandle, obwohl er lediglich ein lächerlicher Immobilienmakler sei. Denn Geld sei Geld und Kunden seien Kunden, da gebe es gar keinen Unterschied. Der Mann erwiderte, dass es keine Wohnung gebe, die zu verkaufen beziehungsweise zu vermieten sei, denn in dem Yeongjin Apartmentkomplex würden nur die Leute wohnen, die schon immer hier gewohnt hätten, daher gebe es hier so gut wie keinen Immobilienhandel. Die Frau kam richtig in Fahrt und tobte munter weiter, dass sie vor ein paar Tagen mit eigenen Augen gesehen habe, dass jemand ausgezogen sei. Der Makler beteuerte, dass das nicht stimmen könne. In den letzten Jahren sei in diesem Gebäude keine einzige Wohnung verkauft oder vermietet worden. Die Frau schäumte weiter vor Wut und schrie den Mann empört an. Dieser blieb aber bei seiner Antwort. Er bewahrte die Fassung. Eine Zigarette half ihm dabei. Dann ging nicht die linke Hand, mit der er die Zigarette hielt, sondern die rechte hoch an seinen Nacken.

In diesem Moment ahnte der Ermittler, was jene rechte Hand gleich machen würde. Die Handlung, mit der er jetzt rechnete, war ihm von zuvor in Erinnerung geblieben.

Mit der rechten Hand kratzte sich der Mann hinter dem Ohr, genauso wie in Changgeuns Erinnerung. Die Hand, mit der sich der Mann hinter dem Ohr kratzte, ging noch tiefer in den Nacken. Dann kratzte er sich dort. Changgeun schaute sich das Gesicht des Mannes an. Er sah sich das Gesicht an, das mit solcher Fassung die aufgebrachte Frau betrachtete. Der Mann betrachtete sie, als wäre er lediglich ein Zuschauer. Er war nicht der Sohn der alten Frau, den Changgeun auf dem Revier gesehen hatte.

Jetzt erinnerte er sich wieder. Die Augen, die apathisch nur vor sich hinstarrten: Es war der Mann, der langsam den Autos der Wahlkampfkampagne gefolgt war. Der Ermittler hatte sich den Mann wieder ins Gedächtnis rufen können, und es bestand kein Zweifel mehr daran.

※ ※ ※

Uhwan nahm die Visitenkarte erneut in die Hand und schaute sie sich an. »Yeongjin Immobilienbüro? Nimmt der Mann sich als Immobilienmakler nicht etwas zu ernst? Hat er mich mit dem Chef verwechselt? ›Kommen Sie jederzeit zu mir, wenn Sie Ihre Meinung geändert haben.‹ Was soll das denn heißen? Oh, hat der Chef die Gaststätte etwa zum Verkauf angeboten? Ach ja? Echt? Aber ›Gefällt es Ihnen hier gut?‹ Was soll diese Frage dann noch?«, führte Uhwan, die Visitenkarte betrachtend, ein Selbstgespräch.

Nein, der Immobilienmakler hatte Uhwan nicht mit dem Chef verwechselt. Zumindest das stand fest. Das sagte ihm sein

Gefühl. Der Mann hatte speziell ihn aufgesucht und ihm die Nachricht übermittelt, die für ihn bestimmt war. Uhwan sah sich nochmal den Namen des Mannes an.

Park Jongdae hieß er.

* * *

Die Frau, die ihre Wut nicht unter Kontrolle bringen konnte, ging wieder, und der Immobilienmakler kehrte in sein Büro zurück. Changgeun folgte ihm. Auf dem Schreibtisch lag ein Etui für Visitenkarten wie in allen Maklerbüros, es war bis oben voll mit Visitenkarten. Changgeun sah sich den Namen auf der Karte an, bevor er sie überreicht bekam. Park Jongdae hieß der Makler. Er bot Changgeun einen Platz an einem kleinen Tisch an und servierte ihm anschließend eine Tasse Instantkaffee-Mix, ohne ihn vorher zu fragen, ob er eine Tasse wolle beziehungsweise wie er seinen Kaffee trinke.

Es war für Changgeun wieder so ein Moment, in dem er in völlige Hilflosigkeit schlitterte, weil er eine Niete im Small Talk war. Zum ersten Mal, seitdem er in Busan arbeitete, bereute er, dass er seinen Kollegen Kang Doyeong nicht mitgenommen hatte. Er wusste nicht, was er sagen sollte. Er würde auch keine gute Figur abgeben, wenn er sich direkt als Ermittler vorstellen würde. Aber abgesehen von der Sache mit der guten Figur wollte er diesem Mann gegenüber seine Identität ohnehin nicht offenbaren. Noch nicht. Vorher hätte er gerne einiges über ihn in Erfahrung gebracht. Dieser Immobilienmakler beschäftigte ihn, obwohl er ihm nur aufgrund einiger Zufälle begegnet war. Man konnte sich irgendwo am Körper mal kratzen, und man konnte auch einem Politiker zuschauen, der seinen Wahlkampf führte.

Daran war nichts Außergewöhnliches. Changgeun hätte es auch nicht merkwürdig gefunden, wenn er Park Jongdae nicht ausgerechnet hier, sondern an einem beliebigen anderen Ort wiedergesehen hätte. Aber dafür war es jetzt zu spät, denn er hatte ihn eben genau hier wiedergesehen. An dem Ort, der sich ganz in der Nähe des Tatorts befand. Anfangs war die Begegnung mit diesem Makler ein Zufall gewesen, aber jetzt stellte sie für Changgeun keinen mehr dar. Er war dem Zufall dankbar, der ihm vor ein paar Tagen ermöglicht hatte, Park Jongdae auszumachen. Auf der Suche nach einem Gesprächsthema schaute sich der Ermittler im Raum um, und erneut gerieten Parks Visitenkarten auf dem kleinen Tisch in sein Gesichtsfeld. Yeongjin Immobilienbüro und wie ein Wunder fiel ihm das Gespräch zwischen seinen Kollegen vor einigen Tagen auf dem Revier ein.

»Ach! Das hier ist also der berühmte Yeongjin Apartmentkomplex in Yeongdo, nicht wahr?«

»Sie sind wohl nicht von hier, wenn Sie zum Yeongjin Apartmentkomplex wollten, auf dem Weg schon seit einer guten Weile das Gebäude gesehen haben und doch erst jetzt so überrascht sind?«

Changgeun machte sich Vorwürfe, dass er so unkontrolliert nervös war. Er stellte noch einige Fragen, da er schon dabei war. Warum sich die Frau vorhin so aufgeregt habe. Sie sagte, dass sie definitiv gesehen habe, dass jemand aus dem Gebäude ausgezogen sei. Ob sie sich nicht zu sicher gewesen war, als dass sie sich irren könnte. Da das Geschäft Yeongjin Immobilienbüro heiße, gehe er davon aus, dass dieses Büro hauptsächlich Wohnungen des Yeongjin Apartmentkomplexes vermittle, aber wie man sich dann über Wasser halten könne, wenn es wirklich kaum Wohnungsangebote gebe. Er habe gehört, dass mehr als die Hälfte der Bewohner dieses Wohngebäudes in eine Psychiatrie eingeliefert worden sei und ob das der Wahrheit entspreche. Der Makler antwortete sehr gefasst. Er strahlte durchgängig Gelassenheit aus. Bestimmt musste er den Eindruck bekommen haben, dass Changgeun ihm regelrecht Löcher in den Bauch fragte, aber er zeigte keinerlei innere Regung. In Wirklichkeit war er derjenige, der während des Gesprächs mehr Informationen aus Yang Changgeun herausholte, als dass er etwas über sich preisgab.

»Um eine Ware, die alt ist und in die sich viele verguckt haben, kursieren viele Gerüchte, das ist die Natur der Dinge. Man würde es auf den ersten Blick nicht gleich vermuten, aber die Wohnungen in diesem kleinen Gebäude sind in der Tat sehr beliebt. Und ich nehme an, dass Sie ein Ermittler sind? Auf diese Idee komme ich, weil Sie gar kein Interesse an den Wohnungen zeigen, sondern nur andere Sachen wissen wollen«, antwortete der Makler auf die letzte Frage Changgeuns.

Da er sowieso entlarvt war, fragte Changgeun nach einer kurzen Pause, was ihn eigentlich am meisten interessierte: »Übrigens, wieso kratzen Sie sich da so?«

Das Thema Yeongjin Apartmentkomplex ließ er damit hinter sich.

Der Makler erwiderte völlig nüchtern: »Weil es juckt.« Es handelte sich in der Tat um eine Frage, auf die man nur diese eine Antwort geben konnte und hinter der nichts stecken musste. Trotzdem nahm der Ermittler eine bestimmte Reaktion seines Gegenübers wahr, die auf diese letzte Frage folgte. Dieser verlor nämlich kurz die Fassung. Dieser kurze Moment entging dem Ermittler definitiv nicht.

Changgeun lief die Straße hinunter zurück an die Stelle, an der die Überwachungskamera installiert war, und traf erneut auf den Beamten des Bürgeramts, den er nun auch ansprach. Die Bürger waren nicht mehr zu sehen. Wahrscheinlich hatte der Beamte sie beschwichtigt. Er sagte, dass er die Hälfte seiner heutigen Arbeitszeit darauf verwendet habe, von den Bürgern in die Mangel genommen zu werden. Der Feierabend sei längst im Eimer, und mit der beamtentypischen Hypochondrie vermittelte er dem Ermittler unmissverständlich, dass er heute keine Fragen mehr beantworten wolle. Changgeun dachte, dass sich der Beamte innerlich bereits von dem Thema »Löcher in Hauswänden« verabschiedet hatte, und nahm sich vor, morgen zunächst dem Bürgeramt einen Besuch abzustatten. Allerdings hatte er eine Frage, die er trotz allem stellen musste. Er rief dem Beamten noch einmal hinterher, hielt ihn somit davon ab, endlich zu gehen, und fragte, ob es wirklich stimme, dass etwa die Hälfte der Bewohner des Yeongjin Apartmentkomplexes in die Psychiatrie eingeliefert worden sei.

»Ach, was für ein Quatsch ... So viele sind es auch wieder nicht, aber einige sind wohl tatsächlich eingeliefert worden.«

Mit einem Mal wanderte Changgeuns Blick zu dem besagten Wohngebäude. Es war bereits in die Abenddämmerung getaucht. Entgegen der gewöhnlichen Abenddämmerung, in die sich nicht selten ein Blau oder Gelb mischte, zeichnete diese ein vollkommenes Rot aus.

27

Die erste Nacht, nachdem er aus dem Meer gestiegen war, verbrachte Kim Hwayeong auf der Straße. Als die Sonne aufging, lief er an einen höher gelegenen Ort. Auf der Hälfte der Strecke die aufsteigende Straße hinauf standen dicht nebeneinander Häuser. Er ging die Straße weiter hinauf. Je höher er kam, desto mehr Brachland gab es im Vergleich zu bebautem Land und desto mehr leer stehende als bewohnte Häuser. Er ging noch weiter hoch. Er ging ganz hinauf, bis vor ihm nur noch der Himmel blieb, und schaute die Straße hinunter. Von dort aus betrachtet, hingen die Häuser am Rand der Welt. Hwayeong stieg die Straße wieder hinunter und suchte ein kleines Immobilienbüro auf. Der Makler fragte ihn nicht, woher er kam, warum er hierhergekommen war und was er beruflich machte. Er zeigte ihm das Viertel auf einer Karte. Das Viertel, das Hwayeong auf der Karte sah, sah keineswegs verlassen aus. Er bezahlte die Miete für drei Monate im Voraus, und zwar etwas mehr, als man von ihm verlangte, bekam die Schlüssel und verließ das Maklerbüro wieder. Als er die Tür seiner neuen Wohnung öffnete und sich das Zimmer anschaute, fielen ihm seine Mutter und Schwester ein.

Er schlief wenig und lief viel. Er musste schnellstmöglich die Stadt Busan in seinen Kopf bekommen.

Er übte auch das Schießen mit der Pistole, denn sie wurde nicht zeitgleich mit dem Betätigen des Abzugs abgefeuert. Nach einem Schuss dauerte es außerdem vier, fünf Sekunden, bis die Pistole für den nächsten Schuss wieder aufgeladen war. Beim Ziehen am Abzug gab es einen kleinen Widerstand. Eine äußerst präzise Waffe, aber sie vibrierte lange. Hwayeong begab sich ins Brachland und machte Schießübungen zwischen den leer stehenden Häusern. Meistens am Mittag. Es war ein Wohnviertel, in dem es zu der Zeit generell still war wie in einem unbewohnten Haus.

An den Tagen, an denen die Uhr klingelte, die er seit der Abreise aus der Zukunft an seinem Handgelenk trug und die ihn somit über die Abfahrt des Boots informierte, ging er ans Meer. Es kam selten vor, aber wenn tatsächlich ein Boot abfuhr, fand das immer entweder tief in der Nacht oder bei Morgengrauen statt. Wenn er am Strand ankam, sah er auf dem Meer, unweit von seiner Wohnung, ein Boot, das flimmerte. Der Angestellte des Reisebüros hatte die Wahrheit gesagt. Die Anzahl der Menschen, die auf dieses Boot zuschritten, betrug tatsächlich ausnahmslos dreizehn. Diese Leute fielen auf. Dreizehn Menschen um diese Uhrzeit, mein Gott! Hwayeong nahm jedes einzelne Gesicht sehr genau in Augenschein. Sie schritten zügig ins Meer. Sie begannen, zu schwimmen, sobald sie den Boden nicht mehr mit den Füßen berühren konnten. Dreizehn Menschen schwammen einheitlich durch das dunkle, tiefe Meer. Hwayeong gefiel dieses Bild. Sie kannten kein Zögern. Menschen, die eine Gegenwart hatten, in die sie zurückkehren konnten. Hwayeong dachte, dass er wie sie ebenfalls zurückgehen würde, und zwar bald.

Wenn sie vollends nicht mehr zu sehen waren und das flimmernde Licht verschwunden war, ging er zu seiner Wohnung auf dem Hügel zurück.

Elf von den dreizehn Menschen, mit denen Hwayeong die Reise hierher angetreten hatte, waren gestorben. Das bedeutete, dass es nur ein Gesicht gab, an das er sich zu erinnern hatte, und zugleich einen Menschen, den er in die Zukunft zurückschicken musste. Bis jetzt war ihm dieser Mann nicht mehr über den Weg gelaufen. Er lebte noch in der hiesigen Gegenwart. Bevor dieser Mann von hier wegging, konnte Hwayeong diese Zeit nicht verlassen. Und er hatte Hwayeongs Leben gerettet. Hätte er ihn nicht geweckt, hätte der junge Mann bis in alle Ewigkeit geschlafen.

Heute kam er etwas später nach Hause. Busan war für ihn immer noch sehr groß, obwohl er jeden Tag ein bisschen mehr von der Stadt sah.

Er ließ die Hälfte der Strecke auf den Hügel hinter sich, bis sich ihm das Brachland präsentierte. Ihm fielen die Löcher, die durch seine Schießübungen entstanden waren, ins Auge.

* * *

Spät in der Nacht schaute ein kleines Mädchen in eines jener Löcher hinein. Plötzlich tauchte jemand in dem gegenüberliegenden Loch auf. Die zwei Blicke trafen sich. Das Kind starrte den anderen wortlos an. Sehr lange. Dann stellte das Kind eine Frage, die ihm gerade einfiel: »Hast du das gemacht?«

»Magst du mehr davon sehen?«

Das Mädchen nickte. Der Mann lächelte. Er steckte die Hand in die Tasche seiner dünnen Windjacke. Daraufhin sammelte sich langsam Licht darin. Das Gesicht des Kindes hellte sich allmählich auf. Das Licht in der Tasche wurde immer heller. Die Augen des Kindes weiteten sich. Der Mann holte das Licht aus der Tasche und schoss es in den Himmel. Ein Lichtstrahl stieg weit in den Himmel hinauf. Das Kind legte den Kopf in den Nacken. Sein Mund ging auf. Seine Augen leuchteten. Da dachte das Kind, dass es eine tolle Idee gewesen war, bis spät in die Nacht wach geblieben zu sein.

28

Seit dem Besuch des öffentlichen Badehauses schlief Uhwan schlecht. Er hatte Albträume. Darin trat immer Kanghee mit ungeschminktem Gesicht auf. Genau das Gesicht, das er vor dem öffentlichen Badehaus gesehen hatte. Jongin war nicht zu sehen. Uhwan war allein mit ihr. Vor dem Schalter für die Eintrittskarten stand immer Kanghee. Wie an jenem Tag mit dem ungeschminkten Gesicht. Blut, das aus ihren Augen floss, eine Hand, die aus ihrem Mund hervortrat, oder Tausendfüßler, die aus ihren Ohren krabbelten ... so etwas kam in diesen Albträumen nicht vor. Sie sah einfach genauso anmutig aus wie an jenem Tag in der Realität. Mit ihrem ungeschminkten Gesicht schaute sie Uhwan schlichtweg an. Dennoch hatte er Angst vor ihr. Dieses Gesicht von Kanghee war eines, das für ihn unvorstellbar gewesen war. Es war verwirrend für ihn, als hätte er etwas Intimes von ihr erspäht. Jedes Mal dachte er, dass irgendetwas nicht stimmte, und mit diesem Gedanken wachte er dann auf. Schweißgebadet aufzuwachen wegen solcher Träume, auch das jagte ihm Angst ein. Er bereute, was er gegen sie unternommen hatte. Sein Leben schien in Ordnung gebracht worden zu sein;

etwas, das er sich so sehr gewünscht hatte, aber er fühlte sich dennoch nicht gerade wohl dabei.

Moment! Konnte er jetzt überhaupt noch hier sein, wenn sein Leben in Ordnung gebracht worden wäre?

Konnte Uhwan noch auf der Welt existieren, wenn diese zwei jungen Menschen wirklich seine Eltern sein sollten, die ihn in ihren jungen Jahren in einem Waisenhaus abgegeben hatten, woran sie sich nicht einmal erinnerten, und somit das schlimmste Unglück verdient hätten, das man sich überhaupt vorstellen konnte? Denn er hatte sie jetzt doch getrennt!

Uhwan existierte. Er existierte nach wie vor.

Sunhee half gelegentlich in der Küche der »Busan Knochensuppe«. Er sah stets betrübt aus. An seinem Gesicht konnte jedermann sofort erkennen, dass er von seiner Freundin aberviert worden war. Jongin zeigte es nicht, aber trotzdem war er froh. Er war froh darüber, dass sein Sohn ihm half und weil nicht mehr der geringste Zweifel daran bestand, dass die Schülerin ihn verstanden hatte.

Kanghee und Sunhee schienen sich wirklich nicht mehr zu sehen. Auch die Anrufe von Kanghee, die pausenlos gekommen waren, blieben aus. Wenn Uhwan mit der Vermutung, dass Sunhee gerade telefoniere, nach draußen ging, dann sah er den Schüler, wie er an die Hauswand gekauert eine Zigarette rauchte. Er machte auch gar keine Anstalten, die Zigarette vor Uhwan zu verstecken. An den Tagen, an denen Uhwan den Zigarettenrauch sah, den Sunhee ausstieß, hatte er in der Nacht ausnahmslos denselben Albtraum.

29

Das Bürgeramt befand sich nicht weit entfernt vom Yeongjin Apartmentkomplex, das heißt, es lag in der Nähe von Park Jongdaes Maklerbüro. Yang Changgeun stand an der Stelle, wo der Mann vom Klassenzimmer verschwunden war, und schaute sich noch einmal in der Umgebung um, bevor er zum Bürgeramt ging. Er schenkte seine Aufmerksamkeit besonders Jongdaes Büro. Dem Büro besonders viel Aufmerksamkeit zu schenken genügte ihm aber nicht. Er ging näher heran. Die Tür des Büros war abgeschlossen. Ein Zettel hing an der Innenseite der Glastür, auf dem der Satz »Ich bin gerade nicht im Büro« und eine Telefonnummer standen. Changgeun holte sein Handy hervor und tippte die Nummer ein. Bevor es klingelte, legte er auf. Er speicherte die Nummer ab.

Im Bürgeramt war der Beamte, den er gestern kennengelernt hatte, nicht zu sehen. Changgeun bat eine Beamtin, die Anfang Dreißig zu sein schien und zuständig für den Yeongjin Apartmentkomplex war, ihm die Daten der Ein- und Auszüge jenes Apartmentkomplexes in den letzten drei Jahren zur Verfügung zu stellen. Die Beamtin sah ihn fragend an und wollte wissen, worum es hier eigentlich gehe, woraufhin er ihr seinen Ausweis zeigte. Die Frau stellte keine weiteren Fragen mehr und begann gleich mit der Arbeit. Ihm war heiß. Bis er sich wieder abgekühlt hatte, würde es noch etwas dauern. Er wartete.

Der Stapel Papiere, den die Frau ihm wortlos überreichte, war zu dünn für drei Jahre. »Ist das alles?«, fragte Changgeun, bevor er die Papiere durchsah.

Aber die Daten über die Ein- und Auszüge waren eindeutig da. Es waren insgesamt zwanzig Personen, und bei allen handelte es sich um einen Einzug. Der Ermittler überprüfte die Daten mit leuchtenden Augen. Um wen ging es bei diesen zwanzig Menschen? Wer war in diesen Apartmentkomplex eingezogen? Was bedeutete, dass der Makler bei den Kunden wählerisch sei? Was galt hier als Auswahlkriterium? Doch alle aufgelisteten Personen waren schlicht bei ihren Familienmitgliedern eingezogen. Genauer, die Kinder waren bei ihren Eltern eingezogen. Noch genauer, die Söhne. Changgeun konnte ahnen, was »bei den Kunden wählerisch zu sein« bedeuten könnte. Auch die Worte des Maklers, dass es hier keine Angebote für einen Wohnungsverkauf gebe, entsprachen der Wahrheit. Der Ermittler fand sich in einer Sackgasse wieder. Er war sich sicher, dass Jongdae etwas verheimlichte. Er hatte so ein Gefühl, dass die aufgebrachte Frau mittleren Alters recht hatte. Er glaubte ihr, dass vor Kurzem jemand in jenes Wohngebäude eingezogen war. Wie er herausfand, stimmte es, dass es einen Umzug gegeben hatte. Die neueste Ummeldung stammte von letzter Woche. Da war der zweite Sohn der Familie in die Wohnung mit der Nummer 502 eingezogen. Das bedeutete, dass die Frau aufgebracht gewesen war, ohne die genaue Sachlage zu kennen. Changgeun bat die Beamtin um die Daten der zwei Jahre vor dieser Zeit, und er bekam auch diese. Sie enthielten allerdings gar keine Eintragungen.

Niemand war ein- oder ausgezogen. In jenem Apartmentkomplex wohnten tatsächlich einfach weiter die Leute, die immer dort gewohnt hatten.

Obwohl das nichts Außergewöhnliches darstellte, wahrlich absolut nichts Außergewöhnliches, bat Changgeun die Beamtin darum, ihm das gesamte Material über diesen Apartmentkomplex zur Verfügung zu stellen. Die Frau begann auch diesmal, ohne eine einzige Silbe zu verlieren, gleich das verlangte Material zusammenzustellen.

Es ist häufig so, dass Menschen, die wortkarg sind, gute Arbeit leisten. Es ist auch häufig so, dass wortkarge Menschen in der Lage sind, zwischen den Zeilen zu lesen. Das weiß man, wenn man mal weniger redet. Wenn man den Mund hält und dafür einen anderen Teil des Kopfes einsetzt, sieht man wesentlich mehr und erkennt auch viel mehr. Menschen, die nur reden, reden nur. Durch Worte werden Missverständnisse herbeigeführt, durch Worte kommt es zum Streit, durch Worte ruiniert man sein Leben. Das Problem waren immer Menschen gewesen, die viel redeten. Yang Changgeun mochte solche Menschen nicht. Selbstverständlich hieß das nicht im Umkehrschluss, dass ihm diese Beamtin gefiel.

Die Frau sorgte auch dafür, dass die anderen Abteilungen im Bürgeramt mit ihm kooperierten. Der Drucker, der hier gemeinsam benutzt wurde, arbeitete pausenlos.

Diesmal war das Material ziemlich umfangreich. Freundlicherweise legte die Beamtin das Bündel Dokumente kurzerhand auf einen Schreibtisch, der hinter ihr stand. Dann ließ sie Changgeun an den Tisch kommen und meinte, er werde ziemlich viel Zeit benötigen, wenn er das alles überprüfen wolle, sodass er einen Tisch bräuchte. Und dass er hier an diesem Tisch seiner

Arbeit nachgehen könne, wenn er nichts dagegen hätte. Der Schreibtisch sei nicht sehr groß, aber niemand benutze ihn, daher könne er ihn haben, ohne ein schlechtes Gewissen haben zu müssen. All das sagte die Beamtin kurz und knapp mit den Worten: »Da vorne stehen Sie den Leuten nur im Weg.«

Die Frau fing an, Changgeun tatsächlich ein bisschen zu gefallen.

Die Dokumente fingen mit dem Grundbuch des Grundstücks und der Abschrift des Registerbuchs an und beinhalteten auch die Auszüge der Einwohnerregistrierung, welche die gesamten Bewohner des Gebäudes umfassten. Unbeabsichtigt schien Changgeun etwas durchzuführen, das eigentlich nichts anderes als eine Volkszählung in Miniformat war. Er bereute sogleich, auf die Idee gekommen zu sein, diese Daten zu überprüfen. Es war nichts Sonderbares dabei. Aber da er die Dokumente nun schon einmal hatte, musste er sie zumindest überfliegen. Alleine das beanspruchte viel Zeit. An diesem heißen Nachmittag waren nicht viele Menschen im Bürgeramt. Die Mitarbeiter waren auch nicht gerade zahlreich. Daher war es verständlich, dass man einem Ermittler, obwohl man ihn kaum kannte, einen Tisch freigemacht hatte. Die Mitarbeiter warfen immer wieder, wenn sie Zeit hatten, dem inkompetent aussehenden Ermittler einen neugierigen Blick zu. Die Frau, die für ihn zuständig war, war diejenige, die am wenigsten Interesse an ihm zeigte.

Es gab wirklich nichts, absolut gar nichts, was merkwürdig erschien. Selbstverständlich stand im Einwohnerregister nicht, wer verrückt geworden war und wer nicht. Die Wohnungen wurden schlicht an die Kinder übertragen. Anscheinend hatte man nicht vor, sie zu verkaufen. Es waren knapp zwanzig Eigentümer, die ihre Wohnung in den letzten Jahren an ihre Kinder übertragen hatten. Dass man alt geworden war und die Wohnung, in der man gewohnt hatte, an ein Kind vererbte, daran war nun wirklich nichts Seltsames. Meistens hatte der älteste oder zweitälteste Sohn die Wohnung bekommen.

Für die Mitarbeiter des Bürgeramts näherte sich der Feierabend. Changgeun fühlte sich langsam unwohl. Er hatte aber nichts gefunden. Es gab nichts Seltsames. Es handelte sich um ein Wohngebäude, bei dem alles sehr unauffällig und gewöhnlich war. Trotzdem musste er etwas finden, deshalb fing sein Kopf langsam an zu rauchen. Und er fand tatsächlich etwas. Es gab etwas Seltsames. Etwas, das zumindest ein bisschen seltsam erscheinen konnte.

Die Kinder, auf die die Wohnungen übertragen wurden, hatten alle jene Wohnungen selbst in Anspruch genommen und sich auch dorthin umgemeldet.

Changgeun kontrollierte, wo diese Personen zuvor gelebt hatten, und fand heraus, dass sie ausnahmslos einige Jahre lang beziehungsweise über zehn Jahre außerhalb von Yeongdo gewohnt und sich in den letzten Jahren hierher umgemeldet hatten; kurz danach, als hätten sie es untereinander abgemacht, war das Eigentumsrecht an sie übertragen worden.

Der Ermittler stellte sich das Gespräch einer stinknormalen Familie vor. Der alte Vater traf eine bedeutende Entscheidung und nahm den Telefonhörer in die Hand. Er rief seinen ältesten Sohn an. Dieser hatte schon in seinen jungen Jahren wegen seiner heißblütigen Ader immer Ärger gemacht und war schließlich vom rechten Weg abgekommen, sodass es zum Bruch mit den Eltern gekommen war. Der Vater teilte dem Sohn, der vollkommen emotionslos den Anruf entgegengenommen hatte, Folgendes mit: »Ich bin jetzt alt, und deine Mutter vermisst ihre

Enkelkinder. Was hältst du also davon, wenn du bei uns einziehst?« Damit war die Wunde des Sohnes, der vor mehr als zehn Jahren den Kontakt mit seinen Eltern abgebrochen hatte, nicht zu heilen. »Und meine Wohnung, die sollst du ohnehin erben.« Erst jetzt ließ der Sohn seinen Tränen freien Lauf, die er die ganze Zeit unterdrückt hatte. Sie nahmen kein Ende, und bevor diese Tränen versiegt waren, war er bei seinen Eltern eingezogen. Am nächsten Tag wurde das Eigentumsrecht der Wohnung auf ihn übertragen. Alles lief ganz normal ab. Es war wirklich eine sehr natürliche Sache in Korea, dass Eltern, die alt geworden waren, ihre Kinder, von denen sie getrennt lebten, zu sich holten.

Wenn man es jedoch etwas genauer nahm, ging es bei diesen neuen Eigentümern von fast zwanzig Wohnungen um Personen, die bis vor Kurzem nicht in diesem Apartmentkomplex gewohnt hatten, womit die Behauptung des Maklers widerlegt war. Es waren Menschen, die zugezogen waren.

Die Beamtin machte ein Gesicht, als ob sie gleich sagen wollte, dass sie keine Sekunde mehr dulden könne, was Changgeun da tat, und fragte schließlich: »Ist es wegen dieses Gerüchts?«

Changgeun verstand sie nicht gleich.

»Meinen Sie im Ernst, es ist so schlimm, dass ein Polizist hierhereilen und ermitteln muss, nur weil man seine Eltern, die dement sind, in eine Klinik einweisen lässt? Ist das nicht viel besser, als sie zu Hause zu behalten, wo man sich nicht richtig um sie kümmern kann, sodass deswegen am Ende wirklich noch etwas Schreckliches passiert? Meinen Sie nicht?«

Bei wortkargen Menschen ist das immer so. Sie sagen eindeutig etwas Nützliches, wenn sie mal für ihre Verhältnisse lange reden.

»Die Leute, die in die Klinik gekommen sind. Wissen Sie vielleicht, aus welchen Wohnungen die sind?«, fragte Changgeun.

Die Frau wusste es. Nicht nur sie, sondern alle Mitarbeiter im Bürgeramt wussten es. Wie abgesprochen, sagte einer einen Namen und ein anderer die passende Wohnungsnummer, und das für alle betroffenen Personen. Weil der Feierabend vor der Tür stand. Weil man diesen Ermittler schnell loswerden wollte. Es waren nicht wenige, die genannt wurden. Insgesamt dreizehn. Und bei allen dreizehn gab es eine Gemeinsamkeit. Ja, seltsamerweise hatten alle eine Sache gemein.

Alle hatten ihre Wohnungen an ihre Kinder übertragen, bevor sie in die Klinik kamen. Ein natürlicher Vorgang, wenn sie so schwer an Demenz erkrankt waren, dass sie in eine Klinik mussten. Bei den Kindern, auf die die Wohnungen übertragen wurden, handelte es sich ausnahmslos um die leiblichen Kinder. Auch das war keine merkwürdige Sache. Was allerdings ein bisschen merkwürdig war, war, dass jene Kinder allesamt innerhalb der letzten fünf Jahre ihre Ummeldung vollzogen hatten. Das wollte nicht heißen, dass alle Eltern, deren Kinder sich umgemeldet hatten, in eine Klinik eingewiesen worden waren. Es war nur festzuhalten, dass die Kinder der alten Menschen, die nun in einer Klinik lebten, sich alle umgemeldet hatten.

Es waren alles Personen, die neu in die Wohnungen eingezogen waren.

30

Auch heute war Uhwan wieder nur kurz eingeschlafen, bevor er erneut aufwachte. Dann hörte er noch im Halbschlaf das Flitzbike. Ein Geräusch, das wie das Husten bei einer Erkältung klang. Der Motor wurde wohl gerade ausgemacht. Uhwan öffnete die Augen. Der Motor ging schneller und leiser aus als gewöhnlich. In der Regel ging er erst aus, wenn das Motorrad direkt vor der Eingangstür der Gaststätte stand, und das auch auf total rebellische Weise, als ob es seine Unzufriedenheit zum Ausdruck bringen wolle, dass es jetzt ausgemacht wurde. Mit dem Ausschalten des Motors war es hinsichtlich des Lärms noch nicht getan. Die Tür des Ladens wurde mit aller Grobheit aufgerissen, anschließend ging die Tür von Sunhees Zimmer auf und wieder zu. Aber heute war alles anders. Da war etwas eigenartig. Uhwan erhob sich und trat aus dem Zimmer. Er machte auch die Ladentür auf und schaute hinaus. All das noch im Halbschlaf. Doch auf einen Schlag war er vollständig wach. Dort stand natürlich Sunhee. Aber auch Kanghee!

Uhwan freute sich sehr über ihre Anwesenheit. Er vergaß, dass er sich noch im Halbschlaf befand, ihm war überdies kurz abhandengekommen, dass er die beiden eigentlich auseinanderbringen wollte; außerdem war ihm nicht bewusst, dass er obenrum nackt war. Und so näherte er sich den beiden, weil er sich einfach über ihr Kommen freute. Diese unerwartete Situation überraschte die beiden sehr.

Uhwan eilte schließlich ins Zimmer, zog sich ein Hemd an und ging direkten Weges in die Küche. Er schnitt das Fleisch der Beinscheibe und Querrippe klein und gab es in zwei Schüsseln. Er holte den Pansen aus dem Kühlschrank, schnitt ihn klein und tat ihn ebenfalls in die beiden Schüsseln. Aus dem Eisenkessel schöpfte er die Brühe und füllte das Ganze auf. Er war kurz davor, mit den beiden Schüsseln auf einem Tablett aus der Küche zu gehen, aber er stellte das Tablett doch noch einmal ab. Er machte den Kühlschrank auf und holte das Fleisch der Beinscheibe und Querrippe wieder hervor. Er schnitt nochmals etwas davon klein. Er gab viel Fleisch in die Schüsseln, die nun bis zum Rand gefüllt waren. Dann stellte er sie vor Kanghee und Sunhee.

Sein Traum erfuhr in der Realität eine Fortsetzung. In seinem Traum war immer Kanghee anwesend. Aber jetzt trat auch Sunhee auf. Die Hauptfigur war natürlich er selbst gewesen. In seinem Traum aßen Kanghee und Sunhee mit großem Appetit die Schüsseln mit Knochensuppe leer, die Uhwan ihnen voll mit Fleisch gefüllt servierte.

Traumhafte Tage folgten, einer nach dem anderen. Zu später Nacht oder in der frühen Morgendämmerung, wenn Jongin eingeschlafen war und auch alle anderen in der umliegenden Nachbarschaft schliefen, brachte Sunhee tatsächlich häufig Kanghee in die Gaststätte mit. Uhwan wartete träumend auf die beiden, stand auf, wenn sie kamen, brachte die Knochensuppe aus der Küche und stellte sie vor die beiden hin. Sie aßen die Knochensuppe mit großem Appetit, so wie in seinen Träumen. Wenn er morgens aufwachte, hatte er ein wohliges Gefühl im Bauch. Obwohl er entweder nur davon geträumt oder das Essen nur serviert hatte, hatte er durchgängig ein wohliges Gefühl im Bauch, als ob er selbst gut gegessen hätte. Etwas füllte ihn innerlich aus. Er begann, die vorangeschrittene Nacht zu mögen. Es kam so weit, dass er sowohl die Nächte mochte, in denen Sunhee allein nach Hause kam, als auch jene, in denen Kanghee mitkam. Uhwan wurde wieder zu einem Jungen, der sich auf die Nacht freute.

Wenn es Nacht wurde, kam aber ohne Ausnahme mindestens Sunhee zurück. Mit oder ohne blaue Flecken im Gesicht kam er aber zu immer späterer Stunde. Es wurde zu seiner Angewohnheit, um diese Zeit Knochensuppe zu essen. Auch für denjenigen, der die Knochensuppe um diese Zeit aus der Küche holte, wurden seine Handlungen zu einer Angewohnheit. Uhwan trat aus seinem Zimmer und ging in die Küche, wenn er das Motorrad hörte. Er bereitete die Knochensuppe vor und wartete. Den Hals ganz lang machend, schaute er aus der Küche in Richtung Eingangstür. Er wartete darauf, dass die Tür aufging. Wenn sie geöffnet wurde, betrat stets Sunhee die Gaststätte. Wurde hinter ihm Kanghee sichtbar, bereitete Uhwan schnell noch eine weitere Schüssel Knochensuppe vor.

Sunhee und Kanghee aßen ihre gut gefüllten Schüsseln. Uhwan schaute ihnen dabei zu. Dann wurden Worte gewechselt wie zwischen vertrauten Personen.

»Was macht ihr jeden Tag bis zu so später Stunde?«

»Wir fahren einfach nur so herum«, antwortete Sunhee. Er führte weiter aus, dass er einfach nur irgendwohin fahre, wo er noch nicht gewesen war.

Wo er noch nicht gewesen war ... Was könnte er damit meinen?

»Wo? Wo warst du noch nicht gewesen? Seoul wäre zu weit. Äh, also, wie hieß die Stadt noch mal? Äh, hm, ach ja! Jeonju?«, fragte Uhwan.

»Nein, in Busan. Busan ist riesig groß, ich schwöre!«

Ach je, ein Teenager und auch noch ein Junge meinte, dass Busan riesig groß sei, wobei es für Sunhee sogar noch ein wenig zu bescheiden gewesen wäre, wenn er den Traum gehegt hätte, mit seinem Motorrad bis hinaus in die Galaxie zu fahren; schließlich hatte seine Maschine zwei Räder und konnte blitzschnell von A nach B kommen. Das war enttäuschend für Uhwan. Doch er hörte Sunhee einfach zu, weil dieser mit großer Begeisterung weitererzählte und Uhwan diese Seite von ihm zum ersten Mal erlebte. In Wirklichkeit war es auch das erste Mal, dass er ihn ohne Hintergedanken etwas gefragt hatte, aber das fiel niemandem auf.

Sunhee erzählte, dass er überall in Busan herumfahre. Er kenne alle Straßen, die andere nicht kannten, es sei denn, man wohne dort. Es mache ihm Spaß, einfach so herumzufahren. Er denke, dass er sein Leben lang nicht ins Ausland oder so zu verreisen brauche. Wenn er nämlich hier in Busan von der einen Hintergasse in die andere komme, sehe er lauter fremde und merkwürdige Dinge, und das sei megagenial. Allein für die Straßen in Busan und für die vielen kleinen Gassen werde er Zeit ohne Ende brauchen.

Ach je, dieser Junge, der gar keine Ahnung von Frauen hatte! Uhwan hatte Mitleid mit Kanghee. Sie hatte einen Freund, der noch ein Kind war und einen viel zu bescheidenen Traum hegte, worauf man eigentlich nie kommen würde, wenn man ihn so sah. Daher fragte Uhwan das Mädchen: »Und du? Was machst du dann? Wie langweilig das für dich sein muss. Oder?«

Wie erwartet, antwortete Kanghee sofort, aber ihre Antwort

verblüffte ihn sehr: »Ich sitze hinter ihm. Und wie wild das ist! Ach so, wir steigen auch ab und zu mal ab und schauen uns die Gegend an.«

Gleich und Gleich gesellt sich gern. Das hatte man noch gesagt, als Uhwan klein gewesen war. Er konnte sich nicht erinnern, was dieser Ausdruck genau bedeutete. Aber sein Gefühl sagte ihm, dass dieser die beiden vor ihm genau beschrieb. Wenn er die beiden unbedingt beschreiben müsste, dann würde das so aussehen: »Ausgerechnet diese zwei Menschen – die einzigen auf der Welt, die das Leben zu genießen wussten, das in jeglicher Hinsicht nicht zu genießen war – fanden einander aufs Übertriebenste sympathisch.«

Auch Kanghee war beim Erzählen ganz aufgeregt. Wie fantastisch die Orte seien, die Sunhee ihr zeige. Sie erzählte, dass er und sie einmal durch eine Gasse gefahren seien, und fragte Uhwan noch mal und noch mal, ob er raten könne, was am Ende jener Gasse zu sehen gewesen sei, was dort gehangen habe. Er antwortete, dass er keine Ahnung habe. Er wollte es auch nicht unbedingt wissen. Wahrscheinlich ihr letztes bisschen Verstand, das ihnen abhandengekommen und spazieren gegangen war. Kanghee prahlte, dass es in Busan keinen Platz gebe, den Sunhee nicht kenne. Uhwan hatte noch nie von ihr gehört, dass sie mit Sunhee prahlte. Aber ausgerechnet bei so etwas? Wirklich? Kanghee sagte voller Begeisterung, dass Sunhee mit geschlossenen Augen Busan bis in die kleinsten Ecken ausmalen könne. Er könne sofort eine Stadtkarte anfertigen, wenn man das von ihm verlange. Ihr gingen sogar die Worte über die Lippen: »Tja, Sunhee ist halt wunderbar!«

Uhwan hatte den großen Wunsch, Kanghee und Sunhee sehr konkret zu sagen: »Habt ihr schon mal was von ›Google‹ gehört?

Eines der Unternehmen, die auch in 44 Jahren nach wie vor florieren, ist Google. Ihr wisst hoffentlich, dass es bei Google auch Karten gibt? Google Maps? Das ist mindestens um ein Millionenfaches präziser als das, was Sunhee malen könnte.« Aber er sagte kein Wort.

In der nächsten Nacht ging Uhwan reflexartig in die Küche, weil er das Motorrad gehört hatte, aber die Eingangstür ging nicht auf. Er hielt in seinen Bewegungen inne, das Messer still in der Hand haltend, mit der er eben noch das Fleisch der Beinscheibe geschnitten hatte. Er fragte sich, ob er sich verhört hatte. Das war aber ausgeschlossen. Die Tür ging trotzdem nicht auf. Von daher ging er aus dem Lokal. Kanghee und Sunhee saßen noch auf dem Motorrad, und der Motor lief.

»Warum kommt ihr nicht rein?«, wollte Uhwan sie gerade fragen.

Aber Sunhee war schneller als er: »Wird dir schlecht, wenn du fährst?«

Sunhee musste fahren, daher saß er vorne. Hinter ihm Kanghee, da sie seine Freundin war. Es blieb nicht mehr sehr viel Platz übrig. Und dort saß Uhwan. Er konnte sich doch nicht an Kanghees Taille festhalten! Kanghee bestand aber darauf. Dennoch, er konnte es nicht.

»Oder du kannst runterfallen und abkratzen«, sagte Kanghee daraufhin.

Wie wunderschön ihre Wortwahl ist! Wie schnell kann das Ding schon sein? Es ist schließlich nur ein Motorrad, dachte Uhwan, hielt sich aber instinktiv an der Taille von Kanghee fest, als Sunhee abfuhr. Irgendwie fasste er immerhin ihre flatternde Kleidung.

Ihm ging es schlecht. Ihm wurde schwindlig. Der strömende

Wind und die Landschaft, die sich ihm präsentierte, raubten ihm den Atem. Aber er schloss die Augen nicht, sondern hielt sie offen und weinte. Er war nicht traurig, aber ihm flossen trotzdem die Tränen über die Wangen. Er erlebte zum ersten Mal, und das nachdem er schon Mitte vierzig geworden war, dass der Wind einen zum Weinen bringen konnte. An den Wind konnte er sich zwar nicht gewöhnen, aber an den Platz hinter Kanghee gewöhnte er sich schnell. Das Motorrad fuhr sehr flott, aber dort fühlte er sich sehr wohl. Hinter Kanghee, die wiederum hinter Sunhee Platz genommen hatte, war es sehr bequem. Zu dritt fuhren sie durch das nächtliche Busan – eine Stadt, die desto mehr bot, je länger man durch sie fuhr.

Sie ließen die großen Straßen hinter sich und fuhren in eine aufsteigende Gasse hinein, die dann ziemlich hügelig weiterverlief. Sunhee fuhr routiniert durch die dunkle und enge Straße. Uhwan hatte das Gefühl, dass er in dieser Dunkelheit ausschließlich durch weitere Dunkelheit fuhr. In den Händen, mit denen er sich an Kanghees Jacke festhielt, bekam er immer mehr Kraft. Die Gasse wurde stetig steiler, und die Geschwindigkeit des Motorrads verringerte sich. Als die Gasse noch enger wurde, nahm die Geschwindigkeit noch weiter ab. Dann hielt das Motorrad an. Es war dunkel. Uhwan konnte kaum etwas sehen. Kanghee wies auf eine Stelle und sagte ihm, dass er dorthin schauen solle. Es war kaum zu übersehen, dass sie aufgeregt war. Uhwan wollte absteigen, aber sie meinte, dass er sitzen bleiben und nur seinen Blick dorthin richten solle, weil am Ende dieser Gasse eine Klippe sei.

Es war dunkel. Wo die Klippe sich befand, konnte Uhwan nicht wirklich ausmachen. Trotzdem blieb er auf dem Motorrad sitzen und schaute nur dorthin, wohin Kanghee gezeigt hatte.

Seine Augen gewöhnten sich mit der Zeit an die Dunkelheit. Langsam sah er ein Licht. Seine Augen folgten diesem Licht. Zwischen der einen und der anderen Hausmauer trat eine Gasse in Erscheinung, die vollkommen von Licht erfüllt war. Die Quelle dieses Lichts, das die Gasse erfüllte, war dort ebenfalls zu sehen. Dort am Ende der Gasse »hing« er, wie Kanghee es formuliert hatte. Am Ende der Gasse hing der Mond. Unter diesem Mond befinde sich das Meer, erzählte Kanghee ihm. Am Tag könne man auch das Meer sehen. Beim nächsten Mal solle er noch einmal mit ihnen zur Mittagszeit hierherkommen. »Beim nächsten Mal«, »noch einmal«, während sich diese Worte in sein Gedächtnis einprägten, betrachtete Uhwan für eine Weile den Mond.

Auf dem Rückweg saß er hinter Sunhee und hinter ihm Kanghee. Weil Kanghee sagte, dass dieser Mann einfach zu viel herumzittere und er sie wahnsinnig mache. Also ließ sie ihn ohne Widerrede vor sich sitzen. So kam es dazu, dass Uhwan zwischen den beiden saß. Diese Welt, durch die er, zwischen den Jugendlichen sitzend, die nicht einmal zwanzig waren, mit dem Motorrad fuhr, fand er gar nicht so übel. Er hob sogar beide Arme hoch und gab dabei ein »Yippie!« von sich. Zweimal. Sunhee blieb still, aber Kanghee hatte ein paarmal gelacht, glaubte Uhwan. Sie fuhren das Mädchen nach Hause; nachdem sie abgestiegen war, wollte Sunhee wieder abfahren.

»Wie heißt du eigentlich?«, fragte sie da plötzlich Uhwan.

Er tat so, als wäre er nicht überrascht, und antwortete, dass er Lee Uhwan heiße. Sie erwiderte auf seine Worte ihren Namen und verabschiedete sich als Erste mit einem »Wiedersehen, Onkel Uhwan«; dabei beugte sie den Kopf nach vorne, bot ihm also ihren Kopf zum Abhacken an.

Uhwan konnte das nicht fassen. Er war höchst gerührt, verheimlichte aber diese Rührung mit aller Mühe und fragte ungewollt sehr barsch: »Hm, willst du vielleicht sagen, dass du mir jetzt vertraust, dass ich dir deinen Kopf nicht abhacke?«

»Nein, ich denke nur, dass ich dich weiter sehen werde, das bedeutet das.«

Der Wind drang ihm unentwegt in den Mund. Trotzdem konnte er ihn nicht richtig schließen, da er breit lächelte. In jener Nacht genoss Lee Uhwan, der von einer Schülerin auf ordentliche Weise verabschiedet worden war, auf dem Hintersitz eines Bikes, mit dem er von einem Schüler zurückgefahren wurde, mit offenem Mund und in vollen Zügen das pure Glücksgefühl des Lebens. Der Wind drang in seine Lunge, und er musste sehr lange lachen. Auch nachdem er in sein Zimmer gegangen war, grinste er weiter wie ein Idiot.

»Na ja, wen interessiert's, wie alt man ist!«, sagte er plötzlich vor sich hingrinsend. Er war hoffnungslos in Kanghee und Sunhee verliebt. Er begann, mit allen möglichen Widersprüchen und Übertreibungen die beiden in Schutz zu nehmen und ins Herz zu schließen.

Sunhee, der sein Bike ziemlich gut im Griff hatte, war ein Junge, der technisch begabt war; die äußerst originelle Einstellung über das Grüßen bei Kanghee veranschaulichte ihren starken Charakter; Sunhee, der wegen des Windes den Mund geschlossen halten musste, weil er vorne saß, war ein schweigsamer Mann; Kanghee, die Uhwan aus praktischem Grund vor sich hatte sitzen lassen, weil sie ohnehin als Erste absteigen musste, war eine rücksichtsvolle Frau; Sunhee, der alle großen und breiten Straßen links liegen ließ und ausgerechnet durch enge und gefährliche Gassen fuhr, war ein Schüler, dem im Vergleich zu den heutigen verwöhnten Jugendlichen der herausragende Geist eines Pioniers und eines Herausforderers des Neuen innewohnte … Von der ausgezeichneten Schülerin und dem ausgezeichneten Schüler wuchsen sie zu einer Frau und einem Mann heran, die so ausgezeichnet waren, wie man es heutzutage nirgendwo mehr vorfinden konnte; diese Entwicklung ging in den Gedanken Uhwans weiter, bis sie schließlich zwei Erwachsene wurden, die als Eltern makellos waren. So war es. »Wen interessiert, wie alt man ist!« Außerdem waren sie doch das Paradebeispiel für »Gleich und Gleich gesellt sich gern«! Das Kind, das diese beiden zur Welt bringen würden, hätte ein Riesenglück.

Als er das dachte, war Uhwan plötzlich betrübt. Er wünschte sich, selbst jenes Kind zu sein. Er wünschte, dass die schönen Stunden, die er mit ihnen verbracht hatte, die Stunden waren, die er mit seinen Eltern verbracht hatte.

Er dachte zum ersten Mal, seitdem er hier war, an den Chef der Gaststätte, der ihn hierhergeschickt hatte. Der Koch hatte ihn dazu überredet, aber die Person, die den Koch angewiesen hatte, dass er ihn, Uhwan, hierherschickte, war definitiv der Chef der Gaststätte gewesen. Hatte dieser etwas gewusst und ihn deswegen hierhersenden wollen? Uhwan hatte keine Möglichkeit, es herauszufinden.

Er wurde unruhig. Er brannte vor Neugier, ob die beiden, Kanghee und Sunhee, diese zwei über die Maßen ausgezeichneten Menschen, wirklich seine Eltern waren. Er wollte es unbedingt in Erfahrung bringen. Aber wie sollte er etwas herausfinden, das sich noch nicht ereignet hatte?

In diesem Augenblick fielen Uhwan die Seifenopern ein, die er in seiner Kindheit gesehen hatte. Die sogenannten Seifenopern, die damals der letzte Schrei waren, in denen allerlei Tragödien und alle erdenklichen Komödien ausnahmslos mit der Entlarvung des Geheimnisses über die eigene Geburt endeten (die Bezeichnung »der letzte Schrei« wurde bereits nicht mehr verwendet, als Uhwan zehn Jahre alt war, da sich der Unterschied zwischen gewöhnlichen Seifenopern und jenen, die der letzte Schrei waren, aufgelöst hatte). Je nachdem, wie man das Geheimnis der Geburt ans Licht brachte, wurde dieses Genre in den überaus letzten Schrei, den mittelmäßig letzten Schrei und den unterirdisch letzten Schrei eingeteilt. Der größte letzte Schrei unter den letzten Schreien war der überaus letzte Schrei, und bei diesem wurde die Abstammung allein durch das Aussprechen der Art der Beziehung geregelt, also ohne jegliche Überprüfung. »Ich bin dein Vater!«, sagte ein Mann zu einem jüngeren Mann, und in diesem Moment wurde der Mann, der länger als die Hälfte der Serie als großer Bruder des jüngeren Manns fungiert hatte, nun zum Vater. Aber in dem unterirdisch letzten Schrei wurde vollkommen offensichtlich die Macht der Medizin herangezogen. Uhwan dachte an den unterirdisch letzten Schrei. Die Macht der Medizin. Da gab es die »Genanalyse«. Ausführlicher: Die Genanalyse, mit der man feststellt, ob es sich um ein leibliches Kind handelte; in der Bildungssprache war das der DNA-Test. Das war es! Mit diesem Test konnte Uhwan die Antwort auf seine Frage erhalten. Er brauchte nur diesen Test zu machen.

Er stand ungestüm auf. Wann hatte er sein Zimmer zuletzt geputzt? Zum Glück noch nie.

Er wischte vorsichtig mit der Hand über den Boden. Da waren in der Tat sehr viele Haare. Nicht wenige Haare lagen sogar in Büscheln herum. Es waren die Haare von Kanghee und Sunhee, an denen Uhwan an einem der vergangenen Tage, ohne zu wissen, was für gute Menschen sie waren, gezerrt hatte. »Wie aber soll ich mit den Haaren verfahren? Soll ich sie ins Krankenhaus mitnehmen? Ich selbst? Was soll ich dann sagen? Ich möchte gerne wissen, ob die von meinen Eltern sind? Wie bitte? Wie alt meine Eltern sind? Sie sind im Moment siebzehn Jahre alt. Herrje, das würde ja nicht gehen …«

Es war offensichtlich, dass er jemanden brauchte, der ihm bei dieser Angelegenheit half.

31

An den Tagen, an denen Arbeit anfiel, wurde Fleisch gegrillt. Der Duft des Fleisches überdeckte einigermaßen den Geruch des Blutes. Und auch wenn dieser noch durchkam, hielt man ihn für den des Fleisches auf dem Grill. Er bestand hartnäckig auf diese Maßnahme und behauptete, es sei notwendig, wenn man diese Arbeit an einem Ort verrichten wolle, in dessen Nähe Menschen lebten. Den Zyklopen kümmerte der Blutgeruch nicht wirklich. In der Tat realisierte er nicht einmal genau, dass es nach Blut roch. Es gefiel ihm einfach, dass ihm ein fester Arbeitsplatz zur Verfügung stand. Auch die Blicke der Leute, die ihm begegneten, wenn er zur Arbeit kam oder Feierabend machte, fand er nicht schlecht. Überdies waren die Instrumente für seine Beschäftigung ziemlich passabel, und es war hier immer angenehm kühl. Während er seine Aufgabe erledigte, hatte er sogar das Gefühl, sich körperlich zu verjüngen. Für die Tätigkeit, der er nachging, spielte der Durchführungsort eine sehr wichtige Rolle. Er hatte stets mehrere Tage verloren, wenn er zunächst einen geeigneten Ort finden musste, und nicht selten kam es vor, dass er auf die Arbeit hatte verzichten müssen, weil er schließlich keinen passenden gefunden hatte. Wenn so etwas passierte, hielt er das für jammerschade. Es ging um eine Angelegenheit, von der viele Menschenleben abhingen. Trotzdem musste man letzten Endes auf die Arbeit verzichten, und zwar einzig, weil es an einem Raum mangelte. Das ärgerte ihn sehr. Ein solches Problem wäre schnell gelöst, wenn jemand vortreten und ihm eine Räumlichkeit für seine Arbeit anbieten würde, aber Menschen waren egoistisch. Alle dachten zuerst immer nur an sich selbst. Dem Zyklopen fiel in dem Moment eine frühere Patientin ein, und er fluchte vor sich hin. Jene Schlampe war auch so eine gewesen, für die nur sie selbst zählte. Der Schwall an Flüchen, der sich aus dem Zyklopen ergoss, war nicht zu stoppen.

Sein Gefluche fand nicht nur in Gedanken statt, nein, es ging ihm tatsächlich über die Lippen. Als der Zyklop so aufgeregt vor sich hin fluchte, zitterte der Patient, der vor ihm lag noch mehr. Er sagte sich, dass er sich vor einem Patienten nicht so benehmen sollte, und strengte sich an, wieder ruhig zu werden, damit seine Hand, in der er ein Skalpell hielt, nicht zu zittern begann. Er gab sich wirklich große Mühe, sich auf die Arbeit zu konzentrieren. Aber anstatt seine Mühe anzuerkennen, zitterte der Patient nun noch stärker. Er stöhnte sogar. Sein Mund war zugeklebt, von daher hörte sich sein Stöhnen um einiges lauter an als normal. Also wieder einer von der egoistischen Sorte. Das Stöhnen übte bei dem Zyklopen großen Druck aus und veranlasste ihn dazu, eine Entscheidung zu treffen. Selbstverständlich unter großer Vorsicht. Er rechnete die Zeit nach. Die Zeit, die das Herausfließen des Bluts aus der Halsschlagader und der Abschluss seiner Arbeit in Anspruch nehmen würden. Heute hatte er ohnehin nicht viel herauszunehmen. Rasch schnitt er dem Patienten die Kehle durch, um den Lärm abzustellen, und öffnete anschließend den Bauch.

Nach der Arbeit pflegte er gegrilltes Fleisch zu essen. Unter seinen Kollegen gab es auch einen Spezialisten für Fleischverarbeitung. Der Zyklop nannte diesen Kollegen den Künstler. Wenn er mit seiner Aufgabe fertig war, hatten seine Kollegen, die bis dahin vor dem Fleisch auf dem Grill gesessen hatten, alle Hände voll mit der Nachbearbeitung zu tun, und der Zyklop nahm am Grill Platz. Das Fleisch, das er nach seiner harten Arbeit zu sich nahm, zerging ihm stets auf der Zunge.

* * *

Ermittler Kang Doyeong hörte ein Gerücht über einen Arzt. Dieser war ein berühmter Schönheitschirurg gewesen. Seine Praxis war tagtäglich bis zum Bersten mit Patienten gefüllt gewesen. Unabhängig davon, ob weiblich oder männlich, sie standen alle bei ihm Schlange. Seine Praxis war förmlich ein Geldmagnet. Ein paarmal gab es Krisen wegen Narkosefehlern und Nebenwirkungen beim Fettabsaugen. Es kamen auch einige Patienten ums Leben. Dennoch blieb der Arzt weiter im Geschäft, indem er seine Praxis wiederholt kurz schloss und dann neu öffnete. Er beherrschte sein Handwerk fantastisch. Die entscheidende Krise trat wegen einer völlig unerwarteten Angelegenheit ein.

Es gab eine Patientin, die eine extreme Erweiterung am Tränengang verlangte, um größer wirkende Augen zu bekommen. Der Arzt riet ihr nicht gleich davon ab. Die Zufriedenheit seiner Patienten stand bei ihm ganz oben. Er teilte ihr jedoch seine Einschätzung mit, dass das vielleicht nicht ganz risikofrei für sie sein könnte. Sie erklärte, gerne mehr zu bezahlen. Mit dem Ergebnis war sie zufrieden. Allerdings nicht der Mann, mit dem sie zusammenlebte. Unglücklicherweise besaß er ein leicht zu erhitzendes

Gemüt. Bei einem Streit mit ihr brach er ihr das Nasenbein. Die Haut über der Nase platzte auf, und damit auch das Gewebe, das die beiden Augen voneinander trennte. Durch die übertriebene Augenvergrößerung war das Gewebe über der Nase zwischen den Augen bereits sehr dünn geworden. Aus den beiden Augen wurde nun ein Auge. Wie bei einem Zyklopen.

Gerüchte über außergewöhnliche Vorfälle machten schnell die Runde. Schließlich musste der Arzt wegen einer schlichten Augenvergrößerung die Branche der Schönheitschirurgie hinter sich lassen. Wegen seiner letzten Patientin musste er seine Karriere als Arzt an den Nagel hängen und bekam dafür den Spitznamen »das Auge des Zyklopen«. Wie es bei einem langen Spitznamen gang und gäbe ist, wurde »das Auge des Zyklopen« mit der Zeit einfach zu »der Zyklop«. Das alles erzählte gerade ein Informant Kang Doyeong und schloss seine Erzählung damit ab, dass dieser Kerl nach wie vor das Skalpell schwinge.

32

Der Yeongjin Apartmentkomplex hatte sieben Stockwerke. In einem Geschoss befanden sich immer drei Wohnungen, insgesamt gab es also 21 Haushalte. In einer Wohnung wohnten fünf Menschen, in einer anderen wiederum zwei. Alles zusammen waren es dementsprechend nicht mehr als einhundert Personen in diesem Wohngebäude. Allerdings war das Gebäude groß genug, dass man damit was anfangen konnte, dachte Park Jongdae.

Am frühen Morgen stand er gegenüber dem Yeongjin Apartmentkomplex und schaute hinüber zum Gebäude. Ein Rettungswagen näherte sich ihm, und er stieg ein. Der Wagen fuhr wieder ab und nahm weiter ausschließlich Straßen, auf denen wenig Menschen unterwegs waren.

33

Der Motor lief, aber der Rettungswagen machte keine Anstalten, abzufahren. Er kauerte lediglich wie eine streunende Katze bewegungslos in einer engen Gasse, aus der man auf die sechsspurige Straße blicken konnte. Diese Straße, die von einer alten Hochstraße in der Luft gekreuzt wurde, lag direkt vor dem Rettungswagen. Wegen des morgendlichen Berufsverkehrs waren sehr viele Autos unterwegs.

Der Rettungssanitäter auf dem Beifahrersitz schaute andauernd auf die Uhr. Auf der Hochstraße stauten sich allmählich die Autos. Der Sanitäter überprüfte noch einmal auf seiner Armbanduhr die Uhrzeit. Er schaute in Richtung der sechsspurigen Fahrbahn. Unter der Hochstraße hielten die Autos gerade an einer roten Ampel an.

Auf die Motorhaube eines der Autos, die auf Grün warteten, fielen kleine Betonstücke. Der Mann auf dem Fahrersitz schob den Kopf nach vorne und schaute durch die Windschutzscheibe nach oben. Er sah eine der Säulen der alten Hochstraße. An ihr waren Risse zu erkennen. Und diese Risse erweiterten sich gerade. Im nächsten Moment krachte ein großer Betonbrocken dröhnend auf die Motorhaube seines Wagens. Erschrocken und die Lage nicht richtig erfassend, stieg er aus und sah, dass die Hochstraße über ihm begann, sich zu neigen. Die Autos, die dort oben standen, rutschten innerhalb eines Lidschlags zur Seite. Der Fahrer stieg hastig wieder ein und fuhr ab, bevor die Ampel Grün zeigte. Jedoch schaffte er es nur ein paar Meter weiter. Sein Wagen wurde kurzerhand von der komplett einstürzenden Hochstraße begraben, deren Säulen kraftlos in sich zusammensackten. Die vollbesetzten Busse und alle anderen Fahrzeuge, die auf der Hochstraße unterwegs waren, wurden wie Spielzeugautos auf die sechsspurige Fahrbahn darunter beziehungsweise die dort stehenden Autos geschleudert. Das pure Chaos brach aus. Alles brach auseinander. Alles zerfiel in Einzelteile. Schreie. Fallende Autos zerdrückten Menschen, die nicht aus ihren Fahrzeugen konnten. Ein Auto, das von der Hochstraße herunterfiel, traf einen Mann, der gerade aus seinem Wagen stieg, und zerquetschte ihn. Ein anderer Mann schaffte es mit viel Mühe, durch ein halb geöffnetes Fenster zumindest seinen Oberkörper aus dem Wagen zu bekommen, und dieser herausschauende Teil wurde dann von einem Wagen, der von hinten gegen ihn geschleudert wurde, abgetrennt und flog davon. Fahrzeuge, die von Weitem angefahren kamen und nicht wussten, dass die Hochstraße eingestürzt war, stürzten den Abgrund hinunter. Diese Autos zerquetschten die Menschen, die davonrannten, um sich zu retten. Überall floss Blut. Überall gab es Schreie. Die sechsspurige Fahrbahn auf dem Boden und die Hochstraße in der Luft trafen zusammen und schufen die Hölle auf Erden. Das alles geschah innerhalb von drei Minuten.

Der Rettungswagen in der Gasse stand unverändert an seinem Platz. Von der Hochstraße fielen noch vereinzelt weitere Fahrzeuge herunter. Dann bewegte sich nichts mehr. Weder ein fahrendes noch ein fallendes Auto. Was sich bewegte, waren einzig die verletzten Menschen, die noch irgendwie in der Lage dazu waren.

Nun fuhr der Rettungswagen gemächlich zum Unfallort ab. Ohne Sirene rollte er totenstill zwischen den Verletzten und Trümmerhaufen hindurch. Eine Person, die unter einem Wagen eingeklemmt war, sah den Rettungswagen und streckte den Arm aus. Doch der Wagen fuhr an ihr vorbei. Überall lagen Menschen, die bluteten und bewusstlos waren. Der Rettungswagen bewegte sich jedoch zwischen diesen Menschen hindurch fort. Er schien ein bestimmtes Ziel zu haben.

Neben einem Bus, der voll besetzt gewesen war, hielt der Rettungswagen schließlich an. Kein Mensch nahm dieses einzige, nicht vollkommen zerstörte Fahrzeug wahr. Die einen waren ohnehin ohnmächtig, und die anderen, die noch bei Bewusstsein waren, hatten einzig und allein mit ihren Schmerzen zu kämpfen. Aus dem Rettungswagen stiegen drei Sanitäter aus, die Atemschutzmasken trugen. Einer von ihnen hatte ein Sauerstoffgerät und eine Sauerstoffflasche in den Händen. Anscheinend gab es jemanden, den sie unbedingt retten mussten. Der Sanitäter, der voranging, betrachtete den Bus, der auf die Seite gekippt war. Ein anderer stieg in der Nähe der vorderen Tür, die zum Himmel zeigte, auf den Bus. Er versuchte, die Tür zu öffnen, während sein Kollege, der vor ihm gelaufen war und den Bus betrachtete, über die rissige Windschutzscheibe tastete. Er holte aus der Tasche seiner Uniform einen kleinen spitzen Hammer hervor und zerschlug die Scheibe mit einem Schlag. Das Glas zerbrach, und angefangen mit dem Busfahrer strömten einige Menschen aus dem Bus heraus. Die Sanitäter ließen diese Menschen hinter sich und gingen in den Bus hinein.

Einige Personen waren in ihrem Sicherheitsgurt gestorben; die anderen, denen kein Sicherheitsgurt zur Verfügung gestanden hatte, lagen alle zusammen auf einer Seite des Busses. Die Rettungsmänner schritten durch die Masse von Körpern. Einer von ihnen trat auf einen Arm, der abgetrennt worden war. Die Männer suchten nach einer bestimmten Person. Sie wühlten sich durch die Toten und Verletzten. Dann blieben sie vor einem Mann stehen.

Der Mann lag zwar auf dem Boden, schien aber nicht schwer verletzt zu sein. Er war auch bei vollem Bewusstsein und versuchte, sich selbst aufzurichten. Seine Beine waren allerdings unter einem Sitz eingeklemmt. Dem Anschein nach würde er sich aber gleich befreien können. Er hatte sogar die Ruhe, mit einem der Rettungssanitäter zu reden: »Sie sind aber schnell gewesen. Wollen Sie mir vielleicht hier ein bisschen …«

Dieser antwortete jedoch nicht und machte auch keine Anstalten, für den Mann etwas zu tun, sondern betrachtete lediglich den Hilfesuchenden vor sich. Er führte sein Gesicht ganz nah an das des Mannes und überprüfte es. Danach schaute er zu seinen beiden Kollegen rüber, die direkt hinter ihm standen. Der eine übergab das Sauerstoffgerät und die Sauerstoffflasche dem Kollegen, der vor ihm stand. Dieser behielt die Sauerstoffflasche und gab an seinen Kollegen, der neben dem leicht verletzten Mann hockte, nur das Sauerstoffgerät weiter. Das Gerät wurde unvermittelt zum Gesicht des Verletzten auf dem Boden geführt.

»Ach, mir geht's doch gut. Helfen Sie lieber den anderen«, sagte der Mann.

Der Sanitäter drückte dennoch das Sauerstoffgerät fest auf das Gesicht des Mannes. Jener war etwas verwirrt, begann jedoch notgedrungen, durch die Maske zu atmen. Und er war daraufhin noch verwirrter. Offensichtlich leistete ihm das Sauerstoffgerät keine Hilfe. Er atmete immer hastiger, aber das Gerät lieferte ihm keinen Sauerstoff. Der Sanitäter drückte die Maske noch fester auf den Mund des Mannes. Der Mann wälzte sich hin und her. Ein anderer Sanitäter hockte sich hin und hielt den sich wälzenden Mann unauffällig, aber fest zu Boden. Eine Frau, die auf dem Boden lag, sah die Rettungssanitäter von hinten, die mit dem Sauerstoffgerät einen Menschen zu retten schienen, und hoffte, dass sie auch bald zu ihr kamen.

Der Mann atmete nun nicht mehr. Der Sanitäter, der das Sauerstoffgerät auf sein Gesicht gedrückt hatte, nahm das Gerät weg. Der Mann lag tot da. Der Sanitäter neigte sein Ohr zum Mund des Mannes und horchte lange. Es gab keinen Atem. Der Mann war definitiv tot.

Die Rettungsmannschaft war im Begriff, den Bus zu verlassen. Die Frau, die gehofft hatte, dass die Männer als Nächstes zu ihr kamen, hob den Kopf an, da ihre Arme unter dem Sitz eingeklemmt waren, und bat um Hilfe. Doch die Männer nahmen sie nicht wahr und gingen einfach an ihr vorbei. Vielleicht konnte sie sogar von Glück reden, dass die drei Männer sie nicht wahrgenommen hatten.

Die echte Rettungsmannschaft traf wegen der Stoßzeit erst fünfzehn Minuten später am Unfallort ein.

Während dieser fünfzehn Minuten hätte der Mann, der gerade getötet worden war, eigentlich das Leben von fünf Menschen gerettet. Für diese Tat wäre er als Lokalheld gefeiert worden. In fünf Jahren wäre er Politiker geworden und in zehn Jahren Präsidentschaftskandidat. Er wäre zwar nicht Präsident geworden, aber bis zum Ende seiner Laufbahn ein Politiker geblieben, der stets ein potenzieller Favorit und zugleich ein äußerst unbequemer Kontrahent für bestimmte Personen gewesen wäre. Niemand ahnte, dass er auf diese Weise sterben würde. Sein Tod in diesem Bus war ursprünglich nicht das ihm vorbestimmte Schicksal gewesen. Trotzdem und aus welchen Gründen auch immer starb er nun in diesem Bus. Für seine Konkurrenten, die bei der Präsidentschaftswahl gegen ihn anzutreten hätten, war das eine willkommene Nachricht. Obwohl man noch nicht sagen konnte, wer später Präsidentschaftskandidat werden und aus dem Tod dieses Mannes Nutzen ziehen würde.

Der Sanitäter, der als Erster den Bus betreten hatte und ihn als letzter verließ, schaute sich um. Seine beiden Kollegen saßen bereits im Rettungswagen. Jetzt ging auch der Mann, der noch einmal vor dem Bus gestanden hatte, zum Wagen. Anscheinend war ihm die Atemschutzmaske unangenehm, denn er zog sie aus. Sein Gesicht offenbarte sich. Es war Park Jongdae. Er nahm auf dem Beifahrersitz Platz.

Der Rettungswagen entfernte sich vom Unfallort. Er fuhr zurück in die enge Gasse. Danach rollte er unverzüglich über eine andere Straße davon.

* * *

Park Jongdae hatte diesen Namen hier bekommen. Er war unter einem anderen Namen hierhergereist. Er war der erste Mensch, der in diese Zeit, das heißt in die hiesige Gegenwart, gekommen war.

Alle waren geblendet vom Geld. Ein Reisebüro, das besonders geblendet vom Geld war, entwickelte das Produkt »Zeitreise«. Sie wurde mit einem Boot angetreten, und zwar mit dem Wissen, dass dieses Produkt höchstwahrscheinlich den Tod der

Reisenden bedeutete. Das Reisebüro verheimlichte das nicht, trotzdem gab es Menschen, die diese Reise buchen wollten. Menschen, die viel Geld hatten, kauften Menschen, die sie auf diese Reise schicken konnten. Park Jongdae war einer von denen, die in das erste Boot stiegen.

Es war eine Zeit, in der die Reichen immer reicher wurden und das Leben derjenigen stagnierte, die nicht zu dieser Gruppe gehörten, sodass diese Menschen nicht einmal die Chance hatten, Geld in ihren Besitz zu bringen. Die Zeiten waren längst vorbei, in denen man Karrierechancen hatte, weil man intelligent war, in der Schule gute Noten bekam, zuverlässig war oder sich anstrengte. Die Macht, die die Reichen zum Erhalt ihres Reichtums ausübten, war stärker als alles andere. Sie war wesentlich stabiler und unnachgiebiger, als es irgendwelche Ideen und Werte jemals gewesen waren und sein könnten.

Park Jongdae war ein intelligenter Mensch. Sein Gedächtnisvermögen war hervorragend. Er konnte alles mühelos auswendig lernen. Aber seine Eltern gehörten zu den Besitzlosen, dementsprechend führte auch Jongdae das Leben eines Besitzlosen. Sein kluger Kopf war nutzlos, und er hatte keine Gelegenheit, sein hervorragendes Gedächtnisvermögen unter Beweis zu stellen. Er ging den ganzen Tag einer harten körperlichen Arbeit nach, doch das Geld, das er dadurch verdiente, reichte nicht einmal für einen Tag. Dessen ungeachtet, bekamen seine Eltern hintereinander drei weitere Kinder. Er wusste nicht, wie er sich über Wasser halten sollte. Es war sein Vater, der ihm die Zeitreise empfahl. Ein Vater, der das lebensgefährliche Angebot, das er von irgendeinem Reichen erhalten hatte, an seinen Sohn weitergab.

Eine Zeitreise war nur in die Vergangenheit möglich. Dass man tatsächlich in die Vergangenheit reisen konnte, hielt man wahrscheinlich nicht für sehr wahrscheinlich; auf jeden Fall gab es niemanden, der mit einem großartigen Ziel ins Boot stieg wie etwa, man wolle die Geschichte ändern oder sein Leben umschreiben. Wer ein solches Ziel hätte, würde auch kein Reisebüro in einer Hintergasse im Unteren Viertel kennen.

Es war eine Frau im mittleren Alter, die Park Jongdae gekauft hatte. Ihr Auftrag war geringwertig, genauso wie das Leben von Jongdae. Seine Aufgabe war viel zu unspektakulär, als dass man dafür in die Vergangenheit reisen und dabei sein Leben riskieren musste. Die Frau erzählte nämlich, dass sie im Jahr 2044 beim Tsunami vieles verloren habe. Kein einziges Foto aus ihren Jugendjahren hätte sie retten können. Sie wisse nicht, ob man tatsächlich in die Vergangenheit zurückkehren könne, denn eigentlich schenke sie dem ohnehin keinen nennenswerten Glauben. Dennoch: Wenn Park Jongdae tatsächlich in die Vergangenheit zurückreisen könne, solle er ein Foto von ihrem jungen Selbst machen und ihr dieses bringen. Das war alles, was sie wollte. Park Jongdae nahm den Auftrag an. Die Frau, die auch in der Zukunft nicht unbedingt alt aussah, übergab ihm eine Anschrift. Dann gab sie ihm, einem Mann, den sie zum ersten Mal sah, nicht wenig Geld. Er gab das meiste von diesem Geld seinem Vater.

Während die anderen, die die ersten Zeitreisenden werden sollten, ihre bevorstehende Fahrt in die Vergangenheit an die große Glocke hingen, sich die sinnlosen träumerischen Wünsche von Leuten aufschrieben, denen sie gebieterisch versprachen, diese Träume für sie zu erfüllen, und für diese Aufträge ein Taschengeld annahmen, steuerte Jongdae seine Schritte auf die Bibliothek zu. Dort las er alle Zeitungen zwischen den Jahren 2014, in das er nun gehen würde, und 2030, das Jahr, in dem er angefangen hatte, sich unbewusst alles zu merken. (Er war im Jahr 2024 geboren und konnte tatsächlich alles abrufen, was seit seinem sechsten Lebensjahr geschehen war, wenn er sich an etwas erinnern wollte; auch wenn es davon nicht viel gab.) Er lernte die Hintergründe zu allerlei kleinen und großen Ereignissen auswendig, die sich in diesem Zeitraum zugetragen hatten.

Sein Hauptinteresse galt den politischen Ereignissen. Welcher Politiker welchen Fehler begangen hatte; in welchen Korruptionsskandal er verwickelt gewesen war; wer wie Präsident geworden war; wie lange dieser im Amt geblieben war und durch welche Intrigen; Jongdae lernte alles auswendig.

Er war davon überzeugt, dass Macht über Geld stand. Er wusste zugleich, dass die Informationen, die er gerade auswendig lernte, ihm den Weg zur Macht ebnen würden. In der Gegenwart war er wertlos und nutzlos, aber wenn er in die Vergangenheit reisen würde, könnte er jemand werden, der in die Zukunft blicken kann. Er erkannte schnell, dass diese Fähigkeit Macht gleichkam. Von Anfang an hatte er ganz und gar kein Interesse, seiner eitlen Auftraggeberin, die auf großem Fuß lebte, ein Foto aus ihren Jugendjahren zu bringen.

Selbstverständlich handelte es sich bei seinem Plan um keinen, den er lange Zeit sorgfältig und liebevoll geschmiedet hatte. Er begann erst in dem Moment alles zu planen, als sein unfähiger und verantwortungsloser Vater ihm von der Zeitreise erzählte. Jongdae war ein Mensch, der intelligent und auf alles vorbereitet war. Nun reiste er an den Ort, an dem sich seine Fähigkeiten für ihn als nützlich erweisen konnten.

Schon damals, als das Boot zum ersten Mal die Fahrt angetreten hatte, waren es dreizehn Personen gewesen, die an Bord gelassen wurden. Allerdings waren sie auf viel angenehmere Weise aufgeregt gewesen als diejenigen, die sich später auf diese Reise begaben. Weil sie die Möglichkeit, dabei sterben zu können, nicht richtig realisierten. Aufgeregt waren sie, weil es hieß, dass sie einige Jahrzehnte zurückreisen würden, und weil ihnen vor allem ein großer Batzen Geld versprochen worden war, wenn sie eine gar nicht so schwierige Aufgabe erledigen und zurückkommen würden. Die Reisenden, die nie etwas besessen hatten, waren aufgeregt wegen der Dinge, die ihnen in Aussicht gestellt wurden, die sie jedoch noch nicht besaßen. Die meisten starben in diesem Zustand der angenehmen Aufregung. Womöglich konnte man das sogar als Glück bezeichnen.

Als Park Jongdae im Boot aufwachte, stand ein Junge vor ihm, etwa vierzehn Jahre alt. Außer diesem Jungen war niemand wach. Elf der dreizehn Personen waren gestorben.

Jongdae und der Junge fingen an, durch das nächtliche Meer zu schwimmen. Weit in der Ferne brannten die Lichter der Stadt. An einer Stelle, an der das Meer noch tief genug war, fasste Jongdae die Beine des Jungen, der vor ihm schwamm. Er zog ihn mit sich nach unten. Jongdae geriet leicht in Atemnot, aber er hielt durch. Im pechschwarzen Meer fragte er sich, wer wohl größere Atemnot hätte, der Junge, der mit den Händen um sich schlug, oder er, der diesen Jungen festhielt. Zum Glück hörte der Junge zuerst auf, um sich zu schlagen. Jongdae ließ die Beine des Jungen wieder los. Dieser sank nach unten, während Jongdae aufstieg. Mit seiner verbliebenen Kraft erreichte er mit knapper Not den Strand.

Aus dem Meer stieg ein Mann in den Dreißigern. Der erste und einzige Mensch, der aus der Zukunft gekommen war. Park Jongdae hoffte, dass niemand von dieser Tatsache erfuhr. Er hatte nicht vor, in die Zukunft zurückzukehren. Er plante ein Leben in der hiesigen Gegenwart, er wollte in der hiesigen Zeit neu beginnen.

Park Jongdae stand mit dem Rücken zum Meer und dachte über die Dinge nach, die er unternehmen musste, um hier, an diesem Ort, zu überleben. Über die Menschen, die er kontaktieren musste, um Macht zu erlangen, und über die Dinge, die er verkaufen musste, um Geld zu verdienen.

34

Es war nicht seine Absicht, Uhwan um jeden Preis aufzuhalten, als dieser sagte, dass er etwas zu erledigen habe und daher schon am Morgen ausgehen müsse.

»Hast du denn hier in Busan schon Bekannte?«, fragte Jongin vielmehr aus Sorge um ihn.

»Nein, das nicht, ich gehe nur kurz um die Ecke und bin vor Mittag schon wieder zurück. Du brauchst dir absolut keine Sorgen um mich zu machen«, meinte Uhwan.

Trotzdem musste Jongin unbedingt sein Fahrrad hervorholen und es Uhwan aufdrängen, der es gar nicht haben wollte. Mit diesem Fahrrad war Jongin vor langer Zeit ab und zu zum Einkaufen gefahren. Auf dem Hintersitz hatte jedoch häufiger seine Frau als der Einkauf Platz genommen. Einer der Gegenstände, die er seit dem Tod seiner Frau nicht mehr benutzte. Das Fahrrad war sehr alt.

Uhwan musste zwar das durchgehende Quietschen ertragen, aber das Fahrrad ließ sich noch gut fahren. Er war zufrieden, dass er mit dem Fahrrad, das Jongin ihm geliehen hatte, wirklich sehr schnell wieder zurück sein würde. Als er weit genug gefahren war und die »Busan Knochensuppe« nicht mehr sichtbar war, hielt er an. Aus der Hosentasche holte er die Visitenkarte hervor und überprüfte die Anschrift. Yeongjin Immobilienbüro befand sich in Yeongdo. Yeongdo? Selbstverständlich kannte er Yeongdo nicht. Er fragte einen Passanten.

»Yeongdo? Wirklich Yeongdo? Mit dem Fahrrad? Ist das nicht ein bisschen zu weit?«

Was fragt der so viel? Wenn ich sage, dass ich das schaffe, dann schaffe ich das. Dieses Fahrrad ist zwar alt, aber es fährt sich noch ziemlich gut damit. Wahrscheinlich meint er einfach, dass die Strecke bis Yeongdo ein bisschen zu lang ist, um sie mit dem Fahrrad zurückzulegen, aber ich bin doch noch jung genug, dachte sich Uhwan.

Allerdings war Yeongdo wirklich weit entfernt. Sehr weit entfernt. Er musste gründlich hinterfragen, ob er mit Mitte vierzig tatsächlich noch jung genug für so eine Strecke war. Außerdem realisierte er, dass die Worte von Sunhee kein Witz gewesen waren. Busan war tatsächlich sehr groß. Ungewollt unternahm er also eine Stadttour durch Busan. Er dachte, dass eine solche Besichtigung sogar Spaß machen könnte, wenn man auf zwei Rädern fahren würde, die man nicht selbst mit den Beinen antreiben musste, sondern die selbstständig rollten. Zum ersten Mal konnte er nachvollziehen, was Sunhee gesagt hatte. Auch Kanghee hatte nicht unrecht damit gehabt, die Fahrt auf dem Hintersitz eines Motorrads sei aufregend. Uhwan fuhr an zahlreichen Immobilienbüros vorbei und wäre sehr gerne in das nächstbeste gegangen, um nicht weiterfahren zu müssen. Aber es war Park Jongdae, der ihm von sich aus angeboten hatte, dass er zu ihm kommen dürfe, und er war zugleich die einzige Person, die bei ihm den Eindruck erweckt hatte, dass er etwas über ihn wusste. Die Strecke mit dem Fahrrad zurückzulegen war sehr mühsam, und Uhwan hoffte, dass Park Jongdae ihn nicht einfach mit der Frage empfangen würde: »Was für eine Wohnung darf ich Ihnen denn zeigen?«

Je näher Uhwan dem Bezirk Yeongdo kam, desto größer wurde seine Neugier auf diesen Unbekannten: »Wer war dieser Mann überhaupt? Ob auch er wie ich aus einer anderen Zeit gekommen ist? Ob er mittlerweile, wenn das stimmen sollte, wieder zurückgekehrt ist? Allerdings kann er sich in dieser Gegenwart anscheinend frei bewegen, ohne sich Sorgen machen zu müssen, erwischt zu werden, obwohl er keine Identität besitzt. Wie ist so etwas möglich?«

Er rief sich ins Gedächtnis, was er im Reisebüro vor seiner Abreise gehört hatte. Darunter waren auch die Worte gewesen, dass er auf keinen Fall seine Identität preisgeben dürfe. Ihm würde ohnehin niemand glauben, selbst wenn er erzählen würde, er sei aus der Zukunft. Außerdem würde auch kein Land jemanden herzlich aufnehmen, dessen Identität nicht klar feststellbar war, ja, der gar keine Identität besaß! Dann fragte er sich, warum Park Jongdae dieses Problem nicht hatte. Ob er doch jemand aus dieser Zeit war, der über das Geheimnis der Zeitreisen Bescheid wusste? Oder ob er vielleicht ein Mitarbeiter des Reisebüros aus der Zukunft war? »Ja, das muss es sein. Er ist möglicherweise ein Mitarbeiter des Reisebüros, der seinen Kunden hilft, wenn sie Probleme haben«, beantwortete sich Uhwan seine Frage selbst. Als ihm dieser Gedanke kam, klärten sich viele Fragen für ihn auf. Wenn er richtig darüber nachdachte, war der Ton von Jongdae irgendwie sachlich gewesen wie bei einem Reisebüroangestellten.

Wesentlich erleichtert, trat Uhwan kräftig in die Pedale. Er versuchte, den Hügel zu finden, zu dem er vorgestern Nacht auf dem Motorrad hinter Sunhee und Kanghee sitzend gefahren war. Aber der Hügel ließ sich nicht so leicht ausmachen. Er dachte in dem Moment, dass es sich bei der Erinnerung an jenen Tag um eine wirklich schöne handelte. Gleichzeitig war die Fahrt mit dem Fahrrad sehr schwer, verdammt schwer. Er musste eine lange Brücke überqueren, und erst danach kam er im Bezirk Yeongdo an. Auch nach der Ankunft dort musste er sich körperlich sehr anstrengen, bis er das Yeongjin Immobilienbüro fand.

Park Jongdae war jedoch nicht in seinem Büro. Uhwan fand nur einen Zettel vor, auf dem stand, dass er gerade nicht da sei. Die Tür war abgeschlossen. Eine Telefonnummer war zwar angegeben, aber Uhwan besaß kein Handy. Er war einfach wie vor den Kopf geschlagen.

In diesem Moment sprach ihn jemand an: »Haben Sie Ihre Meinung geändert?«

Uhwan drehte sich um. Da stand Park Jongdae. Uhwan konnte nicht gleich antworten, weil er nicht auf Anhieb verstand, von welcher Meinung Jongdae sprach und inwieweit er diese geändert haben sollte. Der Immobilienmakler wartete nicht weiter auf die Antwort seines Gegenübers und öffnete die Tür seines Büros. Irgendwie sachlich bot er Uhwan einen Platz an und servierte ihm eine Tasse Kaffee. Nachdem er selbst Platz genommen hatte und eine weitere Erklärung folgen lassen wollte, meinte Uhwan, dass er jetzt die Frage verstanden habe. In seinen Augen war Park Jongdae zweifellos ein Mitarbeiter des Reisebüros.

»Nein, nein, ich gehe wieder. Ich gehe gleich, sobald ich den Auftrag erledigt habe … Allerdings gibt es etwas, was ich unbedingt wissen möchte, bevor ich gehe«, antwortete Uhwan und bat den Mitarbeiter des Reisebüros somit um Hilfe.

Aus seiner Hosentasche holte er etwas hervor, was in ein Papiertaschentuch gewickelt war, und zeigte es Jongdae. Es waren Haare. Haare von Kanghee, Sunhee und auch seine eigenen. Jongdae nahm die Haare vorsichtig entgegen. Er wickelte sie wieder in das Taschentuch ein. Stotternd und unbeholfen versuchte Uhwan, die Lage zu erklären, aber Jongdae schien bereits verstanden zu haben, worum es ging. Er erklärte, dass das eine Sache sei, bei der er ihm ohne Weiteres helfen könne; er benötige lediglich ein paar Tage Zeit. Uhwan war ihm sehr dankbar, dass er seiner Bitte auf der Stelle entgegenkam, und er ärgerte sich sogar, dass er überhaupt Zeit darauf verschwendet hatte, sich zu überlegen, ob er zu diesem Mann fahren sollte oder nicht. Es war für ihn eine sehr gute Entscheidung gewesen, ihn aufgesucht zu haben. Er bedankte sich bei ihm mehrmals und meinte es damit tatsächlich ernst.

Als Uhwan das Maklerbüro verließ, begegnete er einem Mann. Er stand ein bisschen abseits der Tür. Auch Jongdae, der im Büro war, würde ihn sehen können. Der Mann schien nicht gekommen zu sein, um sich nach einer Wohnung oder einem Grundstück zu erkundigen. Er ging auch nicht ins Büro, sondern stand einfach nur da. Sein Anliegen schien einzig und allein darin zu bestehen, dort zu verharren und das Immobilienbüro mit seinem Blick zu durchbohren beziehungsweise in das Büro hineinzuspähen. Als sich Uhwan ihm näherte, musterte der Fremde ihn völlig ungeniert, sodass Uhwan es förmlich spüren konnte. Dabei konnte man sich unmöglich wohlfühlen, dennoch ignorierte Uhwan ihn einfach, da seine Situation ihm nicht gerade viel Spielraum bot. In der Tat hatte er auch ein bisschen Angst. Eilig stieg er auf sein Fahrrad und fuhr schnell den absteigenden Weg hinunter. Er spürte, dass ihm der Blick des Mannes weiter folgte, bis er auf die Hauptstraße abgebogen war.

Yang Changgeun schaute dem Mann weiter nach, bis dieser mit seinem Fahrrad die hüglige Straße hinuntergefahren und in die Hauptstraße abgebogen war. Ihm war durchaus bewusst, dass der Abhang die Fahrt beschleunigt hatte und auch sein Blick den Mann belastet haben musste, mit dem er ihn völlig ungeniert gemustert hatte, aber auch wenn man all das berücksichtigte, war es offensichtlich, dass es der Mann sehr eilig hatte. Na ja, es waren genau genommen nicht nur eine Handvoll Leute, die schleunigst das Weite suchten, wenn sie Changgeun sahen. Er rannte solchen Menschen aber nicht jedes Mal hinterher und nahm sie fest. Daher kehrte er nun zu seinem ursprünglichen Anliegen zurück.

Er schaute in das Immobilienbüro hinein und sah Park Jongdae. Die Entfernung zwischen den beiden betrug lediglich einige Meter, deshalb konnte er auch die Mimik des Maklers erkennen. Er betrat das Büro nicht. Der Immobilienmakler kam auch nicht nach draußen. Changgeun blickte abwechselnd zu Jongdae und dem Yeongjin Apartmentkomplex. Er ließ sich Zeit, reichlich Zeit und wechselte immer wieder seinen Blick, damit Jongdae nicht umhinkonnte, es zu bemerken.

Park Jongdae sah, was Yang Changgeun anstellte. Er vermutete, dass der Ermittler etwas herausgefunden haben musste. Aber lediglich etwas Unbedeutendes, sodass er nicht das Büro betreten und ihn zur Rede stellen konnte. Natürlich kam ihm auch ganz kurz in den Sinn, dass der Ermittler vielleicht schon Bescheid über die Sache von heute Morgen wusste. Doch das war unmöglich. Das konnte er nicht wissen, und falls er es wirklich gewusst hätte, wäre er ins Büro gekommen und hätte ihm einige Fragen gestellt.

Jongdae schaltete den Fernseher ein. Alle Sender berichteten fieberhaft über das schockierende Ereignis. Das Unglück der Hochstraße. Wetteifernd gab man bekannt, wie viele Menschen ums Leben gekommen seien und wer sich unter ihnen befinde. Aber die Tatsache, die man wirklich hätte wissen sollen, die aber niemand ahnte, war, dass heute Morgen ein Teil der Geschichte umgeschrieben worden war.

Yang Changgeun hatte gestern, als er allerlei Papiere über den Yeongjin Apartmentkomplex bis auf die letzte Seite durchgesehen hatte, die Beamtin des Bürgeramtes aufgehalten, als sie im Begriff war, Feierabend zu machen. Er fragte sie, ob sie noch etwas Zeit für ihn habe. Sie überlegte kurz und sagte dann, dass er sie zum Essen einladen dürfe. Die beiden aßen zusammen zu Abend. Ausgerechnet Spaghetti.

Die Beamtin war das Essen wert. Während sie aßen, fragte Changgeun sie immer wieder etwas. Nicht über sie, sondern über den Yeongjin Apartmentkomplex. Und auch über Park Jongdae.

Ihrer Erzählung zufolge herrschte in einem alten Wohnviertel wie in Yeongdo noch die Atmosphäre eines Dorfes wie zu früheren Zeiten, obwohl Yeongdo in einer Großstadt wie Busan lag. Wenn es sich darüber hinaus auch noch um einen Apartmentkomplex handelte, der aus nur einem Gebäude bestand wie beim Yeongjin Apartmentkomplex, dann kannten sich die Bewohner verständlicherweise sehr gut und hatten viel Umgang miteinander. Die Übertragung des Eigentümers wurde selbstverständlich beim Registeramt durchgeführt. Aber was wäre, wenn es im Wohngebäude einen jungen Mann gäbe, der sehr freundlich war, seine Arbeit zuverlässig erledigte und sogar vertrauenswürdig war? Ältere Menschen würden dann wahrscheinlich nicht selbst zum Registeramt fahren.

Eine junge Person, die von einer alten Person etwas abhaben will, bleibt gewöhnlich in der Nähe dieser betagten Person. Sie sagt den Betagten nie, im Gegensatz zu deren eigenen Kindern, dass sie ihr dieses oder jenes geben sollen. Selbstverständlich kommt es auch niemals zu einer Gängelei, was alte Menschen generell nicht mögen. Die junge Person wiederholt nur mehrmals, sie sei da, weil sie sich bei diesen betagten Menschen wie bei den eigenen Eltern fühle und sie einfach möge. Bis diese ihr von sich aus alles geben. So freundlich und lieb wie sie ist, wird sie für die Betagten, die selbst von ihren Kindern verlassen wurden, zu jemandem, dem sie auf jeden Fall vertrauen können. Sie vertrauen diesem jungen Menschen vieles an, da er ihnen seine Aufmerksamkeit schenkt.

Yang Changgeun war sicher, dass Park Jongdae genau so eine junge Person war. Er erfuhr, dass Jongdae aus dieser Gegend stammte. Wie andere junge Leute aus diesem Apartmentkomplex war auch er von Yeongdo weggezogen und vor etwa fünf Jahren wieder hierher zurückgekehrt. Er war Ende dreißig, sein Vater war früh gestorben, seine Mutter betrieb dann allein das Yeongjin Immobilienbüro, aber seit der Rückkehr ihres Sohnes arbeitete sie nicht mehr.

Die Beamtin des Bürgeramtes erzählte weiter, dass Park Jongdae, als er vor fünf Jahren zurückgekommen war, anfangs das Geschäft nicht alleine geführt habe. Er hatte einen Mitarbeiter. Dieser wurde jedoch ein Jahr später entlassen, und anschließend betrieb Jongdae sein Geschäft allein. Er war zuverlässig, umgänglich und zuvorkommend, deswegen genoss er unter den alten Menschen einen guten Ruf. Die Leute mochten ihn und hielten für lobenswert, dass er nach dem Tod seines Vaters sofort hierher zu seiner Mutter gezogen war, um sich um sie zu kümmern. Es wurde häufig vorgeschlagen, dass man ihn später zum Abgeordneten des Bezirks erheben solle.

Der junge Sohn Park Jongdae leistete auch bessere Arbeit im Immobiliengeschäft als seine alte Mutter. Aber er konnte sich nicht sehr lange selbst um sie kümmern, weil sie an Demenz erkrankte. Als er sie schließlich in eine Klinik einliefern ließ, machte ihm kein Bewohner im Yeongjin Apartmentkomplex Vorwürfe.

Aufträge, die sich auf die Wohnungen in jenem Wohngebäude bezogen, wurden selbstverständlich restlos in Jongdaes Hände gegeben. Auch bei der Übertragung des Eigentumsrechts spielte er jedes Mal die Rolle des Bevollmächtigten. Als die Oma in der Wohnung 302 in eine Klinik eingewiesen wurde, weil ihre Demenz schlimmer geworden war, als der Opa in der Wohnung 701 wegen seiner Alzheimerkrankheit in eine Klinik musste oder als sich die Oma in der Wohnung 202 wie eine Verrückte aufführte und betonte, dass sie nicht verrückt sei – jedes Mal hatte Park Jongdae den Leuten unter die Arme gegriffen.

Die Mitarbeiterin des Bürgeramts rollte die Nudeln mit der Gabel routiniert auf, führte sie in den Mund und erzählte eine Geschichte nach der anderen. Und keine von ihnen war unbedingt kurz. Ihr Fazit lautete ebenso, dass Park Jongdae gar kein so schlechter Mensch sei. Sie dachte nach, ob es noch etwas gab, was sie Changgeun erzählen konnte, und fügte zum Schluss lediglich hinzu: »Außerdem sieht er auch ganz passabel aus.«

Yang Changgeun dachte jedoch ein bisschen anders. Sein Instinkt – sonst hatte er schließlich nichts in der Hand – sagte ihm, dass Park Jongdae den Leuten keineswegs unter die Arme griff, sondern Macht über sie hatte. Im Hinblick darauf, dass das niemandem bewusst war, musste Changgeun sagen, dass dieser Mann nicht zu unterschätzen war. *Ein ziemlich übler Typ also*, ging ihm in dem Moment durch den Kopf.

Und eben aus genau diesem Grund musste dem Makler mitgeteilt werden, dass es jemanden gab, der über ihn eine andere Meinung als der Rest hatte. Mit dieser Absicht kam Changgeun heute etwa zu der Zeit zu Jongdae, als dieser sein Büro öffnete, und stand so lange davor, dass es Jongdae reichlich unangenehm werden musste.

* * *

Während der Mittagszeit war Jongin sehr beschäftigt. Diese Arbeit hatte er eigentlich immer alleine erledigt. Er musste sich aber langsam eingestehen, dass er dazu nicht mehr in der Lage war. Immer wenn die Tür seines Geschäfts aufging, schaute er erwartungsvoll nach. Er wartete auf Uhwan. Dieser kam aber erst am späten Nachmittag zurück. Da gab es auch keine Kundschaft mehr. Uhwan hatte ein schlechtes Gewissen und entschuldigte sich bei Jongin. Dieser wollte ihm sagen, dass es kein Problem sei, er sei ja wieder da, und um ihm das zu sagen, ging er in die Küche und machte einen Schrank auf. Dort standen mehrere Packungen Kaffee-Mix-Pulver.

Seine verstorbene Frau hatte diesen Kaffee-Mix gemocht. Er hatte diesen Kaffee nie selbst gekauft. Seine Geschäftspartner, die wussten, wie gern seine Frau diesen Kaffee mochte, gaben ihm immer wieder mal gratis eine Packung zu anderen Einkäufen dazu. Er lehnte es auch nie ab. Im Schrank standen daher mehrere Dutzend Packungen mit Kaffee-Mix. Jongin griff nach einer, öffnete sie und nahm daraus zwei Tütchen. Dann kochte er Wasser für zwei Tassen Kaffee. Er stellte eine Tasse vor Uhwan, die andere vor sich und setzte sich.

Da stellte Uhwan ihm die Frage: »Wer ist auf den Namen Sunhee gekommen? Du?«

Es war seine Frau gewesen, die auf den Namen gekommen war. »Sun« bedeutete Sanftmut und »Hee« Glanz. Seine Frau war ein bescheidener Mensch gewesen. Da sie so bescheiden war, wünschte sie sich nichts sehnlicher, als dass ihr Sohn sanftmütig war. Dass er auch glänzte, brauchte sie sich nicht zu wünschen, denn er glänzte schon. In ihren Augen hatte ihr Sohn ab seiner Geburtsstunde herrlich gestrahlt.

Sie glaubte an die Kochkunst ihres Mannes. Sie wusste, dass er unbeirrt seinen Weg fortführen würde, bis ihr Sohn erwachsen war. Ihr Mann, der unbeirrt seinen Weg beschreiten würde, würde an ihren Sohn die Gaststätte »Busan Knochensuppe« vererben, wenn der Junge nur zu einem sanftmütigen jungen Mann heranwachsen würde. Mit einem zweiten Kind rechnete sie nicht einmal.

Der Sohn war sanftmütig. Zu seiner Mutter war er besonders sanftmütig. Als er in den Kindergarten kam, mochte er seinen Namen nicht, weil er wie ein Mädchenname klang. Dennoch war er seiner Mutter gegenüber sanftmütig. Auch Jongin gegenüber war er kein jähzorniger Sohn. Er mochte seinen Namen nicht, aber er war ein sanftmütiges Kind, wie es sein Name versprach.

Jongins Frau erkrankte an Dickdarmkrebs. Als er bei ihr diagnostiziert wurde, war er bereits im Endstadium. Die Wahrscheinlichkeit einer Heilung war sehr gering, selbst wenn sie eine Therapie bekommen würde. Doch sie wollte keine medizinische Behandlung, die ihre Aufmerksamkeit vollständig in Anspruch nehmen würde. Sie sagte, dass sie ihre Zeit bis zu ihrem Tod nicht wie eine lebende Leiche verbringen wolle, nur damit sie einige Monate länger am Leben bleiben könne. Jongin verstand sie. Bei ihrem Mann und ihrem Sohn fand sie einen würdevollen, friedlichen Tod.

Aber Sunhee dachte anders. Er dachte, dass sein Vater seine Mutter vernachlässigt und sterben lassen hatte. Er glaubte, dass sein schlechter Vater seine geliebte Mutter getötet hatte.

Jongins Frau konnte der Grundschul-Abschlussfeier ihres Sohnes nicht mehr beiwohnen. Jongin erkannte da, dass sein Sohn nur seiner Mutter gegenüber ein sanftmütiges Kind gewesen war. Sunhee wuchs langsam zu einem Jungen heran, der jederzeit zu einer Schlägerei bereit war.

»Ach, Kinder hören einfach nicht mehr auf die Eltern, wenn sie älter als zehn Jahre sind. Es ist sein Leben, und daran bist du nicht schuld«, sagte Uhwan.

Jongin schaute Uhwan an. Bestimmt hatte er ihn trösten wollen, aber er brauchte keinen Trost. Es *war* alles seine Schuld. Was in seinem Leben jetzt noch eine Bedeutung hatte, war einzig Sunhee. Wenn das Leben seines einzigen Sohnes kein gutes werden sollte, dann trug Jongin allein die Schuld daran. Er hatte sich nie Gedanken darüber gemacht, wie schwer die Last, die sein Sohn mit sich schleppte, wiegen musste, aber er war sich stets sicher gewesen, dass Sunhee immer alles ertragen konnte. Für ihn spielte es ganz und gar keine Rolle, ob sein Sohn ihm jeden Abend Vorwürfe machte. Er hatte absolut kein Problem, jeden Morgen von den klagenden Worten seines Sohnes geweckt zu werden. Wenn nur das Leben seines Sohnes nicht ruiniert würde.

»Ein Leben, das ruiniert sich nicht von selbst«, murmelte Jongin.

35

Die Mitschüler waren neidisch auf Sunhee. Sie wären gerne selbst in das schwarze Auto eingestiegen, das vor der Schule stand.

Jedes Jahr um diese Zeit tauchte entweder ein schwarzer, weißer oder silberner Pkw oder Kleinbus vor der Schule auf. Dann stiegen die Schüler, die ihre Fäuste entweder einigermaßen, gut oder am besten schwingen konnten, in eines jener Autos. Der schwarze Pkw wurde als der beste und der weiße Kleinbus als Niete angesehen. Auch vor Sunhee hielt so ein Auto. Ein schwarzer Pkw. Wahrscheinlich die Gangsterbande, deren Geldfluss am dicksten unter den Gangs war. Das bedeutete, dass er gute Chancen hatte. In dem Augenblick des Eintritts in diese Organisation würde Sunhee dem Ruf der Gang entsprechend auf den Straßen respektiert werden, und sein Beitritt würde mit einem Geschäftsessen in einem chinesischen Restaurant gefeiert werden, dessen Format das Ansehen der Gang widerspiegelte. War der Geldfluss lang, dann war auch das Leben der Mitglieder lang. Die Mitglieder der Gangsterbande, deren Geldfluss trockengelegt war, kamen andauernd ums Leben.

Während er die Schule besuchte, hatte Sunhee natürlich einiges gelernt. Er hatte Spaß daran, sich technische Fähigkeiten anzueignen. Seine Lehrer sagten häufig, dass er sehr klug sei und wie schön es wäre, wenn er sich ein bisschen Mühe beim Lernen geben würde. Allerdings hatten sie bereits ein vages Gefühl, dass er nicht einfach ein Leben als Techniker führen würde, also zumindest nicht, indem er auf sein Können aufbaute, das er sich in der Schule angeeignet hatte, und dann später durch das Leben weiter lernte, wie es alte Leute gewöhnlich auszudrücken pflegten.

Für ihn sah es eigentlich gar nicht so übel aus. Es war schließlich ein schwarzer Pkw, der dort stand. Das bedeutete, dass es sich um die Gang handelte, deren Mitglieder theoretisch das längste Leben hatten. Sunhee hatte nicht vor, früh zu sterben. Klar pflegte er seinen Freunden etwas anderes zu sagen. Er habe keine Angst vor dem Tod. Er werde in einer Gang das große Geld scheffeln, alles andere sei auch superchillig, allerdings gebe es eine einzige Sache, die ihm nicht ganz passe, nämlich dass er nicht der Boss dieser Gang sei. Es sei nicht sein Ding, für jemanden zu arbeiten. Er wolle seine eigene Gang haben. Das sagte er immer wieder lauthals. Dann lachten seine Freunde, weil sie das für einen Witz hielten; zugleich schienen sie jedoch neidisch auf ihn zu sein. Aber die Realität war für ihn stets beängstigend. Er fühlte sich beklommen, immer wenn er dieses schwarze Auto sah.

Das Fenster auf der Beifahrerseite ging runter. Anschließend wurde er immer leise gerufen: »Hey, Lee Sunhee.« Sie war zwar leise, aber es war keine Stimme, die Rücksicht auf seine Laune nahm. Eine Stimme, die sich zunächst vom Fahrer aus die kurze Strecke auf ihn zuschlängelte und von seinen Fußzehen aus langsam an ihm hochkroch. Wenn diese Stimme von seinen Fußzehen an den Knöcheln vorbei und über die Waden nach oben gekrochen war, bekam Sunhee eine Gänsehaut, noch bevor sie seine Ohren erreichte. Er bekam immer an den Armen eine Gänsehaut, wenn er diese Stimme hörte. Seine Freunde hatten ihm gesagt, dass der Mann keine hohe Position innehaben konnte, da er auf dem Fahrersitz saß. Aber weil Sunhee einen Mann von hoher Position noch nie gesehen hatte, hatte er vor ebendiesem Mann am meisten Angst. Er war nie in diesen schwarzen Wagen eingestiegen, sondern fuhr mit dem Motorrad immer an ihm vorbei; und wenn er an ihm vorbeifuhr, folgte der Wagen ihm nicht weiter. Aber heute verhielt der Mann sich anders.

Als Sunhee am Zebrastreifen anhielt, von wo aus man Kanghees Schule sehen konnte, kam jener Wagen noch mal näher an ihn herangefahren. Er parkte sein Motorrad auf die Schnelle am Straßenrand, nahm den Schlüssel heraus und ging zum Wagen, der ebenfalls angehalten hatte. Er machte die Tür an der Beifahrerseite auf und stieg ein.

Jener Mann war allein im Wagen. Sunhee sah ihn zum ersten Mal aus der Nähe und stellte fest, dass er jünger war, als er gedacht hatte. Der Mann kratzte sich am Nacken. Ob dieses Kratzen bedeutete, dass es gut sei, dass er eingestiegen war, oder dass der Mann nicht damit gerechnet hatte, dass Sunhee wirklich einsteigen würde, konnte der Junge nicht einschätzen. Als der Mann begann, sich hinter dem Ohr zu kratzen, ergriff Sunhee das Wort. Er sagte, was er einstudiert hatte. Er wisse, dass er ein gutes Angebot bekommen habe, und es sei ihm auch bekannt, dass die Gang ein hohes Ansehen genieße, aber leider sei das Ganze nichts für ihn. Er brachte seine Ablehnung unmissverständlich und ausführlich zum Ausdruck. Der Mann erwiderte kaum etwas. Sunhee stieg aus dem Wagen und ging unverzüglich zu seinem Motorrad. Er steckte den Schlüssel ein. Danach fuhr er an Kanghees Schule vorbei und weiter geradeaus.

Er fuhr wie an jedem anderen gewöhnlichen Tag durch ihm fremde Straßen. Erst spät in der Nacht kam es ihm in den Sinn, nach Hause zurückzukehren.

Als er über die ihm vertraute Straße zur Gaststätte fuhr, sah er, dass er auf dem Weg von dem Mann und seinen Männern erwartet wurde. Ohne auch nur einen Ton zu sagen, ließen sie ihre Fäuste und Füße auf Sunhee einprasseln. Dabei zerrten sie ihn vom Motorrad. Er wurde zusammengeschlagen und hatte nicht einmal Zeit, seine mächtige linke Faust vorzubereiten. Sie hörten auf, ihn zu schlagen, als er kurz davor war, das Bewusstsein zu verlieren. Aber sie gingen nicht. Sie verprügelten ihn lediglich nicht weiter. Sunhee hob mit großen Schwierigkeiten den Kopf an. Einige Meter entfernt sah er einen Schatten, der sich am Nacken kratzte. Diesen Schatten, der in der Dunkelheit mit dem Rücken zum Licht stand und sich am Nacken kratzte, nahm Sunhee mit aller Deutlichkeit wahr. Erst danach fuhren die Männer weg.

Sunhee erhob sich. Er stellte das Motorrad wieder auf, das umgefallen war. Der Schlüssel steckte noch.

Es war gut, dass er heute Kanghee nicht mitgenommen hatte.

* * *

Es gab Tage, an denen Sunhee noch später als heute nach Hause kam. Uhwan hatte aber bisher keinen einzigen Tag erlebt, an dem er nicht nach Hause gekommen war. Er hörte das Motorrad, ging sofort in die Küche und schnitt das Fleisch von der Beinscheibe klein. Die Tür ging auf. Jemand betrat das Lokal.

Mit einer großen Portion Knochensuppe kam Uhwan aus der Küche. Sunhee saß an einem Tisch, sein Gesicht war grün und blau geschlagen und die Haut in seinem Gesicht war an mehreren Stellen aufgeplatzt. Das Blut floss angefangen bei seinen Augenbrauen über die Wange, traf auf das Blut, das aus seinem Mund floss, und sickerte bis zur Brust hinunter. Der Brustbereich seiner weißen Schuluniform war rot. Uhwan stellte die Schüssel mit der Knochensuppe vor den unsäglich schlimm aussehenden Jungen. Dieser wischte sich provisorisch mit einem Taschentuch das Blut aus dem Gesicht. Seine Lippe war aufgeplatzt und tat ihm offensichtlich weh, dennoch aß er die Suppe. Er trank die Brühe und kaute auf den Fleischstücken herum. Er gab den Reis in die Suppe. Uhwan beruhigte sich ein wenig, als er sah, dass Sunhee aß. Nachdem er sich ein wenig beruhigt hatte, wurde er wütend. Was trieb der Bengel überhaupt? Warum führte er so ein Leben? Sunhee machte ihm Sorgen. Als er anfing, sich Sorgen um den Jungen zu machen, konnte er seine Wut nicht mehr unter Kontrolle halten. Er fühlte, dass er gleich mit ihm schimpfen würde. In dem Augenblick allerdings, als Uhwan loslegen wollte, sagte Sunhee: »Es ist gut, dass du da bist. Ich bekomme dann immer viel Fleisch in meine Suppe.«

36

Dem Zyklopen war bewusst, dass ein Aushilfsjob gefährlich sein konnte, deshalb war er auch strikt gegen Aushilfsarbeiten.

Das Problem war aber immer das Geld. Vormittags gab es hier selten Arbeit. Während er hier nur rumsaß, wartete dort nicht nur Arbeit, sondern auch viel Geld auf ihn; und er roch permanent Geld. Während sein Geruchssinn für Blut offenbar abhandengekommen war, ließ der Geruch des Geldes ihn sofort aufmerken, wie weit entfernt das Geld auch sein mochte. Er haderte noch mit der Entscheidung. Er musste sich nur aus der Wohnung schleichen und brauchte sonst nichts mitzunehmen. Die Instrumente wurden dort alle zur Verfügung gestellt. Das Geld und ein Patient warteten dort ebenfalls auf ihn.

Der Zyklop teilte die Wohnung mit zwei Typen. An den Tagen, an denen kein Fleisch gegrillt wurde, lagen auch diese Kollegen auf der faulen Haut. Aber alle waren prinzipiell rund um die Uhr in Bereitschaft, weil sie nie wussten, wann ihnen ein Auftrag zugeteilt wurde. Meistens gab es Aufträge, die zu später Stunde oder bei Morgendämmerung durchzuführen waren. Die Entscheidung, wann sie zur Arbeit fuhren und welche Arbeit angenommen wurde, lag stets allein in seiner Hand.

Ein Kollege lag auf dem Sofa und der andere parallel zu ihm davor auf dem Boden. Sie sahen zusammen fern. Der Zyklop ging an ihnen vorbei und wollte die Wohnungstür öffnen.

»Wo gehst du hin?«, fragte einer von den beiden, ohne es jedoch wirklich wissen zu wollen.

»In die Sauna«, antwortete der Zyklop knapp und machte anschließend die Tür hinter sich zu.

Der Arbeitsplatz war gemütlich und gut ausgestattet. Der Patient war auch frisch. Die Waren, die herauszunehmen waren, schienen nicht wenig an der Zahl zu sein. Der Zyklop verlangte dementsprechend mehr Geld. Nachdem er sichergestellt hatte, dass zwei Bündel Geldscheine zusätzlich in den Aktenkoffer hineingewandert waren, nahm er das Skalpell in die Hand. Er schnitt den Bauch des Patienten auf. Gleichzeitig verstummten die störenden Geräusche aus dessen Mund, der mit Paketband zugeklebt war. Der Zyklop machte sich für sein Geld bezahlt. Die Leute, die ihm bei seiner Arbeit zusahen, entschlossen sich, auch beim nächsten Mal diesen Verrückten zu engagieren. Der Verrückte holte alles heraus, was aus dem Bauch eines Menschen herauszuholen war, und entnahm schließlich auch beide Augäpfel. Danach kontrollierte er, ob es noch etwas gab, was zu gebrauchen war. Er verlangte, dass der Tote auf dem OP-Tisch umgedreht wurde. Anschließend begann er, die zarte Haut des Leichnams vom Hintern bis zum Oberschenkel abzutrennen. Draußen wurde es etwas lauter, aber das bekam der Zyklop nicht mit, weil er so sehr in seine Arbeit vertieft war.

Er legte die abgeschnittene Haut auf eine Seite des Tisches und war im Begriff, das Skalpell zur anderen Seite des Hinterns zu führen, und da realisierte er, dass es inzwischen viel zu ruhig geworden war. Es roch nach etwas, das weder Blut noch

Geld war. Es stank extrem nach Schweiß. Der Zyklop hob den Kopf an.

Vor und hinter ihm standen Männer, die einst anscheinend professionelle Judokas oder Gewichtheber gewesen waren, oder bestimmt hervorragend im Ringen sein mussten. Die Faust von einem der Männer flog dem Zyklopen geradewegs ins Gesicht. Es war die Kang Doyeongs, der in Busan geboren war, auf den Straßen Busans Unfug getrieben hatte und letztlich in Busan Ermittler geworden war. Der Zyklop wurde zu Boden geschleudert. Doyeong fluchte mit noch schlimmerem Vokabular als gewöhnlich, aber der Zyklop konnte das schon nicht mehr richtig hören. Ihm war schwindlig. Er roch einzig nur noch Schweiß.

* * *

Diesmal wurde ganz und gar kein Hehl aus der Sache gemacht. Das schwarze Auto versperrte Sunhees Motorrad direkt den Weg.

Sunhee hatte einen Anruf von Kanghee erhalten. Weder bei ihm noch bei ihr spielte der Schulunterricht eine große Rolle, aber dass Kanghee ihn um diese Zeit treffen wollte, passierte nicht alle Tage. Das bedeutete, dass er unbedingt zu ihr musste. Dafür musste er wiederum, so dachte er, schnell, aber vor allem sicher dieses schwarze Auto loswerden. Wenn er jetzt die Flucht ergreifen würde, würde das Auto ihn verfolgen. Er stellte sein Motorrad am Straßenrand ab und stieg erneut auf der Beifahrerseite ein. Heute saßen zwei Männer auf den Hintersitzen. Wie der Mann auf dem Fahrersitz sahen auch die beiden ziemlich unscheinbar aus. Sunhee trug hastig noch einmal seine Ablehnung des Angebots vor. Kurz herrschte Stille. Der Mann, der hinter ihm saß, schnallte den Sicherheitsgurt Sunhees fest. Der

Mann auf dem Fahrersitz stieg aus. Sein Platz wurde von dem Mann eingenommen, der hinter dem Fahrersitz gesessen hatte.

Während der Fahrer, der neben dem Auto stand, eine Zigarette rauchte und sich dabei am Nacken und auch hinter den Ohren kratzte, schaukelte der Wagen hin und wieder. Gelegentlich konnte man Sunhees Gesicht sehen, das an das Fenster gepresst wurde.

* * *

Im Vernehmungsraum saßen nur Kang Doyeong und der Zyklop. Der Zyklop wollte nicht so leicht eine Aussage machen. Ob er allein arbeite; ob er einer kriminellen Bande angehöre; wer der Kopf der Gang sei; aus wie vielen Mitgliedern sie bestehe; ob es sich um eine Gangsterbande handele, die ausschließlich mit Hardware Handel betreibe; wo sie ihre Basis habe. Es wurden zwar zahlreiche Fragen gestellt, aber Doyeong bekam keine einzige Antwort. Der Zyklop erklärte, dass er nichts ohne seinen Anwalt sagen werde. Außerdem würde Kang Doyeong den Preis dafür zahlen müssen, dass er ihn geschlagen habe. Dafür werde er sorgen.

Allerdings war dem Zyklopen klar, dass es in den Sternen stand, ob sein Anwalt tatsächlich kommen würde. In Wirklichkeit kannte der Zyklop ihn nicht gut. Er arbeitete seit mehreren Jahren mit ihm zusammen, aber er war niemand, dem man mit der Zeit näherkam. Der Zyklop wurde innerlich unruhig, aber er zeigte seine Nervosität kein bisschen. Er erweckte bei Doyeong nicht einmal den Anschein, dass er auch nur einen Ton sagen würde. Die Minuten, ohne dass ein einziges Wort fiel, dauerten an.

Der hünenhafte Ermittler begann, die Anzahl seiner Fragen immer weiter zu reduzieren. Mit dem, was er vom Zyklopen wissen wollte, wurde er auch bescheidener. Schließlich sagte er, dass der Zyklop nur ein Gangmitglied nennen müsse, und zwar gerne auch das geringste. Kang Doyeong war auf der Suche nach einer Person, die anstelle des Zyklopen alles auspacken würde. Daher machte er ihm ein Angebot: Seine Freilassung gegen den Namen eines Gangmitglieds.

Der Zyklop grübelte, aber nicht sehr lange. Es waren letzten Endes Menschen, mit denen er ohnehin nicht bis ans Ende seines Lebens zu tun haben wollte. Er entschied sich, die Person zu nennen, die ihm als Erstes einfiel. Und ihm fiel auch bald das Gesicht eines Mannes ein. Aber er kannte seinen Namen nicht. Er wusste jedoch, welcher Arbeit sein Favorit nachging, und hatte auch eine Ahnung, wo man ihn finden konnte.

Doyeong wusste wiederum, dass der Zyklop bald in den Köder beißen und jemanden nennen würde. Dieser würde dann weitere Namen ausspucken. Auf einmal bekam Doyeong gute Laune, deswegen plauderte er vor sich her: »Sie sind ein sehr gefragter Schönheitschirurg gewesen, aber jetzt öffnen Sie nur noch Bäuche und wühlen in stinkenden Eingeweiden herum. Das tut mir wirklich schrecklich leid. Wie sehr man sich da ärgern muss! Was Sie jetzt so machen, ist, tja, hm, Arbeit auf einem völlig anderen Niveau. Wie schwer Sie es momentan haben!«

Auf diese Worte hin starrte der Zyklop den Ermittler an. Zuerst fingen seine Augen an zu lachen. Danach zog sich einer seiner Mundwinkel in die Länge, und auf diese Weise begann er, Doyeong auszulachen. Seine Schultern bebten, und zugleich wurde sein Lachen immer lauter. Der skurrile Ton dieses Lachens wurde allmählich höher. Schließlich lachte der Zyklop mit dem ganzen Körper. Der scharfe und widerwärtige Klang dieses Lachens, als ob man mit den Fingernägeln über eine Kreidetafel kratzen würde, füllte den Vernehmungsraum vollständig aus. Augenblicklich war Doyeongs Laune im Eimer.

Der Zyklop unterdrückte mühsam sein Lachen, um gerade so ein paar Worte herauszubekommen: »Gelegentlich gehe ich noch meiner Spezialität nach. Sind Sie jetzt sehr enttäuscht?«

37

Der Tag seiner Rückkehr kam mit großen Schritten näher. Morgen oder auch heute noch wäre theoretisch kein Problem gewesen.

Uhwan wusste jetzt, wie man die Knochensuppe kochte. Er hatte zwar noch nie alleine von Anfang bis Ende die Suppe gekocht, aber er traute es sich ohne Weiteres zu. Sicherheitshalber beziehungsweise in Hinblick auf sein dürftiges Gedächtnisvermögen hatte er sich viele Notizen gemacht. Im Grunde genommen stellte das Kochen der Knochensuppe kein äußerst schwieriges Unternehmen dar. Hinter dieser Suppe steckte auch kein geheimes Rezept. Die Knochensuppe war ein Gericht, das sehr viel Zeit in Anspruch nahm. Das geduldige Warten galt es zu lernen, und das war kein leichtes Unterfangen. Uhwan wusste nun, wo er die Beinscheibe, die Querrippe und auch den Pansen besorgen konnte. Von dem Metzger, bei dem Jongin Stammkunde war, würde er bestimmt nicht über den Tisch gezogen werden.

Gibt es im Boot genug Platz für mein Gepäck? Uhwans Gedanken über den Tag seiner Rückkehr nahmen langsam konkrete Gestalt an. Allerdings konnte er den Tag nicht so leicht festlegen. *Wenn ich wieder da bin, würde sich in erster Linie*

Bongsu riesig freuen und mich herzlich empfangen. Der Chef hat mir versprochen, mir meine eigene Gaststätte zu geben, wenn ich ihm beibringen würde, wie man die Knochensuppe kocht. Ich kann Bongsu ja vorschlagen, dass wir zusammen die neue Gaststätte führen. Oder sollte ich vielleicht den Chef gar nicht verlassen? Der Chef würde doch aber nicht sein Wort brechen, oder? Kann ich dort allerdings etwas finden, was das gute Fleisch und die gute Beinscheibe, die man hier bekommt, ersetzen kann? Na ja, kein Problem. Auch wenn ich so etwas nicht finden würde, würde meine Knochensuppe auf jeden Fall besser schmecken als die, die dort angeboten wird. Ich müsste sie nur so kochen, wie ich es von Jongin gelernt habe.

Es gab keinen Grund, warum Uhwan weiter hierbleiben sollte. Keinen Grund, warum er nicht zurückkehren sollte. Er hatte zwar ein Mädchen und einen Jungen kennengelernt, die wie seine Eltern hießen, und mit ihnen hatte er auch eine schöne Zeit verbracht, das konnte aber kein Anlass sein, nicht zurückzukehren.

Dennoch trödelte er ziemlich und schob den nächsten Schritt für seine Rückkehr auf. Das war für ihn selbst nicht wirklich nachvollziehbar. Er brauchte nur die Armbanduhr einzuschalten, die er vom Reisebüro erhalten hatte, dann würde er die Uhrzeit für seine Rückkehr erfahren. Warum dachte er nicht daran, die Armbanduhr einzuschalten? Wartete er im Ernst auf das Ergebnis des DNA-Tests, der im Fernsehen der letzte Schrei gewesen war?

Er dachte, dass er die Herdflamme in der Küche mal kontrollieren sollte, und mit diesem Gedanken ging er aus seinem Zimmer. Jongin war nicht zu sehen. Wahrscheinlich machte er ein Nickerchen oder war kurz ausgegangen. Ein Nachmittag, der sowohl für Jongin als auch für Uhwan angenehm und ruhig war.

Uhwan nahm den Deckel vom Eisenkessel. Er entfernte das Fett, das an der Oberfläche der Brühe schwamm, und stellte die Flamme ein bisschen niedriger. Danach setzte er sich in der Küche kurz hin. Ein Raum, der ihm mittlerweile vertraut geworden war. Ein Platz, den er inzwischen liebgewonnen hatte. Er öffnete den Kühlschrank und überprüfte, ob genug gekochtes Fleisch vorhanden war. Dann schnitt er ein paar Frühlingszwiebeln klein und stellte sie in den Kühlschrank. Jongin mochte nicht, wenn zu viele Frühlingszwiebeln klein geschnitten aufbewahrt wurden. Er bereitete zwar alles rechtzeitig vor, aber immer in Maßen. Ihm gegenüber konnte Uhwan sich nicht ungezwungen benehmen, und das fand er selbst sehr merkwürdig. Jongin war doch ähnlich alt wie er, und es wäre zu erwarten gewesen, dass er sich mit ihm viel besser verstand als mit Sunhee, der wesentlich jünger war als er. Das war aber nicht der Fall. Zwischen Jongin und ihm lag zwar eine Generation, aber das konnte auch kein entscheidender Grund sein, denn man sah oft genug, dass ein Kind sich beim Großvater ungezwungener benahm als beim Vater. Dieser Gedanke ließ Uhwan schmunzeln. Seine Idee, dass er einen Schüler als Vater und einen Mann, der ähnlich alt war wie er selbst, als Großvater bezeichnete, kam ihm sehr lustig vor. Er nannte Jongin sogar großspurig seinen großen Bruder, wenn er mit anderen über ihn redete.

»Wieso grinst du so dämlich?«, sprach Kanghee Uhwan an, der allein in der Küche saß und schmunzelte.

»Du? Hier? ... Musst du nicht in der Schule sein?«

»Wer war das noch mal, der mich zu einem öffentlichen Badehaus zitiert hat, und zwar zu einer Uhrzeit, wo ich eigentlich in der Schule sein musste?«

»Ach das, das war ja nicht ich, sondern mein großer Bruder

Jongin gewesen.« Ihn so zu nennen, brachte Uhwan wieder zum Lachen.

Möglichst weit solle er sie rausfahren, sagte Kanghee, weil ihr nicht danach sei, in der Gaststätte zu hocken. Das fand Uhwan rätselhaft. Sie war doch von sich aus genau in diese Gaststätte gekommen und behauptete nun, dass sie nicht in der Stimmung sei, in einer Gaststätte zu hocken. Er trat kräftig in die Pedale des Fahrrads.

Kanghee war schwerer, als sie aussah. Sie umfasste Uhwans Taille, ließ sie los und umfasste sie wieder. Auch sie hatte wohl Hemmungen wie einst Uhwan auf dem Motorrad. Seine Beine bekamen auf einmal eine Kraft, die eigentlich gar nicht vorhanden gewesen war. Das Fahrrad fuhr kraftvoll vorwärts. Wind entstand, der zuvor nicht da gewesen war. Und gute Laune, die zuvor nicht da gewesen war, machte sich in Uhwan breit. Er war glücklich. Ihn machte glücklich, dass er zusammen mit Kanghee auf einem Fahrrad irgendwohin unterwegs war.

»Mein Gott, das Teil ist aber verdammt langsam!«, sagte Kanghee, die hinter Uhwan sitzend bisher stumm geblieben war. Auf diese Worte hin schmunzelte er.

Sie hielten am Strand an, der sich der »Busan Knochensuppe« am nächsten befand, und setzten sich nebeneinander. Nun fühlte sich Uhwan verlegen. Während der Fahrt, als das Mädchen hinter ihm gesessen hatte, war das nicht so gewesen.

»An dem Ort, von dem ich komme, liegt das Meer viel weiter draußen«, begann Uhwan von Dingen zu erzählen, die zu erwähnen völlig unnötig war. Weil er sich sonst nicht zu helfen wusste. Zum Glück erwiderte Kanghee nichts.

»Das Meer liegt sehr weit draußen, deswegen muss man unheimlich lange über das rennen, was früher einmal das Meer gewesen war, wenn man zum Wasser kommen will«, erzählte er etwas ausführlicher, da er schon mit dem Thema angefangen hatte.

Und dann sagte Kanghee: »Onkel Uhwan, ich bin schwanger.«

38

Die Klinik hieß ganz schlicht Klinik Hoffnung. Yang Changgeun dachte kurz über den Unterschied zwischen Hoffnung und Wunsch nach. Den Wunsch fand er ein bisschen optimistischer als die Hoffnung, dafür aber fühlte sich die Hoffnung für ihn inständiger an als der Wunsch. Mit diesen Gedanken betrat er die Klinik.

Die Klinik »Hoffnung« war eine Psychiatrie, daher hatte der Ermittler mit etwas Eigenartigem und Bizarrem gerechnet. Entgegen seiner Vorstellung war die Klinik aber ziemlich gewöhnlich, nicht eine Spur düster. Auf ihn wirkte die Klinik vielmehr erfrischend und friedlich. Krankenschwestern, Ärzte und Sachbearbeiter waren alle freundlich. Changgeun war auf der Stelle bereit, den Kindern, die ihre an Demenz leidenden Eltern in diese Klinik hatten einweisen lassen, zu sagen, dass dies eine hervorragende Entscheidung war. Er hatte große Lust, die Menschen, die an Demenz und anderen psychischen Erkrankungen litten, möglichst schnell, am besten heute noch, hierherzuholen. In dieser Klinik gab es nichts, was ihm bedenklich beziehungsweise fragwürdig erschien. Er hatte sich Misshandlung oder

Gewalt an Patienten vorgestellt und musste nun über sich selbst lachen, was für ein Idiot er doch war.

Trotzdem überprüfte er alle dreizehn Personen einzeln, die zuvor im Yeongjin Apartmentkomplex gewohnt hatten. Alle waren hier sicher aufgehoben und bekamen eine angemessene medizinische Behandlung. Selbstverständlich gab es unter ihnen auch Personen, die etwas anderes behaupteten. Einer sagte, dass er nicht verrückt sei, und ein anderer klagte über seine Kinder, dass sie ihn in diese Klinik haben einliefern lassen. Die meisten dieser dreizehn beteuerten, dass die Kinder, die sie hierhergeschickt hatten, nicht ihre echten Kinder seien. Eine solche »Verneinung« sei das typischste Symptom für an Demenz leidende alte Menschen, sagte die junge Krankenschwester, die Changgeun durch die Klinik führte. Sie meinte auch, dass man es in Korea immer noch für einen schlimmen Verstoß gegen die Pietät halte, wenn man nicht mit seinen Eltern zusammenwohne und sich somit nicht selbst um sie kümmere, obwohl man sie an einem viel besseren Ort untergebracht habe wie eben diese Klinik. Und nicht wenige alte Menschen würden sich schämen, wenn sie in eine psychiatrische Klinik kommen würden. Ob es nicht höchste Zeit sei, sich von dieser Einstellung zu befreien, fragte sie. Changgeun konnte nicht genau sagen, ob die Krankenschwester ihre eigene Meinung äußerte oder lediglich die Position der Klinik vortrug.

Unter den dreizehn Patienten erkannte er ein Gesicht wieder. Es war das der alten Frau, die vor einigen Tagen aufs Polizeirevier gekommen war und behauptet hatte, dass ihr Sohn nicht ihr Sohn sei. Selbstverständlich erkannte Changgeun sie wieder, sie aber ihn nicht. Sie sah wortlos fern. In ihrem Gesicht konnte er keine Unruhe feststellen. Entweder hatte sie sich mit ihrer Lage abgefunden oder sie war auf dem Weg der Besserung. Bevor er sich versah, machte sich Changgeun Gedanken um ihren Sohn, den er damals mit seiner Mutter auf dem Revier gesehen hatte. Dass er es schwer habe, da der Aufenthalt seiner Mutter in dieser Klinik viel kosten müsse, was für ein guter Sohn er sei und so weiter.

Im Großen und Ganzen gab es niemanden, dessen Klinikaufenthalt man im Rahmen des gesunden Menschenverstandes für problematisch halten konnte. Alle alten Leute, die hier waren, machten auf Changgeun den Eindruck, dass sie nirgendwo besser aufgehoben wären als in der Klinik »Hoffnung«.

Dennoch empfand Yang Changgeun eine merkwürdige Unruhe. Seine Gedanken drehten sich wild im Kreis. Einer der Patienten müsste ihn doch wenigstens am Arm fassen und sagen: »Helfen Sie mir, holen Sie mich bitte schnell hier raus!« Mindestens drei oder vier von den dreizehn müssten indessen verschwunden und als vermisst gemeldet sein. Changgeun hatte erwartet, dass er am dürren Körper von irgendjemandem Spuren von Misshandlung entdeckte. Zugegeben, er hatte über sich selbst gelacht, weil er eben diese Erwartung gehegt hatte. Trotz allem beunruhigte ihn, dass er nichts, rein gar nichts finden konnte, was seine Vermutung auch nur ansatzweise bestätigte! Die Leute sahen auch nicht aus, als würden sie gerade schauspielern. Warum sollten sie auch? Yang Changgeun war schließlich keine besondere Persönlichkeit, und man hatte erst recht nicht wissen können, dass er kommen würde. Ihm fielen plötzlich die Worte von Kang Doyeong ein. Changgeun habe zu viele Filme gesehen. Damit konnte sein Kollege durchaus recht haben. Er musste zugeben, dass er mit seiner Erwartung bezüglich der alten Menschen in dieser Klinik völlig danebengelegen hatte. Er nahm von seiner Einstellung, die alten Menschen wären hier in welcher Form auch immer unglücklich, peu à peu Abschied.

Wenn Park Jongdae dabei wirklich geholfen hätte, dass diese Leute hier eingeliefert worden waren, konnte man das durchaus eine lobenswerte Tat nennen. Diese Klinik war jene, die in Busan am besten lief, und das nicht ohne Grund. Selbst Changgeun hatte Lust, hier ein paar Tage Urlaub zu machen. Saß man einfach da, wurde man gefüttert. Man brauchte nur die Hand auszustrecken, dann schaltete sich der Fernseher automatisch ein. Schüttelte man den Kopf, wechselte der Sender. Schaute man der Krankenschwester wortlos in die Augen, wurde man auf die Toilette gebracht. Hier hatte man den Himmel auf Erden! Park Jongdae war ein Engel! Diesen Engel hatte Changgeun für einen Teufel gehalten, nur weil er sich ein bisschen am Nacken gekratzt hatte. Bloß weil er sich ein bisschen hinter den Ohren gekratzt hatte!

Der Ermittler verglich die Liste der Patienten noch einmal mit der, die er vom Bürgeramt bekommen hatte, obwohl er alle dreizehn Personen hier bereits mit eigenen Augen gesehen hatte. Dennoch, ja, aus irgendeinem Grund konnte er nicht umhin, die Liste noch einmal zu überprüfen. Alle dreizehn waren definitiv hier.

Es wäre höchste Zeit für Yang Changgeun, die Klinik wieder zu verlassen, Park Jongdae aufzusuchen und ihm zu sagen, dass er seine Stimme auf jeden Fall habe, wenn er als Abgeordneter des Bezirks Yeongdo kandidieren würde. Er hätte Jongdae auch beichten können: »Herr Park, ich habe Sie zwar observiert, aber das müssen Sie bitte als Ausdruck einer gewissen Zuneigung Ihnen als zukünftigem Politiker gegenüber verstehen!« Ja, warum nicht? Und bei dem Thema Politiker konnte Changgeun jetzt ebenso den Blick Jongdaes verstehen, der so fokussiert auf den Politiker bei der Wahlkampfkampagne gerichtet gewesen war. Damals hatte der Immobilienmakler seine eigene Zukunft betrachtet. Für Changgeun klärte sich endlich alles auf. Er zweifelte generell an vielem, das war eben seine Berufskrankheit, und außerdem konnte er Politiker nicht leiden. Von daher hatte er einfach Zweifel an Park Jongdae gehegt und ihn nicht gemocht.

Das war alles schön und gut, aber wie erklärte er sich, dass Park Jongdae und der Sohn, dessen Mutter jetzt an diesem wunderbaren Ort medizinisch versorgt wurde, sich an denselben Stellen kratzten? Die meisten erwachsenen Männer in Korea kratzten sich am Bauch. War das Ganze deswegen merkwürdig? Nein, absolut nicht. Das Mindeste, was Changgeun tun sollte, wäre, auf der Stelle zu Jongdae zu fahren und ihm als Entschuldigung seine eigene Hand zum Kratzen anzubieten.

Changgeun war bewusst, dass ein Ermittler niemals mit Politikern auf Kriegsfuß stehen durfte. Er hatte oft genug erlebt, dass Fälle unsachgemäß behandelt wurden, weil private Angelegenheiten zwischen Ermittlern und Politikern im Spiel waren. Yang Changgeun war ein erfahrener Ermittler, der die Welt bereits gut genug kannte, und als solcher wusste er, dass etwas Falsches eigentlich nie geradezubiegen war und man daraus folgend Hundekacke aus dem Weg gehen sollte. Nicht weil man vor der Hundekacke Angst hatte, sondern um keine Kacke am Schuh zu haben. Er dachte im Ernst daran, dass er den Immobilienmakler aufsuchen, ihm seine Identität mit allem Drum und Dran offenbaren und das Ganze guter Stimmung abschließen sollte. So wie er erfahren hatte, spielte Jongdae jetzt die Rolle des Repräsentanten des Yeongjin Apartmentkomplexes. Von einer solchen Sache sollte man als Ermittler lieber die Finger lassen. Es wäre denkbar, dass auf die Initiative von Park Jongdae die gesamten Bewohner des Yeongjin Apartmentkomplexes aus irgendeinem aus der Luft gegriffenen Grund eine Beschwerde gegen den Ermittler einreichten. Es war auch vorstellbar, dass Jongdae dafür sorgen würde, nachdem er tatsächlich Abgeordneter des Bezirks Yeongdo geworden war – wie klein die Wahrscheinlichkeit dafür auch sein mochte –, dass Changgeun wegen irgendeiner Lappalie in Schwierigkeiten geriet. Der Ermittler fürchtete Politiker nicht. Er versuchte auch nicht, nach ihrer Pfeife zu tanzen. Was er wollte, war einzig und allein, einen Verbrecher, den seine Kollegen und er nach mühsamer Polizeiarbeit festgenommen hatten, nicht wieder freilassen zu müssen, und das nur wegen seines Verhaltens irgendwann in der Vergangenheit. Das wollte er auf jeden Fall vermeiden.

Wenn in dieser Klinik tatsächlich etwas Fragwürdiges passierte, hätten Doyeong, der schließlich in Busan geboren und aufgewachsen war, und seine Kollegen, die wesentlich länger hier arbeiteten als er, schon Verdacht geschöpft. Darauf hoffend, dass Doyeong etwas herausfand, falls es wirklich etwas herauszufinden gäbe, war Changgeun im Begriff, Park Jongdae aufzusuchen, einen Strich unter die Angelegenheit zu ziehen und aufs Revier zu fahren.

Als er sich aber bei der Krankenschwester, die ihm die Klinik gezeigt hatte, für die Kooperation bedankte und sich von ihr verabschiedete, hielt ausgerechnet sie ihn auf: »Müssen Sie sich die geschlossene Abteilung nicht auch anschauen?«

* * *

Das Gangmitglied, das der Zyklop nannte, sollte ein Talentjäger sein. Dieser habe zurzeit alle Hände voll zu tun und hänge jetzt wahrscheinlich vor den Oberschulen herum. Er fahre ein schwarzes Auto.

In Busan gab es zahlreiche Oberschulen. Für Kang Doyeong war es ausgeschlossen, alle Schulen abzuklappern. Er hatte das auch nicht vor, weil er bereits alle Jungs kannte, auf welche die Gangs ein Auge geworfen hatten.

Er fuhr zuallererst mit seinen Kollegen zur Schule von Lee Sunhee. Aber dort gab es kein schwarzes Auto. Doyeong fuhr daraufhin weitere fünf Schulen ab. Nichts. Morgen würde er nochmal eine Runde machen müssen. Der Zyklop war noch im Vernehmungsraum, von daher konnte der Talentjäger nicht wissen, dass die Polizei nach ihm suchte. Dieser würde also auch morgen noch die Schulen abfahren.

Als Doyeong den Wagen wendete, entdeckte er ein schwarzes Auto, das am Straßenrand geparkt war. Er wäre einfach an diesem Auto vorbeigefahren, wenn er nicht auch ein chinesisches Restaurant in der Straße gesehen hätte, in der das Auto geparkt war. Ein schwarzer Pkw und ein chinesisches Restaurant. Was für eine großartige Kombination! Doyeong parkte zunächst seinen Wagen in der Nähe und ging dann zusammen mit seinen Kollegen ins Restaurant. Es war nicht sehr groß. Außerdem gab es nicht viel Kundschaft, was auch auf die Uhrzeit zurückzuführen war. Für das Abendessen war es nämlich zu früh, und die Mittagszeit war längst vorüber. Doyeong ließ seinen Blick durch den Raum schweifen. Wenn es einen Tisch geben sollte, an dem zwei, drei Männer in schwarzen Anzügen und ein oder zwei

Schüler zusammensaßen und Nudeln mit schwarzer Bohnenpaste sowie frittiertes Schweinefleisch in süßsaurer Sauce aßen und dazu Schnaps tranken, wäre dieser Tisch für Doyeong die richtige Adresse. Aber an keinem von ihnen saßen Männer in schwarzen Anzügen. Es waren insgesamt vier Tische, die besetzt waren. An zwei von ihnen saß jeweils eine Familie, Erwachsene und Kinder, der dritte war nur von erwachsenen Männern besetzt, und an dem vierten Tisch saßen ein Mann und ein Schüler. Doyeong konnte den Rücken des Mannes und das Gesicht des Schülers sehen. Der Mann trug keinen schwarzen Anzug.

Es war die Intuition, die Doyeong in seinem langen Berufsleben als Ermittler gewonnen hatte. Sie sagte ihm, dass der Rücken des Mannes nicht dem eines Gangmitglieds entsprach. Auch das Gesicht des Schülers war ihm unbekannt, wobei es natürlich nicht auszuschließen war, dass dieser Junge ein urplötzlich aufgestiegenes Talent war. Es sah sehr danach aus, dass er morgen noch mal seine Runden an den Schulen vorbei drehen musste, so wie er es sich schon vorgenommen hatte.

Die Ermittler wendeten sich wieder dem Ausgang zu. Ausgerechnet in diesem Moment stand der Mann auf, der mit dem Schüler zusammen an einem Tisch gesessen hatte, da er wohl mit dem Essen fertig war. Vor ihm ging der Schüler an den Ermittlern vorbei und machte die Tür auf. Der Mann holte seine Geldbörse hervor und ging zur Kasse. Sie war direkt an der Eingangstür.

Doyeong griff den Türknauf und schaute dabei zu dem Mann. Ein ganz gewöhnliches Gesicht, das ihm jedoch irgendwie bekannt vorkam. Niemand kam jemandem einfach so bekannt vor. Auch die anderen Ermittler erkannten den Mann.

Doyeong richtete seinen Blick nach draußen. Der Schüler

hatte bereits das Restaurant verlassen und stieg auf sein Motorrad, das er in einer Gasse abgestellt hatte. Das Motorrad sah außergewöhnlich aus. Es war enorm gepimpt. Intuitiv wusste Doyeong, dass dieser Schüler einer der besten Schlägertypen an seiner Schule war. Dann musste dieser Mann doch der Kerl sein, von dem der Zyklop erzählt hatte. Aber er hatte ein Gesicht, das nicht das von einem Gangmitglied sein konnte. Mehr noch, es war der Mann, den Doyeong einmal auf dem Polizeirevier gesehen hatte. Der Sohn, der sich um seine alte, an Demenz leidende Mutter sorgte.

Der Mann drehte den Kopf in Richtung Tür und schaute die Ermittler an, die davor standen. Ein gut aussehendes Gesicht. Er kratzte sich am Nacken. Er kam näher zur Tür. Seine Hand, mit der er sich am Nacken gekratzt hatte, wanderte hinter das Ohr. Etwas verlegen grüßte er mit den Augen Doyeong und seine Kollegen und wollte an ihnen vorbeigehen. Doch Doyeong hielt den Mann auf.

* * *

Die Abteilungen in der Klinik »Hoffnung« waren in eine offene und eine geschlossene unterteilt. Die alten Menschen, die Changgeun gesehen hatte, waren in der offenen Abteilung. Alle dreizehn von seiner Liste hatte man dort untergebracht, weswegen er nicht auf die Idee gekommen war, dass es hier noch eine andere Abteilung geben könnte.

In der geschlossenen Abteilung waren alle Türen versperrt. Und es gab dort Zimmer, die Zimmer der Kontemplation hießen. Da hinein gingen Patienten, die Ärger machten. Dort verbrachte man seine Zeit alleine und wurde innerhalb von 72 Stunden wieder herausgelassen, solange sich keine Notwendigkeit für etwas anderes ergab. Allerdings gab es auch besondere Fälle.

Die Klinik »Hoffnung« hatte zum Beispiel einen Patienten, der sich seit einem Jahr im Zimmer der Kontemplation aufhielt. Er wollte sein eigenes Gesicht nicht sehen. Damit einhergehend, mussten alle Spiegel in seinem Zimmer komplett entfernt werden. Auch Glasscheiben, die spiegelten, mussten weg. Es hatte darüber hinaus mehrere Selbstmordversuche gegeben. Dementsprechend mussten seine Hände fixiert werden, um weitere Versuche zu unterbinden.

Seine Identität hatte man bis heute nicht feststellen können. Außerdem war er aus freien Stücken in diese Klinik gekommen. Als er kam, war er bereits nicht ganz bei Sinnen. Die junge Krankenschwester, die Changgeun begleitete, sagte, dass sie keine weiteren Informationen geben könne, was damals genau gewesen war, weil sie erst seit drei Monaten hier arbeite. Sie fügte noch ihre persönliche Meinung hinzu, was für eine gute Klinik dies sei, dass man auch solche Patienten einfach aufnehme. Anscheinend war die Krankenschwester sehr stolz auf diese Klinik und wollte Besuchern gerne alles zeigen. Changgeun sagte ihr, dass er jenen Patienten einmal sehen wolle. Es handelte sich schlicht um Neugier.

Die abgeschlossene Tür des Zimmers, in dem der besagte Patient einquartiert war, wies ein kleines Fenster auf. Es diente ausschließlich dazu, ins Zimmer hineinzuschauen. Der Patient im Zimmer konnte weder durch das Fenster nach draußen noch sich selbst in dem Glas sehen. Yang Changgeun schaute also durch dieses Fenster in den Raum hinein.

Er sah einen Mann. Mit gesenktem Kopf und gekrümmtem Rücken saß er da. Changgeun wartete, bis der Mann den Kopf heben würde, doch das geschah nicht. Da schlug der Ermittler urplötzlich mit Wucht gegen die Tür. Erschrocken hob der Mann den Kopf und schaute in Richtung Tür. Aber sein Gesicht war nicht zu sehen. Er schaute zweifellos zu Changgeun, aber sein Gesicht war nicht auszumachen.

Der Mann hatte kein Gesicht. Oder besser, es sah so aus, als ob er kein Gesicht hätte. In seinem Gesicht war keine Haut mehr vorhanden, und deshalb sah er so aus, als hätte er kein Gesicht. Changgeun sah den Mann ohne Gesicht lange und forschend an.

* * *

Kang Doyeong saß dem Sohn der alten Frau gegenüber, den er aus dem chinesischen Restaurant mitgenommen hatte. Sie waren im Vernehmungsraum. Der Zyklop wurde freigelassen, nachdem er den Mann identifiziert hatte.

Der Zyklop war also nicht mehr im Raum, und dennoch hörte Doyeong noch sein Lachen. Der Zyklop kratzte mit seinen langen Fingernägeln über eine Kreidetafel. Kang Doyeong sah das Gesicht des Mannes vor sich lange und forschend an.

39

Gelegentlich begegnete man Menschen, die sehr viele interne Informationen über den Betrieb haben, in dem sie tätig sind, und dennoch ihre Arbeitsstelle lange behalten, weil sie selten etwas darüber ausplaudern. Die Pflegedienstleitung der Klinik »Hoffnung« war dafür ein Musterbeispiel. Sie sah aus wie Anfang fünfzig. Von allen Beschäftigten in dieser Psychiatrie wusste sie am besten über den Mann ohne Gesicht Bescheid. Aber wie gesagt, sie plauderte selten etwas aus. Sie blieb weiter schweigsam, auch nachdem sie erfahren hatte, dass Yang Changgeun Ermittler war. Vielleicht wurde sie sogar noch schweigsamer als vorher.

Sie erzählte, dass der Mann bereits mit enthäutetem Gesicht in diese Klinik gekommen war. Man konnte nicht herausfinden, ob dieses Enthäuten auf ihn selbst, bedingt durch seine psychische Erkrankung, zurückzuführen oder durch Gewaltanwendung einer anderen Person geschehen war. Hätte er seit Längerem das Symptom gehabt, sein eigenes Gesicht nicht akzeptieren zu wollen, wäre es durchaus denkbar, dass er das Enthäuten selbst durchgeführt hatte; wäre dieses Symptom jedoch erst nach dem Enthäuten aufgetreten, dann wäre die Wahrscheinlichkeit hoch, dass es durch eine fremde Person zugefügt worden war. Wenn Letzteres zutreffen sollte, so dachte Changgeun, handelte es sich ganz klar um ein Verbrechen.

»Warum hat man den Mann nicht bei der Polizei gemeldet?«, fragte Changgeun. Es war eine unverfängliche Frage und kein Vorwurf. Aber die Pflegedienstleitung verteidigte sich: »Ich halte es nicht für angemessen, wenn man bei dem, was diesem Mann passiert ist, blindlings von einem Verbrechen ausgeht. Es kann auch eine Therapie oder ein medizinischer Eingriff gewesen sein, wenn die Person, die das Enthäuten durchgeführt hat, ein Arzt gewesen ist. Außerdem hatte das Gewebe, dessen Oberfläche entfernt worden war, schon begonnen zu vernarben, als der Mann zu uns kam, weil es nicht rechtzeitig medizinisch behandelt worden war. Von daher hat die Heilung seiner Seele Vorrang gehabt.«

Was die Pflegedienstleitung sagte, hatte Hand und Fuß und ließ keine Kritik zu. Changgeun fragte sie also: »Wissen Sie, woher der Mann kam?«

Sie erwiderte: »Er war bereits nicht mehr in der Lage, klar zu denken, als er diese Klinik betrat. Dementsprechend war es nicht ratsam, seinen wirren Worten Glauben zu schenken.«

»Aber warum ist er ausgerechnet in diese Klinik gekommen? Was glauben Sie?«, bohrte Changgeun nach.

Die Pflegedienstleitung antwortete auf diese Frage nicht.

»Ein Mann, der nicht mehr klar denken kann, geht von sich aus in die Psychiatrie. Finden Sie das normal?«

Auf diese Frage antwortete die Pflegedienstleitung ebenfalls nicht.

Changgeun überlegte für sich: *Angenommen, jemand enthäutet gewaltsam das Gesicht dieses Mannes; dieser realisiert, in was für einer ungemein gefährlichen Lage er sich befindet, und es gelingt ihm, zu fliehen. Danach irrt er irgendwo umher, bis seine Verletzung nicht mehr behandelbar ist; er geht nicht nach Hause, sondern kommt hierher. Aber warum hat er sich ausgerechnet für diese Klinik entschieden? Weil er vielleicht der Meinung war, dass er hier in Sicherheit ist? Ist er wirklich deswegen in diese Klinik geflohen?*

Nachdem er sich viele Fragen gestellt hatte, fragte Changgeun anschließend die Pflegedienstleitung: »Kann jedermann ohne Weiteres erfahren, wer sich hier aufhält?«

»Ist diese Frage Ihr Ernst?«, entgegnete die Frau. Es war die bisher schnellste Erwiderung von ihr.

Changgeun versank tief in Gedanken. Dann kam eine weitere Frage von ihm: »Ist es möglich für den Patienten, aus dem Zimmer der Kontemplation zu kommen, die geschlossene Abteilung zu verlassen und in die offene Abteilung verlegt zu werden?«

»Selbstverständlich ist das möglich«, lautete die Antwort. »Man therapiert ihn ja, um genau das zu erreichen«, führte die Frau nüchtern, aber mit großer Zuversicht aus.

Changgeun wurde plötzlich sehr neugierig auf eine Sache. Die Wortwahl »Therapie« hatte den Ausschlag gegeben. »Äh, diese Therapie, ich meine den medizinischen Eingriff, von dem Sie zuvor gesprochen haben. Welche Anlässe können für diesen Eingriff infrage kommen, wenn es sich tatsächlich um einen solchen gehandelt haben sollte?«

»Woher soll ich das wissen? Ich bin schließlich Krankenschwester in einer Psychiatrie. Vielleicht eine Art plastische Chirurgie.« Eine schnelle Antwort.

Es war an der Zeit für den Ermittler, seine Befragung abzuschließen. Das war ihm soeben deutlich geworden. Heute konnte er mit seinen Fragen noch endlos weitermachen, aber er würde nicht mehr herausbekommen. Er musste ein anderes Mal wiederkommen, auch wenn es keine Garantie gab, dass er bei einem weiteren Besuch mehr über den Mann ohne Gesicht in Erfahrung bringen würde. Eines war jedoch viel bedeutsamer als diese Tatsache, nämlich dass jener Patient mit dem Fall, dem Changgeun zurzeit nachging, in keinem Zusammenhang zu stehen schien. Trotz alledem hatte sich Changgeun sehr viel Zeit für die Psychiatrie genommen.

* * *

Sein Name war Ryu Jeonghun. Er wohnte in Wohnung 403 des Yeongjin Apartmentkomplexes, seine alte Mutter war kürzlich in die Klinik »Hoffnung« eingeliefert worden, und sein Vater war tot. Vor dessen Ableben hatte er seine Fabrik geerbt, in der Fischfrikadellen zubereitet wurden. Busan war eine Stadt, die bekannt für Fischfrikadellen war, und dementsprechend gab es nicht wenige Fabriken für Fischfrikadellen, aber anscheinend sah Ryu Jeonghun nicht nur gut aus, sondern besaß auch einen guten Geschäftssinn, weil er die Fabrik erfolgreich weiterführte. Man konnte sagen, dass er ein junger, erfolgreicher Unternehmer war. Sein Lebenslauf war unauffällig. Der Ermittler, der seinen Hintergrund überprüft hatte, erzählte, dass auch er die Fischfrikadelle aus der Fabrik dieses Ryu Jeonghuns schon mal probiert und sie ihm wirklich hervorragend geschmeckt habe. Damit äußerte er indirekt seine Meinung, dass man mit der Verdächtigung dieses jungen Unternehmers auf dem Holzweg sei. Es sah auch tatsächlich sehr danach aus. Jeonghun schien es an nichts zu mangeln, und es wirkte so, als würde er ein gutes Leben führen. Eine kriminelle Gang? Und das auch noch mit Spezialisierung auf Hardware? So ein Unsinn!

Der Schüler, der mit Ryu Jeonghun im chinesischen Restaurant gewesen war, hieß Yu Jaehyeok und wohnte in demselben Apartmentkomplex wie Jeonghun. Die beiden seien sich zufällig über den Weg gelaufen und hätten einfach zusammen etwas gegessen, sagte Jeonghun aus. Er fragte, ob es ein Verbrechen sei, wenn man mit einem Nachbarn zusammen etwas esse. Der Wagen? Der gehöre ihm. Er liebe einfach die Farbe Schwarz. Eine kriminelle Gang? Er habe keinen Schimmer, wovon man rede. Talentjäger? Was das heißen solle. Die Arbeit in der Fabrik nehme ihn vollkommen in Anspruch. Der Zyklop? Was für einen Unfug er sich hier anhören müsse! Er war aufgebracht. Er fügte sogar hinzu, Jaehyeok sehe zwar nach außen nicht unbedingt brav aus, aber in Wirklichkeit sei er ein guter Junge. Jeonghun benahm sich nicht so, als wäre er in Bedrängnis geraten, und machte auf Doyeong auch nicht den Eindruck, dass er bluffen würde. Der Ermittler überprüfte die Identität von Yu Jaehyeok. Es stimmte, dass er im Yeongjin Apartmentkomplex wohnte. Es war möglich, dass die beiden sich gut kannten. Denn die meisten Bewohner des Yeongjin Apartmentkomplexes, das ja auch nur aus einem Gebäude bestand, waren Eigentümer ihrer Wohnungen, und daraus folgend wohnten sie dort schon seit Langem.

Ryu Jeonghun passte nicht in das Muster eines Gangmitglieds. Außerdem war er ein Mann, der ein Familienunternehmen führte, das sein Vater gegründet hatte, auch wenn das Fabrikgebäude mittlerweile ziemlich alt war. Es gab keinen Grund, warum er einer kriminellen Gang angehören sollte. Und was das Schwarz anging, so mochte tatsächlich auch Kang Doyeong diese Farbe. Aber was war mit dem Zyklopen? Warum hatte der Zyklop ausgerechnet diesen Mann genannt? Einfach so, um seine eigene Haut zu retten? Deswegen hatte er schlicht irgendjemanden genannt? Nein. Doyeong bezweifelte das. Der Zyklop hatte bestimmt etwas Sicheres in die Waagschale geworfen, um sich selbst aus der Schusslinie zu bringen. Ein Arzt, der den Bauch eines Menschen aufschnitt und innere Organe entnahm, hatte kein Mitleid mit anderen Menschen. Nein. Der Zyklop musste todsicher einen guten Kandidaten ausgewählt haben.

Ryu Jeonghun kratzte sich beim Sprechen gelegentlich am Nacken. Und auch hinter den Ohren. Er schien bewusst zu vermeiden, sich zu kratzen. Dennoch kratzte er sich, ohne es wahrzunehmen. Doch das störte Doyeong nicht. Jeder hatte eine Angewohnheit, von der man selbst nichts ahnte. Ebenso gab es Angewohnheiten, die man gezielt verheimlichen wollte, aber nicht konnte.

Doyeong dachte aber in Wirklichkeit gar nicht an den neuen Verdächtigen, sondern an den Zyklopen. Er hörte permanent das Lachen des einstigen Schönheitschirurgen. Dieser Mann ging ihm nicht aus dem Kopf. Warum hatte er ausgerechnet Ryu Jeonghun als Gangmitglied genannt? Er hatte keinen anderen, sondern genau diesen Mann ausgesucht, und dafür musste er doch einen triftigen Grund gehabt haben. Aber welchen? Doyeong war ratlos. Dann fielen ihm die Worte ein, die der Zyklop gesagt hatte, als er sein Lachen kurz unterdrückte: »Gelegentlich gehe ich noch meiner Spezialität nach. Sind Sie jetzt sehr enttäuscht?«

Daraufhin ergab sich ein völlig neues Bild. Jeonghun kratzte sich gerade am Nacken. Doyeong betrachtete dieses Kratzen plötzlich aus einem anderen Blickwinkel. Er schaute sich den Nacken des Verdächtigen genauer an. Der Nacken war von nicht gerade kurzem Haar bedeckt, aber da war ganz klar eine Narbe.

Eine Narbe, die von einer Operation herrühren konnte.

40

Kanghee schaute Uhwan an, lächelte, strahlte dann über das gesamte Gesicht. Sie wirkte nicht einsam auf ihn. Weder das Meer, das er vor sich sah, noch das Profil der Schülerin, die ihm erzählte, dass sie schwanger sei, wirkten auf ihn einsam. Deswegen war Uhwan erst einmal beruhigt.

Kanghee hatte recht. Solche Neuigkeiten sollte man nicht in einer Gaststätte erfahren. Es war gut, dass er mit dem Fahrrad gefahren war, anstatt zu laufen. Und das Meer. Es war sehr gut, dass er bis ans Meer gefahren war. Es wäre wahrscheinlich sogar besser gewesen, wenn sie noch weiter rausgefahren wären. Solche Gedanken gingen ihm durch den Kopf, während er auf weitere Worte der werdenden Mutter wartete.

Kanghee fuhr fort, dass Uhwan die erste Person sei, der sie von ihrer Schwangerschaft erzähle. Er fragte sie, wieso sie gerade ihm das erzähle. Dann schilderte sie ihre Gründe.

»Ich hatte mir mehrere Tage den Kopf zerbrochen. Ich dachte, dass ich zuerst Sunhee über diese Neuigkeit informieren sollte, weil er ja der Vater des Kindes ist, und das, obwohl er selbst noch ein halbes Kind ist. Auch auf die Gefahr hin, dass ihm vor Schreck entweder der Kopf oder er komplett auf der Stelle platzen würde, wenn ich ihm erzählen würde, dass er Vater wird. Aus diesem Grund hatte ich ihn treffen wollen. Er ist aber nicht zum Treffpunkt gekommen, und ich wusste nicht, ob er nicht gekommen ist, weil er etwas gerochen hatte, oder ob er aus irgendeinem Grund den Unterricht nicht schwänzen konnte. Ich wartete und wartete also auf ihn und dann habe ich mich einfach auf den Weg zur ›Busan Knochensuppe‹ gemacht, weil ich keine schlechte Laune bekommen wollte. Unterwegs habe ich mir Sorgen gemacht, dass mir vielleicht in der Gaststätte der Alte vom öffentlichen Badehaus begegnet, und das wäre ja wirklich ziemlich scheiße gewesen. Aber zum Glück war er nicht da. Na ja, was soll ich schon noch zu diesem Herrn sagen?« Seit dem Vorfall im Badehaus nannte sie Jongin den Alten vom öffentlichen Badehaus.

Sie erzählte das alles sehr ruhig, ihre Stimme klang zunehmend besonnener, und sie strahlte auf einmal vor Lebenskraft: »Trotzdem muss ich diese gute Nachricht doch mit jemandem teilen, oder?«

»Bist du glücklich?«, fragte Uhwan unbegründet in einem irgendwie vorwurfsvollen Ton. Es hätte ihm wesentlich besser gefallen, wenn sie bedrückt und ängstlich gewirkt hätte. In Gedanken fragte er sie, ob sie eine Ahnung habe, welches Leben auf einen Menschen warte, der von verantwortungslosen Menschen wie Sunhee und ihr, die unbedacht ein paar Tage voller Spaß verbracht hatten, zur Welt gebracht wurde.

Es war schon merkwürdig, dass Uhwan in den schönen Momenten vollkommen davon überzeugt war, Kanghee und Sunhee könnten unmöglich seine Eltern sein, während für ihn absolut kein Zweifel daran bestand, dass die beiden Miststücke seine Eltern waren, wenn er unruhig war. Das machte ihn sehr zornig.

»Bist du glücklich, wirklich glücklich? Du wirst von deinen Eltern und auch von Sunhees Vater unglaublichen Ärger bekommen. Möglicherweise darfst du auch nicht mehr zur Schule, und die Leute könnten dein Leben lang mit dem Finger auf dich zeigen. Bist du trotzdem glücklich?«, schleuderte Uhwan von Emotionen überwältigt Kanghee entgegen, als ob er wütend auf sie wäre und deshalb von ihr Rechenschaft einfordern würde.

»Ja, ich bin glücklich … Zu meinen Eltern habe ich sowieso keine gute Beziehung. Und die Schule … Na ja, eigentlich ist jetzt gerade auch Unterricht, und ich bin hier, weißt du? Mit dem Finger auf mich zeigen? Die Menschen tratschen auch, wenn sie auf jemanden neidisch sind. Das ist einfach das Problem von solchen Losern und nicht meins. Ich bin glücklich. Problem damit?«, antwortete Kanghee, ohne zu zögern.

Sie führte noch weiter aus, wie glücklich sie sei. Sie sei glücklich, weil das Baby von Sunhee, den sie liebe, und ihr sei; sie sei glücklich, weil sie Mutter werden würde, und dann auch noch eine junge Mutter. Sie wolle an der Feier ihres Kindes zur Aufnahme an die Universität teilnehmen, und zwar als eine wahnsinnig sexy Mama. Sie wolle ihr Kind völlig anders als Sunhee zu einem sehr klugen und verantwortungsvollen Menschen erziehen. Sie schien Worte auszusprechen, die sie schon im Kopf zurechtgelegt und dann geübt hatte. Aber wenn man ihr genau zuhörte, wusste man, dass es Worte waren, auf die sie sich bereits seit Langem vorbereitet hatte. Ihren Worten wohnte ein ernster Herzenswunsch inne.

Uhwan dachte nach. Er hatte keinen Bruder. Auch keine Schwester. Er war ein Einzelkind. Da fragte er sich, ob *er* denn ein kluger und verantwortungsvoller Mensch war.

41

Die Sonne ging unter. Das Gebäude eines Mehrfamilienhauses warf einen riesigen Schatten. In diesem Schatten kauerte das Yeongjin Immobilienbüro. Darin saß Park Jongdae und dachte nach: »Wann wäre wohl der beste Zeitpunkt, um einen Besuch abzustatten?« Er hätte Kim Juhan auch aufsuchen können, bevor das Wahlergebnis bekannt gegeben worden war. Dann hätte er ihn vielleicht im Endeffekt schneller und leichter für sich gewinnen können. Aber damit hätte er ihm seine euphorische Spannung vermasselt. So etwas machten nur Feinde. Park Jongdae wollte ihm gegenüber als Freund auftreten, ja, er wollte seiner Truppe angehören. Der erste Eindruck war entscheidend.

Kim Juhan hatte diesmal bei der Wahl für den Abgeordneten des Bezirks Yeongdo kandidiert und die Wahl verloren. Jongdae hätte ihn vor einigen Tagen aufsuchen und ihm sagen können, dass er bei dieser Wahl eine Niederlage einstecken müsse. Damals hatte er noch mehr Stimmen als sein Gegner, auch wenn es nicht bedeutend viel mehr waren, deswegen hätte er die Worte Jongdaes entweder für einen Witz gehalten und gelacht oder als eine große Beleidigung aufgefasst, weil er eben nur geringfügig vor seinem Gegner gelegen hatte. Doch unabhängig davon, wie er damals auf Jongdae reagiert hätte, der Immobilienmakler hätte ihn schneller für sich gewinnen können, wenn er dann heute wieder bei ihm aufgetaucht wäre und ihn gefragt hätte, ob er nicht recht mit dem Wahlergebnis gehabt habe. Anschließend hätte er Juhan erzählen können, dass er nämlich jemand sei, der über gewisse Dinge ein bisschen mehr und auch etwas früher Bescheid wisse als andere, und ihn daraufhin fragen können, ob er Interesse an einer Zusammenarbeit mit ihm hätte. Jedoch hatte er diese Chance nun versäumt.

Wann soll ich ihn also aufsuchen und ihm sagen, dass ich, ja, ich Park Jongdae, der unentbehrlichste Partner bin, wenn er Präsident werden will? In welchem Ausmaß sollte ich ihn in die Dinge einweihen, die ich weiß? Und was sollte ich verheimlichen? Ich habe schließlich unvorstellbar viele Informationen, sozusagen die Macht der Information. Welche Information soll ich ihm zuerst präsentieren?

Jongdae grübelte und grübelte. Währenddessen ging die Sonne weiter unter. Er dachte, dass er das Licht anmachen sollte, und mit diesem Gedanken blieb er einfach weiter am Schreibtisch sitzen.

»Worüber machst du dir so ernsthaft Gedanken? Überlegst du dir, wie du an noch mehr Geld kommen kannst?«, drang eine Stimme aus der Dunkelheit an sein Ohr. Dann folgte ein merkwürdig hohes Lachen. Es war der Zyklop.

Es war eine absolute Seltenheit, dass der Zyklop Park Jongdae im Büro aufsuchte. Jongdae stand auf und ließ die Jalousien runter. Dem wenigen noch verbliebenen Sonnenlicht, das von draußen ins Büro gedrungen war, wurde komplett der Weg ins Innere versperrt. Jongdae machte das Licht an.

Der Zyklop war ein ehrlicher Mensch. Zumindest dem Menschen gegenüber, der ihm Geld gab. Und von Natur aus war er ein intelligenter Mensch, der diese Intelligenz auf sehr listige Weise nutzte. Er erzählte Jongdae, was heute Nachmittag geschehen war.

Er habe wegen ein bisschen Kleingeld alleine einen Aushilfsjob angenommen und war dabei vor Ort verhaftet worden. Da nur er verhaftet worden sei, könne er nicht sagen, wer ihn verpfiffen hatte. Allerdings habe er nicht den Eindruck, dass ihn jemand absichtlich verraten hatte. Der Ermittler, der ihn festgenommen habe, heiße Kang Doyeong. Was dieser genau wisse, seien zwei Dinge: Erstens, dass sie eine organisierte Gang seien, und zweitens, dass sie mit Hardware handeln würden. »Was hätte ich also machen sollen, schließlich war ich ja schon verhaftet? Genau, erst einmal musste ich meine eigene Haut retten.« Daher habe er Ryu Jeonghun ans Messer geliefert. Und daraufhin sei er selbst freigelassen worden, so wie man es ihm versprochen hatte. Jeonghun sei jetzt auf dem Polizeirevier. Das wisse er, weil er ihn identifiziert habe, bevor er freigelassen worden war. »Ich hatte doch mal mit ihm zu tun gehabt. Es wäre unhöflich von mir gewesen, unbedacht jemanden, den ich nicht einmal kenne, zu nennen.«

Park Jongdae mochte diesen Zyklopen, der die allerletzte Scheiße wie diese gebaut hatte, ihn von sich aus völlig unverschämt aufsuchte und alles ganz unverblümt erzählte. Zumindest verkomplizierte der Zyklop für Jongdae die Lage nicht noch weiter. Was sein Besucher berichtet hatte, bedeutete für ihn, dass der Techniker auf freiem Fuß war, während man die Geldquelle geschnappt hatte. Geld konnte man immer wieder verdienen, aber das Erlernen einer Technik bedurfte viel Zeit. Der Zyklop war wirklich intelligent. Das Problem war, dass Ryu Jeonghun bisher Jongdaes einzige sichere Geldquelle gewesen war und ihm nicht wenige Angelegenheiten bevorstanden, die kostspielig waren. Gleich in den nächsten Tagen wollte er den Mann aufsuchen, der am Boden zerstört war, weil er die Abgeordnetenwahl verloren hatte. Zu ihm konnte Jongdae doch unmöglich mit leeren Händen gehen! Das stellte ein Problem dar, über das er sich nun Gedanken machen musste. Er kratzte sich am Nacken. Der Zyklop steckte sich eine Zigarette zwischen die Lippen.

»Jetzt hast du noch etwa 44 Stunden, also hast du genug Zeit, dir etwas einfallen zu lassen. Jeonghun hat doch zumindest ein passables Gesicht«, sagte der Zyklop und kicherte wieder, als er das Wort »Gesicht« sagte.

* * *

Vier Stunden waren um. Wenn in den nächsten 44 Stunden kein Beweis gegen Ryu Jeonghun gefunden würde, würde kein Haftbefehl erlassen werden. Kang Doyeong hatte den Mann vorläufig festgenommen, weil er sich sicher gewesen war, dass er Mitglied einer organisierten Gang war. Außerdem hatte der Zyklop diesen Mann als solches identifiziert. Aber wenn er innerhalb von 48 Stunden nach der vorläufigen Festnahme keinen richterlichen Haftbefehl erhalten sollte, müsste er ihn wieder auf freien Fuß setzen. Ohne Beweis gab es auch keinen Haftbefehl.

Ryu Jeonghun hatte den Kopf auf den Tisch im Vernehmungsraum gelegt und schlief. Konnten die Ermittler es sich leisten, ihn jetzt so in aller Ruhe ein Nickerchen machen zu lassen? Auf jeden Fall war kein Ermittler in dem Raum anwesend. In dem Einwegspiegel, der eine Wand des Vernehmungsraums vollständig in Besitz nahm, machte Jeonghun ebenfalls ein Nickerchen. Auf der anderen Seite dieses Einwegspiegels standen Yang Changgeun und Kang Doyeong und schauten in den Vernehmungsraum. Die beiden klebten förmlich am Spiegel und starrten Jeonghun heimlich an, als würden sie miteinander konkurrieren, wer den Mann im Vernehmungsraum besser anstarren könne.

Sobald Changgeun im Revier eingetroffen war, hatte Doyeong ihm alles über den Zyklopen und Ryu Jeonghun erzählt. Es sei fast auszuschließen, Jeonghun für einen Gangster zu halten, wenn es nach seinem Erscheinungsbild ginge; selbstverständlich gebe es auch keinen Beweis dafür, dass er einer kriminellen Gang angehöre; er solle ein Talentjäger sein, aber der Junge, mit dem er zusammen gewesen war, sei ein Bewohner desselben Apartmentkomplexes wie Jeonghun gewesen. »Trotz allem, je länger ich diesen Typen sehe, desto stärker wird in mir das Gefühl, dass ich den Richtigen erwischt habe und ich ihn unbedingt hinter Gitter bringen muss; dieses Ziel vor Augen starre ich ihn also ununterbrochen an; aber aus einem unerklärlichen Grund höre ich immer wieder das Lachen des Zyklopen und seit irgendwann neben dem Lachen auch noch, was er danach gesagt hat; und dabei handelt es sich sicherlich nicht um Einbildung. Wie auch immer, all das lässt mich andauernd im Gesicht von Ryu Jeonghun nach Antworten suchen. Seine Hand, mit der er sich im Nacken gekratzt hat, hat meine Aufmerksamkeit auf sich gezogen und ich habe schließlich eine Narbe im Nacken entdeckt, die von einer Operation zu stammen scheint.«

Diese Geschichte, deren Chronologie ganz gut nachvollziehbar war, deren Verbindungen und Übergänge zwischen den einzelnen Teilen jedoch etwas zu wünschen übrig ließen, hatte Changgeun aufmerksam angehört.

Die beiden Ermittler schauten für eine gute Weile auf Ryu Jeonghuns Narbe. Er bewegte sich beim Schlafen immer wieder ein bisschen, daher war die Narbe mal gut zu sehen und dann wieder gar nicht. Wenn sie schwer zu erkennen war, machten die beiden Ermittler den Hals lang und verrenkten sich sogar, damit sie die Narbe noch sehen konnten. Auch in den Augen Changgeuns sah die Narbe wirklich wie eine Operationsnarbe aus, so wie es Doyeong beschrieben hatte. Sie verlief vom Nacken hinter den Ohren entlang bis unter das Kinn, auch wenn sie relativ blass war.

Müssen zwei Personen, die sich an diesen Stellen kratzen, unweigerlich die gleiche Narbe haben? Muss es sich zwingend um eine Operationsnarbe handeln, nur weil es dort juckt?, fragte sich Changgeun zwar skeptisch, aber die erste Frage, die er formulierte, lautete: »Heißt das, dass auch Park Jongdae die gleiche Narbe hat?«

»Wer ist Park Jongdae?«

Yang Changgeun berichtete Doyeong, dass er nach Yeongdo gefahren sei, um sich den Ort anzusehen, von wo der im Klassenzimmer gestorbene Mann verschwunden war. Und im Zuge dessen habe er den Yeongjin Apartmentkomplex und auch das Yeongjin Immobilienbüro entdeckt. Jenes Immobilienbüro befinde sich direkt vor diesem Apartmentkomplex und gehöre Park Jongdae, den er dort auch kennengelernt habe. Changgeun erwähnte aber nichts von seinem Besuch beim Bürgeramt und auch nicht die Beamtin des Bürgeramts, die psychiatrische Klinik oder den Mann ohne Gesicht. Er war der Meinung, dass er gut daran täte, wenn er seinem Kollegen davon noch nichts erzählen würde. Denn er hatte gedacht, dass es sich bei der Sache mit Park Jongdae größtenteils um ein Missverständnis handelte, aber jetzt gerade kam ihm der Gedanke, dass dieses Missverständnis möglicherweise doch keines war.

44 Stunden sind allerdings wirklich nicht sehr lang. Man schläft und isst was, und schon ist ein Tag vorbei. Wir haben eigentlich gerade mal ein bisschen länger als einen Tag, dachte Changgeun weiter und ordnete die Einzelheiten, die er von Kang Doyeong erfahren hatte, mehrmals neu, damit sie nahtlos aneinandergereiht werden konnten. *Wie sollen wir innerhalb so kurzer Zeit Beweise finden? Nach was für Beweisen suchen wir überhaupt? Sind die zwei, Ryu Jeonghun und der Arzt, dieser Zyklop, die einzigen Mitglieder dieser Gang, die mit Hardware handeln? Das kann ja nicht sein. Hat Kang nicht gesagt, dass der Zyklop ursprünglich ein plastischer Chirurg war? Und dennoch ist er ein Experte für Hardware geworden? Und als solcher geht er gelegentlich weiter seiner Spezialität nach?*

Bei dem Gedanken, dass der Zyklop gelegentlich weiter seiner Spezialität nachging, kam Changgeun ins Stocken. 44 Stunden waren sehr wenig. Er hatte keine Zeit. Er musste etwas unternehmen, egal was. Das war sowohl ihm als auch Doyeong bewusst.

Da riss Doyeong die Tür des Vernehmungsraums mit aller Grobheit auf. Changgeun folgte ihm in das Zimmer. Ryu Jeonghun wachte nicht auf. Doyeong setzte sich vor ihn. Changgeun stellte sich hinter den Schlafenden, in die Nähe der Tür. Plötzlich schlug Doyeong mit der Faust kraftvoll auf den Tisch. Der Verdächtige hob den Kopf an. Für jemanden, der aus dem Schlaf erwachte, waren seine Augen viel zu klar.

Doyeong stellte eine Frage: »Hey, Ryu Jeonghun, Sie Arschloch, der Zyklop hat Sie operiert, nicht wahr?«

42

Uhwan fuhr mit dem Fahrrad alleine zurück und fühlte sich erleichtert. Er hatte ein schwieriges Gespräch mit Kanghee gehabt, aber sein Herz fühlte sich leicht an. Es mochte sein, dass es seine Absicht gewesen war, Kanghee zum Weinen zu bringen. Sie war aber kein Mädchen, das nah am Wasser gebaut war. Lediglich das hatte er einmal mehr festgestellt. Außerdem erkannte er nun ebenfalls, dass er ziemlich weit rausgefahren war. Und das zeigte, dass er bereit gewesen war, auf die Bitte des Mädchens einzugehen; auf ihre erste Bitte, er solle sie möglichst weit rausfahren.

Uhwan bog in die Straße ab, die zur »Busan Knochensuppe« führte, und sah den werdenden Vater. Sein Motorrad war stellenweise beschädigt, und er selbst hatte Blutergüsse im Gesicht. Er war nicht zum Treffen mit der werdenden Mutter erschienen, weil ihm also das wichtiger gewesen war. Uhwan war schlagartig außer sich, aber er unterdrückte seine Wut. Er stellte das Fahrrad neben dem Motorrad ab und setzte sich neben den Jungen.

Uhwan sah tagtäglich Blutergüsse in Sunhees Gesicht, aber heute machten sie ihm Sorgen.

»Mit dem Ding kann man einfach so fahren? Mit dem Fahrrad komme ich jedenfalls gut zurecht«, sagte er, erhob sich und klopfte sich den Staub am Hintern ab. Er setzte sich auf das Motorrad.

Auch Sunhee stand auf und ließ den Motor für Uhwan an. Das Motorrad fuhr los. Aber es kippte zur Seite, bevor es die erste Straße hinter sich lassen konnte. Die Maschine fiel um, zusammen mit Uhwan, der vorne saß, und Sunhee, der hinter ihm saß.

»Mit dem Ding kann man nicht einfach so fahren«, meinte Uhwan.

Sunhee nahm wieder vorne Platz und fuhr los. Auf dem Hintersitz fühlte Uhwan sich wohler. Heute hatte es sich irgendwie ergeben, dass ihm oft der Wind durch das Gesicht fuhr. Er umfasste Sunhees Taille etwas routinierter als bei der ersten Fahrt. Der Junge wusste nicht genau, wohin er fahren sollte, von daher steuerte er das Motorrad auf den hügligen Weg zu, wohin er letztes Mal zusammen mit Kanghee und Uhwan gefahren war. Damals hatten er und seine Freundin Uhwan zwar versprochen, tagsüber noch mal hierherzukommen, aber jetzt fuhr er nicht unbedingt dorthin, um dieses Versprechen einzulösen, sondern bloß weil er nicht wusste, wohin zwei Männer sonst fahren sollten. Unter dem Mond, den er mit Uhwan beim letzten Mal gesehen hatte, konnte man um diese Zeit gut auf das Meer schauen.

Heute war Uhwan am Tag hierhergekommen und bemerkte, dass es eine viel ärmlichere Gegend war, als er gedacht hatte. Es war verständlich, dass diese Wohngegend in tiefer Nacht auf ihn wie leer gewirkt hatte, denn auch tagsüber war hier alles völlig verlassen. Als das Motorrad stoppte, zeigte sich vor ihm die Gasse. Dahinter befand sich aber das Meer anstatt des Mondes. Die beiden Männer stiegen ab und gingen zu Fuß bis ans Ende der Gasse. Dort begann eine Klippe. Die beiden setzten sich hin und blickten aufs Meer. Sowohl vor als auch unter ihnen war einzig das Meer. Für Sunhee stellte das Meer etwas verdammt Ödes dar, während es Uhwan an das Meer denken ließ, das er mit Kanghee gesehen hatte. Ihm fielen auch ihre Worte wieder ein. Sie sei schwanger, und er dürfe das niemandem erzählen. Da er den werdenden Vater so bald schon getroffen hatte, fiel es ihm gar nicht leicht, den Mund zu halten. Gleichzeitig aber dachte er, dass es nichts bringen würde, wenn er ihm von der Neuigkeit erzählen würde.

Uhwan würde diesen Ort bald verlassen. Allerdings war er ein Erwachsener. Er musste sich fragen, ob es nicht verantwortungslos von einem Erwachsenen wäre, wenn er abreisen würde, ohne etwas unternommen zu haben, nachdem er von der Schwangerschaft Kanghees erfahren hatte. Daher fühlte er sich nun verpflichtet, Sunhee etwas Großartiges zu sagen und ihn zur Vernunft zu bringen. Dabei musste er streng darauf achten, sein Versprechen Kanghee gegenüber zu halten. So könnte er gleichzeitig das Geheimnis bewahren als auch seiner Pflicht als Erwachsener nachkommen. Er betrachtete Sunhee, der wortlos, unbeholfen und weit entfernt von ihm dasaß, und suchte nach Worten, die er an ihn richten konnte. Letzten Endes begann er, etwas zu sagen: »Du kannst vielleicht … Wenn du Glück hast, könntest du vielleicht ein guter Vater werden.«

Sunhee sagte in der Regel nichts, wenn er nichts zu sagen hatte. Er war der Meinung, dass es nur noch peinlicher würde, wenn man etwas sagte, bloß weil man ein peinliches Schweigen unterbrechen wollte. Nicht jeder war so redegewandt, dass man ein peinliches Schweigen erfolgreich überwinden konnte, indem man etwas sagte. Uhwan war selbstverständlich nicht redegewandt. Dadurch, dass er etwas gesagt hatte, war die Stimmung nur noch schlimmer geworden. Mehr noch, anschließend hielt er einfach den Mund, was die Situation noch weiter verschlimmerte. Sehr typisch für Leute wie Onkel Uhwan, deren Stärke nicht das Reden war.

Uhwan blieb zunächst einmal still, nachdem er etwas gesagt und das Gesicht Sunhees gemustert hatte, weil er nicht sicher war, ob seine Worte angemessen waren. Weder er noch Sunhee sagten also etwas, aber zum Glück hatten die beiden mittlerweile eine Beziehung, in der sie auch ohne Worte beisammen sein konnten. Sie blickten auf das Meer hinaus. Wenn ihnen das langweilig wurde, konzentrierten sie sich auf die Wellen.

Auf einmal stieß Uhwan einen tiefen Seufzer aus. Er fühlte sich schäbig, weil ihm der Gedanke nicht aus dem Kopf ging, dass er nicht gut genug dafür war, jemandem einen Rat zu geben. Jedoch beschäftigten sich seine Gedanken sehr mit dem zu jungen Vater. Deshalb ergriff er erneut das Wort: »Mach einfach etwas, was du gut kannst. Führe aber kein langweiliges Leben. Sonst wirst du so wie ich.«

Auf diese Worte hin schaute Sunhee ihn an. Es wäre besser gewesen, wenn der Junge nichts gesagt hätte. Aber er sagte, was ihm gerade einfiel: »Ich finde dich aber okay.«

Uhwan war überrascht und fragte sich: *Was ist okay bei mir? Ich bin okay? Wie kann ich okay sein?*

Die Äußerung, die Sunhee ohne eine besondere Absicht von sich gegeben hatte, machte Uhwan nachdenklich. In Gedanken hörte er Kanghee sagen, dass sie schwanger sei. Und hier neben ihm saß der werdende Vater und sagte, dass Uhwan okay sei. Dieser werdende Vater, der eigentlich als Erster von der Schwangerschaft seiner Freundin erfahren sollte, aber sich stattdessen irgendwo herumprügelte und mit einem Gesicht voller Blutergüsse wieder auftauchte, sagte völlig unbekümmert der Person, die irgendwie in einem Waisenhaus durchgehalten hatte, bis man sie hinauswarf, und danach bloß als Küchenhilfe in einer Gaststätte gelebt hatte, sie sei okay. Uhwan war äußerst aufgebracht. Die Wut, die er unterdrückt hatte, seitdem er Sunhee mit dem lädierten Gesicht vor der Gaststätte angetroffen hatte, explodierte schließlich aus ihm heraus.

»Ich? Was ist okay bei mir?«, fragte er. Sein Ton war für jedermann offensichtlich darauf ausgelegt, sich mit seinem Gegenüber anzulegen.

Sunhee hatte zwar nicht gelogen und das auch nur gesagt, damit er Uhwan zeigen konnte, dass er verstanden hatte, was dieser gemeint hatte. Es war aber nichts, was er nach gründlicher Überlegung geäußert hatte. Es war jetzt außerdem gar nicht leicht, irgendetwas Passendes zu erwidern, da sein Gegenüber ihn völlig aufgebracht zur Rede stellte. Nicht nur Uhwan, sondern auch Sunhee war kein Mann, der redegewandt war. Im Gegensatz zu Uhwan sagte er genau deswegen in der Regel nichts, wenn er nichts zu sagen hatte. Er hielt also den Mund, woraufhin sein Gegenüber noch mal dasselbe fragte. Noch eindringlicher. Der ältere Mann attackierte den jüngeren letztlich erbarmungslos und stellte ihn als potenziell verantwortungslosen Vater dar, ohne dabei direkt in Worte zu fassen, dass Kanghee ein Kind unter dem Herzen trug.

Sunhee verstand nicht, warum Uhwan plötzlich von einem Thema redete, das er überhaupt nicht leiden konnte. Er dachte, dass dieser einfach die Rolle eines alten, scheißeingebildeten Herrn spielen wollte, nur weil er seit einiger Zeit nett zu ihm war.

Daher begann er jetzt, Uhwan sein momentanes Verhalten übel zu nehmen. *Er* wollte schließlich nicht auf die schiefe Bahn geraten und war genau deswegen heute brutal zusammengeschlagen worden. Einzig und allein kämpfen konnte er gut, sonst nichts. Aber er hatte die schwierige Entscheidung getroffen, ein Leben ohne kämpfen und stattdessen mit etwas anderem zu führen. Aus diesem verdammten Grund hatte er heute nicht zum Treffen mit Kanghee gehen können, und auch sein Gesicht sah nur deswegen so aus. Und was laberte dieser Alte da jetzt aus heiterem Himmel für einen Scheiß, wo es ihm ohnehin schon dreckig ging, weil Kanghee nicht ans Handy ging? Verdammte Scheiße noch mal! Was wollte dieser Typ überhaupt von ihm? Verantwortung und so was konnte er sich sonst wo hinstecken. Sunhee war wütend. Weil er so wütend war, stand er auf.

»Scheiße noch mal! Nur weil du mir ein paarmal Knochensuppe gebracht hast, schon … Chill mal, Alter!«, sagte er, als er seinen Platz verließ.

Er stieg allein auf sein Motorrad. Und er ließ den Motor an.

43

Die Zeitungen berichteten hauptsächlich über das Unglück der Hochstraße. Der Einsturz der Seongsu-Brücke, der Einsturz des Sampoong Kaufhauses, das Unglück in der U-Bahn von Daegu – allerlei Unglücksfälle aus den letzten Jahren wurden erneut hervorgekramt und mit dem jetzigen verglichen. Instandhaltungsarbeiten hätten seit Langem auf dem Plan gestanden, seien aber immer wieder verschoben worden, und die Staus während der Stoßzeiten hätten zu dem schlimmen Unglück beigetragen. Das waren die Kernpunkte der Berichte.

Artikel über die Abgeordnetenwahl der Bezirke waren nun auffallend seltener vorzufinden. Außerdem fand man nirgendwo einen Bericht über den Rettungswagen, der unmittelbar nach dem Unglück eingefahren war. Selbstverständlich erfuhr auch niemand, dass ein Mensch, der den Unfall hätte überleben können, ermordet worden war.

Nachdem er einige weitere Tageszeitungen durchgeblättert hatte, ging Hwayeong wieder aus der Bibliothek, in der er sich jedes Mal fehl am Platz fühlte. Doch immerhin konnte er dort gratis und ungestört einige Zeitungen lesen. Er war der Meinung, wenn zwölf Menschen auf einmal sterben würden, dann wäre das schon ein Anlass für die Zeitungen, darüber zu berichten. Der Artikel, den Hwayeong suchte, war aber auch heute nicht dabei.

Der junge Mann verließ die Hauptstraße und bog in eine schmale Straße ab, dann in eine verlassene Gasse. Er vergewisserte sich, dass ihn niemand sah, und dachte an den engen Raum zwischen den zwei Häusern, zwischen den dicht nebeneinanderstehenden Hausmauern in dem hügligen Wohnviertel. Anderthalb Sekunden später erschien er dort ziemlich eingequetscht zwischen den Mauern.

Als er sich drehen wollte, merkte er, dass jemand an der Gasse vorbeigehen wollte, jedoch anhielt und ihn direkt in der Gasse anschaute. Jemand mit einem Motorrad. Völlig perplex dachte Hwayeong hastig an die Position, an der er gerade gewesen war. Anderthalb Sekunden später kehrte er in die verlassene Gasse von vorhin zurück. Und noch im gleichen Moment bereute er seine Handlung. Denn im Endeffekt hatte der Motorradfahrer nicht nur gesehen, wie er aus dem Nichts aufgetaucht war, sondern auch, wie er ohne Weiteres wieder verschwunden war.

*　*　*

Sunhee konnte seinen eigenen Augen nicht trauen. *Was war das gerade eben gewesen? Es war zwar nur ganz kurz, aber ich habe das doch gerade wirklich gesehen! Hundertpro! Ein Typ ist aus dem Nichts aufgetaucht und genauso plötzlich wieder verschwunden!* »*Ein Zack-und-weg-Mann*«?, erschuf Sunhee ein Wort, das zwar neu, aber irgendwie geistlos und dennoch vertraut war, eben genau seinem Niveau entsprechend. Er war sofort geflasht von dem Zack-und-weg-Mann, als er ihn gesehen hatte. *Wie ist so etwas für einen Menschen möglich? Mir würde doch kein Schwein glauben, wenn ich von diesem Zack-und-Weg-Mann erzählen würde! Wie kann das Leben nur so ungerecht sein! Der Typ sah ja ähnlich alt aus wie ich. Über welchen Kanal der Halbleiterelektronik kann so etwas möglich sein? Kann mir mein Lehrer Chang das vielleicht erklären?* All sein Neid, seine Begeisterung, sein Jammern und seine Neugier wurden mit einem »Scheiße« und »nice« zum Ausdruck gebracht: *Scheiße! Nice! Ein Zack-und-weg-Mann, Mann, Scheiße, verdammt nice!*

Während das Motorrad den hügligen Weg hinunter und weiter durch die Stadt fuhr, wiederholte Sunhee diese Abfolge von Scheiße, Zack-und-weg-Mann und nice. In heller Aufregung kam er zu Hause an; erst dann realisierte er, dass er wirklich alleine aufs Bike gestiegen war. Er erkannte, dass er mit Uhwan gestritten und ihn einfach dort zurückgelassen hatte. Aber deswegen zurückfahren? Das wäre zu mädchenhaft. Was sollte er ihm denn sagen, wenn er ihn dort wiedersehen würde? Sie hatten Streit gehabt, weil er nicht zum Ausdruck bringen konnte, was er wirklich meinte. Er dachte, dass er sich morgen, bloß nicht heute, sondern morgen oder übermorgen entschuldigen könne und wieder alles im Lot sein werde. Er rief seinen Freund Park Jeonggyu an und teilte ihm mit, dass er heute bei ihm übernachten wolle. Er wendete das Motorrad und entfernte sich erneut von zu Hause.

※ ※ ※

Uhwan war alleine zurückgelassen worden. *Na ja, wer bin ich auch schon ...* Es war um eine Sache gegangen, bei der er sich nicht hätte einmischen sollen. Das hier war nicht der Ort, an dem er lebte. Auch seine Gegenwart lag woanders. Er war ein Mann, der diesen Ort bald verlassen würde. Ein Reisender kritisiert doch nicht einen Einheimischen, der ihm während der Reise begegnet ist, dass er dieses oder jenes besser machen solle. Sicher nicht. Er sah ein, dass er kein Recht hatte, Sunhee etwas vorzuschreiben. Die Nacht rückte näher, und das Meer entfernte sich. Das Meer und der Himmel wurden dunkler, sodass sie nicht mehr voneinander zu unterscheiden waren. *Die Nacht war noch dunkler gewesen, als ich in dieser Gegenwart angekommen bin. Damals war ich zumindest nicht allein gewesen,* dachte er.

Und genau in diesem Moment sprach ihn jemand an: »Sie sind noch nicht abgereist?«

Uhwan verschlug es die Sprache. Für einen Augenblick überlegte er sich, wer ihm eine solche Frage stellen konnte. Dafür kam nur eine einzige Person infrage. Die Sonne war untergegangen, und der Ort, an dem er sich gerade befand, war ihm fremd, aber die Stimme nicht. Uhwan schaute sich um.

»Sie sind es wirklich!«, sagte die Stimme vor ihm, dabei war es Uhwan, der genau das hatte sagen wollen.

Es war tatsächlich die Person, an die er gerade gedacht hatte. Kim Hwayeong. Der junge Mann stand am Ende der Gasse, wo Uhwan vor ein paar Tagen gestanden und den Mond betrachtet hatte. Uhwan war froh, ihn wiederzusehen, daher erhob er sich und ging auf ihn zu.

»Erinnere ich mich richtig, dass Sie lernen wollten, Suppe zu kochen? Haben Sie das geschafft?«

»Ach das? Ja, das habe ich gelernt!«, antwortete Uhwan ziemlich laut, weil er sich über Hwayeongs Erscheinen freute. In Gedanken erzählte er weiter: »Ich habe gerade genau an dich gedacht. Damals, als wir hier angekommen sind, war das Meer noch dunkler gewesen als jetzt, aber ich war zumindest nicht alleine, ja, wir waren zumindest zu zweit. Wir waren zusammen … im Meer …« Immer größer wurde seine Freude und immer weiter ging er auf den Mann zu. Die Distanz zwischen ihm und Hwayeong, der dort in der Dunkelheit stand, schrumpfte weiter.

»Aber warum gehen Sie dann nicht zurück?«, fragte Hwayeong, als Uhwan ziemlich nah herangekommen war und sein Gesicht erkennen konnte.

Uhwan blieb stehen. Er sah den Gesichtsausdruck seines Gegenübers und erkannte, dass dieser sich gar nicht darüber freute, ihn wiederzusehen. Er lächelte nicht. In seinem Gesicht stand geschrieben, dass es ihm unverständlich war, warum Uhwan nicht zurückkehrte, obwohl er seinen Auftrag abgeschlossen hatte. Warum war er noch hier? Uhwan konnte sich nicht weiter auf Hwayeong zubewegen. Die unerwartete Frage und der Gesichtsausdruck des anderen, mit denen er nicht gerechnet hatte, verwirrten ihn völlig, aber er konnte die Frage des Mannes nachvollziehen. Und es gab nur eine klare Antwort, die er auch wiederholt ausformulierte: »Ich werde bald gehen.«

In den Augen Hwayeongs war der Mann ziemlich lange vor ihm apathisch stehen geblieben, als er ihn gefragt hatte, warum er nicht zurückgehe. Beinahe hätte Hwayeong ihm noch gesagt: »Nur wegen Ihnen kann auch ich nicht zurück.« Aber er sagte es nicht. Er durfte das nicht aussprechen. Der Mann wiederholte mehrmals vor sich hin, dass er bald gehen werde, und entfernte sich langsam von Hwayeong, schaute jedoch plötzlich zurück und fragte: »Und, hast du sie gefunden? Die Person, die du töten musst?«

Der Junge erwiderte ihm, dass er noch keinen Erfolg gehabt habe. Daraufhin sagte Uhwan, »Ach«, gefolgt von: »Ich hoffe, dass du ihn bald findest«, dann wieder: »Ach, nein, ich meinte nicht, dass ich hoffe, du würdest bald jemanden töten …« Zum Schluss sagte er: »Pass gut auf dich auf.« Er redete völlig durcheinander, und Hwayeong wurde klar, dass sein Gegenüber sich Sorgen um ihn machte. Der Mann, der ihm das Leben gerettet hatte, als sie hier angekommen waren, schaute ihn immer noch mit demselben Blick wie damals an und machte sich Sorgen um ihn. Das spürte er.

Aber das alles interessierte ihn nicht.

Denn Hwayeong wünschte sich einzig und allein, zu sehen, dass dieser Mann möglichst bald diese Zeit verließ.

44

Uhwan hielt Jongin auf, als dieser nach Feierabend in sein Zimmer wollte. Er fragte ihn vorsichtig, ob er morgen die Knochensuppe mal alleine kochen dürfe. Jongin stand für eine Weile wortlos da. Und dann sagte er, dass das in Ordnung gehe. Bevor er seine Zimmertür hinter sich schloss, teilte er Uhwan mit, dass sein erstes Gehalt in der Küche liege, und fügte hinzu, dass er ihm sehr geholfen habe, weil er zu einer Zeit gekommen war, als er unbedingt eine Aushilfe brauchte.

Uhwan rief die Stammmetzgerei an und gab die Bestellung auf. Etwas mehr als gewöhnlich. Jongin mochte nicht, dass auf Vorrat zu viele Frühlingszwiebeln klein geschnitten im Kühlschrank lagen, und das galt auch für das Fleisch. Der Metzger fand die Bestellung daher etwas eigenartig, aber er sagte, dass er alles notiert habe.

45

Am frühen Morgen wurde die Bestellung geliefert. Alles war frisch. Uhwan schnitt das Fleisch in grobe Stücke und gab es zusammen mit den Rinderknochen ins Wasser. Er wartete, bis das Blut aus ihnen heraustrat. Danach leerte er den gusseisernen Kessel, füllte ihn neu mit Wasser und kochte die Knochen, die Beinscheibe, die Querrippe und den Pansen zusammen bei mittlerer Hitze. Er wartete.

Hin und wieder fischte er die Fremdkörper heraus, die auf der Oberfläche der Brühe schwammen. Dann nahm er die Knochen, das Fleisch und die Innereien heraus. Die Brühe goss er in einen anderen Topf. Er bewahrte auch das Fleisch und die Innereien separat auf und füllte den Kessel erneut mit Wasser, gab die Knochen dazu und kochte das Ganze ein weiteres Mal. Er wartete.

Danach wiederholte sich das Warten.

Die Knochenbrühe wurde intensiver, je länger sie gekocht wurde. Der Kessel war voll mit der milchigen Brühe. Sie köchelte bei schwacher Hitze. Auf der Oberfläche schwimmende Fremdkörper wurden erneut entfernt.

Uhwan schnitt die Frühlingszwiebeln klein. Dann das Fleisch. In eine Schüssel gab er schließlich das klein geschnittene Fleisch und die Brühe. Zum Schluss die Frühlingszwiebeln. Eine kleine Schüssel füllte er außerdem mit Rettich-Kimchi. Dazu eine Schüssel Reis. Das alles stellte er auf ein Tablett und brachte es Jongin. Anstatt direkt bei ihm sitzen zu bleiben, begab sich Uhwan wieder in die Küche und wartete, bis Jongin mit dem Essen fertig war.

Während Jongin die Knochensuppe aß, spähte Uhwan aus der Küche hinaus, konnte aber keine nennenswerte Veränderung seines Gesichtsausdrucks ausmachen. Aber der Chef nahm die Suppe sehr langsam zu sich. Als er mit dem Essen fertig war, brachte er das Tablett mit den leeren Schüsseln selbst in die Küche zurück. Er überreichte es Uhwan und nickte dabei. Die Suppenschüssel war vollständig leer. Uhwan freute sich insgeheim enorm.

An jenem Tag wurde in der »Busan Knochensuppe« die Knochensuppe serviert, die Uhwan gekocht hatte. Die Kunden verspeisten die Suppe mit großem Appetit, so wie sie sonst die Suppe von Jongin aßen. Es gab niemanden, der zum Ausdruck brachte, dass ihm die Knochensuppe heute besonders gut geschmeckt habe. Ebenso aber auch keinen, der meinte, die Suppe sei heute nicht so gut.

Die Mittagszeit ging vorüber. Uhwan ging in sein Zimmer und suchte nach seiner Armbanduhr. Die Uhr, die er vom Angestellten des Reisebüros erhalten hatte. Er rief sich ins Gedächtnis, was der Angestellte damals gesagt hatte, während er jedem einzelnen Reisenden eine Uhr überreicht hatte.

Man dürfe sie nicht beliebig einschalten. Man schließe die Mission ab, die vom Klienten in Auftrag gegeben worden sei, und erst dann dürfe und müsse man die Uhr einschalten. Sobald sie aktiviert sei, werde die Uhrzeit der nächsten Bootsabfahrt angezeigt. Dann müsse man sich rechtzeitig an den Ort begeben, an dem man zuvor mit dem Boot angekommen sei. Habe man das erste Boot für die Rückfahrt verpasst, könne man zwar das nächste nehmen, aber wann dieses kommen würde, wisse keiner. Uhwan schaltete die Uhr ein.

Auf dem Display erschienen vier Kästchen, und es dauerte sehr lange, bis in allen vier Kästchen jeweils eine Zahl erschien. Als ob die einzelnen Zahlen darauf warten müssten, was die anderen täten, liefen sie von 0 bis 9 einfach schnell weiter durch. Irgendwann blieben die Zahlen stehen. Zuerst die erste Zahl, es war die 0. Die zweite die 3 und dann die 2 und zuletzt die 4: 0324. Um 03.24 Uhr. Das war die Uhrzeit, zu der das Boot im Meer auftauchen würde. Die Uhrzeit für Uhwans Rückkehr. Zurück in die Gegenwart, in der er gelebt hatte.

* * *

Vier Uhr nachmittags. Seitdem Ryu Jeonghun auf das Polizeirevier gebracht worden war, waren bereits 24 Stunden verstrichen. Er gab ohne Widerstand zu, dass er am Nacken operiert worden war. Er habe einen Tumor im Nacken gehabt und von einem Arzt, der ziemlich berühmt für seine Fähigkeiten auf diesem Gebiet war, den Tumor operativ entfernen lassen. Dafür habe er nicht wenig Geld bezahlt, aber seit der Operation jucke es ihn dort andauernd. Die Narbe stamme also in der Tat von einer Operation. Er lobte sogar die Ermittler, dass sie gar nicht so übel seien, wie er gedacht habe. In Bezug auf die blasse Narbe, die von hinter dem Ohr bis zum Kinn reiche, sei jedoch auch seine Erinnerung blass. Hinsichtlich des Gerüchts von dem Zyklopen erwiderte er, dass es überraschend sei, dass man auch heute noch an solche Gruselgeschichten glaube, und machte sich damit über die Ermittler lustig.

Ryu Jeonghun hatte die Ermittler durchschaut. Sie hatten gar nichts in der Hand. Sie versuchten aufs Geratewohl, ihn aufs Glatteis zu führen. Es gab keinen Staatsanwalt, der gerade einen Haftbefehl für ihn beantragte. Er musste nur noch einen einzigen Tag durchhalten, dann würde er freigelassen.

* * *

Uhwan schloss die »Busan Knochensuppe« für den heutigen Tag und ging in die Küche. Er erledigte den Abwasch und stellte alles an seinen Platz. Die Gegenstände, die bereits an ihrem Patz standen, berührte er wieder und wieder. Seine Hände wollten damit nicht aufhören. Dann saß er eine Zeit lang einfach so in der Küche.

Die Erinnerung an diesen Moment wollte er gerne mitnehmen. Er rief sich weitere Geschehnisse, die er in dieser Küche erlebt hatte, ins Gedächtnis. Auch diese Erinnerungen wollte er sehr gerne mitnehmen. Den Umschlag mit seinem Gehalt ließ er liegen. Dafür aber packte er Beinscheiben, Querrippen, Pansen und die Knochen ein, die heute am frühen Morgen geliefert worden waren und seitdem im Kühlschrank gelegen hatten. Von den Kosten her entsprach das zwar weniger als einem Monatsgehalt, aber das genügte ihm vollkommen.

Er ging in sein Zimmer und packte seine Sachen zusammen. Eigentlich gab es kaum etwas einzupacken. Bei seiner Abreise von drüben nach hier war das auch nicht anders gewesen. Was er von hier mitnehmen würde, waren einzig die Erinnerungen.

Nachdem er mit dem Packen fertig war, kam er aus dem Zimmer und setzte sich an einen Tisch im Gästebereich. Er hörte das leise Schnarchen von Jongin.

»Es war schön hier! Ach, es war sehr schön hier …« Während Uhwan auf Sunhee wartete, ließ er seine Erinnerungen, die ihm gerade kamen, Revue passieren und sagte wiederholt: »Schön, sehr schön, wunderschön!«

Hier hatte er einen Monat verbracht, und es war eine freudige Zeit für ihn gewesen. Er war glücklicher gewesen als an den Tagen, die er drüben alleine verbracht hatte.

Das Ergebnis des DNA-Tests hatte er noch nicht erfahren. Doch er meinte, er brauchte deswegen nicht mehr extra mit dem Fahrrad nach Yeongdo zu fahren. Es war in Ordnung, wie die Dinge im Moment lagen. Ihm war bewusst, dass er nun dorthin, von wo er gekommen war, zurückkehren und dort seine restlichen Tage verbringen musste. Dieser Ort hier gehörte den Menschen, die hier lebten, und er war ein Fremder. Man konnte nicht sein Leben lang als Fremder leben.

Während Uhwan sich zum einen tröstete und zum anderen zusammenriss, wurde es tiefe Nacht. Die Zeit, zu der Sunhee wieder nach Hause kam, rückte immer näher.

Sobald das Motorrad zu hören wäre, würde Uhwan sich in die Küche begeben und das Fleisch schneiden. Er würde eine Schüssel ordentlich mit dem Fleisch füllen und die Brühe bis zum Rand dazugeben. Dann würde er Sunhee die Knochensuppe, die er selbst gekocht hatte, kosten lassen. Viel schöner wäre es, wenn auch Kanghee mitkäme. Während ihm solche Gedanken durch den Kopf gingen, wartete Uhwan auf Sunhee. Dieser schien sich aber zu verspäten.

Uhwan schaute auf die Uhr an der Wand. Es war kurz nach zwei Uhr nachts. Er dachte, dass er sich langsam auf den Weg machen sollte.

* * *

Das Boot heute fuhr um 03:24 Uhr ab. Bald war es drei Uhr. Hwayeong war etwas früher gekommen und wartete. Das Reisebüro hatte ihn zwar engagiert, jedoch nicht wirklich dafür, die Reisenden zu beschützen. Es interessierte sich kaum für das Befinden der Reisenden. Dem Geld, ausschließlich dem Geld galt sein Interesse.

Das Reisebüro bekam das Restgeld von seinen Klienten nur dann, wenn die Reisenden auch zurückkehrten. Die Klienten wünschten sich ebenfalls, dass die Leute zurückkehrten, weil das selbstverständlich bedeutete, dass ihr Auftrag erfüllt war. Der Restbetrag, den sie dann zu zahlen hatten, stellte für sie keine ernst zu nehmende Summe dar. Das ernst zu nehmende Problem lag für das Reisebüro dementsprechend bei einer anderen Sache.

Irgendwann hatte es angefangen, dass einige Leute, die in die Vergangenheit geschickt worden waren, einfach nicht mehr zurückreisten. Selbstverständlich betraf das nur einen winzigen Teil der Reisenden. Die meisten, die die Bootsfahrt in die Vergangenheit überstanden hatten, kamen zurück, weil sie nicht wussten, wie sie in der Zeit, in die sie gereist waren, weiter überleben konnten. Sie hatten weder eine Identität noch Geld und auch keine Familie. Sie hatten keine Möglichkeit, sich in der Vergangenheit eine Existenz aufzubauen. Trotzdem entschieden sich einige von ihnen für die Vergangenheit.

Das war alles andere als gut für das Image des Reisebüros. Wenn das Gerücht die Runde machen würde, dass es Reisende gab, die nicht zurückreisten, wären die Kunden sicherlich nicht begeistert. Für eine sichere Sache Geld auszugeben, das war keine große Sache, aber niemand war gewillt, sein Geld für eine unsichere Angelegenheit aufzuwenden, wie klein der Betrag auch sein mochte. Diesbezüglich war jedermann – verständlicherweise – in der Regel geizig. Ein Kunde schickte einen Boten auf eine Reise und bezahlte ihn dafür. Dieser Bote könnte sterben, weil die Reise an sich gefährlich war. Damit konnte der Kunde leben. Aber wenn der Kunde erfahren würde, dass dieser Bote ihn hinterging und absichtlich nicht zurückkam, dann würde das Reisebüro in prekäre Erklärungsnot geraten.

Außerdem war es nicht in Ordnung, dass ein Mensch aus der Zukunft in der Vergangenheit lebte, wobei man nicht genau wusste, ob sich ein Reisebüro mit einer solchen Angelegenheit auseinandersetzen musste. Die Möglichkeit, dass diese Reise Einfluss, in welcher Form und welchem Ausmaß auch immer, auf die Zukunft ausübte, durfte einfach nicht gegeben sein. Denn die Zukunft, aus der die Menschen kamen, stand bereits fest, aber in dem Moment, in dem sie in die Vergangenheit reisten, stellte jene Zukunft eben nicht mehr unweigerlich diejenige dar, die bereits feststand.

Das war der Grund, warum das Reisebüro Leute wie Hwayeong einstellte. Für jedes Boot wurde eine Person engagiert, ein Treiber. Ein Treiber, der bei einer Treibjagd oder beim Treibangeln Tiere beziehungsweise Fische aufscheucht und zum Jäger beziehungsweise Angler treibt, damit dieser sie fangen kann.

Hwayeong war ein solcher Treiber. Er stieg ins Boot, um die Reisenden zu beaufsichtigen. Er war verantwortlich dafür, die Leute, die nicht von der Reise zurückkehren wollten, in die Zukunft zurückzuschicken. Und wenn es unter diesen Menschen solche gab, die sich gänzlich weigerten, hatte der Treiber die Aufgabe, diese Personen aufzusuchen und zu töten. Diese Personen zur Rückkehr zu überreden war demnach nicht die eigentliche

Aufgabe eines Treibers. Gelegentlich kam es vor, dass ein Treiber starb. Allerdings war es keine leichte Sache, einen Treiber, der zur Teleportation fähig war, zu töten.

Das Boot, das in die Zukunft fuhr, war genau wie dasjenige, das in die Vergangenheit reiste, immer vollständig besetzt. Kein Boot kam, bevor nicht dreizehn Uhren eingeschaltet waren. Es kostete schließlich auch viel Geld, wenn ein Boot geschickt werden musste. Das Reisebüro war nicht willens, sein Geld aus dem Fenster zu werfen.

Auf dem Boot, mit dem Hwayeong gefahren war, waren elf Menschen ums Leben gekommen. Es hieß, dass normalerweise die Hälfte der Mitfahrenden überlebe. Da dieses Mal viele gestorben waren, erleichterte das Hwayeong die Arbeit. Er musste nur einen einzigen Menschen beaufsichtigen. Nur Lee Uhwan, sonst niemanden.

Wie jedes Mal tauchten auch heute die Leute nach und nach auf. Einer nach dem anderen zeigte sich in der Dunkelheit. Genau dreizehn, wie immer. Der Treiber musterte die Personen scharf.

Ihm kam einer der dreizehn, von dem er nur den Rücken sehen konnte, bekannt vor. Aus irgendeinem Grund blickte dieser Mann in exakt diesem Moment zurück zur Stadt. Hwayeong konnte sein Gesicht sehen. Es war Lee Uhwan.

* * *

Lee Uhwan blickte zur Stadt zurück. Die Stadt des Lichts. Es war das Licht, das es dem Treiber ermöglichte, Uhwans Gesicht zu erkennen.

Uhwan drehte langsam den Kopf, als ob er sein Herz, das noch an dieser Stadt hing, zu sich zurückholen würde. Danach schaute er sich in seiner Umgebung um; es waren Leute um ihn, die etwas in der Hand oder auf der Schulter trugen. Menschen, die wie er selbst hier irgendwo versteckt gelebt hatten und nun am Strand auftauchten, um diese Stadt wieder zu verlassen. Menschen, die wie Fremde gelebt hatten und jetzt in ihr eigenes Leben zurückkehren wollten. Zwölf. Insgesamt dreizehn mit ihm.

Die zwölf Personen sprangen unverzüglich ins Meer.

Auch Uhwan folgte ihnen.

Jenes Bild, wie dreizehn Personen gleichzeitig ins dunkle Meer sprangen, fand der Treiber stets fantastisch.

Uhwan schwamm. Er geriet in Atemnot. Das Fleisch und die Knochen waren schwer. Allerdings machte er das nicht zum ersten Mal. Ein Weg, den man zum zweiten Mal beschreitet, ist immer kürzer als beim ersten Mal. Das galt auch für das Meer.

Es dauerte nicht lange, bis er das Boot entdeckte, das durchsichtig wie Glas flimmerte und auf den Wellen schaukelte.

Als die Leute näher ans Boot kamen, ging die Luke automatisch nach oben auf. Die Leute stiegen ins Boot, ohne auf irgendeine Reihenfolge zu achten. Beim letzten Mal war Uhwan sich dessen nicht gewahr gewesen, aber hinter jedem Platz befand sich ein Schließfach. Jeder Passagier machte sein Schließfach auf und verstaute sein Gepäck darin. Alle hatten nur wenig Gepäck dabei. Danach schnallten sie ihren Sicherheitsgurt fest ohne die Spur eines Zögerns.

Uhwan selbst schnallte seinen Sicherheitsgurt noch nicht fest.

Nachdem alle dreizehn ihre Plätze eingenommen hatten, senkte sich die Luke automatisch ab und schloss sich. Nachdem alle Sicherheitsgurte festgeschnallt waren, öffnete sich ein kleines Fach, das an jeder Armlehne angebracht war. Darin lag eine blaue

Pille. Fast jeder nahm die Pille aus dem Fach hervor, steckte sie sich augenblicklich in den Mund und machte das Fach wieder zu. Auch Uhwan schloss sein Fach. Alle Fächer waren geschlossen, woraufhin das Boot begann, ein Geräusch von sich zu geben. Ein angenehm leiser und tiefer Klang. Das Boot sank langsam in die Tiefe des Meeres hinunter. Der Rest von denen, die die Pille noch nicht geschluckt hatten, steckte sie sich hastig in den Mund. Ausgenommen Uhwan.

Alle waren merkwürdig aufgeregt.

* * *

Irgendwie kam es dazu, dass Sunhee immer wieder darüber nachdachte, was Uhwan ihm gesagt hatte: »Mach einfach etwas, was du gut kannst. Führe aber kein langweiliges Leben. Sonst wirst du so wie ich.«

Für Sunhee war klar, dass Onkel Uhwan ihm sagen wollte, dass er kein eingeengtes Leben führen solle, aber der Junge, der sich über seine Zukunft den Kopf zerbrach, hörte ausschließlich den Teil: »Mach einfach etwas, was du gut kannst.« Nachdem er seine Gedanken fertig sortiert hatte, hatte er das Bedürfnis, Kanghee noch einmal zu sehen, bevor er seinen Entschluss in die Tat umsetzte.

Er traf sich mit seiner Freundin, verbrachte Zeit mit ihr und kam zusammen mit ihr nach Hause. Es war etwas später als gewöhnlich. Er parkte das Motorrad und machte die Tür der Gaststätte auf, aber bis dahin war das Licht in der Küche nicht angegangen. Immer wenn er die »Busan Knochensuppe« betreten hatte, war Uhwan von hinten in der Küche zu sehen gewesen. Aber heute brannte dort nicht einmal das Licht.

Kanghee schob Sunhee zur Seite, der halb in der Tür stehen geblieben war, und ging als Erste in die Gaststätte hinein.

»Soll ich mich ums Essen kümmern?«, fragte sie und eilte sogleich in die Küche. Sie schaltete das Licht an.

Sunhee wollte sie davon abhalten, aber gleichzeitig wollte er irgendwie auch, dass sie sich ums Essen kümmerte.

Kanghee fand im Kühlschrank das Fleisch, das bereits gekocht war, schnitt es einigermaßen klein, machte den Eisenkessel auf, schöpfte etwas von der Brühe, schnitt auch großzügig Frühlingszwiebeln klein und gab sie in die Suppe. Der Kessel war riesig groß; dafür sei die Flamme viel zu klein, meinte sie und erhöhte deswegen die Hitze ein bisschen. Die beiden aßen die Knochensuppe, die Kanghee aus der Küche brachte.

Jedoch war sie …

»Schmeckt sie irgendwie anders?«, fragte Sunhee.

Kanghee hatte heute besonders großen Appetit. Als ob sie nur am Leben wäre, um zu essen.

»Nein, mir schmeckt sie so gut wie immer«, entgegnete sie.

Aber Sunhee schmeckte die Knochensuppe irgendwie anders. Er spürte, dass diese Suppe nicht sein Vater, sondern ein anderer gekocht hatte. Möglicherweise hatte er gespürt, dass Onkel Uhwan diese Suppe gekocht hatte. Er überlegte sich, wie er den Unterschied zwischen dieser und der seines Vaters am besten beschreiben konnte. Dieser Geschmack war …

»Etwas intensiver«, murmelte er.

* * *

Kim Hwayeong sah, wie das flimmernde Licht langsam in der Ferne verschwand. Das Boot, das im Meer geschwommen hatte, war nicht mehr zu sehen. Es musste mittlerweile tief genug abgetaucht sein. Der Mann, den er zu beaufsichtigen hatte, war abgereist. Nun war es auch für den Treiber an der Zeit, zurückzukehren.

Doch das Reisebüro war nicht sein einziger Auftraggeber. Hwayeong rief sich das Gesicht des alten Mannes ins Gedächtnis. Der Mann mit den unsäglich vielen Falten und Runzeln im Gesicht. Er hatte die Person, von der der alte Mann gesprochen hatte, noch nicht gefunden. Er wusste nicht einmal, wer sie war. Dementsprechend konnte er sie auch nicht töten. Er grübelte.

Der Auftrag des Reisebüros war abgeschlossen. Das würde sein Auftraggeber erkennen, wenn Lee Uhwan, der mit dem soeben abgefahrenen Boot zurückgereist war, dort ankäme. Aber der Auftrag des alten Mannes? Wie konnte er wissen, ob sein Auftrag abgeschlossen war?

Er konnte es nicht herausfinden. Wie auch? Was wäre, wenn Hwayeong zurückkehren und dem alten Mann sagen würde, dass er die besagte Person nicht hatte finden können? Wäre sein Auftrag somit auch als erledigt zu betrachten?

Mit Sicherheit. Hwayeong blätterte jeden Tag durch die Zeitungen, aber das war schon alles, was er unternehmen konnte. Jemanden zu finden, der zwölf Menschen umgebracht hatte, war von vornherein unmöglich gewesen. Das Geld, das Hwayeong von dem Alten erhalten hatte, könnte er ihm auch zurückgeben und damit wäre die Sache auf jeden Fall erledigt. Wenn er zurückkehren und vom Reisebüro den Restbetrag bezahlt bekommen würde, hätte er für eine gute Weile keine finanziellen Schwierigkeiten mehr.

In Wirklichkeit war es ihm zuwider, jemanden umzubringen. Vor allem war er erst achtzehn Jahre alt, noch ein Junge. Aus einem Verantwortungsgefühl heraus mutterseelenallein die Einsamkeit einer fremden Stadt zu ertragen und dazu auch die innere Unruhe wegen eines bevorstehenden Mordes mit sich zu schleppen, dafür war er nicht alt genug.

Er stellte seine Armbanduhr neu ein. Es bedurfte einer sehr langen Zeit, bis jeweils eine Zahl in den vier Kästchen erschien. Er entschloss sich, nach Hause zu gehen und dort auf die Zahlen zu warten. Er ließ den Strand hinter sich.

※ ※ ※

Das Boot sank weiter hinab. Das Meer wurde immer dunkler.

Alle Menschen im Boot waren eingeschlafen. So war es auch gedacht.

Aber einer blieb noch wach.

Er konnte die Augen nicht schließen. Er öffnete seine Faust. Darin lag die Pille. Sie war blau. Der Mann in den Vierzigern starrte dieses Blau an. In jener Dunkelheit hielt nur dieser Mann noch seine Augen offen.

Das Meer um ihn herum gewann immer weiter an Tiefe, und die Dunkelheit wurde immer dichter. Der Mann bekam jene Kopfschmerzen, die er schon kannte. Er wusste, dass er die blaue Pille einnehmen musste. Die Kopfschmerzen wurden stärker und könnten ihn möglicherweise töten, wenn er die blaue Pille nicht schlucken würde.

Trotzdem schluckte er die Pille nicht. Nicht weil er neugierig geworden war, nicht weil er diesmal das Blue Hole sehen wollte, das er bei der letzten Bootsfahrt nicht in Augenschein nehmen konnte. Wenn es weiter nach unten bis zum Blue Hole gehen würde, wäre es zu spät. Die Zeit wurde immer knapper.

Der Mann dachte an die Dinge, die er zurückgelassen hatte.
Er dachte an die Menschen, die er zurückgelassen hatte. Er stellte sich die Zcit vor, die er noch zusammen mit diesen Menschen verbringen könnte und wie glücklich er in dieser Zeit wäre. Er dachte an den Jungen, der denselben Namen wie sein eigener Vater hatte, und das Mädchen, das genauso wie seine eigene Mutter hieß; und er dachte an das Baby, das dieses Mädchen unter dem Herzen trug. Und die Jahre, die er mit ihnen zusammen verbringen könnte. Anschließend dachte er erneut über das Glücklichsein nach. Er fragte sich, warum er noch nie auf die Idee gekommen war, dass auch er glücklich sein konnte. Und er dachte darüber nach, warum ihm erst jetzt in den Sinn kam, dass er vielleicht glücklich sein konnte.

Das Meer um ihn herum gewann noch mehr an Tiefe, und die Dunkelheit wurde noch dichter.

In dem Mann kam die Frage hoch, warum er so davon überzeugt war, dass er hier nicht leben könne.

In dem Mann kam die Frage hoch, warum er so davon überzeugt war, hier nicht glücklich werden zu können.

In dem Mann kam die Frage hoch, warum die hiesige Zeit nicht seine Gegenwart sein durfte.

Die Erinnerungen, die er mitnahm, waren Kleinigkeiten. Es war eine unleugbare Eigenschaft von Erinnerungen zu schwinden.

Aber hier, hier existierte die Gegenwart.

Die Zeit, in der er zusammen mit jenen Menschen, die er hier zurückließ, die gleiche Luft atmen konnte, befand sich immer noch direkt über ihm.

Der Mann ließ die Pille aus seiner Hand gleiten.

Und mit genau dieser Hand drückte er anschließend den Notfallknopf.

Im Boot fing das rote Licht an, geräuschlos zu blinken. Aber die Luke ging nicht auf. Das Boot war bereits zu tief ins Meer abgesunken.

Der Mann löste seinen Sicherheitsgurt. Er ging zur Luke und zog am mechanischen Hebel. Die Luke ging nicht gleich auf. Der Mann zog deshalb noch mal mit aller Kraft am Hebel.

Die Luke öffnete sich schleppend, sehr schleppend. Gleichzeitig begann Wasser ins Boot einzudringen. Dank des Wassers ließ sich die Luke letzten Endes vollständig aufdrücken. In demselben Augenblick öffneten sich automatisch die Sicherheitsgurte bei den anderen Passagieren.

Der Mann stieg nach oben auf. Das Boot sank weiter hinab. Der Mann schwamm nach oben, stets nach oben. Er hielt den Atem an und schwamm immer weiter nach oben. Er suchte in der Dunkelheit nach dem Licht und bewegte sich unentwegt aufwärts.

Auf das stille Meer fiel der Mondschein. Und dort durchbrach ein Mann die Oberfläche des Wassers.

Uhwan rannte. Sobald er aus dem Meer gestiegen war, rannte er ohne Unterlass. Vollkommen durchnässt rannte er. Dann lachte er auf einmal. Uhwan lachte, weil er sich freute, am Leben zu sein. Der Gedanke, dass er hier leben würde, brachte ihn dazu. Ihm hatte es noch nie eine solche Freude bereitet, am Leben zu sein. Er freute sich, als wäre ihm ein neues Leben geschenkt worden. Er war dankbar. Er war beinahe glücklich.

Uhwan glich einem Verrückten. Er lachte und rannte dabei, um so schnell wie möglich zur »Busan Knochensuppe« zu gelangen.

In der »Busan Knochensuppe« brannte allerdings kein Licht mehr. Die dunkle Gaststätte ließ Uhwan in Panik geraten. Er sammelte sich. Er war immer noch vollkommen durchnässt. Er war gerannt, und von seinem Körper stieg deutlich sichtbar Dampf auf. Er zögerte. Ihm fehlte der Mut, in das Haus hineinzugehen, in dem alle Lichter ausgemacht worden waren. Er hatte zwar für einen Monat hier gearbeitet und gewohnt, aber er konnte nicht wagen, zu dieser späten Stunde Jongin und Sunhee zu wecken, die sich schlafen gelegt hatten. Er wusste absolut nicht, was er in diesem Moment tun sollte. Er fühlte sich erbärmlich.

Ihm kam in den Sinn, dass es falsch gewesen sein könnte, hierherzukommen. Es war ein Fehler gewesen. Niemand wartete auf ihn. Schlagartig kühlte sich sein Körper ab. Er wagte nicht, an der Tür zu klopfen. Jedoch wusste er auch keinen Ort, an den er hätte zurückgehen können. Ganz vorsichtig drückte er die Tür auf. Entgegen seiner Sorge war die Tür nicht abgeschlossen.

Uhwan weinte. Die Tränen, die einmal angefangen hatten zu fließen, flossen unentwegt weiter. Er ging zuerst in die Küche, wischte sich die Tränen ab und schaute sich um. Jemand hatte die Flamme unter dem Eisenkessel höhergestellt. Es stand auch schmutziges Geschirr herum. Uhwan stellte die Flamme kleiner und begann abzuwaschen.

46

Die Mauer war niedrig. Wenn jemand, der nicht ausnehmend klein war, den Hals lang machen und sich auf die Fußspitzen stellen würde, könnte er in den Hof sehen. Dennoch warf niemand einen Blick auf dieses Haus. Eben solch ein Haus war es. In diesem Haus, in das das ganze Jahr hindurch niemand zu Besuch kam, wohnte Kanghee mit ihrer Großmutter.

Ihre Großmutter pflegte von einem Altenheim zu reden, in das alle ziehen würden, die reich waren oder gute Kinder hatten. Sie wäre froh, wenn auch sie dorthin gehen könnte. Es müsste nicht genau dieses Altenheim sein, sie wäre auch froh, wenn sie irgendwo anders hinkönnte und nur nicht hier leben müsste. Woher sie von jenem Altenheim gehört hatte, wusste Kanghee nicht, aber es war ihr klar, dass ihre Großmutter es ernst meinte. Sie klagte nicht etwa darüber, dass sie alt und krank und eine Last für ihre Enkeltochter geworden sei. Sie brachte damit auch nicht zum Ausdruck, dass Kanghee, mit der sie zusammenlebte, ihr leidtue. Nein, es war einfach so, dass sie froh wäre, wenn auch sie irgendwo anders leben könnte. Auch sie wollte wie Kanghee raus aus diesem Haus.

Irgendwann hatte sie ein einziges Mal vom Vorteil dieses Hauses gesprochen. Kanghee solle es unbedingt, wenn es nötig sei, dann auch über den Boden kriechend, wenigstens bis in den Hof schaffen, wenn sie eines Tages überzeugt wäre, dass sie im nächsten Augenblick allein sterben würde. Wenn sie es bis in den Hof schaffen würde, dann würde sie sicher von jemandem gesehen werden, der an dem Haus vorbeiging. Wegen der niedrigen Mauer um das Haus würde sie mindestens von einer Person gesehen werden, die dann ihre Rettung bedeuten würde. Daher solle sie es unbedingt bis in den Hof schaffen und dort sterben, wie stark ihre Schmerzen auch sein mögen.

Handelte es sich bei diesen Worten um den Entschluss ihrer Großmutter, die nicht mehr allzu lange zu leben hatte und selbst vorhatte, in diesen Hof zu gelangen, um nicht allein in ihrem Zimmer sterben zu müssen? Oder eher um eine Vorahnung, dass auch Kanghee wie sie in diesem verdammten Haus alt werden würde und unbedingt so handeln solle, wenn der Tag vor der Tür stünde, an dem sie sterben würde? Kanghee konnte diese Worte ihrer Großmutter nicht ganz einordnen.

Was aber in jenem Hof zu sehen war, war zunächst der Regen. Es regnete, und das sorgte dafür, dass der Boden dort, der ohnehin nicht fest war, noch matschiger wurde. Nach dem heftigen Regenguss fiel plötzlich ein Schlüssel in den Hof. Die Sonne war noch nicht aufgegangen, von daher konnte man nicht gut erkennen, was für ein Schlüssel soeben dort hingeworfen worden war. Der Schlüssel war auch noch halb in den matschigen Boden eingesunken, was es noch weiter erschwerte, ihn zu erkennen.

* * *

Während er lief, ging langsam die Sonne auf. Aber es war noch reichlich vom bläulichen Licht der Morgendämmerung vorhanden. Der Regenschauer war vorüber.

Sunhee trug wie sonst auch seine Schuluniform. Über seine Schultasche, die er immer bei sich hatte, hatte er heute jedoch eine weitere, etwas größere Tasche geworfen. Bis zur Schule war es ein ziemlich langer Weg. Er lächelte, weil ihm die Worte von Park Jeonggyu einfielen, dass er ein einziges Mal in seinem Leben zu Fuß bis zur Schule gelaufen sei und er dabei »den verdammt beschissenen Wert eines Flitzbikes zu schätzen gelernt« habe. Sunhee lächelte und dachte dabei an einige Menschen, als ob er sie nie wiedersehen würde, obwohl das keineswegs gesagt war. Die meiste Zeit dachte er an Kanghee, dann auch ziemlich viel an Onkel Uhwan, und sein Vater war auch dabei. An diese Menschen denkend, lief er zur Schule.

Er musste nur noch den Zebrastreifen überqueren, dann wäre er da. Genau in diesem Moment fuhr ein Minibus heran und hielt vor der Schule. Flugs öffnete sich die Tür des Wagens zum Zebrastreifen hin. Im Inneren war es dunkel. Sunhee überquerte die Straße und stieg in den Minibus ein. Dann fuhr dieser mit dem Jungen davon.

47

Immer noch war mehr von dem bläulichen Licht des Morgens zu sehen als vom Sonnenschein. Das erschwerte die Unterscheidung zwischen dem Meer und dem Festland. Eine Frau in den Zwanzigern joggte den Strand entlang. Ihr erster Tag, an dem sie mal wieder Sport machte, aber da sie zu spät aus der Wohnung gekommen war, blieb ihr nicht viel Zeit. Beim Rennen rechnete sie nach, wie viel Zeit ihr noch zur Verfügung stand, um zurück nach Hause zu gehen, sich fertig zu machen und rechtzeitig zur Arbeit zu kommen, weswegen sie oft auf die Uhr schaute. Am Strand zu joggen war wirklich optimal, wenn man Sport treiben wollte. Das Gefühl, dass der Boden ihren Knöcheln bei jedem Schritt eine feste Unterstützung bot, gefiel ihr auch sehr gut. Wenn sie einen Fuß nach dem anderen nach vorne setzte, drückte sie diesen jedes Mal kräftig in den Boden. Von ihrer Wohnung aus musste sie nur ein kleines Stück mit dem Fahrrad fahren, um an eine Stelle am Strand zu gelangen, an dem sich um diese Zeit nur wenige Menschen herumtrieben. Dementsprechend herrschte dort eine angenehme Ruhe. Sie war ziemlich beschäftigt, da sie über Dinge nachdachte, die ihr gerade so einfielen, und sie außerdem immer wieder auf die Uhr schaute. Sie stürzte.

Der Strand war breit und flach, von daher hätte es nichts geben dürfen, über das diese junge Frau hätte stolpern können. Aber sie war über etwas gestolpert und gefallen. Sie stand auf und schaute hinter sich. *Mein Gott, wenn das so weitergeht, komme ich doch noch zu spät zur Arbeit!* Das war der erste Gedanke, der ihr kam, und erst danach erkannte sie, was sie hatte zu Boden stürzen lassen. Es war nichts, was sie zum ersten Mal im Leben sah, trotzdem benötigte sie eine kleine Weile, um es zu erkennen.

Eine Hand. An jener Hand war ein Arm, dann die Schulter … Es war der vollständige Körper eines Menschen. Der vollständige Körper eines toten Menschen. Die Frau schrie auf.

48

Mittlerweile war nur noch das Meer blau. Ein Mann zog an seiner Zigarette. Er schaute in die Richtung, aus welcher der Lärm kam. Ermittler halfen uniformierten Streifenpolizisten dabei, Schaulustige fernzuhalten. Die Banderole der Polizeiabsperrung sah nicht so aus, als würde sie es noch lange machen. Zwischen den Ermittlern war eine Frau in den Zwanzigern, und auch sie sah nicht so aus, als würde sie es noch lange machen. Yang Changgeun zündete sich eine neue Zigarette an. Dann schaute er in die Richtung, in der es still war.

Er hatte irgendwann mal gehört, dass irgendwo tote Wale an den Strand geschwemmt worden waren. Er hatte auch Fotos von diesen Walen gesehen. Gehört hatte er auch von toten Schildkröten, die an den Strand gespült worden waren. Fotos, hm, ja, wahrscheinlich hatte er auch Fotos davon gesehen. Aber Menschen, die an den Strand geschwemmt worden waren, das erlebte er zum ersten Mal.

Changgeun, eine Zigarette zwischen den Lippen, betrachtete die lange Reihe Menschen, die vom Meer an den Strand gespült worden waren. Sie alle waren tot. Insgesamt zwölf.

Changgeun hoffte, dass nicht allzu viele Personen diese Szene zu sehen bekamen. Diese groteske Szene, in der tote, bleiche Menschen am weißen Sandstrand mit dem blauen Meer als Hintergrund in einer langen Reihe lagen.

Er kauerte neben den Toten auf dem Boden und fasste eine der Hände an. Sie war nicht aufgequollen. Das bedeutete, dass die Person noch nicht sehr lange tot war. Wenn sie so schnell an den Strand gespült worden waren, mussten diese Menschen unweit vom Ufer ertrunken sein. Changgeun musste sich zuerst danach erkundigen, ob sich in der Nähe ein Schiffsunglück ereignet hatte. Und danach, woher diese Menschen gekommen waren, nein, wohin sie unterwegs gewesen waren. Jemand machte Fotos.

49

Am frühen Morgen lieh sich Uhwan noch mal das Fahrrad von Jongin aus. Er überquerte die Yeongdo-Brücke. Vor dem Yeongjin Immobilienbüro traf er Park Jongdae an. Dieser war eben dabei, aus dem Haus zu gehen. Er trug einen großen schwarzen Aktenkoffer in der Hand. Er schaute kurz auf die Uhr und ging zusammen mit seinem Besucher wieder ins Büro.

Sobald er das Büro betrat, sagte Uhwan zu ihm, dass er seine Meinung geändert habe.

»Haben Sie sich entschieden, hier zu leben?«, fragte der Makler, um sicherzugehen.

Uhwan nickte. »Aber wie? Wie geht das? Und was? Was muss ich machen? Wie haben Sie das geschafft? Wie haben Sie …«

Jongdae unterbrach Uhwan und stellte eine andere Frage: »Sind Sie Herrn Lee Jongin nähergekommen?«

Uhwan wusste nicht auf Anhieb, wie er diese Frage auffassen sollte.

»Es war immerhin ein ganzer Monat«, fuhr Jongdae fort.

»Ach ja, ja, dem Chef bin ich nähergekommen, ja, so kann man das sagen. Natürlich, wir stehen uns jetzt ziemlich nah.«

Jongdae schmunzelte. Und dann wechselte er das Thema.

»Oh, der DNA-Test. Das Ergebnis ist da.«

Uhwan war angespannt.

»Die Haare, wem gehören sie? Die drei scheinen eine Familie zu sein.«

Sogleich schaute Uhwan sein Gegenüber apathisch an, und dieser lachte kurz auf.

Jongdae sagte, dass er von nun an die einzige Person sei, der Uhwan hier sein Vertrauen schenken solle. Er werde immer für ihn da sein. Um hier den Rest seines Lebens zu verbringen, benötige Uhwan viele Dinge, und sie sollten nicht übereilt an die Sache herangehen. Jedoch habe er jetzt gleich einen Termin, weswegen er ihn demnächst wiedersehen und die Details planen wolle. Mit diesen Worten schickte er seinen Besucher wieder weg.

Jongdae kam aus seinem Büro, schloss es ab, ging an Uhwan vorbei, der immer noch vor der Tür stand, und fügte noch einen Satz hinzu: »Versuchen Sie, Ihrem Chef weiter näherzukommen.«

Während Uhwan diese Worte hörte, dachte er aber einzig und allein an den Satz: »Die drei scheinen eine Familie zu sein.«

50

Mit den zwölf Leichnamen wurde das getan, was in so einem Fall zuerst getan werden musste. Journalisten wurden abgewimmelt, der Fall wurde ganz oben gemeldet, danach wurden die Leichen dem Rechtsmediziner Dr. Tak Seongjin übergeben. Die einzelnen Finger der Leichen wurden gesäubert, Fingerabdrücke genommen, die Gesichter wurden einzeln wie bei einem Passfoto aufgenommen und durch das Gesichtserkennungssystem, den Lichtbildvergleich, gejagt. Es war mittlerweile 14.00 Uhr.

Bei der Küstenwache und den Schiffshäfen wurde darum gebeten, alle Anmeldungen für Schiffsabfahrten der letzten Nacht an die Ermittler weiterzugeben. Wenn es sich um Personen handelte, die als Einwohner registriert waren, würde das Gesichtserkennungssystem die übereinstimmenden Gesichter in der Lichtbilddatenbank finden und könnte somit auch deren Identität klären. Beides dauerte eine gewisse Zeit. Es galt zu warten. In diesem Tumult schlug jemand vor, dass man doch etwas zu Mittag essen solle, und Changgeun, Doyeong und Seongwon, die sich im Raum der Informationsabteilung versammelt hatten, ignorierten den Polizisten, der ebenfalls noch dort saß, bestellten

Cheonggukjang, einen nach Stinkefüßen riechenden Eintopf mit fermentierten Bohnen, und aßen.

Sie aßen, aber die Augen der drei Ermittler waren dabei weiter auf den Bildschirm gerichtet, über den in schwindelerregendem Tempo Gesichter schossen. Sie mussten dringend die Identität der Leichen in Erfahrung bringen. Sie hatten nicht zuletzt viele Behörden, bei denen sie melden mussten, dass Personen gestorben waren. Trotzdem ließ sich keines der gesuchten Gesichter schnell finden.

Schließlich wurde ein ähnlich aussehendes Gesicht gefunden, und das dazugehörige Lichtbild tauchte auf. Alle drei Ermittler waren angespannt. Jedoch entsprach das gefundene Gesicht nicht dem eines der Toten. Danach erschienen weitere Treffer auf dem Bildschirm, und jedes Mal waren die drei unter Spannung gesetzt. Allerdings handelte es sich jedes Mal um einen Fehlalarm. Es war verständlich, dass sie langsam sauer wurden.

»Scheiße, diese verdammten Hackfressen!«, schrie Doyeong äußerst genervt. Dann fragte er urplötzlich: »Oh mein Gott, wo ist eigentlich Ryu Jeonghun?«

»Im Vernehmungsraum«, antwortete Seongwon.

»Wie spät ist es jetzt?«, fragte Doyeong daraufhin.

Es war nach 15.00 Uhr. Sie hatten Ryu Jeonghun vergessen.

Um 16.00 Uhr wären die 48 Stunden um. Da sie bisher keinen Staatsanwalt über Jeonghun informiert hatten, gab es auch keinen Haftbefehl oder Ähnliches. Dementsprechend sahen sich die Ermittler langsam mit der Situation konfrontiert, dass sie den vorläufig Festgenommenen freilassen mussten. In 45 Minuten.

Es war nicht unbedingt abwegig, dass Jeonghun kein Mitglied einer kriminellen Gang war, die Geschäfte mit Hardware betrieb. Die Umstände sprachen eigentlich dagegen, dass er zu einer Gangsterbande gehörte. Es wäre korrekt gewesen, ihn auf freien Fuß zu setzen. Man sollte ihm vielleicht sogar dankbar sein, dass er bis jetzt so ruhig im Vernehmungsraum gesessen hatte, ohne ein großes Theater zu machen. Trotzdem konnte Changgeun seinen Verdacht, dass Jeonghun irgendeinen Dreck am Stecken hatte, nicht einfach beiseiteschieben. Doyeong ging es ebenso. Außerdem war es gar nicht leicht, jemanden, den man einmal freigelassen hatte, wieder festzunehmen. Solche Leute tauchten nach der Freilassung meistens unter beziehungsweise verschwanden völlig von der Bildfläche, und damit war eine erneute Festnahme beinahe unmöglich. Der Zyklop stellte ein Paradebeispiel dafür dar.

Changgeun und Doyeong eilten wie verrückt zum Vernehmungsraum, dennoch dauerte es gut drei Minuten, bis sie dort ankamen.

Ryu Jeonghun saß nach wie vor auf seinem Stuhl. Nur noch 42 Minuten. Der Verdächtige blieb ruhig und gelassen. Er hatte 47 Stunden und 18 Minuten durchgehalten. 42 Minuten? Ein Kinderspiel. Hingegen wurden Changgeun und Doyeong nervös und fühlten sich in die Enge getrieben. Sie mussten davon ausgehen, dass ein Indiz gegen diesen Verdächtigen, das während der 47 Stunden und 18 Minuten nicht zu finden gewesen war, auch in den nächsten 42 Minuten nicht einfach so vom Himmel fallen würde. Inzwischen waren noch mal zwei Minuten vergangen.

Die beiden Ermittler nahmen vor Jeonghun Platz und ließen ihre Blicke lange und unverwandt einfach auf dem Gesicht des Verdächtigen ruhen. Verfluchter Mist, warum sie heute so viele Gesichter sehen mussten!

Wo hast du dich nur versteckt, liebes Indiz?

Das Gesicht? Die beiden dachten, Jeonghuns Gesicht könnte vielleicht ein Indiz sein. Und die Narbe, die Operationsnarbe. Die Narbe an derselben Stelle wie bei Park Jongdae. Es musste doch etwas geben, das die beiden miteinander verband. Der Zyklop hätte nicht jemanden genannt, der kein Gangmitglied war.

»Der Zyklop hat Sie verraten. Uns ist längst bekannt, dass Sie ein Gangmitglied sind«, versuchte Doyeong als letztes Mittel, den Verdächtigen unter Druck zu setzen. Dieser war jedoch nach wie vor kein bisschen beeindruckt. Mittlerweile waren nur noch zehn Minuten übrig.

»Meine Herren Ermittler, Sie haben einen Unschuldigen so lange festgehalten. Seien Sie so lieb und lassen Sie mich wenigstens zehn Minuten früher gehen«, sagte Jeonghun.

Wie wahr! Es sah nicht danach aus, dass es irgendetwas ändern würde, wenn man ihn zehn Minuten früher gehen ließe. Die beiden erfahrenen Ermittler waren auch der Meinung, dass es Zeit war, den Fall des Mannes abzuschließen, dem ein Teil des Körpers fehlte und der in einem Klassenzimmer umgekommen war. In der Tat waren sie eher zufällig mit ihren Ermittlungen an diesem Punkt angekommen; der Tod jenes Mannes und Ryu Jeonghun lagen viel zu weit auseinander. Es schien unmöglich, zwischen den beiden irgendeine Verbindung herzustellen.

»Verfluchte Scheiße!«, schrie Kang Doyeong und erhob sich dabei. Ryu Jeonghun stand ebenfalls auf. In diesem Augenblick ging die Tür des Vernehmungsraums auf. Es war Choi Seongwon: »Herr Yang, da ist ein Anruf für Sie, und Sie sollten rangehen. Die Klinik »Hoffnung«, diese Psycholeute …«

Changgeun schoss aus dem Vernehmungsraum zum Telefon. Doyeong ließ den Verdächtigen wieder auf dem Stuhl Platz nehmen. Dabei bebte Jeonghuns Gesicht ganz fein. Das merkte der Ermittler sofort, obwohl er alles andere als feinfühlig war.

»Was ist? Ist Ihnen etwas eingefallen? Hey, noch zehn Minuten? Mein Gott, fünf Minuten wären schon genug, um etwas gegen Sie zu finden. Das ist Ihnen bewusst, oder?«

* * *

Es war die Pflegedienstleitung. Ihre Stimme klang sehr verwirrt. Es ging um den Mann ohne Gesicht, wie Changgeun schon vermutet hatte. Zugleich ging es auch um eine alte Frau.

In der Klinik »Hoffnung« waren die offene und geschlossene Abteilung voneinander getrennt. Allerdings gab es einen einzigen Ort, an dem die beiden Abteilungen miteinander verbunden waren: die Toiletten. Nicht in allen Stockwerken, sondern nur die im dritten Stock. Selbstverständlich befand sich zwischen den beiden Abteilungen ein großes Metallgitter, das stets abgeschlossen blieb. Mit anderen Worten gab es so etwas wie eine durchsichtige »Wand«.

Die Patienten gingen natürlich oft auf die Toilette, und da die Toiletten beider Stationen nebeneinanderlagen, könnte man leicht davon ausgehen, dass sich die Patienten beider Abteilungen häufig begegneten. Doch in Wirklichkeit passierte so etwas seltener, als man annahm.

Der Vorfall, der sich ereignet hatte, war reiner Zufall.

Der Mann ohne Gesicht war in Begleitung einer Krankenschwester auf dem Weg zur Toilette gewesen. Ausgerechnet da kam auch eine alte Frau von der offenen Station in Richtung Toilette. Der Mann ohne Gesicht lief wie gewöhnlich mit gesenktem Kopf, und daher bekam er es nicht mit, dass sich die alte Frau näherte. Er kam zuerst bei der Toilette an und hob genau da den Kopf an. So kam es dazu, dass er die alte Frau sah. Augenblicklich brach er zusammen. Danach schaute er die alte Frau weiter an und fing an, zu weinen.

Die alte Frau war verwirrt. Das schreckliche Gesicht des Mannes, der zu ihr aufschauend weinte, jagte ihr Angst ein. Trotzdem veranlasste sein entsetzliches Weinen sie dazu, stehen zu bleiben und nicht wegzurennen. Der Mann weinte weiter, mehr noch, er streckte seinen Arm durch das Gitter nach ihr aus. In diesem Moment schaute auch die Frau ihn ungläubig genauer an. Sie sah sein Gesicht, seinen ausgestreckten Arm und seine Hand. Sie ging langsam auf ihn zu. Seine Hand zitterte. Sie ging noch näher heran und betrachtete seinen Arm.

An seinem Arm war eine Narbe zu sehen. Eine Narbe, die ihr sehr bekannt war. Sie hatte zusammen mit ihrem Mann in jungen Jahren nicht maschinell, sondern per Hand Fischfrikadellen hergestellt. Sie frittierten die Frikadellen in einem großen Topf. Ihr einziger Sohn spielte damals immer in der Nähe seiner Eltern, während sie arbeiteten. Und eines Tages verletzte sich das Kind am Dampf aus dem Topf, der wie früher üblich auf einem sehr tiefen Herd stand. Die Narbe an dem Arm des Mannes war jene, die er als Kind beim Spielen vom Dampf abbekommen hatte.

Die Augen der alten Frau füllten sich ebenfalls mit Tränen. Sie fasste die Hand des Mannes und begann zu schluchzen. Sie schaute ihn an, rief seinen Namen, und der Mann nickte.

Die Pflegedienstleitung sagte Changgeun jedoch, dass sie nicht wisse, wie sie diese Situation auffassen solle, denn weder die alte Frau noch der Mann ohne Gesicht seien bei klarem Verstand. Außerdem gehe es um die alte Frau, die vor Kurzem wegen ihrer Demenz eingewiesen worden sei, und es sei doch ihr Sohn gewesen, der den Antrag für ihre Aufnahme in dieser Klinik gestellt habe. Zunächst habe die Pflegedienstleitung den Mann zurück ins Zimmer der Kontemplation führen lassen, und seine Erinnerung scheine nach wie vor sehr diffus zu sein.

Die alte Frau behaupte aber energisch, dass der Mann ohne Gesicht ihr wahrer Sohn sei; sie sei völlig aufgebracht und sage, dass sie die Scheißkerle, die das Gesicht ihres Sohnes dermaßen verunstaltet haben, finden und umbringen wolle.

Zum Schluss berichtete die Pflegedienstleitung, dass der Name des Mannes ohne Gesicht, von dem die alte Frau schwöre, dass er ihr leiblicher Sohn sei, »Ryu Jeonghun« laute.

Changgeun sagte ihr, dass ihm diese Information zunächst ausreiche und er sie bald aufsuchen werde. Er bedankte sich zum Schluss noch bei ihr. Dann ging er zurück in den Vernehmungsraum.

Ryu Jeonghun war dabei, Ermittler Kang Doyeong zur Rede zu stellen. Die 48 Stunden seien vergangen. Aber Doyeong sagte ihm, dass er noch eine Minute habe. Das entsprach auch der Wahrheit.

Ermittler Yang setzte sich vor den Verdächtigen. Dann fragte er ihn: »Nun weiß ich, dass dieses Gesicht, das Sie haben, Ryu Jeonghun gehört ... Wer sind dann aber Sie?«

Jeonghun antwortete nicht. Es lag wohl an seiner Anspannung, jedenfalls kratzte er sich ungeniert an der juckenden Stelle.

Changgeun stellte eine weitere Frage: »Dass Sie sich unentwegt kratzen müssen, bedeutet dann auch, dass Park Jongdae sich ebenfalls das Gesicht eines anderen übergezogen hat? Und der Zyklop hat wohl die Operation durchgeführt?«

51

Die Frauen waren hin und weg von diesem Mann, der die Schönheit eines Superstars hatte. Sie warfen ihm nicht nur verstohlene, sondern auch recht eindeutige Blicke zu. Die Marke, die seit nicht allzu langer Zeit hier im großen Kaufhaus angeboten wurde, war vor allem bei weiblichen Teenagern beliebt. Die Verkäuferinnen waren neidisch auf die Frau, die solch einen bildhübschen Mann in ein Kaufhaus schickte und ihn ihre Kleidung kaufen ließ. Er suchte die Sachen sorgfältig aus. Dann hielt er sie stets an sich und betrachtete sie.

Er suchte drei Kleidungsstücke aus und ging in die Umkleidekabine, anstatt zur Kasse zu gehen. Die Verkäuferinnen waren irritiert. »Will er die Kleidung selbst anziehen?« »Ist er etwa doch kein Mann?« »Oh doch, das ist ein Mann, oder?« Sie tuschelten leise miteinander, allerdings in Erwartung seines Erscheinens in der neuen Frauenkleidung. »Es würde ihm sehr gut stehen, meinst du nicht auch?« Die Erwartung stieg und stieg, aber der Mann kam nicht aus der Kabine.

Sehr viel Zeit verging, und die Tür der Umkleidekabine blieb weiter geschlossen. Die Verkäuferinnen nahmen an, dass der Mann wahrscheinlich Probleme hatte, und klopften an der Tür.

Es kam keine Antwort. Sie waren der Meinung, dass es unangemessen sei, wenn eine Frau die Umkleidekabine, in die ein Mann gegangen war, öffnen würde, daher holten sie einen Verkäufer aus dem Nachbarladen. Dieser klopfte sicherheitshalber noch einmal an der Tür und machte sie dann auf. Die Kabine war leer.

Hwayeong verstaute die Kleidung, die er seiner kleinen Schwester schenken würde, grob zusammengefaltet in einem Koffer. Darin befanden sich auch Geschenke für seine Mutter. Würde er bei Morgendämmerung in das Boot steigen, könnte er noch in der Früh seiner Mutter und Schwester diese Geschenke übergeben.

Bei Morgendämmerung würde er abreisen, und wenn er wegen des Diebstahls festgenommen werden sollte, könnte er einfach verschwinden. Kein Problem. Er ging wieder in das Stadtzentrum und lief nach Herzenslust über die Einkaufsstraße der Stadt Busan. Zum ersten Mal, seitdem er hier war, verbrachte er ein paar schöne Stunden, sodass er nicht einmal mitbekam, dass in Busan etwas Schreckliches passiert war. Irgendwann aber ließen ihn die Stimmen der Leute, die an ihm vorbeiliefen, innehalten. »An den Strand gespült« nahm er wahr und auch »sogar zwölf«.

Er schaute sich um und entdeckte einen riesigen Bildschirm, der mitten über der Einkaufsstraße hing. Dort wurde ausführlich darüber berichtet, was die Leute beim Vorbeilaufen miteinander geflüstert hatten. »Zwölf Leichen an den Strand gespült«, lautete die Schlagzeile.

Hwayeong erinnerte sich an die Worte des alten Mannes mit dem faltigen Gesicht:

»Töte für mich bitte die Person, die zwölf Menschen umgebracht hat.«

Zwölf Menschen waren auf einmal gestorben. Wenn jemand für ihren Tod verantwortlich war, dann war es die Person, von der der alte Mann gesprochen hatte. Die Person, die Hwayeong zu finden hatte.

Die Personen schienen bereits tot gewesen zu sein, als sie an den Strand gespült worden waren, und das Ergebnis der Obduktion stand noch aus. Aber im Hinblick darauf, dass die Leichen keine äußeren Verletzungen aufzeigten, vermutete man, dass sie ertrunken waren. All das bekam Hwayeong aus den Nachrichten mit. Auf dem riesigen Bildschirm tauchten Fotos von den Leichen auf, die irgendjemand gemacht hatte. Die Kleidung, die einige von ihnen trugen, kam Hwayeong durchaus bekannt vor. Es waren höchstwahrscheinlich die Leute, die heute Morgen ins Boot gestiegen waren.

Das Boot war für dreizehn Personen gewesen. Eine Person war noch am Leben.

Diese hatte die zwölf anderen ermordet.

Diese eine Person hatte überlebt und dafür zwölf Menschen auf dem Gewissen. Eine andere Erklärung gab es für den Treiber nicht, wie zwölf Menschen gleichzeitig ertrinken konnten. Wahrscheinlich hatten sie alle die blaue Pille eingenommen und waren eingeschlafen. Und die eine Person, die wach geblieben war, hatte die Luke manuell geöffnet, die zwölf Mitreisenden im Boot gelassen und war alleine an Land geschwommen.

Wer dieses Boot kannte, wer einmal mit diesem Boot gefahren war, konnte sich das leicht zusammenreimen.

Das bedeutete für Hwayeong auf jeden Fall, dass er nun wegen jener einen Person nicht mehr zurückreisen konnte.

Er musste diese Person finden und töten.

WIE GEHT ES WEITER?

384 Seiten, Klappenbroschur
ISBN 978-3-96509-055-2
Auch als E-Book erhältlich

Lee Uhwan hat das Rezept für die berühmte Knochensuppe gefunden und seinen Auftrag erfüllt. Höchste Zeit zurückzukehren, doch in letzter Sekunde entscheidet er sich um, da er endlich Gewissheit haben will, wer seine Eltern sind. Nun muss er sich unter anderem mit einem Killer aus der Zukunft auseinandersetzen, der den Auftrag hat, ihn zu töten. Doch Lee Uhwan erhält unerwartete Hilfe … Kim Young-tak vermischt auch im zweiten Band geschickt die verschiedenen Genres wie Science-Fiction, Krimi und Thriller und schafft so einen bis zur letzten Seite gelungenen Abschluss.

www.golkonda-verlag.com   GOLKONDA